suhrkamp taschenbuch 3801

Hermann Hesse, Erzähler, Lyriker, Maler und zeitkritischer Essayist, am 2.7.1877 in Calw/Württemberg als Sohn eines baltischen Missionars und der Tochter eines schwäbischen Indologen geboren, 1946 ausgezeichnet mit dem Nobelpreis für Literatur, starb am 9.8.1962 in Montagnola bei Lugano. Seine Bücher sind mittlerweile in einer Auflage von mehr als 120 Millionen Exemplaren in aller Welt verbreitet und haben ihn zum meistgelesenen deutschsprachigen Autor u.a. in den USA, Japan und Korea gemacht.

Dieser erste Band der Sämtlichen Erzählungen Hermann Hesses enthält seine frühesten Geschichten. Er schrieb sie im Alter von 22 bis 25 Jahren. Nur zwei davon (»Der Novalis« und »Erlebnis in der Knabenzeit«) hat er in seine Bücher aufgenommen, acht weitere erschienen in Zeitungen und Zeitschriften. Die sechs übrigen (»Erwin«, »Der Dichter«, »Das Rathaus«, »Sommeridyll«, »Julius Abderegg« und »Peter Bastians Jugend«) dagegen wurden zu seinen Lebzeiten nie veröffentlicht. Sie fanden sich im Nachlaß. Alle sind autobiographisch und schildern Episoden aus seiner Kindheit und Jugend in Calw, Basel und Maulbronn, den Lehrjahren in Tübingen sowie von seiner ersten Italienreise im Jahre 1901. Schon diese ersten erzählerischen Versuche haben etwas Frisches und Ungekünsteltes und bestechen durch eine Wahrhaftigkeit der Schilderung, die den Leser auf sich selbst zurückführt.

»Hesses landschaftliche Kunst ist von erster Hand. Sie unterscheidet sich innerhalb der übrigen zeitgenössischen Dichtung durch eine sozusagen größere Körperlichkeit ... Mit großer sprachlicher Disziplin zwingt er Gehalt und Form einer Landschaft, eines Naturbildes in unsere Vorstellung. Das eigene Leben, Erfahrungen, Eindrücke der Jugend, die Jahre der Heimat bieten sich seiner Dichtkunst als Material ... Hesse gehört zu jenen, die aus dem eigenen Leben gestalten: ihre Phantasie ist gezügelt, alle dichterische Energie strömt in die Darstellung.« *Theodor Heuss*

Hermann Hesse
Erlebnis in der Knabenzeit

Sämtliche Erzählungen
1899–1902

Herausgegeben
und mit einem Nachwort von
Volker Michels

Suhrkamp

Der Text der Erzählungen folgt der Ausgabe
Hermann Hesse, »Sämtliche Werke«
Band 1 »Jugendschriften« und
Band 6 »Die Erzählungen 1«
Suhrkamp Verlag Frankfurt am Main 2001

Umschlagmotiv nach einem Aquarell von Hermann Hesse
aus dem Band
Hermann Hesse, »Spiel mit Farben. Der Dichter als Maler«,
Frankfurt am Main 2005

suhrkamp taschenbuch 3801
Erste Auflage 2006

Satz: pagina GmbH, Tübingen
Druck: Ebner & Spiegel, Ulm
Printed in Germany
Umschlag: Göllner, Michels, Zegarzewski
ISBN 3-518-45801-9

1 2 3 4 5 6 – 11 10 09 08 07 06

Erlebnis in der Knabenzeit

Erwin

I

Wie ein dunkler Grenzturm liegt zwischen den Spielplätzen meiner Kindheit und den Gärten und Wildnissen meiner Jünglingszeit das alte Kloster.

Ich sehe seine Mauern und Säulen trotzig stehen und lange Schatten in mein Jugendleben werfen, und muß doch lächeln und kann mich des schnelleren Herzschlags nicht erwehren, wenn mein inneres Auge die festen Mauern des »Paradieses« und die Wölbungen der gotischen Kreuzgänge erblickt. Oft hatte ich Sehnsucht, den Ort meiner ersten Nöte und Träume wieder zu sehen, die Geburtsstätte meines Heimwehs und meiner ersten Lieder.

Das Kloster liegt zwischen mehreren Hügeln im Tal, schwer, von romantischen Schatten umgeben. Ich stand oft am Gitter des Parlatoriums, welches den Mönchen karge beaufsichtigte Gespräche mit besuchenden Anverwandten gestattete, und hatte das Herz voll von Freundschaft und Heimweh, und hatte keinen, dem ich davon reden durfte. Ich schritt oft mit beklommenem Sinn durch die steinernen Dormente, und war allein, und hörte nur den Klang und Widerhall meiner Schritte und aus der Brunnenkapelle den singenden Laut des fallenden Wassers.

In einem der großen Schlafsäle verbrachte ich manche halbe Nacht heiß und wachend, in Zukunftgedanken, in Dichterphantasien, und allen Nöten meiner ratlosen Jugend. Alle Romantik, die ein Knabenherz erfüllen und beschweren kann, war in mir lebendig, ich war erfüllt von allen einander widerstrebenden Idealen der ersten Jugend. Die Helden Homers und die Helden Klopstocks, die Wunder Athens und Altdeutschlands stritten um meine Verehrung. Meine Stimmungen waren im Bann der mondbeschienenen Einsamkeit, der ich viele Abende in den hohen, gewölbten Räumen des Oratoriums und der Dormente mich hingab. Tage lang schlug mein leidenschaftliches Herz den verheißenen Tempeln der Wissenschaft warm entgegen, zu jedem Fleiß und zu jeder Entsagung bereit, und wurde wieder des Nachts von Verachtung und Sehnsucht gequält. Dann träumte ich von Höhen und glänzenden Möglichkeiten, und schmachtete gefangen, und lernte früh die Sehnsucht nach Freiheit.

Wenn ich in der freien Mittagsstunde den nächsten Hügel erstieg, sah ich die weiten Gebäude des Klosters unter Schieferdächern stattlich beieinander gelagert. Zwei Kirchen mit langen, kreuzförmigen Dächern und festen, steinernen Vorhallen, zwei Refektorien, Oratorium, Hörsaal und Dormente, im Innern die gotischen Kreuzgänge. Dort wartete Livius, Xenophon und der göttliche Homer auf mich, dort war mein Pult und Bett, beide Zeugen ernster und schwärmerischer Gedanken und Phantasien, dort war der Ort unsrer Spiele, Kämpfe und Enttäuschungen. Umschauend sah ich auf der anderen Hügelseite den tiefen See gebreitet, dahinter Feld und Gebirg und Weite. Dort war das Unbekannte, das Größere, die Ferne, die Welt, die Freiheit. Dort lag die helle Bahn, mit anderen in die Weite zu laufen, dort lagen verborgene Ziele, Größe und Untergang, für alle Freien. Dort waren die Freunde, deren ich bedurfte, dort waren Berater und Mitwisser meiner Heimlichkeiten, Genesung und freie Luft für meine stummen Sorgen und Bedrängnisse.

Vielemal bin ich den kurzen Weg mit schwerem Herzen und wunder Seele hinabgestiegen. Wenn ich den Klosterplatz betrat, traf ich die Kameraden bei Turnen und Ballspiel oder lachend und ruhend auf den Bänken im Schatten des Ahorn. Ich suchte oft, und ich fand nirgends den Blick, der mich verstand. Dann griff ich selber zum Ball und sprang allen voraus über den Platz, mit Hallo und heißen Wangen, der Rascheste und Wildeste von allen.

Abends, wenn der Weg ins Freie versagt war, führte die Einförmigkeit des Lebens und die Verschiedenheit der vielen Schüler zu vielerlei Zeitvertreib und Spiel. Häufig fanden Raufhändel statt, bei denen ich oft mit Ekel zuschaute und noch öfter mit Ruf und Faust mich beteiligte. Ich führte ein großes Heft, in welches ich die Helden, die uns täglich aus Livius und aus dem Geschichtsunterricht bekannt wurden, mit Bleistift und Wasserfarben nach Art der Moritatenbilder karikierte, dieselben Helden, unter denen ich Freunde, Tröster und Vorbilder verehrte. Ich errichtete ein delphisches Orakel im Verein mit drei Helfern. Von diesem herab gab einer von uns, vermummt und gefeit, den zudrängenden Fragern, in Ratschläge eingewickelt, kräftige Grobheiten zu hören. Von diesen Spässen hielt keiner länger als einige Tage vor, aber ich warf mich auf jeden mit der Leidenschaft meines unbefriedigten Knabensinnes. Die Vornehmeren unter den Mitschülern, denen ich durch Art und Erziehung näher stand, wurden durch meine lauten, ungezähmten Einfälle abgestoßen und liebten mich nicht; der Durchschnitt der übrigen war von Hause aus zu ungeschlacht, um mich anzuziehen oder zu verstehen. Mit diesen verband mich aber die erfinderische Langeweile. Ein literarischer Verein, von einigen Lesern und beginnenden Ästhetikern gegründet, schloß mich aus, der ich in ihren Büchern heimischer war als sie. Alle Neigungen und Bedürfnisse, welche über dem täglichen Spiel und Umgang standen, pflegte ich allein und hielt sie als uneingestandene Liebhabereien geheim. Denn ich fürchtete nichts so sehr als die Roheit und den Spott der andern. Schiller und Shakespeare wurden früh meine Freunde. Ich erinnere mich der Stürme, welche mich erfaßten, als ich Schillers Jugendleben las. *Die Räuber* gewannen Macht über mich, so wenig ich im Grunde an übertriebenen Worten und an Derbheiten Genüge fand. Verse, die ich damals schrieb, zeigen alle Nüancen des Stils und der Stimmung, welche zwischen den Höhepunkten revolutionärer Freiheitsliebe und der uferlosen Sentimentalität Ossians liegen.

In diese Zeit zurückschauend, sehe ich meine wilde, im Vaterhaus verwöhnte Seele voll Ungeduld und Ungenügen nach Fernen und unbekannten Freuden suchen, ich sehe sie eingesperrt im Glashause des Unterrichts und des streng förmlichen Lebens ihre Schmetterlingsflügel regen und sich verzweifelnd an den Wänden müde flattern. Du reiche, unverstandene Jugend! Ein älterer Freund, ein Stückchen Freiheit, ein Winkel Heimat hätte dir genügt, und du sehntest dich krank zwischen roheren Genossen und nüchternen Lehrmeistern! In diesen Schranken verlor ich bald meine lustige Kindlichkeit und lernte den Durst nach Wissen und Genuß, ich lernte zugleich den Weltschmerz, das Sichandersfühlen und die gefährlichste Seelenkrankheit, das Mitleid mit mir selber.

Am Sonntag waren uns mehrere Stunden zu beliebiger Verwendung in unsern Stuben vergönnt, zum Lesen, Schachspielen, Zeichnen, Briefschreiben. Diese Zeit der »stillen Beschäftigung« ersehnte ich die ganze Woche hindurch. Dann saß ich über Shakespeare, über Schiller, Klopstock, Ossian und Schubart und sog mich satt aus den Bechern der Phantasie, der Sehnsucht und des Heimwehs. Diese Stunden lagen wie ein heimliches Asyl in der Reihe unglücklicher Tage, von den Sternen der Dichter und den unbewachten Träumen meines Herzens überglänzt, reich an Empfängnis und Trost.

Dazu gesellte sich die alte Freundin der Sehnsüchtigen und Heimatlosen, die Musik, die mich bis zur Verzükkung erregte. Meine Geige am Kinn, allein im kalten Musikzimmer, fühlte ich manchesmal alles Harte und Häßliche sich von meinem Leben lösen und meinen Sinn verwirrt und beglückt von neuen Schönheitsgedanken. Was an frommer Empfindung in mir war, gewann Leben und Macht und trug mich über das Kleine und Widerliche hinüber. Meine Liebe und mein Verlangen nach Freundschaft und Blicken in gütige Augen wuchs an diesen tröstlichen Stunden; ich rettete mich an der Musik und Dichtung mit umklammernden Händen empor aus der Kühle meines kargen Tages.

Unser Kloster war von mehreren kleinen Seen umgeben. Unter diesen war der kleinste, ein brauner, verschilfter Waldweiher, mein Liebling. Eingefaßt von Buchen, Eichen und Erlen lag er unbewegt in ewiger Windstille dunkel im breiten Schilfgürtel, überhängende Äste und ein rundes Stück Himmel spiegelnd. Ein verwildernder Weg war das halbe Jahr von braunem Eichlaub bedeckt.

Dort lag ich an einem Sonntag allein in der Nachmittagssonne. Der Blätterfall hatte begonnen. Die dürren Binsen klirrten zitternd, über der ferneren Waldecke hing der dunkle Habicht. Zuweilen flog ein einzelnes welkes Blatt, sich im Falle drehend, lautlos in den schmalen Wasserspiegel. Zuweilen flog eines neben mir ins fahle Moos. Das sumpfige Ufer atmete in der Sonne einen leichten Geruch von Moder und Fäulnis aus. Lange, verdorrte Gräser standen in den tiefen Radgleisen des verfallenden Uferwegs.

Ich lag müde ausgestreckt, das Kinn auf den Händen, im Auge und im Herzen die Stille und Wildnis dieses Herbstes. Ich wünschte so abseits und ungekannt lange zu liegen und mich in der schwermütigen Müdigkeit des Waldes und Schilfes mit aufzulösen. Ungelesen lag der aufgeschlagene Homer neben mir, er hatte in dieser Todesstille keine Macht über mich.

Ich hörte nicht, wie einer meiner Mitschüler sich leise näherte. Plötzlich stand er neben mir, die grüne Mütze in der Hand tragend. Er war schlank, schön gebaut und hatte ein blasses, feines, veränderliches Gesicht. Er hieß Erwin.

»Was machst du hier?«

»Du siehst doch. Homer lesen.«

Er schlug das Buch mit dem Fuße zu.

»Glaub ich nicht.«

»Ist mir einerlei. Warum fragst du dann?«

»Aus Gewohnheit, Kamelchen. Aber du liegst im Feuchten.«

»Gar nicht. Ist auch meine Sache.«

»Freilich, Grobian.«

»Laß mich in Ruh, sonst erinnere ich dich an den Komment.«

»Wie nett! Du meinst Euern Prügelkomment vom untern Dorment? Ich danke!«

Ich wurde vor Scham und Ärger rot.

»Bist du eigentlich bloß da heraufgestiegen, um mich zu ärgern?«

»Bist du eigentlich bloß da heraufgestiegen, um Homer zu lesen?«

Ich schwieg steif und blieb liegen. Erwin setzte sich neben mich. Lange Zeit blickten wir über den Weiher und horchten auf die kleinen Waldgeräusche. Die Blätter fielen langsam weiter, sonst war keine Bewegung in der engen, mit allen Nüancen von Braun gefärbten Landschaft. Wir Jungen vergaßen unsre Verstimmung und Neckerei. Nach einer langen Stille hörte ich Erwins veränderte und gedämpfte Stimme.

»Hier ist's trist –!«

Wieder nach einem Schweigen fragte er:

»Du hast gedichtet?«

»Nein.«

»Ehrlich?«

»Nein. Wie kommst du drauf?«

»Ach, ich dachte mir's eben. Das heißt, ich weiß, daß du Gedichte machst.«

»Woher weißt du's?«

»Frag nicht viel. Ich weiß eben. Oder ist's anders?«

»Nein. – – Nein.«

Erwin legte sich nun auch lang zu Boden. Er lag auf dem Rücken und sah himmelan, ich blickte vor mich über die aufgestützten Arme. An einem Grashalm kauend begann er wieder: »Gelt, wenn wir jetzt Steine oder Muscheln wären und lägen dort im Wasser drunten!«

»Was dann?«

»Dann? Dann wären wir träg und ruhig und hätten vielerlei nicht nötig, als: Spazierengehen, Händelhaben, Sterngucken und so fort.«

»Freilich. Aber was hätten wir davon, dort zu liegen?«

»Auch nicht viel. Du bist ein Denker. Aber stell dir vor – so eine helle Wolke, die immer weiter reist und die Sonne auf dem Rücken hat und unter sich die Städte und Oberämter und Länder und Erdteile.«

»Das wäre besser. Also eine Wolke.«

»Oder, du – ein Schiff! Oder ein Boot. Ich hab nichts so lieb wie ein Schiff. Weißt du, ein Festschiff, mit Musik auf Deck, am Sonntag. Abends werden die farbigen Lampen an Schnüren aufgehängt und die Mädchen haben weiße Sonntagskleider an. Die Lampen sind alle im Wasser noch einmal zu sehen.«

»Hast du so was schon gesehen?«

»Mehrmals. Es ist das Allerschönste zum Ansehen, besonders wenn man zuhaus ist und Ferien hat.«

Ich schloß die Augen. Er sprach nicht weiter. Durch unsre Knabenseelen zog das laternenbeglänzte Schiff der Zukunft, bekränzt, mit Musik und Mädchen in weißen Sonntagskleidern.

Als wir miteinander durch den lichten Wald zurück schritten und die langen Dächer des Klosters sichtbar wurden, fiel uns beiden die Rückkehr in die lärmerfüllten Stuben und Spielplätze schwer. Erwin fragte noch:

»Du, hilft es dir was?«

»Was denn?«

»Das Dichten. – Ich meine – ist's schön?«

»Je nachdem.«

»Warum tust du's?«

»Ich weiß selber nicht. Es ist so – es kommt so, wie das Pfeifen, wenn man alleine geht.«

»Ich hab's nie getan. Aber gepfiffen schon oft. Das tut mir gut. Ich denke dann immer gleich an etwas viel Schöneres – –«

»Als was?«

»Als alles. Als da drinnen.«

Er deutete auf die erreichte Pforte. Lachen und lautes Gespräch klang innen in den Gängen wider.

Am nächsten Sonntag kam Erwin abends in das Zimmer, in welchem mein Pult neben acht andern Pulten stand. Er ging die Reihe der Pulte entlang, da und dort grüßend und bei Plaudernden oder Schachspielern stehen bleibend. Hinter meinem Platz hielt er wieder an und sah mir über die Schulter.

»Stör ich dich?«

»Du bist's? Nein. Was tust du heute abend?«

»Weiß noch nicht. Wo bist du in der Ausgangszeit gewesen?«

»Zu einem Kaffee eingeladen. Warum willst du's wissen?«

»Ich war am Weiher. Ich dachte, du wärst vielleicht wieder dort.«

Er nahm mich mit in seine Stube. Auf seinem Stuhl stand eine halb ausgepackte Wäschekiste.

»Hilf mir ein bißchen einräumen!«

Ich half gerne. Unsre Kästen standen unter Aufsicht und alle Unordnung darin wurde bestraft.

»Da sind zuviel Göttinger für Einen mitgekommen«.

Erwin suchte ein Pärchen der delikaten kleinen Würste heraus und bot sie mir an.

»Wir können gleich Vesper halten«, meinte er, als wir die Kiste geleert und den Inhalt in die Fächer des Kastens verteilt hatten.

»Hast du nichts zu trinken? Die Würste sind gesalzen.«

»Wasser, wenn du willst.«

Ich erinnerte mich einer halben Flasche Bier, die ich vom Nachmittag übrig hatte. Ich holte sie herbei und wir bewirteten einander fröhlich, bis es zum Prezieren läutete.

Von diesem Sonntag an waren wir befreundet und unzertrennlich. Er suchte bei mir Bücher und allerlei Rat. Ich liebte an ihm eine feine und oft humorvolle Art abgesonderter Lebensführung. Er war sehr begabt, aber weniger als ich ein Freund des Viellesens und Philosophierens. Aus einem reichen Hause brachte er mehrere weltmännische Gewohnheiten mit, war aber gut und sogar streng erzogen. Ich erinnere mich, daß er gerne kleine Geschenke machte. Dagegen fiel mir auf, daß er niemals Geld borgte oder auslieh, was unter uns andern täglich geschah.

Während meine Unzufriedenheit wuchs und meine Stimmung oft zur Schwermut neigte, genoß ich die erste Freundschaft mit der stürmischen Leidenschaft, welche ich sonst für Träume und dichterische Ideale besaß. Ihr stummen Wildwanderungen! Ihr Mittage, die wir in den hohen Ästen der Felseneiche verbrachten! Ihr Mondabende unter den hohen Bogenfenstern des Oratoriums!

Uns beide trieb dasselbe Ungenügen von der Arbeit zum Walde, von da zu unsern Dichtern, von diesen zur Musik und zu eigenem Dichten. Dann eines Tages brachte mir Erwin ein beschriebenes Blatt. Er hatte sich in Hexametern versucht. Ich erstaunte vor seinen sicher und sehr sorgfältig gegossenen Versen und mußte beim Austausch solcher Formversuche mich bald bequemen, mehr der Nehmende als der Geber zu sein. In späteren Jahren fand ich bei meinem Freund ein Gedicht in Hexametern, welches auf unsre Waldgänge und auf Verse, die er damals schrieb, zurückging. Unser Weiher war darin gemalt –

– Furchtsam rauscht aus dem Busch das Reh und
und bückt sich zu trinken,
Oft belauscht' ich dich dort! Und oftmals neigt'
ich das eigen
Haupt zum Weiher und schaute mein Bild
in ruhigem Wasser
Bleich und verträumt, und trank, und trank
ein süßes Vergessen –

Damals fand Erwin eines Tages bei mir jenes Karikaturenheft.

Er blätterte darin.

»Soll das der Caeso sein?«

»Freilich. Ist er nicht sehr ähnlich?«

»Wer weiß! – Aber hör, die Dinger sind scheußlich gezeichnet. Darf ich das Heft verbrennen?«

»Warum? Wir haben viel Spaß davon gehabt.«

»Mir gefällt's nicht. Es ist eine frevelhafte Malerei. Gib mirs.«

Ich überließ ihm das Heft, das er wirklich verbrannte. In ihm regte sich damals die erste Liebe zur bildenden Kunst, er begann sich für die Ornamente der Klosterkirche und für die Kupferstiche der Bibliothek zu interessieren. Und ihm war alles, was er liebte und studierte, heilig und unantastbar. Er lehrte mich zuerst den Kult der Schönheit und eine religiöse Verehrung der Kunst.

Wir lasen Preller's Mythologie und einige historische Werke miteinander, welche Lektüre ich ohne seine ruhige Teilnahme nicht bezwungen hätte. Ich las nach wie vor im Stillen Ossian, Schubart, Schiller, mit heißer Stirne und lüstern nach Sensationen.

Den langen, harten Winter hindurch wurde mir das klösterliche Leben täglich mehr verleidet. Ich vermißte immer schwerer, besonders nach dem kurzen Weihnachtsbesuch in der Heimat, alle gefälligen Lebensformen, allerlei Freiheiten und kleine Freuden. Besonders schien es mir immer unerträglicher, zu Schlaf und Arbeit mit andern zusammengesperrt zu sein.

Erwin, dem eine liebenswürdige Resignation eigen war, blieb ruhig in seiner stetigen Arbeit, während ich die Studien über der Lektüre versäumte und mich mit trotziger Genugtuung von den Lehrern getadelt oder vernachlässigt fand. Die Spiele und der ganze Ton unsrer Geselligkeit wurden allmählich ruhiger und ernster, alles Jungenhafte wurde verpönt – wir begannen uns zu erziehen. Es gab anerkannte Lichter und Tugendhelden, es gab dauernde Freundschaften und Feindschaften, die allgemeine ehrliche Ausgelassenheit und Grobheit verschwand. Dagegen wurde ein mathematischer und ein hebräischer Verein gegründet. Zwischen Einzelnen und ganzen Stuben und Gruppen wuchsen Spannungen, welche sich nur noch in witzig scharfer Weise Luft machen durften. Da kam irgendein Erfinder auf eine neue, zündende Idee.

Eines Morgens fanden wir an der Türe des Waschsaals einen Bogen Papier angeheftet, auf welchem mit verstellter Handschrift mehrere »Xenien« geschrieben standen. Eines davon lautete:

Hermann und Erwin, ihr passet zusammen
wie Essig und Honig;
Wäre der Essig nur scharf!
wäre der Honig nur süß!

Fünfzig Köpfe waren vor dem Papier zusammengedrängt; man las, man schalt, man spottete und lachte, die Getroffenen waren wohlbekannte Unbekannte. Am nächsten Morgen war die Türe von oben bis unten mit Xenien beklebt, kaum einer war verschont oder hatte geschwiegen. Ich glaube, mein Essig war damals scharf.

Der Scherz dauerte einige Tage und hinterließ in mir

eine erregte Bitterkeit, die ich vorher nie gekannt hatte. Ich war von mehreren empfindlich verletzt, von den Feinsten am tiefsten. Da der Xenienkrieg nicht lange dauern konnte, setzte sich der stumme Ärger in mir fest und verbitterte mir Arbeit, Tisch und Bett. Erwin hatte vor Ärger und Zorn geweint, war aber bald beruhigt, denn er genoß die Achtung der meisten. Mir leistete er mit rührender Treue Gesellschaft. Er ertrug meine Verschlossenheit so still wie die Ausbrüche meiner Wut; er gab sich sogar Mühe, die Gegner und Lacher zu besänftigen und von mir fernzuhalten.

Für mich begann eine unerquickliche Zeit. Meine Verstimmung schlug völlig in Weltschmerz und Angstgefühl um und verdarb mir vollends allen Fleiß und Erfolg. Ich wurde Nächte lang von Fiebergedanken gequält oder lag wach mit schmerzender Stirne. Erwin tröstete, gab kleine Arzneien, er schlug sogar vor, für mich beim Ephorus um Erleichterung oder Urlaub zu bitten. Manchmal, wenn ich mit ihm in den Ästen der alten Eiche saß, überwältigte mich meine Liebe und Herzensnot. Dann schwieg er freundlich und legte seinen Kopf an meinen und umfaßte mich fest. An jenem verborgenen Ort, nach einem erlösenden Geständnis, gab er mir die feine Hand und schwur mir feierlich Freundschaft für jede Zukunft.

An einem sonnigen Nachmittag stand ich mit ihm in der herrlichen Brunnenkapelle. Das Gärtchen lag mit hellen Knospen im ersten Frühling zwischen den kalten Kreuzgängen. Erwin war fröhlich gestimmt und erschwerte mir eine vertraute Mitteilung. Sie unterblieb. Ich küßte dem Erstaunten die Hand und ging weg, aus Kloster und Dorf, in den weiten Wald, um nicht wieder zu kommen. Voll von Frühling und Sehnsucht lief ich, ein verträumtes und verängstetes Kind, in die unbekannte Welt, und seitdem habe ich das verlorene Tal mit dem dunklen Kloster nicht wieder gesehen, außer in Träumen warmer Frühlingsnächte.

II

Meine Gedanken fliehen gerne zu einem Frühling zurück, der auf meine kurze Klosterzeit folgte. Ich erblicke dort das verwirrende Licht junger Lauben und höre den Wind vom Park her über die großen Büsche des Jasmin und der Syringen laufen. Dorthin gehört das Bild eines blassen Mädchens, das in meinem Traumschloß hängt, nebst einem verschwiegenen Kranze früher Lieder.

An manchen Tagen, wenn ich ruhend im Garten sitze oder wenn die milden Gestalten der Vita Nuova wie Flüchtlinge an meinem Geist vorübergehen, hängt der Kranz jenes Frühlings schwer in drängender Fülle über mir, mit überquellenden Blütenbündeln. Mir aber blieb nur ein Hauch seines Duftes, ein bleiches Band und ein karger Wanderstrauß aus seiner Fülle.

Ein Jahr später, als mein geschmücktes Boot sich vom ersten Schiffbruch wund erhob, kam der erste Brief des Freundes zu mir. Der Zwischenzeit und unsres Schweigens geschah kaum Erwähnung.

»Ungeduldiger!« stand da, »du hast mir hart zu tragen gegeben, und ich bin nicht nur ein Jahr älter geworden. Morgen verlasse ich das Kloster, das mir mehr als dir zum Ekel wurde. Deine Flügel hab ich nicht, aber ich habe die Erlaubnis der Mutter und den Befehl des Arztes. Heute nehmen viele Entsagungen für mich ein Ende – nun will ich auch dich nicht länger entbehren.«

Ein Jahr lang wechselten wir herzliche Briefe. Dann sah ich ihn wieder.

Das war ein Sommertag im Schwarzwald. Der Abend hing rot, mit dünnen Nebeln, an den dunklen Bergen. Ich lag im Fenster und sog die starke Luft der Höhe und der Tannenwälder. Das kleine Städtlein lag lustig unter mir mit belebten Gassen. Die Badmusik spielte in der Nähe.

Als ich mich ins dunkelnde Zimmer zurückwandte,

stand in der offenen Türe ruhig ein schlanker Mensch, der mich schweigend herantreten und sich betrachten ließ. Er war größer als ich, sehr schlank und aufrecht, mit schönen, ruhigen, vornehmen Gliedern.

Beim zweiten Blick erkannte ich ihn und hielt ihn lange an meine Brust gedrückt.

Erwin war schön geworden. Sein Gesicht, dessen »klassische Nase« im Kloster sprichwörtlich war, hatte eine helle, gleichmäßige Blässe und die Stirne ein klares Licht. Die Lippen waren voll und röter als früher. Seine Augen, in welche ich vormals verliebt gewesen war, hatten einen reinen, gütigen Blick, wie ich ihn nur an Jünglingen kenne, die durch Leiden und fortwährenden Ernst der Gedanken frühreif sind. An diesen großen, verklärten Augen sah ich auch, daß Erwin krank war. Sie hatten den Glanz, aus welchem man gewissen Kindern ein kurzes Leben prophezeit.

Er saß im Dämmer und später in der Dunkelheit neben mir; seine schmale Hand lag leicht in der meinen, und der Klang seiner Stimme fand den Weg in mein Herz durch seine Lieblingserinnerungen.

Wir sprachen nicht davon, aber wir dachten beide an die Herbststunde am Waldweiher. Spät ging er leise weg.

Ich sah ihn dann drei Wochen lang jeden Tag. Wir hatten keine Heimlichkeiten voreinander, nur von seiner Krankheit sprach er nichts, und ich fragte nicht. Eines Morgens fügte es sich im Gespräch, daß er davon reden mußte.

»Laß mich's kurz sagen«, bat er. »Es ist unheilbar; aber es wird vermutlich langsam fortschreiten. Ich habe, denk ich, noch Jahre vor mir.«

Tags darauf kam seine Mutter an. Ich wurde ganz in die kleine Gesellschaft gezogen. Sie war noch schön und ihm ähnlich, aber kräftig und gesund, und hatte herzgewinnende Mutteraugen.

Uns beiden las Erwin, auf der Hängematte sitzend, im

Walde eine Dichtung vor, welche er »Steinerne Götter« betitelt hatte.

Das waren feine, rhythmische Sätze und zarte, an die Seele pochende Worte; wir fühlten den weißen Blick der Statuen auf uns haften, und sahen ihre abgebrochenen Hände und Arme, und blickten tiefer in das Rätsel ihrer toten Augen. Erwin erzählte von einem römischen Frühling, den er in diesem Jahr gesehen hatte, von den grünen Albanerbergen und noch mehr von der ewigen Stadt, von jenen schönheitbekränzten Gärten und Villen, deren berühmte Namen schon die Sehnsucht unsrer Knabenzeit mit Ehrfurcht und Verlangen gehört hatte. Er erzählte von südlichen Festen und Gondelfahrten, wobei er oft die Mutter um Bestätigung oder um vergessene Namen der Dörfer und Küsten und Berge bat. Ich aber mußte an die Träume seiner Klosterabende denken, in welchen immer bekränzte Schiffe und buntfarben erhellte Abende vorkamen. Dann nannte er mit Ehrfurcht Sankt Peter, die Sixtina, die Florentiner Paläste und sprach mit dankbarer Liebe von Sandro Botticelli, welcher sein und mein Liebling war.

Des Abends saß er gerne plaudernd abseits vom Kreis des Lampenlichtes, oder zuhörend, wenn ich vorlas. Wir lasen Novalis und knüpften an seine tiefen, wunderbaren Fragmente viele Gespräche und Phantasien. Ein bekannter Sänger kam manchen Abend, der in Erwins Stadthaus ein ständiger Gast war. Er spielte auf dem Klavier alle Lieblingssachen des Kranken, dem das eigene Spiel abends untersagt war. Einige Suiten und Gavotten von Bach, einige Beethovensonaten, zumal die dreiundzwanzigste, und Chopins Nocturnen wurden uns besonders teuer. Vom Singenhören wurde Erwin meistens traurig gestimmt, weil dem Lungenkranken schon lange der Gesang verboten war. Doch liebte er einige ältere Balladen und die Lieder Schumanns. Einmal brachte der Sänger eine bekannte englische Ballade mit. Es war ein schwerer

Augustabend, ein Regen stand bevor. Der Musiker war ernst gestimmt und vergaß sich gegen den Kranken. Er ließ in dieser herrlichen Ballade, welche mit der tiefsten Kenntnis des Zaubers der männlichen Stimme erfunden ist, seine schöne Stimme im vollen Brustton sich heben. Aller Zauber der Erinnerung an die Jugend, an die ersten Spiele und Waldgänge, spricht stark und ergreifend aus den Versen dieser Ballade. Mir schlug das Herz heiß und beklemmend vor den schwellenden Tönen, Erwin aber ging leise aus dem Zimmer. Ich hörte sein verhaltenes Schluchzen. Er kam wieder, nachdem der Sänger weggegangen war, und setzte sich zwischen mich und die Mutter.

»Verzeih, Mutter!« sagte er schmeichelnd. »Es war bloß ein Erschrecken, eine plötzliche Hilflosigkeit und Angst. In diesem Lied ist alles das gesungen, was meine Erinnerung am meisten wert hält und was ich am meisten entbehre. Weißt du, Lieber, unsre Ballspiele und Schwimmbäder, das Schlittschuhlaufen und das Reiten ohne Sättel!« Er schwieg und wir wußten keine Antwort. Dann trat allmählich der gewohnte freundliche Ernst wieder auf sein beruhigtes Gesicht.

»Sieh, so kindisch bin ich!« sagte er zu mir, »und ich habe doch das glücklichste Leben, voll von Sonne, und nur dem Kennenlernen der Schönheit gewidmet. Und eine Mutter! Sieh sie nur an, wie sie voll Güte und Trost ist. Sie schenkt mir einen hellen Tag um den andern, sie reist und ruht mit mir ...« Er legte die Hand der Abwehrenden zärtlich an seine gerötete Wange.

Wenige Tage darauf war meine Ferienzeit zu Ende und ich kehrte in die ferne Stadt zu meinem Beruf zurück, von dem Leben mit dem Freunde und seiner Mutter innerlich gereinigt und geadelt. Die Geduld des Leidenden war mir seither oft ein Vorbild, und noch mehr sein geläuterter Blick und seine Anbetung des Schönen. Claude Lorrain und die englischen Kupferstecher lernte ich erst durch ihn kennen, auch in der Musik war er noch zuweilen mein Lehrer gewesen. Er schickte mir nach seiner Rückkehr in die Heimat mit der Abschrift der »Steinernen Götter« eine schöne Hermesbüste, einen Zwilling der seinigen, mit einem herzlichen Brief. Durch seine und seiner Mutter Briefe blieb er mir verbunden, bis ich ihn fast zwei Jahre nach jenem Schwarzwaldidyll besuchen konnte.

Er empfing mich mit hellen Augen, noch ruhiger und magerer geworden, aber auf der Höhe seiner graziösen, stillen Liebenswürdigkeit. Ein Gastzimmer war mir bereitet, und ich genoß mehrere Wochen die vornehme Gastfreundschaft des Hauses. Einige von Erwins Freunden, darunter auch ein wiedergefundener Kamerad vom Kloster her, kamen fast täglich zu Besuch. Ich entdeckte im unbewohnten Parterre des reichen Hauses ein hohes Zimmer, welches Erwins Vater vor Zeiten aus Liebhaberei im Stil der späten Renaissance ausgestattet hatte. Dort verbrachten wir in der heitersten Maskerade viele Abende vor dem Flackerfeuer des hohen Kamins mit Erzählen, Lesen und Plaudern, in roter Dämmerung auf geschnitzten Sesseln ruhend, das Auge vom Kaminlicht und von der beleuchteten feinen Arbeit der Simse und Friese erfreut. Ich fand meinen Freund zum Kenner gebildet, im Besitze reicher Kupfermappen, mit welchen er die Vormittage lang sich beschäftigte. Seine Seele schien frei und lächelnd sich mit dem kranken Leibe zu vertragen.

Eines Abends bereitete mir Erwin einen Genuß seltener Art. Zwei ineinandergehende Zimmer mit breiten, dekkenhohen Flügeltüren waren in ein kleines Theater verwandelt. Wenige Gäste waren geladen. Von Freunden und wohl vorbereiteten jungen Damen wurde eine Dichtung Erwins aufgeführt, ein Schäferspiel, süß und bunt wie die Verse Tassos und Ariosts, ein wenig sentimental, ein wenig übermütig, ein wenig kokett, ein feiner, geistreicher Scherz eines eleganten Geschmacks. Der junge Dichter, welcher alle Öffentlichkeit, auch den Druck, scheute und verbot, saß lächelnd hinter den Zuschauern, mit einem Gesicht voll Scherz und Glück, den rechten Arm um den Nacken der Mutter gelegt.

Ich erstaunte über die feine Form und den leichten Witz dieses galanten Stückes und sprach tags darauf mit Erwin darüber. Er sagte mit leichtem Lachen: »Ich bin vielleicht gar kein Dichter. Ich habe eure brennenden Leidenschaften nicht und kenne nicht wie ihr das Leben, das hinter dem Vorhang meiner Einsamkeit in Straßen und Häusern wohnt. Aber ich liebe überall das Zarte und mit Kunst Gearbeitete und habe mich viel mit Sprache und mit den geheimen Gesetzen der Formbildung beschäftigt. Und dann fällt es mir leichter als euch, das Reine zu finden, weil mein Leben nur halb ist und schon über der Grenze liegt, an welcher ihr erst die Gewohnheiten und die Sprache des Alltags und des Handwerks ablegt. Ich glaube, daß mein schwächliches, aber ruhiges und reinliches Leben mir diese Technik gab. Sieh, ich habe mich nie im Streit der Straßen und Märkte befunden; ich kenne die letzten Akte und überhaupt die Wirrnisse der Frauenliebe kaum. Ich lebe von einfachen Speisen, ich rauche nicht, ich bin nie betrunken gewesen. Meine Liebe begnügt sich, nächst den Kunstwerken, mit Blumen; mein Wirtshaus ist der Garten, in dem ich einige Blumenbeete selber besorge, mein Theater ist der Park, mein Konzert und Biergarten ist die Verandabank, auf welcher ich die Farben und Beleuchtungen der Baumwipfel genieße. Auch bin ich viel allein. Daß ich trotzdem kein Mönch oder Bücherwurm geworden bin, daran ist allein meine Mutter schuld. Von ihr kommt das, was ich vom Leben weiß; von ihr lerne ich täglich, was Liebe und Geduld ist; auch ist sie das schönste Bild der Gesundheit und rotwangigen Energie, das ich mir denken kann.«

Eine vergrößerte Ruhe fiel mir an Erwin auf. Er war von außen her nur schwer zu berühren und schien jetzt schon sich vom Körperlichen gelöst zu haben, das ihm nur Spiel und Zufall, oder Symbol und Spiegel war. Er hing an mir und suchte manchmal meine Hand, sie zu drücken oder zu streicheln, aber Empfang und Abschied geschah ohne Rührung und heftige Bewegungen oder Worte. Auch war, wenn ich eine tastende Frage seinem Leiden und Mitleidsbedürfnis entgegenreichte, ein glänzendes, schweigendes Anblicken aus überlegenen Augen seine einzige Antwort.

Als ich, nur vom Diener begleitet, sein Haus verließ, stand Erwin in dem hohen Eckfenster seines Arbeitszimmers und bewegte die weiße Hand grüßend gegen mich, bis ich den Garten verließ. Als ich den Hut schwenkte und mit einer lebhaften Gebärde den letzten Abschied nahm, nickte er mit dem schönen Haupte freundlich, und lächelte. Ich fühlte, daß in seiner abseitigen, stillen Welt auch der kommende und gehende Freund wenig Veränderung bringen und keine Lücke hinterlassen konnte. Er sah uns von Sorgen und Freuden und Hoffnungen bewegt, welche ihm fremd und klein erschienen; wir hatten für sein Auge das Interesse vorbeiflügelnder, von Instinkten umgetriebener Vögel. Dennoch verstand er wohl, daß sein Leben für alle Gesunden, seine Mutter nicht ausgenommen, unmöglich und arm sein müßte, denn er sagte mir einmal vertraulich: »Es ist ein Glück für mich, daß ich nicht alt werden kann. Ich würde, wenn ich lange lebte, einmal anfangen müssen zu leiden und am Ungenügen zu kranken. Auch die Kunst für sich, die meine Luft und mein Leben ist, bringt kein Genügen, denn sie ist andrer Art als wir Vergänglichen. Sie ist für uns, die wir Bäumen oder Blumen gleichen, das Licht und die Himmelsluft; in Wahrheit aber sind wir so geschaffen, daß wir uns mehr vom Erdreich nähren müssen. Das ist eben meine Krankheit, daß ich keine Wurzeln habe.«

Ich dachte nachher oft an diese Worte, und wenn ich an Erwin dachte, sah ich ihn an diesem Mangel leiden und verdorren. Er aber klagte in seinen seltenen Briefen nie mehr darüber. Er schrieb von seinem Befinden, berichtete über neue Kunstwerke seiner Sammlung oder über einen neuen Reiz, den er an älteren fand, und am liebsten pflegte er die Erinnerungen aus der frühesten Zeit unsrer Freundschaft.

Ich sah meinen Freund zuletzt ein Jahr nach jenem Besuch. Er lag in seinem Schlafzimmer aufgebahrt, weiß in weißem Linnen, und konnte meine Abschiedsworte nicht mehr hören. Ich kniete neben der stummen Mutter wohl eine Stunde lang bei ihm, dann erst begrüßte sie mich im Aufstehen mit einem Händedruck und mit einem festen, herrlichen Blick. Am nächsten Tag besuchte ich das Zimmer noch einmal.

Das Licht des Nachmittags war von den halbgeschlossenen Jalousien stark gedämpft. Ich fand den Hals des Toten unbekleidet und sah an diesem die länglichen Höhlungen, die einzigen auffallenden Zeichen seiner Krankheit. Das Gesicht war nicht verändert; es war schön und adlig anzusehen mit der starken Stirne und den überzarten Augenlidern. Die Haare waren zurückgekämmt. Ich fuhr mit der Hand darüber, sie waren weich und angenehm zu berühren. Er hatte es oft geduldet, von mir so gestreichelt zu werden, wenn er müde oder gedankenvoll war und nicht gerne sprechen mochte. Die Hände lagen über der Brust, mit den hellen, edlen Gelenken. Ich erinnerte mich eines Morgens, an dem ich ihn in seinem Arbeitszimmer besuchte. Er stand an die Tischkante gelehnt, eine in Kupfer gestochene englische Landschaft betrachtend. Über das Blatt hinweg begrüßten mich seine hellen Augen mit dem wärmeren Glanz, den sie jedesmal vom Anblick einer Schönheit gewannen. Damals zeigte ich ihm lachend seine eigene Hand, an deren Daumen ein kleiner Tintenfleck war. Er wusch diesen sogleich ab und sagte fast betrübt: »Wie schmutzig! Man sollte wahrhaftig nicht schreiben. Da hast du das, was ich unseren Fluch nenne, den Fluch der Dichter. Wir haben Visionen, wir besitzen Wunder und Schätze, aber wir haben in uns zugleich den schwer zu zähmenden Trieb, sie in schwächeren Bildern aufzubewahren, ihre Wirklichkeit zu erproben, indem wir sie betasten und abzuformen versuchen. Dabei gewinnen wir immer an Idealen und Enttäuschungen, aber auf Kosten der schönen Wesenheiten, und zum Schaden unserer reinen Finger.«

Ich dachte noch an andere Worte meines Freundes, an seine Art zu reden und zu schweigen, an seine wenigen geschriebenen Poesien, und ich litt an dem Gefühl eines bitteren Verlustes. Beim Anblick des schönen Kopfes ergriff mich hart das Grausame der Krankheit, welche diesem schlanken, jungen Leib die Blüte und Reife versagt hatte. Sein edles Herz tot, seine feinen Gedanken wie einen silbernen Faden abgeschnitten, seine reine und lebendige Phantasie erloschen zu wissen, war ein bitterer Gedanke voll Leid und voll Frage und Vorwurf gegen das unverständliche Schicksal. Ich ging traurig aus dem Zimmer.

Im Vorraum übergab mir eine Magd einen schmalen Briefumschlag. »Von der gnädigen Frau«.

Ich ging aus und fand die nahe Allee menschenleer, warm und windstill. Ich suchte eine Bank des schattigen Seitenganges, im Gebüsch, und begann dort zu lesen. Der Umschlag enthielt einige Blätter, die der Tote noch in der allerletzten Zeit geschrieben hatte. Sie schienen von einem Liegenden niedergeschrieben, dennoch war die geduldige Handschrift Erwins wenig verändert.

Und ich las:

Vom Krankenbett

Wem soll ich jetzt noch dankbare Worte sagen, nachdem ich in diesen Stunden alle Freunde noch geliebkost und verabschiedet habe und alle Freuden, die am Rande meines kurzen Weges standen? Ich habe der Vormittage gedacht, die mich im Garten mit Vogelrufen und merkwürdigen Spielen der Sonne und des Schattens beschenkten; ich habe mich der Abende erinnert, welche die Freunde mir gewährten, indem sie bei mir waren und meiner Schwäche ihre lauteren Gewohnheiten zum Opfer brachten. Ich habe von meinen Lieblingen unter den Bildern und Dichterwerken Abschied genommen. Aber es ist noch Anhänglichkeit und Dankbarkeit für unbekannte Götter in mir; ich habe noch Abschiedsworte auf meiner Zunge – für wen?

Ich will sie meiner Krankheit schenken. Sie ist meine Lehrerin gewesen. War sie nicht noch anhänglicher und beständiger als alle meine Freuden und Freunde?

Ihr nachmitternächtlichen Stunden, da ich schlaflos still im Dunkeln lag! Ihr Schmerzen, die ihr mich von der Arbeit quältet, um mit mir zu kämpfen und mich an mich selbst zu erinnern! Ich gehe gerne von euch, wie das Kind gern eine harte Schule verläßt, aber ich denke ohne Bitterkeit an eure Strenge. Ihr lehrtet mich die gute Stunde ehren, ihr lehrtet mich Geduld und Bescheidensein, auch habt ihr meine wenigen Lieder durch Nachtwachen und gezwungene Muße am Tage reifer und besonnener gemacht. Nie habe ich mich ernster und tiefer bemüht, meinen Phantasien Verhältnis und reine Formen zu geben, als in schlaflosen Krankennächten. Meine Kunst mußte ich ringend erwerben, im Kampf mit Schmerz und Ermattung. Die Arbeit fiel mir hart, so habe ich vielleicht nie ein müßiges Wort geschrieben. Ich hatte wenig zu pflegen und zu schenken, aber ich tat es mit Opfern und der Liebe, deren mein wenig begütertes Herz fähig ist.

Am meisten aber danke ich dir, meine Krankheit, daß du mir das Fortgehen so leicht machst. Du scheidest von keinem verbitterten Herzen, in deiner Schule lernte ich das Fluchen nicht.

Auch dich grüße ich noch, mein freundliches Gefängnis, du teppichbelegte Krankenstube! Es ist mir schwer geworden, mich in deine Enge zu bequemen, mit Widerstreben gab ich mich gefangen. Nun wirst du mir täglich vertrauter, und ich habe dich mit meinen liebsten Gesellschaftern geschmückt: Mein Auge erfreut die Sonne Claude Lorrains, mein schlanker Hermes ist mir nahe –

Hermes Psychopompos …

Dies waren die letzten geschriebenen Worte Erwins. Sein Ende war leicht und ruhig.

Sein kluges Krankengesicht blickt noch oft mit glänzenden Augen in meine Träume und Feierabende; das Bild seines friedlichen Lebens liegt im Meere meiner Erinnerungen wie eine still verschlossene Insel, wenigen bekannt, licht und ohne Stürme, gekrönt vom Tempel der steinernen Götter. *(1899/1900)*

Der Novalis

Aus den Papieren eines Bücherliebhabers

I

Indem ich mich besinne, in welcher Eigenschaft ich mich dem etwaigen Leser dieser Notizen füglichst vorstelle, fällt mir ein, daß ich mich, dem Inhalt meines Schreibens gemäß, am besten als Bibliophile einführe. Wirklich ist dies auch wohl meine eigentlichste Eigenschaft. Wenigstens habe ich keinen wertvolleren Besitz und keinen, der mich mehr freut und auf den ich stolzer bin, als meine Bibliothek. Auch finde ich mich im Vielerlei der Bücherwelt leichter zurecht als im Wirrwarr des Lebens und bin im Finden und Festhalten schöner alter Bücher besonnener und glücklicher gewesen als in meinen Versuchen, anderer Menschen Schicksale freundlich mit dem meinigen zu verknüpfen.

Immerhin war ich bemüht, immer wieder lebendige Berührung mit allgzm Menschlichen zu haben, und auch meine Liebhaberei für alte Scharteken ist vielleicht nicht ohne Beziehungen zum Leben, mag sie auch nur wie das Steckenpferd eines alternden Hagestolzes aussehen.

Die Teilnahme und die Freude, die ich an meinen Büchern habe, gilt nicht nur ihrem Inhalt, ihrer Ausstattung und ihrer Seltenheit, sondern es ist mir ein besonderes Bedürfnis und Vergnügen, womöglich auch die Geschichte dieser Bücher zu kennen. Ich meine damit nicht die Geschichte ihrer Entstehung und Verbreitung, sondern die Privatgeschichte des einzelnen, zur Zeit mir gehörigen Exemplares.

Wenn ich in einem älteren Dichter blättere, in einer frühen Ausgabe von Claudius, von Jean Paul, von Tieck oder Hoffmann, und ich fühle das heimelig altmodische, schlichte Druckpapier zwischen Daumen und Zeigefinger, so kann ich mich nie enthalten, der dahingegangenen Geschlechter zu denken, welchen diese altgewordenen Papierblätter einst Gegenwart, Leben, Rührung und Neuheit bedeutet haben. Wenn man doch wissen könnte, in wie vielen vor Begeisterung und Lesefieber zitternden Händen so ein altes Exemplar des Titan oder des Werther gelegen hat, wie oft es in altfränkischen, ampelbeglänzten Zimmern nächtelang eine junge Seele zu Jauchzen und zu Tränen entzündet hat!

Wie sonderbar teuer sind uns schon die Bücher, die sich vom Urahn her durch die Familie auf uns herab geerbt haben, die wir schon als Kinder im alten Spinde stehen sahen und die wir in den aufbewahrten Briefwechseln und Tagebüchern unserer Großeltern erwähnt finden! Und auf manchen aus fremder Hand erworbenen Büchern finden wir fremd klingende Namen ehemaliger Besitzer, Dedikationen aus dem vorvorigen Jahrhundert, und denken uns, so oft wir einen Federstrich, ein eingebogenes Ohr, eine Randglosse oder ein altes Lesezeichen finden, diese seit vielen Jahrzehnten gestorbenen Besitzer dazu, ehrwürdige Männer und Frauen mit ernsten, familiären Gesichtern und in längst veralteten kuriosen Röcken, Manschetten und Krausen, Leute, die das Erscheinen des Werther, Götz, Wilhelm Meister und die Erstaufführungen Beethovenscher Werke erlebt haben.

Unter den alten Lieblingsbänden in meinen Bücherschränken sind viele, deren mutmaßliche Geschichte für mich ein reiches Feld köstlich neugieriger Forschungen und Vermutungen ist. Dabei bin ich im Phantasieren und Erfinden nicht allzu sparsam, teils aus Vergnügungslust, teils in der Überzeugung, daß alles Erfassenwollen der wahren, inneren Geschichte vergangener Zeiten ein Werk der Phantasie und nicht des wissenschaftlichen Erkennens ist. Von den in prachtvoller Antiqua gedruckten aldinischen Oktavbänden der italienischen Renaissance bis zu den Erstausgaben von Mörike, Eichendorff und der Bettina habe ich fast für jeden Band meiner Sammlung einen imaginären ersten Besitzer. Kriege, Feste, Intrigen, Diebstahl, Tod, Mord spielen gelegentlich mit, ein Stück wirklicher Welthistorie und erdichteter Familiengeschichten hängt an den antiquarischen Schwarten, deren Einbände mir, selbst wo sie etwas schadhaft sind, von keinem modernen Buchbinder berührt werden dürfen.

Außerdem aber besitze ich einige Bücher, deren Vergangenheit mir teils ganz, teils wenigstens jahrzehnteweis bekannt ist. Ich weiß die Namen ihrer ehemaligen Leser und den des Buchbinders, der sie seinerzeit gebunden hat; ich weiß von darinstehenden schriftlichen Glossen und Notizen Hand und Jahr, woraus sie stammen. Ich weiß von Städten, Häusern, Zimmern und Schränken, in denen sie standen; ich weiß von Tränen, die auf sie geflossen sind und deren Ursache ich kenne.

Diese paar Bücher schätze ich über alle anderen. Der Umgang mit ihnen hat mir manche melancholische Stunde heller gemacht; denn oft werde ich einsamer Mann mitten unter der schweigsamen Gesellschaft meiner Scharteken von Trauer überfallen, wenn ich sehe, wie schnell alles das, was einmal modern und neu und wichtig war, dem kühlen, mitleidig lächelnden Interesse einer anderen Zeit oder der Vergessenheit anheimfällt und wie schnell das Gedächtnis des einzelnen verlischt.

Dann reden mir diese paar Bände tröstend vom Geheimnis der Liebe, vom Bleibenden im Wechsel der Zeiten. Sie geben mir, wenn ich mir einsam erscheine, zu Nachbarn die aufsteigenden Bildnisse ihrer gestorbenen Freunde, deren Kette ich mich willig und dankbar anschließe. Denn in solchen Zeiten ist das Gefühl, als untergeordnetes und geringes Glied einer festen Gemeinschaft und Folge anzugehören, immer noch besser und tröstlicher als das grausame und sinnlose Alleinsein im Unendlichen.

Von diesen lieben Büchern habe ich nun eines ausgewählt, dessen Geschichte ich erzählen will, damit es dadurch vielleicht einem späteren Besitzer teurer werde.

Unter den verschiedenen Ausgaben des Novalis, die ich allmählich zusammengebracht habe, ist auch eine »vierte, vermehrte« vom Jahre 1837, ein Stuttgarter Nachdruck auf Löschpapier in zwei Bänden. Seit dessen erstem Besitzer, dem Großvater eines meiner Freunde, ist es dauernd in Händen von mir bekannten oder verwandten Leuten geblieben, so daß seine Geschichte mir leicht zu erforschen war.

2

Es war im Frühling des Jahres 1838. Der Chef der Witzgallschen Buchhandlung in Tübingen schnitt ein saures Gesicht. Sein erster Gehilfe stand neben ihm am Stehpult und hielt ein Handbillett des Kandidaten Rettig in den Fingern, während auf dem Pulte das Bücherkonto ebendesselben Kandidaten aufgeschlagen lag. Auf diesem Konto stand in netter Schrift und klaren Zahlen der ganze stattliche Bücherbezug des Studiosen Rettig seit sieben Semestern verzeichnet. Zu Anfang fanden sich je und je einzelne Zahlungen von einigen Gulden gutgeschrieben, seit langer Zeit aber stand auf der Seite des Habens nichts mehr eingetragen, und die Endsumme überstieg nach Abzug jener Gutschriften weit zweihundertfünfzig Gulden. Am Rande des Blattes war mit Bleistift vermerkt: »Will im März 1838 bezahlen.« Heute aber war schon der siebente April, und das Handbillett des Kandidaten lautete:

»Mein wertgeschätzter Herr! Ich las Ihre etwas herb stilisierte Mahnung soeben. Bin ich ein Hund? Bin ich ein Schwindler? Nein, sondern ein Kandidat der Philologie und Mann von Ehre, wenn auch ohne Geld. Beiläufig gesagt, halte ich die Bezeichnung des seelenlosen Metalles als nervus rerum für eine Infamie – Sie nicht auch? Also ich werde Sie bezahlen, nur jetzt nicht. Damit Sie aber einen tätlichen Beweis für meinen guten Willen sehen, schlage ich Ihnen vor, den mir entbehrlichen Teil meiner Bibliothek antiquarisch zurückzunehmen und mir eine angemessene Summe dafür gutzuschreiben. Zu diesem Zweck erwarte ich Sie morgen zwischen zwei und vier Uhr auf meiner Bude, Neckarhalde Nummer 8.«

Der Prinzipal war äußerst ungehalten und trug sich mit dem zornigen Entschlusse, die Eintreibung der alten Schuld dem Gerichtsvollzieher zu übergeben. Doch überredete ihn der kluge Gehilfe, Rettigs Vorschlag anzunehmen. Er rechnete richtig, daß Rettig als Sohn einer achtbaren Familie und als begabter Mensch nach Möglichkeit zu schonen sei, da er ohne Zweifel ein berühmtes Examen machen und vielleicht schon in wenigen Jahren als Philolog und Literat glänzen würde. Es wurde daher beschlossen, die Bücher des Schuldners zu möglichst niederem Preise zurückzunehmen, und der Gehilfe erhielt Auftrag, anderen Tages zur bestimmten Zeit die Schätzung vorzunehmen und das Notwendige mit dem Kandidaten zu vereinbaren.

Während eben dieser Stunde saß Rettig in düsterer Stimmung auf seiner Bude. Sein Fenster blickte über »Stift« und »Hölle« hinweg auf die Alleen und die sanften Bergzüge der Alb, über deren nähergelegenen Hügelrücken schon der erste hellgrüne Hauch des neuen Frühlings zu leuchten begann. Der Tag war föhnklar, blauer Himmel und lichte streifige Wolken glänzten mit starken Farben durch die transparente, überklare Luft. Auf der Straße scholl häufig Gesang von geselligen Liedern, lautes Gespräch, Wagenrollen und Hufschlag vorbeitrabender Reiter, denn es war der erste sonnige Tag des April.

Von dem allem bemerkte Rettig nichts. Der Witzgallsche Handel zwar bekümmerte ihn nicht übermäßig, aber ähnliche und schlimmere Mahnungen waren in diesen

Tagen ihm von mehreren Seiten zugegangen, so daß er, im Brennpunkt der Aufmerksamkeit diverser Gläubiger, sich fühlte wie die Mücke im Spinnennetz. Dazu kam die Sorge um das in diesem Semester bevorstehende Examen, die Scheu vor dem nachher drohenden Amt und Philisterium und das Vorgefühl des Abschiedes von Tübingen, an den er mit Qualen dachte.

Kurze, ärgerliche Züge aus der langen Weichselpfeife saugend, saß er halb, halb lag er auf dem zerschlissenen Kanapee und schaute mit gefurchter Stirne den phantastischen Bildungen der Rauchwolken zu, die sich langsam und quirlend gegen das offenstehende Fenster hin bewegten. Zwischen aufgehängten Pfeifen, Lithographien und Silhouettebildnissen stand an der breiten Türwand der hellen Stube ein recht stattlicher Bücherschaft, auf welchem neben Klassikern und Kompendien eine nicht unbedeutende Sammlung von historischen und belletristischen Werken sich befand. Rettig hatte eine starke literarische Ader und beteiligte sich seit kurzem teils durch Rezensionen, teils durch kleinere Zeitschriftenartikel am literarischen Leben.

Seufzend erhob er sich endlich vom bequemen Sitz und begann, die Pfeife in der Linken, mit der Sichtung seiner Bücherei. Die philologische Abteilung, welche ohnehin auf das Notwendigste beschränkt war, mußte unangetastet bleiben. Mit zornigem Schmerze zog der arme Kandidat Buch um Buch aus den unteren Regalen, einen Liebling nach dem andern sich vom Herzen reißend, in manchem lange blätternd und bei jedem die Rücknahme in letzter Stunde sich innerlich vorbehaltend. Die ganzen reichen Semester zogen durch seine Erinnerung, in denen er diese Sammlung Band für Band zusammengebracht hatte, in denen sein lebhafter Geist sich von der naiven Begeisterung des Fuchsen schnell zur selbständigen Kritik des Kenners durchgearbeitet hatte.

Es hatte sich schon ein mäßiger Berg ausgeschiedener

Werke auf dem Boden angetürmt, da ging die Tür, und ein großer blonder Mensch trat herein und blieb lachend vor der Unordnung stehen. Es war Rettigs Freund und Kollege Theophil Brachvogel, zurzeit Hauslehrer bei den Söhnen einer Professorenwitwe.

»Prosit, Rettig! Was beim Styx treibst du denn da für Zauber? Du wirst doch nicht schon wieder packen wollen?«

Grimmig ließ der Kandidat seine Bücher liegen und zog den Freund mit sich auf das Kanapee. Unter reichlichen Verwünschungen und klassischen Schwurformeln erzählte er ihm die Bücheraffäre.

Kopfschüttelnd betrachtete der Hauslehrer die zerstörte Bibliothek, um die es auch ihm leid tat. Er stand auf und nahm von dem aufgeschichteten Bändestoß den obersten in die Hand.

»Was?« rief er nun lebhaft. »Auch den Novalis? Ist es dein Ernst, Alter? Den Novalis?«

»Auch ihn, den schönlockigen Seher, ja. Was will ich machen? Jeder Band ist zuviel, den ich behalte.«

»Nicht möglich, Schatz. Den Novalis! Ich wollt ihn eben dieser Tage von dir leihen.«

»Leih ihn vom Witzgall! Ich behalte nichts, nichts. Ohne Wahl zuckt der Strahl.«

»Du, da fällt mir ein: ich kauf ihn dir ab. Die Krämerseele gibt dir doch so gut wie nichts dafür. Was soll er gelten?«

»Ich schenk ihn dir.«

»Unsinn, Knabe. Jetzt auch noch schenken! Sagen wir einen Taler. Einen Gulden geb ich dir jetzt gleich, den Rest am Tag der großen Gelder.«

»Gut, gib her! Da ist der zweite Band.«

Brachvogel, der zu seinen Schülern mußte, nahm die beiden Bändchen unter den Arm und eilte mit wenigen Sätzen die schmale, baufällige Stiege hinunter in die Stadt. Gedankenvoll blickte Rettig durchs Fenster seinem

Freunde und seinem Novalis nach. Er sah im Geiste schon seine ganze schöne Sammlung in alle Winde zerstreut.

Am folgenden Tage erschien pünktlich der höfliche Witzgallsche Gehilfe. Er sah alles durch, schätzte Buch für Buch, zog eine magere Summe ab, mit der sich Rettig zornig einverstanden erklärte; alsdann lud ein Knechtlein den ganzen Schatz auf einen Handkarren und führte ihn gleichmütig hinweg. Beim Anblick des Verzeichnisses dieser Bücher würde manchem heutigen Sammler das Herz pochen. Erstausgaben, welche die jetzige Mode mit Talern aufwiegt, gingen für dreißig und vierzig Kreuzer weg, ja billiger.

Traurig und ärgerlich verließ der Kandidat seine entheiligte Bude, bummelte mißmutig durch die Gassen und beschloß diesen schwarzen Tag damit, daß er den gestern empfangenen Novalisgulden einsam im »Löwen« vertrank.

3

Abend. Am schweren Himmel trieb der Föhn die schnellen Wolken vorüber. Im Fenster einer behaglichen Bude lehnte Theophil Brachvogel, die feine rechte Hand um das Fensterkreuz gelegt, und sah dem endlosen scheuen Flug der Wolken zu, hingegeben und ergriffen, die Seele eines großen Gedichtes voll.

Auf dem breiten Studiertische lag neben Heften, Briefbogen und Schreibzeug der zweite Band Novalis aufgeschlagen. Weit frischer als der kritisch veranlagte Rettig hatte der beschaulichere Hauslehrer sich die jugendliche Fähigkeit bewahrt, die Werke der Dichter wie süßen Wein zu genießen, ohne Widerstreben dem berauschenden Fluß ihrer erhabenen Sprache hingegeben, die Seele wie eine bebende Schale bis zum Rande von tiefer Stimmung erfüllt, von welcher je und je ein schwerer voller Tropfen überlaufend als eigenes Gedicht verklang.

Ihn hatte seit einigen Tagen die sanfte Gewalt dieses tiefsten und süßesten Romantikers erfaßt, dessen dunkeltönige, von Duft und Ahnung gesättigte Sprache sein williges Herz in ihre weichen Rhythmen zwang. Das klang so mystisch wohllaut wie ein ferner Strom in tiefer Nacht, von Wolkenflucht und blauem Sternlicht überwölbt, voll scheuen Wissens um alle Geheimnisse des Lebens und alle zarten Heimlichkeiten des Gedankens.

Zum Tisch zurückkehrend, las er nochmals laut den wunderbaren Abschnitt:

»Abwärts wend' ich mich zu der heiligen, unaussprechlichen, geheimnisvollen Nacht. Fernab liegt die Welt, in eine tiefe Gruft versenkt: wüst und einsam ist ihre Stelle. In den Saiten der Brust weht tiefe Wehmut. – Fernen der Erinnerung, Wünsche der Jugend, der Kindheit Träume, des ganzen langen Lebens kurze Freuden und vergebliche Hoffnungen kommen in grauen Kleidern, wie Abendnebel nach der Sonne Untergang.«

Die schwermütige Schönheit der Nachthymnen zog durch die Brust des jungen Schwärmers wie ein Wetterleuchten durch eine dunkle, fruchtbare Frühsommernacht.

Noch eine Stunde blieb er allein im stillen Zimmer, bald lesend, bald hin und wider schreitend, bald durch das Fenster die einbrechende schwarze Aprilnacht betrachtend. Dann trat er aus der Türe, die er offenstehen ließ, auf den dunklen Flur und tastete sich die Wand entlang und die Treppe hinauf. Oben klopfte er leise an eine Tür, hinter welcher sein Freund Hermann Rosius wohnte. Er fand den Fleißigen mit seinem Lieblingsbuch, Bengels Gnomon, beschäftigt. Der fromme, stille Student begrüßte erfreut den älteren Freund, an dem er mit Bewunderung und Zärtlichkeit hing, und räumte ihm eilig einen mit den Resten eines spärlichen Abendessens besetzten Stuhl ab. Brachvogel zog den mitgebrachten Band

Novalis aus der Tasche, legte ihn auf den Tisch ins Licht und deutete auf den Titel.

»Kennst du den?« fragte er den Theologen.

Rosius schüttelte den Kopf.

»Nur dem Namen nach«, sagte er. »Ich glaube, er hängt irgendwie mit Schleiermacher zusammen. Liest du ihn jetzt?«

»Ich will dir ein Stück vorlesen.«

Er las den ersten Hymnus an die Nacht. Seine wohllautende Stimme schmiegte sich dem ernsten Pathos der Dichtung schlicht und edel an. Das ist der Augenblick der erhabensten und reinsten Wirkung für jeden Dichter, wenn eine junge, begeisterte Seele sein Werk dem Freunde mitteilt.

Beide Jünglinge enthielten sich des Urteilens. Schweigend ließen sie den in ihnen erweckten tiefen Ton des Heimwehs zu Ende klingen. Die kleine Studierlampe schien rötlich durch das einfache Zimmer.

Endlich brach Rosius das Schweigen. Er redete leise und schüchtern und errötete im Halbdunkel. »Ich glaube, es ist jetzt die rechte Stunde, dir ein Geständnis zu machen.«

Brachvogel gab keine Antwort. Er nickte nur und richtete den Blick auf das verlegen freundliche Gesicht des Freundes. Leise fuhr dieser fort:

»Ich wollte es dir schon lang erzählen, aber der Augenblick ist nie so recht gekommen. – Ich hoffe, mich im Sommer zu verloben.«

»Was du sagst! Eigentlich zwar nimmt mich's nicht wunder, ihr Theologen tretet ja gewöhnlich schon mit Bräuten ins Amt. Aber doch –! Mit wem denn, du?«

»Mit einem Fräulein – –«

»So? Das dachte ich mir ungefähr auch.«

»Helene Elster. Sie ist eine Pflegetochter des Amtmannes in unserem Städtchen. Aber wir wollen nicht zu viel davon reden – es ist ja alles noch so ungewiß.«

»Aber du hast doch schon mit ihr darüber gesprochen? Oder schreibt ihr einander?«

»Was denkst du! Nein, nein. Aber in den Sommerferien will ich sie fragen, und ich glaube fast, sie wird ja sagen. Ich hoffe es sogar bestimmt.«

»Ist sie schön?«

»O ja.«

»Erzähle doch! Ist sie blond? Musikalisch? Singt sie? Groß? Klein? Heldengeist? Sanfte Seele?«

»So bist du immer, Theo!«

»Ja, ja, aber wie sie ist, will ich wissen. Hast du ein Bild von ihr?«

»Ein Bild? Wie sollte ich dazu kommen? Nein. Sie hat braunes Haar und ist ziemlich schlank. Und sie hat ein Herz – ein Gemüt – –«

»Rosius, ein Künstler bist du nicht. Aber ich fange doch allmählich an, ein Bild von ihr zu bekommen.«

»Also ich wollte dir erzählen. Ich sah sie zuerst bei einem Kaffee im Helferhaus. Sie ist nämlich erst seit ein paar Monaten aus dem Institut zurück. Du weißt, wie schüchtern ich mit Mädchen allemal bin. Und nun saß sie am Tisch gerade neben mir! Ich war ganz behext von ihrer Stimme. Sie sprach mit ihrem Gegenüber von Musik, und von einer Reise, und von Mädchengeschichten. Weißt du, eine Stimme – so eine besondere, glockenklar und doch mit einem Schleier drüber. So hab ich die Stimme meiner Mutter in Erinnerung. Und dann war sie so schön! Ich konnte sie ja nicht richtig ansehen, aber ihre linke Hand lag immer neben mir auf dem Tisch. Ich wußte gar nicht, daß so eine bloße Hand auch etwas Schönes sein kann.«

»Was hast du denn mit ihr gesprochen?«

»Du hast gut fragen. Ach Gott, ich wünschte die ganze Zeit, sie möchte mich anreden.«

»Das wäre doch deine Sache gewesen.«

»Ich weiß nicht. Sie sprach von einem Fest. Plötzlich

drehte sie sich nach meiner Seite herum und fragte: ›Sind Sie auch dabei gewesen?‹ Ich glaubte, sie meine mich, es galt aber dem Helfer. Ich antwortete: ›Nein‹ – zugleich antwortete der Helfer, und ich sah, daß ich mich geirrt hatte, und schämte mich.«

»Und das ist alles gewesen?«

»Wart nur! Also das war unser erstes Zusammentreffen. Dann war ich beim Amtmann eingeladen und sah sie dort wieder. Da konnte ich mich etwas freier bewegen als im Helferhaus, und es gelang mir, ein Gespräch mit ihr anzuknüpfen. Es ging freilich nicht gerade flott, denn sie redete viel schneller als ich und kam immer mit etwas Neuem, wenn ich gerade über das vorige Thema einen rechten Satz präpariert hatte. Sie ist eine vollkommene Dame. Sie lenkte das Gespräch nur so hin und her, daß ich ganz wirr wurde. Später sah ich sie bei einem Konzert, einem Streichquartett, wo der Amtmann mitspielte und mein Onkel auch. Da plauderte sie vertraulich mit mir, ich war ganz munter und schlagfertig, es war ein guter Tag. Seither hat sie, glaube ich, meine Neigung bemerkt. Sie wurde ein wenig rot, sooft ich sie auf der Straße grüßte, auch ging ich oft an ihrem Haus vorbei. Es scheint, daß sie mich nicht ungern sieht – –.«

Es war noch nicht spät, als der Hauslehrer seinen Novalisband wieder an sich nahm und seine Stube im unteren Stockwerk wieder aufsuchte. Er las dort die Hymnen zu Ende, und las sie noch einmal, bis spät in die Nacht.

Von da an begleitete wochenlang das Saitenspiel des zarten, geheimnisvollen Dichters sein Leben Tag für Tag. Der Frühling kam, die Kastanien der Allee wurden grün, im Schönbuch klang Finkenschlag und Amselruf, und die sich füllenden Wipfel begannen tiefer zu rauschen. Da lag Brachvogel an manchem hellen freien Nachmittag im Walde. Buchenschatten und Sonnenflecken fielen in die aufgeschlagenen Seiten des Lieblingsbuches, eingelegte Blumen und als Lesezeichen benutzte Baumblätter drückten ihre leichten Spuren ein. Am Rande der »Fragmente« entstanden nachdenkliche Notizen, mit leichtem Bleistift eingetragen, und die Daten mehrerer besonders schöner und glücklicher Waldlesetage wurden auf das leere letzte Blatt geschrieben, manche auch in den Text selber. Jetzt noch steht unter anderen auf Seite 79 neben dem Märchen von Rosenblüte und Hyazinth die Bemerkung zu lesen: »Zum erstenmal gelesen den zwölften Mai, am Waldrand über Bebenhausen.« Auf derselben Seite haben sich die feinen Rippen eines eingelegten jungen Buchenblattes in bräunlichen Linien abgedrückt erhalten. Das Blatt selbst ist nicht mehr dabei.

Auch Hermann Rosius las häufig allein oder mit dem Freunde zusammen in den beiden Bänden und gewann den feinen Dichter herzlich lieb. Dennoch konnte sein streng-frommes Gemüt sich den kühneren unter den »Fragmenten« gegenüber der Kritik und des Tadels nicht immer enthalten. Bei zwei Aphorismen religiösen Inhaltes sind von seiner Hand Bibelstellen an den Rand geschrieben. Ich besann mich oft, wer von den späteren Lesern wohl genug Liebe und pietätvolle Neugierde gehabt haben mag, um jene Stellen nachzuschlagen.

4

Unvermutet schnell wie immer war der Sommer herangekommen. Die Studenten reisten nach allen Seiten fort in die Heimat oder auf Vetternreisen. Der fleißige Hauslehrer, obwohl auch er einige Wochen Urlaub erhalten hatte, war in Tübingen geblieben, um zu arbeiten. Der heiße August brannte auf den Dächern und glühte in den engen, gepflasterten Gassen der Stadt. Der Kandidat Rettig hatte sein Examen gemacht und war noch am letzten Tage des Semesters zu Brachvogel gekommen, um den Rest seines Novalistalers zu holen.

Brachvogel bewohnte nun etwas vereinsamt eine Ferienbude in der Münzgasse und saß arbeitsam bald hinter dem Studiertisch, bald in der Bibliothek. Da kam ein Brief von Hermann Rosius und brachte ein frisches Stück Leben in sein stilles Dasein. Der Brief lautete:

»Mein Herzensfreund!

Wie lebst Du in Tübingen? Ich denke es mir dort jetzt sehr still. Fördert Deine Arbeit? Was mich betrifft, so hab ich bis jetzt kaum ein Buch berührt. Jetzt aber spüre ich großes Verlangen, einmal zusammenhängend und mit Muße Novalis zu lesen. Du mußt ihn mir, oder mindestens einen Band davon, mitbringen.

Ja, mitbringen! Denn ich erwarte, daß Du mich nächster Tage besuchst, ich bitte Dich herzlich darum. Die Sache mit dem Mädchen scheint Fortschritte zu machen, und ich möchte Dich hier haben, zunächst damit Du Dich mitfreust, aber auch damit Du mir mit Deiner geschickteren Art und Deiner größeren gesellschaftlichen Erfahrung beistehst. Ich bin in alledem so unbeholfen. Mein lieber Vater hat Raum für einen Gast, wenn wir uns ein bißchen behelfen. Bitte komm gewiß, und so bald als möglich!«

Der Hauslehrer las die Einladung mit Freude und beschloß, ihr ohne Verzug zu folgen. Lachend und Wanderlieder singend, packte er noch am selben Tage sein Ränzel. Den erbetenen Novalis beschloß er nach einigem Zaudern dem Freunde nicht nur mitzubringen, sondern gleich zu dedizieren.

Am folgenden Morgen machte er sich zu Fuß auf den Weg nach dem Heimatstädtchen des Kameraden, das ein paar Meilen weiter neckarabwärts lag. Die weiße Landstraße glänzte hellauf in der Morgensonne, die schönen Neckarufer lagen grün und fruchtbar im Leuchten des Hochsommertages. Von heiß zu ersteigenden Höhen aus sah der Wanderer den blanken, gewundenen Lauf des Flusses durch gilbende Fruchtfelder und schattige Obstgärten sich strecken, oft auch von steilen Weinbergen gesäumt. Kirchturmspitzen funkelten blendend von entfernten Dörfern herüber, in den Feldern und Rebhügeln war rege Arbeit, ruhig und waldig begrenzten die höheren Berge der Alb die Aussicht.

In der frischen, empfänglichen Seele des jungen Reisenden spiegelte sich diese ganze frohe und farbige Welt reich und glücklich wider. Erinnerung, Ahnung und Hoffnung schmolz ihm mit der Schönheit der sichtbaren Welt unvermerkt und wohllaut zusammen, und werdende Lieder bewegten keimend den Sinn des jungen, fröhlichen Menschen. Er war ein geborener Wanderer, rüstig, gelenkig, zäh und bereit, alles Begegnende von der freundlichen Seite zu fassen. Auch war sein Auge offen für alle Schönheiten der Landschaft und empfänglich für die feinen Reize der Berglinien, der Beleuchtung, Laubfarben und der blauen Töne der Ferne.

Während des Dahinschreitens erinnerte er sich mit Vergnügen der Reisebilder im Heinrich von Ofterdingen, den er schon zweimal gelesen hatte. Die geistvoll zarten Verse der »Zueignung« mit ihrem rätselhaft süßen Liebreiz und ihrem innig musikalischen Wohlklang fielen ihm ein. Vielleicht wußte er nicht, wie ähnlich er selbst dem jungen Ofterdingen jener Dichtung war. Was ihm zum Manne noch fehlte, eben das gab seinem Wesen die harmlos liebenswerte Frische. Der Duft der frühen Jugend lag auf ihm, dem noch kein großer Schmerz die Unbefangenheit genommen und dafür die Weihe der Reife gegeben hatte.

Am späten Nachmittag erreichte er das Städtchen, in welchem Rosius auf ihn wartete. Über das Gewirre der alten und neuen Dächer ragte der behagliche Kirchturm, mit einer humoristisch wirkenden Zwiebel gekrönt. Züge von Gänsen und Enten bevölkerten Gassen und Hofwinkel sowie den sanft strömenden Neckar, den eine ehrwürdig graue, steinerne Brücke überspannte.

Der alte Rosius war ein kleiner Kaufmann oder eigentlich ein Krämer gewesen, hatte sich jedoch seit einigen Jahren zur Ruhe gesetzt und wohnte in einem zur Hälfte vermieteten neuen Häuschen, das Brachvogel nach einigem Fragen fand und betrat.

Nun wurde er von dem überraschten Freunde mit Jauchzen empfangen, auch der stille alte Vater drückte ihm die Hand und bewegte die hart gefalteten Lippen zu einem altmodischen Willkommspruch. Darauf brachte Hermann den Gast in die Stube, welche sie teilen sollten. Der Hauslehrer packte unter lustigem Geplauder seinen Marschranzen aus, der neben einiger Leibwäsche und einem Gehrock auch die zwei Bände Novalis enthielt.

»Ah, der Novalis!« rief Rosius erfreut und nahm einen Band in die Hände, in welchen Brachvogel schon in Tübingen die Dedikation geschrieben hatte. Sie fiel ihm sogleich ins Auge, und er umarmte den Spender dankbar.

Weder dieser noch der Beschenkte ist heute mehr am Leben, aber die Widmung von Brachvogels Hand steht noch in dem Bande auf dem inneren Einbanddeckel zu lesen:

»Theophil B. seinem Freunde Hermann Rosius, im Sommer 1838.«

Und darunter:

»Der echte Dichter ist allwissend; er ist eine wirkliche Welt im Kleinen.« (Novalis)

5

Wenn ich statt der Geschichte meines Novalis diejenige des Theophil Brachvogel und seines Freundes schriebe, so müßte ich nun dessen Ferienaufenthalt, den ersten Besuch und Kaffee beim Herrn Amtmann, Brachvogels erste Begegnung mit jener schönen Helene Elster und viele andere schildern und erzählen, worauf ich nur ungern verzichte. Doch muß ich mir die eingehende Darstellung dieser und anderer Ereignisse versagen. Ich würde sonst Bände brauchen, bis ich meine Geschichte aktenmäßig zu ihrem vorläufigen Ende, das heißt bis auf den heutigen Tag, geführt hätte.

So betrachte ich denn meinen Novalis und suche in ihm weitere Spuren des Lebens von damals.

Die am Ende des vorigen Kapitels zitierte Widmung Brachvogels, die im ersten Bande steht, zeigt Spuren davon, daß ein Versuch gemacht wurde, sie auszuradieren. Die gute Tinte hatte sich jedoch zu tief in das weiche Papier gefressen und widerstand dem Tilgungsversuch. Widmung und Spruch blieb stehen.

Was bedeutet für den Käufer, Besitzer und Leser eines alten Buches der vom Radiermesser zerschabte erste Buchstabe einer vor sechzig Jahren geschriebenen Widmung? Nichts. Eine minimale Verunzierung, der man außerdem leicht durch Überkleben nachhelfen kann.

Ich habe aber jene Stelle nicht überkleben lassen. Sie bedeutet für mich und für unsere Erzählung ein ganzes Kapitel, ein dunkles, schmerzliches, dessen Bericht mir schwerfällt, da ich für die Hände und Schicksale, mit denen mein Buch damals Berührung fand, seit langem eine stille Liebe hege.

Drei Wochen nach jenem vergnügten Abend seiner Ankunft war der Hauslehrer Brachvogel nicht mehr derselbe jugendlich sorglose, naiv heitere Mensch wie zuvor. Er hatte einige von den Dingen erfahren, deren schnelles Erleben älter macht als eine ganze Reihe von stillen Jahren. Er war um ein Glück, eine Schuld und ein Leid reicher und um einen Freund und eine Jugend ärmer geworden. Der Novalis war wieder in seinem Besitze, und er selbst hat jenen Radierversuch an der noch frischen Widmung gemacht.

Er war mit Helene Elster verlobt, und der arme Hermann Rosius hatte seinen Freund und seine Liebste auf denselben Tag verloren. Oder doch nicht am selben Tage; denn nach dem Bruch der Freundschaft war um das schöne Mädchen noch ein kurzes verstecktes und verzweifeltes Ringen gewesen. Dann hatte der hübsche, lebensfrohe Brachvogel den Sieg gewonnen, und die erbitterte Rivalität der entzweiten Herzensfreunde hatte sich, namentlich auf des armen Theologen Seite, in ein herbes, trauriges Verzichten und Verlorengehen verwandelt.

Hatte Theophil eine Untreue begangen? Er selbst litt an dieser Frage, und mußte Ja und Nein zugleich antworten. Ja – denn er hätte am ersten Tage, nachdem er mit dem Mädchen gesprochen hatte, fliehen und dem Freunde seine älteren Rechte lassen können. Später konnte von Untreue oder irgendwelcher bewußten Sünde nicht mehr die Rede sein, da waren Recht und Unrecht und war auch die Freundschaft im Brande der drängenden Leidenschaft geschmolzen und vergessen.

Ich sann manchmal darüber nach, wieviel Schuld ihm beizumessen sei; und nach meiner Meinung ist seine Schuld nicht klein, denn ich weiß nichts so Heiliges und Unantastbares als eine herzliche Freundschaft unter Jünglingen. Aber Theophil war jung, und sein ganzes Wesen mag in jenen Jahren nach der entscheidenden Frauenliebe gedrängt haben. Und wer will rechnen, wie schwer trotz seines Glückes sich die verratene Freundschaft an ihm gerächt hat?

Ich denke mir, daß sein des Leidens und Unrechthabens nicht gewohntes Herz gezittert haben muß, als Rosius ihm das geschenkte Buch mit anderen kleinen Freundschaftsreliquien zurücksandte, dies Buch, über dem sie so viele reiche schwärmerische Stunden miteinander zugebracht hatten. Und ich denke mir, daß sein Herz zitterte, als er wieder allein in Tübingen in seiner Wohnung saß und vergeblich die Widmung vom Deckel des Buches zu tilgen versuchte – so vergeblich, wie das vergiftete Andenken an den ehemaligen Freundesbund aus seinem Herzen. Ich denke mir auch, daß er seiner oft zu Besuch in Tübingen weilenden Braut manchmal eines der Gedichte oder Märchen von Novalis vorlas, und wie mag da ihm und ihr zumute gewesen sein, als sie zum erstenmal nach dem Buche griff und die Widmung und jenen Namen und den Versuch, ihn auszulöschen, sah?

Rosius fand zwei Jahre später eine andere Liebe, und seine Hochzeit fand wenige Monate nach der Brachvogelschen im Jahre 1842 statt. Beide Freunde nahm das Leben des Amtes und der Familie in Anspruch, die Erinnerungen wurden milder und bleicher, aber sie sahen sich nicht wieder, und einer hörte vom anderen jeweils nur zufällig aus dritter Hand.

Über dem geschäftig zufriedenen häuslichen Leben mag auch der stille Dichter fast vergessen worden sein, er stand viele Jahre lang wenig benützt in der Hausbibliothek Brachvogels. In diesen Jahrzehnten begannen die älteren Verehrer jener frühromantischen Poesie allmählich auszusterben, ohne daß neue ihnen gefolgt wären. Unter der damals heraufkommenden Jugend kannten wenige von Novalis mehr als den Namen, auch der heranwachsende Sohn Brachvogels nicht, der die beiden schlichten Bände, obwohl er sonst ein Leser war, unberührt im väterlichen Bücherschrank stehen ließ. Es schien, als wäre es mit dem Ruhm des seit fünfzig Jahren begrabenen Dichters vorüber. Für ihn schien die trostlose Zeit des Antiquierens gekommen, jenes rasche traurige Sinken vom Lächerlichwerden zum Langweiligwerden und von da vollends zum Vergessenwerden.

So stand unser Buch zehn Jahre und zwanzig Jahre. Seine Blätter bekamen einen leisen Cremebezug, jenen Edelrost alternder Bücher, der dem Vergilben vorangeht. Das vielgeschmähte Löschpapier hielt sich aber vortrefflich. So wenig edel es war, sieht es doch heute noch frischer und weißer aus als die Mehrzahl der jammervollen Drucke aus den siebziger und achtziger Jahren, die einem unter der Hand braun werden.

6

Annähernd zwanzig Jahre standen die beiden einfachen Sedezbände still und von niemandem begehrt im Bücherkasten. Was sind zwanzig Jahre in der Geschichte eines guten Buches! Vielleicht ruhten sie doch nicht vollkommen, vielleicht nahm sie der vielbeschäftigte Lehrer und Hausvater doch noch zuweilen vom Brett und überglitt mit ernsten Augen die schon alternden Blätter, wenn Erinnerung und Jugendheimweh des Nachts am Studiertisch ihn überfielen.

Dann wunderte er sich vielleicht betrübt darüber, wie rasch der zarte Dichter aus dem Andenken der Welt verschwunden und wie selten sein Name noch in jemandes Munde war; er ahnte nicht, daß Jahrzehnte später die ernste Schönheit dieser Dichtung neue Freunde und laute Verehrer und Verkünder finden würde. Ich denke, in einer solchen Stunde des Rückwärtssinnens schrieb er auf eine leere Halbseite des zweiten Bandes den Vers, den ich dort oft mit Bewegung las:

Wie weht aus deinen süßen Reimen
Ein Duft der Jugendzeit mich an,
Die mir in bunten Dichterträumen
So leicht und unvermerkt zerrann!
Du bist mir wie aus Maientagen
Im Herbst ein Gruß von Blumen zart,
Du willst mir ernst und leise sagen,
Wie fern mir meine Jugend ward.

Manchmal griff vielleicht auch die schöne Hausfrau nach dem Novalis. Ich weiß es nicht, doch glaube ich es gerne, denn auf ihrem Bilde, das ich in meinen Jünglingszeiten manchmal sah, hat sie jenen geistigen, zarten Träumerzug im vornehmen Gesicht, aus dem wir gern eine rege, dem Schönen zugeneigte Seele erraten. Es macht mir Vergnügen, zu denken, sie habe die hellbraunen Bändchen zuweilen in ihren weißen Fingern gehalten.

Jedenfalls blieb das Buch im Brachvogelschen Hause und war dort noch vorhanden, als der Sohn des Hauses Anno 1862 von Tübingen aus darum schrieb. Er war wie sein Vater Philolog und mochte gelegentlich bei irgendwelchen literarhistorischen Studien auf Novalis aufmerksam geworden sein. Dessen Werke wurden ihm denn nun von Hause zugeschickt.

Unser Exemplar zeigt keine Spuren, die auf einen starken damaligen Gebrauch schließen lassen, vor allem keinerlei Notizen aus den folgenden Jahren. Es scheint, daß der Dichter auf den in jener antiromantischen Zeit erwachsenen Studenten wenig Eindruck gemacht habe. In seinem Besitze schlummerte das Buch, wie ein Edelstein schlummert, solange kein Lichtstrahl seine verborgenen Feuer weckt. Es scheint damals sogar manchmal Mißbrauch gelitten zu haben, denn jenen Tübinger Jahren schreibe ich die Verwahrlosung der Einbände zu, welche manche verwischte Halbkreise und Kreise wie von daraufgestellten Trinkgläsern aufweisen. Dennoch blieb mein Novalis noch manche Jahre im Besitz des jüngeren Brachvogel und erlebte sogar dessen teilweise Bekehrung.

Dieser Brachvogel junior war ein kühler, kritischer Geist und von früh an ein wenig Sonderling. Er hatte kaum sein Tübinger Examen gemacht, als der Vater plötzlich einer kurzen Krankheit erlag. Die Mutter war schon ein Jahr zuvor gestorben, nach einer fünfundzwanzigjährigen Ehe noch schön und von Freunden bewundert. Der junge Gelehrte sah sich plötzlich verwaist und auf sich selbst gestellt. Von seiner Neigung getrieben und durch ein beträchtliches Vermögen unabhängig gemacht, verließ er bald die Heimat und reiste allein nach dem Süden. Wohl nur ein Zufall war es, daß beim Verkauf der väterlichen Bibliothek der Novalis zurückblieb und mit in dic Reisekoffer kam.

Über die nun folgenden Jahre gab mir ein Tagebuch genauere Nachricht, das Brachvogel während seiner italienischen Jahre ziemlich fleißig führte. Doch ist nur auf den letzten Blättern desselben flüchtig von unserem Novalis die Rede. Brachvogel hielt sich mehrere Jahre in Rom auf, besuchte Süditalien und Sizilien und schien wenig mehr an die Heimat und Vergangenheit zu denken. Wenigstens berichtet sein Tagebuch nur von italienischen Angelegenheiten, Studien und Reisen, und berührt das Gedächtnis der Eltern fast nur jeweils bei der Wiederkehr ihrer Todestage. Im fünften Jahre seiner Abwesenheit jedoch scheint je und je ein Hauch von Heimweh dem Vereinsamten das Herz bewegt zu haben.

Damals hielt er sich mehrere Monate in Venedig auf, mit Bibliothekstudien beschäftigt, während die Welt von Tag zu Tag lebhafter durch die Nachrichten vom französischen Krieg erregt wurde. Ohne daß ihn diese eben stark erschüttert hätten, ward doch der gelehrte Sonderling mehr als sonst des fernen Vaterlandes erinnert, und es kamen Stunden, in denen Jugendgedenken und Heimaterinnerung ihn überraschten. In einem dieser Augenblicke fiel ihm der ganz vergessene Dichter durch Zufall wieder in die Hand. Schlicht und rauh berichtet davon das Tagebuch:

»Heute fand ich unter den Schmökern im unteren Kasten den alten Novalis und fühlte Lust, nach Jahren wieder einmal etwas der Art zu lesen. Unter den Fragmenten fielen mir einige geistreiche unter vielem Wust von Phantastereien auf. Dann begann ich den sonderbaren Ofterdingen zu lesen.«

Und zehn Tage später:

»Fortsetzung der Novalislektüre bis zum Schluß des ersten Teiles vom Ofterdingen. Ich hatte lange keinen deutschen Dichter mehr gelesen und kann mich nun dem eigentümlichen Eindruck nicht ganz entziehen.«

7

Es scheint, daß Brachvogel dem Dichter längere Zeit treu geblieben ist. Eines Tages wenigstens nahm er ihn, in Florenz, wieder zur Hand und fand das Märchen von Hyazinth und Rosenblüte. Er fand denn auch jene Stelle, an welcher vor mehr als dreißig Jahren sein Vater das Datum eines Bebenhauser Maitages eingeschrieben hatte, und schrieb daneben: »Settignano bei Florenz, 19. Juni 1873.«

Nun hatte er in Florenz einen Freund. Es war ein Deutscher, namens Hans Geltner, der mit einer Toskanerin verheiratet war. Dieser saß im Winter 1874 im Spital am Krankenbett Brachvogels und sah ihn am 2. März 1875 dort sterben. Er erbte mit ein paar anderen deutschen Büchern auch den Novalis, der nun wieder vergessen und ungebraucht jahrelang im Regal stand.

Während dieser Jahre war in Geltners Hause eine schöne, blonde Tochter herangewachsen, die ich selber noch wohl gekannt habe. Sie war schlank und von ganz deutscher Schönheit, und fand beizeiten manche Verehrer.

Als ich damals nach Florenz kam und die Geltners besuchte, stach auch mir ihr schönes, einfaches Wesen ins Auge, so daß ich sie bald den Madonnen des Quattrocento, denen zuliebe ich hergereist war, ohne Schwanken vorzog. Es fügte sich, daß ich schließlich täglich ins Haus kam, oft mit deutschen Freunden, oft allein.

Da fiel mir denn eines Tages der zweibändige Novalis in die Hände. Geltner war erstaunt, als ich ihm erzählte, daß der scheinbar verschollene Romantiker neuestens in Deutschland wieder verehrt und gelesen werde. Manchen Abend saßen wir nun in dem kleinen, ummauerten Garten um den schattigen Steintisch, und ich las die feinen, tiefen Gedichte des alten Novalis vor. Über dieser Lektüre kam ich oft mit der Tochter Maria ins Gespräch, und in diesen Gesprächen kamen wir einander so nah, daß ich von Tag zu Tag mich selber wunderte, mit ihr noch nicht von Liebe gesprochen zu haben. Es waren schöne Märchentage, wie mir seither keine mehr geworden sind.

Um diese Zeit traf mein Freund Gustav Merkel in Florenz ein. Wir begrüßten uns herzlich und lebten die ersten Tage nur füreinander. Er war ein lieber und flotter Mensch, beweglich, hübsch, geistreich, dabei gutmütig, und wir haben manchen Fiasko Landwein burschikos unter Geplauder und Gesang miteinander ausgetrunken.

Die Sehnsucht nach Maria trieb mich bald wieder in ihr Haus. Ich brachte Merkel mit, der dort gefiel und bald gleich mir fast alltäglich bei Geltners verkehrte.

Eines Abends las ich nun dort die »Lehrlinge zu Sais« vor. In der daran anschließenden Unterhaltung machte Gustav einen wenig ehrerbietigen Witz über Novalis und seine Dichtung, der mir weh tat. Da zu meinem Erstaunen Maria nicht widersprach, sondern sogar mitlachte, hielt ich an mich und schwieg. Als aber Gustav weggegangen war, trat ich im Garten zu ihr und hielt es ihr vor. Sie war ein wenig verlegen und vermied meinen Blick.

»Sie haben ja recht«, sagte sie. »Aber sehen Sie, Ihr Freund ist zu gescheit und vor allem zu witzig, als daß man ihm widersprechen könnte. Ich mußte einfach mitlachen. Und wozu sollte ich auch mit so liebenwürdigen Gästen Streit anfangen?«

»Aber war es nicht wie ein Verrat, Maria?«

»Sie sind komisch!« und dann: »Andiamo!«

Mehr sagte sie nicht. Aber als ich nun gute Nacht sagte und langsam durch den Corso dei Tintori nach Hause ging, war ich froh, daß ich noch nie mit Maria über meine Liebe gesprochen hatte, und hatte eine schlechte Nacht.

Es ging alles rasch und ruhig seinen Gang, und ich sah mit sonderbar gespannter Neugierde zu. Ich sah, wie Gustav immer häufiger zu Tisch geladen wurde und neben Maria zu sitzen kam. Ich sah, wie er abends mit ihr im Garten spazierte, ich sah ihn in der Badia eine Bleistiftkopie des schönen Sankt Bernhardskopfes von Filippino Lippi anfertigen und in den Trödlerläden alte Emailsachen kaufen, die er ihr dann schenkte. Und eines Tages sah ich auch die Einladungskarte zu ihrem Verlobungsfest, von Maria selber geschrieben, vor mir auf meinem Schreibtisch liegen. Draußen klang laut das Straßengetriebe der fröhlichen Stadt Florenz und flogen helle, leichte Wolken zärtlich spielend durch die warme Luft, ich aber saß lang und las immer wieder diese freundlichen, kurzen, entzückend nett geschriebenen Zeilen der Einladungskarte. Am Abend ging ich hin und gratulierte.

Noch einmal tauchte in dieser Umgebung der Novalis auf, das war am folgenden Abend. Ich habe es nicht vergessen. Wir saßen noch beim Obst und plauderten, woran ich freilich wenig teilnahm. Ich schnitzelte seit einer Viertelstunde zerstreut und traurig an einem großen Pfirsich herum, mit einem winzigen Obstmesserchen, dessen bronzener Griff die Form der Florentiner Wappenlilie hatte. Da stand Gustav vom Stuhl auf, holte den Novalis herbei und fing an zu blättern.

»Ich muß doch zeigen«, sagte er lächelnd, »daß ich kein Barbar bin, sondern eurem alten Symbolisten doch auch einen Reiz abgewonnen habe. Ich las dieser Tage in dem Schmöker und fand ein wundervolles Gedicht, das ich euch – und speziell dir, Maria – vorlesen möchte.«

Mir wurde sehr schwül ums Herz, denn ich ahnte wohl, welches Gedicht es sein würde – dasselbe, das ich einst im Sinn gehabt hatte, bei guter Gelegenheit der schönen Maria vorzulesen. Ich hatte es aber nie gewagt.

Richtig, er las es, und Maria hielt den Blick ihrer großen, schönen Augen auf ihn gerichtet und lächelte, und ich Unbeteiligter litt in dieser Minute mehr als in allen den vorhergegangenen Tagen.

Er las: Ich sehe dich in tausend Bildern,
Maria, lieblich ausgedrückt,
Doch keins von allen kann dich schildern,
Wie meine Seele dich erblickt.
Ich weiß nur, daß der Welt Getümmel
Seitdem mir wie ein Traum verweht
Und ein unnennbar süßer Himmel
Mir ewig im Gemüte steht.

Meine Chronik geht zu Ende, und ich hätte sie am liebsten mit den lieben Versen jenes schönen Marienliedes beschlossen. Ich muß aber noch berichten, daß schon nach drei Monaten Marias Hochzeit war. Gustav reiste mit ihr in die Schweiz und führte sie im Spätherbst nach Deutschland mit sich.

Ich hatte indessen längst von Florenz und von Maria Abschied genommen und mir von Geltner den Novalis als Andenken erbeten, den er mir gerne überließ. Seither ist er in meinem Besitz geblieben, hat mich auf mancher Reise begleitet und steht jetzt in meiner Romantikersammlung eingereiht, gerade zwischen den Gedichten der Sophie Mereau und den Werken des Malers Philipp Otto Runge.

Es war meine Schuld, daß zwischen Gustav Merkel und mir eine Entfremdung eintrat, zu der die räumliche Trennung noch beitrug. Wenigstens brachte ich es nicht über mich, damals seine Briefe zu beantworten, so daß auch er müde wurde und schwieg.

Doch dauerte das nur anderthalb Jahre. Dann geschah das Schreckliche, daß die schöne Maria mitten im Glücke auf einer sommerlichen Gondellustfahrt verunglückte und umkam. Da kam Gustav zu mir, und wir haben seither die Erinnerung an sie und an jene Florentiner Zeiten und an alles Teure unserer allmählich in die Ferne entrückten Jugendzeiten brüderlich miteinander geteilt.

(um 1900)

Der Dichter

Ein Buch der Sehnsucht

Wo liegt das Tal? Weit, weit unter goldenem Stern.
Ich suchte lange, suchte mich müd und matt.
  Ich bin nach Nord und Süd gezogen –
  Aber ich konnte das Tal nicht finden.

Hans Bethge.

Die Einsamen

(Als Vorwort)

Es gibt Schüler einer jungen Philosophie, welche Abende lang in festlichen Häusern sich gemeinsam in großer Zahl der Einheit ihrer Erkenntnis freuen und in begeisterter Schar auf gemeinsam erstiegenen Berghöhen die aufsteigende mütterliche Sonne begrüßen. Es gibt Gemeinschaften, in welchen Bauern, Schuhmacher und Tagelöhner zusammen leben, um in ängstlich engen ärmlichen Stuben die Bibel zu lesen und erbauende Auslegungen jüdischer Propheten zu ersinnen. Und es gibt fein erzogene raffinierte Ästheten, welche Abende und Tage gemeinsam zubringen, auf Knieen vor der Schönheit, in Räumen, deren Wände mit blassen, ausgesucht edlen Gobelins geschmückt sind und die von den reinen Takten kunstreicher Verse oder einer auserlesenen Musik ertönen.

Diese alle, die Philosophen der neuen Erkenntnis, die Pietisten und die Ästheten, stehen über dem Leben des Alltags, pflegen den Verkehr mit dem Ewigen und wissen die Schicksale des äußeren Lebens auf eine große Idee, auf ihre Idee zu beziehen.

Aber neben ihnen und neben dem Pöbel des Alltags gibt es noch die große Zahl der Ungemeinsamen, die in

Schweigen verborgene Brüderschaft der Einsamen, von welcher nur selten der Schrei einer laut gewordenen ungewöhnlichen Seele Kunde gibt. Auf dem Grund ihres Lebens liegt das Ungenügen, das Heimweh und die Resignation. Der weiche, dunkle Grund raubt allen Bildungen ihres Lebens den Glanz der starken Umrisse, das Feuer der kräftigen Farben und die Tatsächlichkeit der entschiedenen Bewegung; an deren Stelle aber verleiht er den Zauber des Ungewissen, den blauen Duft der Ferne, die gedämpfte Musik des Helldunkels und die schöne tieftönige Schwermut der Stimmung.

Man könnte viele mit Namen nennen, deren Leben und deren Schöpfungen auf diesen, schweren, traurigschönen Grund gemalt sind und deren wahres Wesen allen Nichteinsamen geheimnisvoll und rätselhaft ist. Man könnte viele Gestalten beschwören von Weisen, Dichtern, Künstlern, Gestalten von wunderbarem Adel, scharfgezeichnete, großartige Häupter mit ernsten Stirnen und tief gefurchten Zügen – Menschen, die ihr Leben lang allein und vom eigenen Herzblut lebten, denen die Gabe der Selbstflucht, der Geselligkeit, ja der Freundschaft versagt war. Entfernte Freunde weinten bei ihrem Tode, der sie einsam traf und späte Geschlechter liebten sie mit Scheu und mit Erstaunen.

Unzählig aber ist die Schar der Einsamen, deren Leben ohne Licht und Ruhm verklingt. Sie sind Fremdlinge in den Gassen ihrer Städte. Sie passen nicht in die Harmonien des äußeren Lebens, und sie wissen nicht, ob sie zu gut oder zu schlecht für dieses Leben sind.

Diese meine Brüder will ich mit meinen Blättern grüßen, alle jene, die zum Orden der Flüchtigen und Heimatlosen gehören, und denen die Ritterschaft des Leides und der Einsamkeit ihren schmerzlich schönen Adel verleiht. Ich weiß, daß unter ihnen einige mich gelten lassen und lieben werden.

Vom Gartentisch warf die Lampe einen Kreis von Licht in den stillen Garten und verband die um den Tisch Sitzenden zu einer vertrauten Gemeinschaft. Ringsum war Dunkelheit, in deren Mitte die kleine Lampe so blendend leuchtete, daß beim Emporblicken auch der hohe Himmel schwarz erschien. Nur wenn man eine Weile den Blick erhoben hielt, konnte man die tiefe Bläue des reinen Himmels fühlen und sah Sterne, wie quellende Lichttropfen aus der weiten Kuppel treten.

Unsichtbar redete der mauerumschlossene Garten von seiner Gegenwart. Duft von Veilchen, Duft von jungen Jasminblättern und von Tannen strömte in feinen Wellen durch die Dunkelheit und vermischte sich mit den leisen Geräuschen des Laubes und der Wipfel zu einem Lied, aus dessen Takten ein Wissen von Frühling, Veilchen und abgeschlossener Gartenschönheit in die Seelen der kleinen Tischgemeinschaft drang.

Diese war sich des Zaubers der lauen Abendstunde wohl bewußt und öffnete sich gerne den Stimmen der Schönheit, des Frühlings und der Weltferne, welche in diesem mauerumschlossenen, mitten in der großen Stadt in beneideter Reinheit und Stille liegenden Garten redeten. Vier Menschengesichter traten im Licht der Lampe hell aus dem dunklen Abend hervor. Der Kopf des Wirtes, ein herbes, doch gütiges Gelehrtenhaupt, mit freier, reger Stirn und ausruhenden, starken Forscheraugen. Daneben das helle Frauengesicht der Wirtin, in dem über den klugen Mund und die sorgende Stirne die liebreichen, geheimnislosen Augen siegten. Dann Elisabeth, ein eleganter, geistreicher schöner Kopf mit lebendig beweglichen Zügen, mit hoher Stirne und kühlen, klugen Augen, mit schmalen Lippen, auf welchen Sinnlichkeit und Skepsis stritten, und mit dem vielbewunderten präraphaelitisch schönen Kinn. Zuletzt der Dichter Martin, auf dessen

Stirn mit den Schatten der krausen Haare die Schatten eines lebhaften Faltenspiels sich vermischten.

Der Dichter hatte den »Tod des Tizian« vorgelesen, und die weichen, schwellenden Verse des auserlesenen Gedichts schienen sich langsam und harmonisch in die milde Veilchenluft des Abends aufzulösen. Noch hatte niemand gesprochen.

»Die Sterne!« sagte plötzlich Elisabeth. »Sie sind während des Lesens aufgegangen, und wir sahen es nicht. Die Lampe ist so hell! Sehen Sie, man muß ganz zurückliegen und eine Weile hinaufblicken, dann sieht man sie erst...«

Alle schauten in die blaue, sterngekrönte Nacht empor. Nur Martin lehnte sich in das Dunkel zurück und ließ seine klaren Augen auf der linken Hand Elisabeths ruhen, welche mit leisem Fingerspielen auf dem Rand des runden Tisches ruhte. Er sah zum ersten Mal die elegante Schönheit dieser Hand, bei deren Anblick ihm ein neues Verständnis für die seltene Kunst der schönen Klavierspielerin aufging. Während er das schlanke Gebilde betrachtete, bewegten sich die schönen Finger, als schlügen sie Tasten an. Martin berührte sie mit einem Veilchenblatt, das neben vielen gepflückten Veilchen auf dem Tische lag. Elisabeth blickte ihn fragend an.

»Ihre Linke will Klavier spielen, Elisabeth. Ein Notturno.«

Sie besann sich einen Augenblick, wobei sie, ohne das Gesicht zu neigen, mit vergrößerten Augen zu Boden sah. Eine Gebärde, die an ihr nicht selten war und sie seltsam schmückte, indem in diesem Augenblick das flügge Spiel der lebhaften Mienen innehielt und die vornehm schmale Form des Gesichtes den Ernst eines Bildnisses annahm.

»Gut, ich spiele. Aber im Dunkeln. Und Sie müssen alle hierbleiben.«

Sie erhob sich langsam und leise. Im Gartensalon stand ein Klavier. Die hellblau gekleidete leichte Gestalt schritt fast lautlos über den Rasen und verschwand in die dunkle

Wand des Hauses. Die Bewegung der hellfarbigen Figur brachte ein plötzliches, schwaches Licht in den dunklen Gartenwinkel, dessen Finsternis hinter der Verschwundenen wieder in schwarzen Wellen zusammenschlug. Bald floß durch die offenen Fenster eine einfache, langsam gleitende Musik, ein Abendlied, das keinem der Zuhörer bekannt war. Es konnte von Mozart sein, oder von Haydn. Nach einer sehr kurzen Pause änderte sich die Tonart, und dieselbe Melodie, mit einer leichten, glücklichen Veränderung, wiederholte sich ein wenig tiefer, während die Begleitung sich schnell vereinfachte, so daß die letzten Noten sich ohne markierten Abschluß in die Dunkelheit verloren. Die drei Zuhörer fühlten, daß dieses Notturno nicht von Haydn, sondern von Elisabeth, und daß es ganz die Musik des heutigen Abends war und ganz nur für eben diese drei verstehenden Hörer erfunden. So wurde das schöne Mädchen nicht mit einer Frage, sondern mit einem schweigenden Dank empfangen, als es lautlos an den beleuchteten Tisch zurückkehrte.

»Sollen wir gehen?« fragte sie bald darauf den Hausherrn.

»Noch nicht«, bat dieser, »ich will Ihnen noch eine ganz kleine Geschichte erzählen, oder eigentlich ein Gedicht.«

Man horchte lächelnd auf. Ein kleiner Falter begann um die Ampel zu kreisen. Der Doktor schloß die Augen und erzählte.

Um zu ruhen und die Schönheit der Stunde zu genießen, vereinigte sich Jugend und Alter in der Gartenstille eines warmen Frühsommerabends. Ein Dichter las die wohllauten Verse einer sommerlich schönen Dichtung vor, im Lichterkreise der Lampe entspannen sich streitlose Gespräche über Dinge, deren Herd der Feierabend und die Freundschaft ist. Der Dichter sammelte gepflückte Veilchen zu einem Strauß, und die schweigsam anwesende Muse lehrte die Freunde über den engen Kreis des heimatlichen Ampelscheins hinauf zu den reinen Sternen blicken. Und als die Nacht mit Düften und dunklen Stimmen in die gesellige Rede sich mischte, da antwortete ihr die Muse aus der Tiefe ihrer Kunst mit einem wunderbar schwesterlichen Liede. Die Alten schwiegen und reichten der Muse die Hand, aber der Dichter dankte ihr durch die Gabe der duftenden Veilchen.

Der Doktor erhob sich und gab Elisabeth die Hand, der Dichter gab ihr den Veilchenstrauß, die Hausherrin erhob die Lampe und geleitete beide Gäste zum Tor.

Martin begleitete die Muse durch die stillen Gassen der alten Stadt.

Elisabeth begann zu sprechen.

»Wieviel Menschen, glauben Sie, sind in unsrer Stadt, die es verstehen, einen Sommerabend so zu genießen wie unsre Wirte?«

»Zunächst noch wir beide«, entgegnete Martin.

»Ja, und sonst?«

»Zwei, drei vielleicht.«

»Zwei, drei. Ich weiß, wen Sie meinen. Anderswo hätten Sie den »Tod des Tizian« nicht gelesen. Sie müssen mir das Buch besorgen, wollen Sie? Und Sie? Ich habe seit Monaten keinen Vers von Ihnen gehört.«

»Ich verbrenne täglich ein Blatt davon.«

»Wovon?«

»Verse. Eine Dichtung. Ich arbeite und bin mit mir unzufrieden.«

»Was ist es?«

»Der Titel ist ein Frauenname. Und der Inhalt eine Frau, ein Mädchen. Ihre aparte Schönheit, ihre Stimme, ihre Bewegungen, ihr ungewöhnlich feines geistiges Wesen und etwas von dem außerordentlich regen und wandelbaren Leben ihrer Seele. Ihr Haar, ihr Auge, ihre Art zu lachen, zu gehen und zu sprechen, ihre Lieblingsblumen. Aber die Verse zerbrechen mir in der Hand, und wenn die schöne Dame es wüßte, so würde sie lachen.«

»Wissen Sie denn das?«

»Sie ist kühl und grausam. Sie soll nie geliebt haben.«

»Und Sie sind in dieses Rätsel verliebt. Warum sagen Sie das nicht der Dame selbst?«

»Ich bin nicht für Liebeserklärungen.«

»Komisch. Heißt die Dame Helene?«

»Nein, Sie sind auf der falschen Fährte. Übrigens wissen Sie, daß aus mir kein Geheimnis herauszubringen ist. Geben Sie sich nicht weiter Mühe.«

Eine Laterne beleuchtete für Augenblicke die Gesichter der beiden.

»Sie sind bleich«, sagte Elisabeth. Martin schwieg.

Plötzlich lachte Elisabeth leise auf und sah dem Dichter nochmals ins Gesicht. »Das ist Ihre tragische Maske«, sagte sie, »ich kenne Sie jetzt. Sie sehen zuweilen ganz so aus, wie ich mir als Kind die großen Dichter dachte: schlecht frisiert, wechselnde Wolken auf der Stirn, das Auge groß, die Lippen leicht geschlossen und so blaß!«

Martin lächelte nicht. »Warum spotten Sie, Elisabeth?« fragte er ruhig.

»Ich spotte ja gar nicht. Ich finde sogar, es steht Ihnen vortrefflich. Warum durfte ich das nicht sagen?«

»Ihretwegen, Elisabeth. Weil Ihre Gestalt und Stimme für mich noch diejenige der abendlichen Muse war, deren Musik mich beglückte und der ich die Veilchen übergab.« Es entstand ein kurzes Schweigen, während dessen die Schritte der Gehenden in der engen, gepflasterten Gasse widerklangen.

»Ich muß gestehen«, begann die schlanke Dame wieder, »daß ich den Gegenstand Ihrer neuen Dichtung nicht durchaus beneiden kann. So sehr es mich beglücken würde, meine Erscheinung im Spiegel Ihrer vornehmen und wohllautenden Verse zu erblicken, so wenig beglükkend denke ich es mir, die Geliebte eines so strengen, sensiblen und geistigen Mannes zu sein.«

»Aber wenn Sie mir begegneten, wie es jene Dame tut?

Sie lacht ja über mich. Würde es Ihnen keine Freude machen, einen zu Ihren Füßen zu sehen, dessen Auge für wählerisch und dessen Geschmack für ausgebildet gilt?«

»Ach ja. Und das Bewußtsein, Sie stimmen zu können, Sie zu quälend traurigen Versen reizen zu können. Wenn man grausam genug ist, muß es glänzend sein, einen Liebhaber zu haben, von dem man weiß, daß seine feinen Nerven auf den leisesten Blick reagieren.«

»Wären Sie aber grausam genug?«

»O ja, oder kennen Sie mich anders?«

»Nein.«

»Warum sagen Sie das so sonderbar?«

»Weil es mir immer noch um die Muse dieses Abends leid tut. Verstehen Sie das wirklich nicht? Oder wollen Sie sagen, daß diese Muse eine Maske war?«

»Nein. Aber man kann nicht die Stimmung eines besonderen Augenblicks künstlich konservieren. Spielen Sie doch nicht den Empfindsamen!«

»Die Rolle wäre ohnehin zu Ende. Wir sind an Ihrem Hause. Gnädiges Fräulein, darf ich die Glocke ziehen?«

»Haben Sie die Güte. Ich wünsche Ihrer Dichtung und Ihnen alles Gute. Auf Wiedersehen!«

Martin hatte keine Lust, nach Hause zu gehen. Er mühte sich, die Erscheinung der schönen Künstlerin, die an diesem Abend als schweigsame Muse im dunklen Garten einen ungewöhnlich vornehmen und geistigen Reiz entfaltet hatte, seiner Erinnerung einzuprägen. Sein Gedanke klammerte sich an jeden winzigen Zug, an jedes leiseste Lächeln dieser Erscheinung, denn er liebte Elisabeth, und er wußte, wie selten solche reinen und verklärten Äußerungen ihres Wesens waren. Er liebte sie, soweit seine flüchtige und einseitig nach künstlerischen Genüssen und Taten durstige Seele der Frauenliebe fähig war, und er war unersättlich, sie in den seltenen Augenblicken zu sehen, in denen sie »ihren Stil gefunden hatte«, wie er sich ausdrückte. Er hatte sich selbst sorgfältig bewacht, damit seine Verehrung ihr verborgen bleibe, er war unzählige Mal ohne ihr Wissen von ihr beleidigt worden, dennoch brannte die leise Flamme der ihm selbst oft rätselhaften Neigung in ihm weiter, und ohne es sich zu gestehen, hoffte er immer auf die Stunde, in der sie sich reiner und persönlicher offenbaren und ihm Gelegenheit geben würde, sie zu beeinflussen. Denn trotz ihres schwankenden und häufig fast herben Wesens war sie die einzige Frau in seiner Umgebung, deren körperliche Schönheit und geistige Kultur ihn zu reizen vermochte.

Martin ließ bald die letzten Laternen hinter sich. Der innere Ring der städtischen Anlagen wimmelte vom Getriebe der Liebespaare. Gesenkten Blickes und mit einem leichten Ekelgefühl entrann er dieser Atmosphäre von Dienstmägden und Ladendienern und schritt einen wenig begangenen Fahrweg entlang. Zur Rechten stand der Saum des Parks in die Höhe, zur Linken wogte in milden Rhythmen die Ebene des freien Feldes. Auf einer von Erlen bestandenen Anhöhe machte der Dichter halt und ließ sich ermüdet auf eine niedere Holzbank nieder.

Indem er lange gedankenlos ruhend über die Felder hinweg blickte, auf denen das matte Licht der Sterne lag, bemächtigte sich seiner langsam eine große, herbe Traurigkeit. Sein stumpfer Sinn erwachte beim Anblick der Ebene, der Sterne und des frühlinghaften Laubes der Bäume, und zum erstenmal seit Jahren traf wieder die frische und zarte Stimme der Natur, der Ton des Windes und der Zweige unverschleiert sein Ohr. Er erinnerte sich mit eigentümlichem Schmerz daran, welche Ströme von Kraft, von Sehnsucht, Trauer, Hoffnung und Sinnlichkeit ehemals in solchen Mainächten durch sein Blut und durch seine Gedanken gebrandet hatten. Von dieser elementaren Kraft und Fülle fand er heute in sich nur einen verglimmend leisen Funken der damaligen Jugendschwermut wieder, sonst nichts, sonst gar nichts, und auch diese Schwermut war herb, unfruchtbar und kühl und hatte nichts mehr von der weichen Schönheit von ehemals.

Für den einsam und ermüdet am Fuß der Erlengruppe Ruhenden war eine der seltenen Stunden gekommen, in denen der Anreiz einer äußeren Stimmung den unterdrückten elementaren Empfindungen in seiner kühlen und unzugänglichen Seele zum Sieg verhalf. Er gab dem Andrang der inneren Erschütterung nicht sogleich nach. Aufspringend stellte er sich mit verschränkten Armen an den Rand des Hügels und überschaute die Landschaft. Er zwang sein geschultes Künstlerauge zum sachlichen Sehen und versuchte, sich über den Aufbau und die Lichtverteilung des Feldbildes klar zu werden. Aber mit dem milden Frühlingsduft, der aus dem begrünten jungen Boden stieg, drang jene beklemmende Schwermut immer wieder auf ihn ein, bis er abgespannt und entwaffnet in den Sitz zurücksank und mit schwachem Widerstreben dem Spiel seiner folternden Gedanken anheimfiel.

Neben der Trauer um die verlorene sinnliche Frische der ersten Jugend überkam den Dichter eine grausame Bitterkeit gegen alles, was seit Jahren sein Leben erfüllte. Was nach einer kurzen schwelgerischen Zeit wahllos begangener Ausschweifungen ihm von Schwung und Jugend geblieben war, hatte er seither mit zäher Selbsterziehung in den alleinigen Dienst seines brennenden künstlerischen Ehrgeizes gestellt. Er hatte nie das Verlangen nach vulgärem Ruhm gekannt, aber mit peinigender Stärke brannte ihn der Wunsch, in den engen Kreisen ausgewählter Kenner und Freunde sich den beneideten unbestrittenen Rang des unübertroffenen Artisten zu sichern. Ohne völlig im Formalen aufzugehen, hatte er sich gewöhnt, auch sein inneres Leben gleichsam in der Hand zu halten und jede noch so flüchtige Regung seiner Seele schon im Entstehen künstlerisch zu objektivieren. Er konnte mehrere Tage darauf verwenden, einer poetischen Einladung oder Absage den schillernd brillanten Glanz zu geben, den seine subtil experimentierende Technik einem Verse verleihen konnte. Die Mehrzahl seiner nie umfänglichen Dichtungen war nur in wenigen Exemplaren handschriftlich verbreitet, und selbst diese wenigen Exemplare, deren jedes mit persönlicher Dedikation versehen war, unterschieden sich häufig voneinander durch kleine Variationen, mit welchen der Dichter einzelnen begünstigten Lesern zarte persönliche Huldigungen bot. Seine vielseitig und sorgfältig gepflegte Kenntnis der älteren Literatur hatte ihm den Schlüssel zum Rätsel der sprachlichen Wirkung verschafft, und seine Selbstkenntnis täuschte ihn nicht als sie ihm sagte, daß die Gabe des herzlichen, naiven warmen Wortes ihm nicht oder nicht mehr eigen sei. Ergreifend und aus der Tiefe kommend waren nur die wenigen Verse von ihm, in denen er mit verhaltener Trauer von der Leere und Unlust seiner entgötterten Seele redete.

Diese Leere und Unlust quälte ihn heute bis zur Verzweiflung. Der geistreiche und feingeschulte Schauspieler seiner Gefühle sah sich von aufdrängenden Empfindungen bestürmt, deren Zügel er nicht mehr beherrschte. Es schien ihm in dieser Stunde, als hätte er die seltene Gabe des großen Dichters gehabt und nicht benützt. Es schien ihm, als hätte er einmal die Kraft und Größe gehabt, seinem Leben die satte Fülle der naiven Leidenschaft und seinen Werken die großzügige Frische der sorglosen Genialität zu geben, und als hätte er diese Kraft verkauft und verraten. Er ward sich bewußt, daß er die durchdringende und ätzende Kraft seiner blasierten Skepsis nicht mehr wie ein Spielzeug beherrsche, sondern von ihr bis in die ungewollten Regungen des Gefühls und des Traumes vergiftet sei. Für Augenblicke trat das Bild seiner Jugend mit ungebrochenem Licht vor sein Auge, das Bild jener stürmend wilden, von großen Ahnungen und Hoffnungen bewegten, heiß pulsenden Jugend, deren ungemessene Fülle vor wenigen Jahren noch sein

Herz in lauten, verliebten Takten hatte schlagen lassen. Einzelne Stunden, Spaziergänge, Liebesgeschichten, einzelne poetische und philosophische Träume jener Zeit fielen ihm ein, hinter welchen allen wie eine rot beleuchtete Wolkenburg die ersehnte Zukunft gestanden war. Jetzt war die Zeit jener Zukunft da und fand ihn kleiner, elender und kälter geworden. Deutlich fühlte der Dichter, daß er schon jenseits der Schwelle stand, auf welcher Entscheidungen und neue Ideale noch möglich waren. Mit diesem Gefühl gewann die gewohnte kühle Selbstbetrachtung wieder in ihm die Oberhand, und er erhob sich mit energischer Bewegung und dem klaren Entschluß, diese trübe Welle niederschlagender Erkenntnisse und Stimmungen um keinen Preis bis zur Selbstverachtung steigen zu lassen. Trotz einer lähmenden Müdigkeit beschleunigte er seine Schritte fast bis zum Lauf und erreichte bald nach Mitternacht seine Wohnung. Bleich und mit grimmig zusammengepreßten Lippen kam er an, todmüde, verwundet und scheu wie ein der Treibjagd entronnenes Hochwild.

Während Martin auf dem Erlenhügel traurige Viertelstunden verdämmerte, und während in dem mauerumschlossenen Garten des gelehrten Doktors noch die weiche Stimmung jenes Abendliedes sich im geschützten grünen Raume wiegte, hatte sich Elisabeth nach einer kurzen Ruhe zuhause an den Flügel gesetzt. Während ihre Finger eine Reihe von gebrochenen Akkorden griffen und unbewußt zu einer melodielosen Phantasie zusammenschlossen, beschäftigten sich ihre Gedanken mit dem Dichter. Seine schlanke und etwas auffallende Figur mit dem fast immer leicht vorgeneigten bedeutenden Haupt und dem ernsten, heute krankhaft bleichen Gesicht hatte ihr Nachdenken schon oft gefesselt. Sie suchte sich ein Bild der in diesem Haupte wachsenden Ideenwelt und eine Vorstellung von dem Leben dieses sonderbaren Menschen zu machen, aber es gelang ihr nicht. Mit Ausnahme des beinahe gewaltsamen Ehrgeizes, den ihre Künstlernatur verstand, konnte sie keinen typischen Zug seines Seelenlebens finden. Es hätte sie stark gereizt, den Namen der Frau zu wissen, von der Martin gesprochen hatte. An sich selbst dachte sie keinen Augenblick, denn weder hatte er je ein Wort intimer Zuneigung zu ihr geäußert, noch empfand sie irgend eine solche zu seinem verschlossenen und glatten Wesen. Er war ihr zu ruhig, zu wenig kapabel für momentane Aufwallungen, und hätte sie seine Dichtungen nicht genau gekannt, so hätte sie ihm alles tiefe Empfinden abgesprochen. So ahnte sie wohl irgend eine unter der Oberfläche seines Wesens verborgene, vielleicht schmerzliche Tiefe, empfand aber nicht, wie nah verwandt Martins Seele mit der ihren war.

Diese Verwandtschaft beruhte vor allem auf dem beiden gemeinsamen ungewöhnlichen starken Widerwillen gegen das gewöhnliche Leben, gegen alles Stillose und Geistlose, und ebensosehr auf einem ewigen Ungenügen und einem rastlosen Bestreben, sich immer rücksichtsloser den Anschauungen der Gesellschaft zu entziehen und in einer selbstgeschaffenen Welt des Stils und der harmonisch getönten Umgebung sich zu isolieren. Beiden war die Unzufriedenheit mit dem eigenen Leben gemeinsam, beide fühlten sich zur Unzeit und im falschen Lande geboren, empfanden das Leben grau und langweilig und hatten das heimlich brennende Bedürfnis, die Röte der Kunst und die Röte der Leidenschaft an seinen bleichen Himmel zu malen.

Dies alles wußte Elisabeth nicht, der Dichter erschien ihr so fremd wie alle andern. Dazu war sie eine von den Frauen, die unsinnlich sind, ohne keusch zu sein, und die der Mangel an Herzenswärme vor der Hingabe schützt, ohne sie innerlich rein zu bewahren. So hatte sie, wie Martin wußte, nie wirklich geliebt und zahlreiche, oft ehrende Anträge abgewiesen und besaß dennoch ganz jenes Wissen vom Mann und jene kühle Flamme im Blick, die die Männer betört.

Mit scheinbarer Lässigkeit glitten ihre schlanken Finger über die Tasten des Flügels. Sie endigte ihr Nachsinnen mit einem lebhaften Schütteln ihres schönen Hauptes, heftete die klugen, aufmerksamen Augen auf die Klaviatur und begann aufs neue zu spielen. Indem sie den ersten Akkord eines Huber'schen Stückes anschlug, fiel von ihrer geschmeidigen Seele alles Unadlige und Momentane ab. In den Stunden, die sie am Flügel zubrachte, ging ihr ganzes vom Leben unbefriedigtes Wesen in das Land des Wohllautes und der reinen Form hinüber. Es war nicht der Rausch der Begeisterung und Rührung, sondern ein ruhiges, selbstverständliches Zuhausesein in einer wohlbekannten sympathischen Region.

2

Martin saß tief zurückgelehnt in einem der alten Sessel des Gartenzimmers. Vor den Fenstern glänzte der jungbelaubte Park in der Junisonne. Am Tische lehnte Burkhard, Martins Freund, und rauchte.

»Du machst mir sonderbare Geständnisse«, sagte er langsam, indem er gegen den Brand seiner Zigarre blies und die Rechte auf den Tischrand stützte. »Eigentlich sind das doch Sentimentalitäten, die man gerade bei dir ...«

»Ja, ja«, unterbrach ihn Martin etwas unwillig, »Du singst mir da eine alte Weise vor, statt mich verstehen zu wollen.« Die zarten Rauchwolken glänzten mit feingeschwungenen Linien in der Sonne. Durch die weitgeöffnete Türe klang Wipfelgeräusch herein und das Hämmern des Spechtes. Martin strich sich mit den Fingern über die gerunzelte Stirn.

»Also nochmals«, begann er wieder, »– sag mir doch

ehrlich, ob es nicht ist, wie ich sagte. Ich bin doch einfach ein Artist und Schaumschläger, der jahrelang leer gedroschen hat …«

»Was du selber nicht glaubst«, entgegnete Burkhard heftig.

»Du bist ein ewiger Schauspieler und hast heute einmal die Laune, dir selber die Tragödie des verlorenen Lebens vorspielen zu wollen. Ich bin aber nicht dafür zu haben, es ist der jämmerlichste Sport, auf den du verfallen konntest.«

Schweigen. Ein Gärtner ging vorüber. Irgendwo sang ein Kind. Burkhard blies dünne Rauchwölkchen in das vielfenstrige Zimmer, ging auf und ab und trat zuletzt vor die Türe. Martin folgte ihm langsam, schob den weißen Sommerhut weiter in die Stirn und schlenderte mit dem Freunde über die Kieswege bis zu einer schattigen Bank. Beide setzten sich. Burkhard pfiff leise vor sich hin.

»Bist du auch einmal achtzehn oder zwanzig Jahre alt gewesen?« fragte Martin leise.

»Natürlich.«

»Gut, so erinnere dich. Das war doch anders! Erinnerst du dich nimmer, diese Fülle, diese fabelhafte Fülle! Die Frauen – das war wie ein italienisches Nachtfest unter den Bäumen eines klassischen Lustgartens, das war wie auf dem neuen Bild von Hierl-Deronco, alles so berauschend, duftend, weich, so atemberaubend und schwelgerisch. Und diese über Lieblingsbüchern verbrachten Nächte! Da gab es noch Dichter, bei deren bloßem Namen mir das Herz schlug. Genau ein solcher Dichter wollte ich werden, einer, bei dessen Versen schöne Frauen den Schlaf vergessen und junge Studenten vor Erregung und Wonne zittern. Dann diese langen stillen Spaziergänge, bald in langen Alleen, bald über die Berge, ein Reklambändchen in der Tasche –. Und dann, noch ein wenig früher, die erste Frau, die man mit den Augen und mit wahnsinnigen Versen verfolgte –«

»Du sagst selber, daß diese damaligen Verse wahnsinnig waren.«

»Aber ja, freilich wahnsinnig! Das war's ja eben, das war ja der Zauber, dieser süße Wahnsinn, der wie eine brausende Blutwelle vom Herzen in die Augen und Gedanken stieg. Tut es dir nicht im Herzen weh, wenn du daran denkst?«

»Du kannst das wirklich nicht verlangen. Jahrelang hat auch dir das Herz nicht weh getan –«

»Burkhard!«

»Nun, verzeih! Aber ich wiederhole dir, das sind Sentimentalitäten. Du hast das Bedürfnis, dich irgendwie zu berauschen, – tu das, aber laß mich wegbleiben.«

»Du hast ja recht. Ich war von einer Art Jugendromantik befallen und bildete mir einen Augenblick ein, die naiven Dinge von damals müßten noch vorhanden sein, so was wie Freundschaft –. Na, schönen Nachmittag!«

Martin schritt schnell dem Hause zu. Erstaunt eilte Burkhard ihm nach. Erst beim Stallgebäude holte er ihn ein, wo Martin nach dem Kutscher klingeln wollte. Der Freund verhinderte ihn eben noch daran.

»Was für Szenen!« flüsterte er ihm zu. »Alles weiß, daß du heute hier bist, auf den Abend kommen die Stadtgäste – außerdem meinte ich's doch nicht so schlimm!«

Martin hatte seinen Arm frei gemacht und schob den Freund mit einem unangenehmen »Bitte« zur Seite. Er klingelte. Dann wandte er sich zu Burkhard: »Empfiehl mich den guten Leuten«, bat er kühl, »ich fahre nach Hause.«

»Aber mein Bester! Es tut mir ja leid, daß ich dir ...«

»Es tut auch mir leid, daß ich dir so langweilige Sachen erzählte. Ein andermal was anderes!«

Der Kutscher trat an. »Nach der Stadt«, befahl Martin. Dann ging er, während der Kutscher die Pferde einschirrte, langsam neben Burkhard im Hofe auf und ab. Nach einer peinlichen Pause blieb dieser auf der Mauerseite des geräumigen Hofes stehen. »Vielleicht«, sagte er leise, »weißt du im Augenblick nicht, daß du mich beleidigst.«

Martin antwortete nur mit einem abwartend kühlen Blick.

»Du wirst es vielleicht bereuen«, fuhr Burkhard fort. »Ich werde dich bei meinen Gästen entschuldigen, die Beleidigung nehme ich nicht auf. Du bist erregt und anders als sonst, vielleicht krank. Übermorgen werde ich in der Stadt sein und dich dann besuchen. Ist dir's recht?«

Martin besann sich einen Augenblick. »Ja«, sagte er dann, gab dem Freunde flüchtig die Hand und stieg in den Wagen.

Auf der ganzen Fahrt durch die warmen, hellen Wiesen beherrschte das von ihm beschworene Bild der Jugendfülle seine Gedanken. Den Freund und seinen Ärger über ihn hatte er sogleich wieder vergessen. Er schien ihm, als gäbe es nichts, an was man denken könne, nichts Bemerkenswertes, Anziehendes und Lebendiges als dieses Jenseits der verlorenen Jugend, diese rätselhaft schöne, sternbeglänzte, dunkelgrüne Wildnis, in welcher heiße Jünglingsgedichte von Siegen und Lorbeerkränzen träumen. Und der kühle, silbenwägende Dichter der »Silberlieder« und der »steinernen Götter« lehnte mit geschlossenen Augen tief im Rücksitz des Wagens und summte den ersten Vers des alten Rückert'schen Liedes vor sich hin.

»Aus der Jugendzeit, aus der Jugendzeit« … Seit dem Abend auf dem Erlenhügel hatte ihn seine innere Unruhe und eine Art von Heimweh nicht mehr verlassen. Jene plötzliche Regung des Überdrusses, der Reue und Jugendsehnsucht bleibt wohl wenigen Männern unbekannt. Während aber die meisten von ihnen die weiche, schmerzliche Stimmung einer solchen Gedenkstunde schnell überwinden, blieb der einsame, an die peinliche

Beobachtung seiner Empfindungen gewohnte Dichter ihr tagelang völlig preisgegeben.

Die hellen Wiesen, die von Zweigen überhangenen Mauern und die altmodischen Portalsäulen der herrschaftlichen Landhäuser flogen vorüber, Kornfelder und Raine mit rot brennenden Inseln von wildem Mohn, kleine Bauerngüter, in deren Gärtchen Levkojen, Reseden und Georginen dicht und üppig standen. Martin sah sie nicht, auch nicht die Kinder, die vor den Landhäusern sprangen, die arbeitenden Bauern, die im Tenniskostüm bummelnden Mädchen. Er erinnerte sich jetzt wieder des eben verlassenen Burkhard. Ausgelacht hatte er ihn, Witze hatte er gemacht, »verschon mich mit deinen Nöten«, hatte er gesagt. Und das war sein Freund, der einzige, den er mit diesem Namen nannte. Und jetzt, wo dieser ihn im Stich gelassen hatte, war keiner mehr da, zu dem er hätte gehen können. Einige sehr feine, zu Kennern gebildete Herren, ein Völkchen bewundernder Gänschen, eine kleine Herde von schüchternen, verehrenden Jungen – das war seine Gesellschaft. Mit Bitterkeit erinnerte sich der Dichter seiner Jugendfreunde. Der Beste war ihm untreu geworden, er war zu selbständig gewesen um ihm in seine egoistische und einseitige Lebensweise zu folgen. Die andern hatte er, einen nach dem andern, sich absichtlich entfremdet, als nach den Studienjahren sein Ehrgeiz erwacht war und der Widerwille gegen alles Dilettantische und Unästhetische ihn immer einsamer und unduldsamer machte. Sie waren jetzt endgültig verscheucht. Also hatte er alle diese Jahre her keinen Freund gebraucht und sah erst heute, daß er keinen hatte.

Martin durchlief die ganze Reihe seiner Bekannten. Es war niemand darunter, den er seine heutige Stimmung hätte wissen lassen mögen. Da trat plötzlich Elisabeth vor seine Gedanken.

Elisabeth! Sie hatte das, was den andern fehlte, sie allein war ihm an Geist und Weltverachtung ebenbürtig und sie allein verstand die Seele eines Künstlers, eines Schaffenden. Sie war tief genug, auch seine trübsten Stimmungen zu verstehen und war auch ungläubig und verdorben genug, um jedes bittere Lächeln seiner mißbrauchten und entheiligten Seele mitzulächeln. Der Dichter beschloß zu wagen, wovor er lange gezaudert hatte, er beschloß sie zu seiner Vertrauten zu machen und das schöne Weib, von dem man sagte, sie habe nie geliebt, zu erobern.

Erst als sein Wagen eine gepflasterte Straße passierte, erwachte er durch den Lärm der Hufe aus seinen Gedanken und bemerkte, daß er schon die Stadt erreicht habe. In wenigen Minuten war er in seiner Wohnung. Martin wusch sich Gesicht und Hände, wechselte den Rock und trat in sein Arbeitszimmer, das mit einem einzigen großen Fenster auf einen stillen Baumgarten sah. Die zarte Ausdünstung des jungen Kastanienlaubes erfüllte den kleinen, hohen und kühlen Raum. Auf dem Lesetische lag aufgeschnitten und mit mehreren Lesezeichen versehen der »Wacholderbaum«* von Bruno Wille. Martin nahm den zweiten Band, blätterte einige schon gelesene Seiten nach und las weiter. Er lächelte wieder, der Klassizist und Formfanatiker, über die frisch naive Sprache dieses philosophischen Romans. »Ein Buch, an dem Novalis seine Freude gehabt hätte«, dachte er. Dann versenkte er sich ganz darein, der fragmentarischen Dialektik des Buches zu folgen und die Logik seiner Weltanschauung zu prüfen. Die Lehre vom Tode schien ihm auch hier die wichtigste Frage offen zu lassen oder doch nur zu modifizieren. Auch fand er die Mehrzahl der Beispiele und Gespräche zu absichtlich nach Art der sokratischen Gespräche in den Dienst des vorausgefundenen Ergebnisses gestellt. Im Grunde war ihm diese erste dichterische Verklärung der monistischen Weltanschauung so wenig

* »Offenbarungen des Wacholderbaums«, Roman 1901.

ein Erlebnis als die Bekanntschaft mit irgend einer anderen Philosophie. Martin war mit der komplizierten Psychologie des modernen Menschen zu vertraut und war selbst zu unstet, zu schillernd in seinen Stimmungen und viel zu wenig naiv, um an große tröstende Wirkungen der Philosophie auf das Leben des Einzelnen zu glauben. Ihm gehörte alle philosophische Arbeit zur l'art pour l'art, deshalb blieb er ihr nicht fern, aber deshalb war sie ihm auch nicht mehr als die erfreuende Übung einer artistischen Geistesfähigkeit.

In einer Ruhepause fiel sein Blick beim spielenden Umblättern auf die innere Umschlagseite und auf eine Notiz, in welcher der Autor unter Angabe seiner Berliner Adresse alle interessierten Leser zu persönlicher brieflicher Aussprache aufforderte. Martin konnte nicht umhin, sich mit sarkastischem Lächeln diese Briefe vorzustellen, die Dummheiten, Mißverständnisse und Bitten um Aufschlüsse. Dann verglich er die Arbeit dieses Dichters mit der seinigen. Während er, um die Reinheit seiner Visionen und den kristallenen Schliff seiner Kunst zu schützen, sich in die engsten Kreise zurückzog, ja die Veröffentlichung seiner Werke scheute, arbeitete jener mit sichtlicher Befriedigung für viele, ja gab zweifelhaften Massen von Unbekannten die Möglichkeit, mit ihm über seine Werke zu reden. Mit Schaudern stellte der Dichter sich vor, Besuche von Studenten, Lehrern, Pfarrern und andern fremden Menschen empfangen, oder schlecht stilisierte Briefe von Unbekannten lesen zu müssen. Trotzdem fühlte er, daß jener kühne und liebevolle Schriftsteller eine Art von Befriedigung empfinden müsse, wie seine Arbeit sie nicht geben konnte. Unter jenen Briefen konnte der leidenschaftliche Erguß eines stürmischen und genialen Jüngers sein, der Dank eines Vereinsamten, die Anerkennung eines bisherigen Gegners. Martin verglich damit die Anerkennungen, die ihm zuteil zu werden pflegten, die geistreich lobenden Briefe, die gewählten Glückwünsche, Blumen, sinnvolle und künstlerische Geschenke. Das war feiner, vornehmer, zarter und geschmackvoller, aber ein einziger jener Briefe konnte doch unendlich beglückender sein als dies alles. Der Dichter begann den Verfasser des »Wacholderbaum« um diese Möglichkeiten zu beneiden.

Auf Burkhards Landgut trafen kurz vor Abend die Gäste ein. Hätte Martin gewußt, daß unter ihnen Elisabeth sein würde, so wäre er ohne Zweifel geblieben.

Burkhard, ein schöner, gewandter Lebemann von kaum dreißig Jahren, empfing seine Gäste in demselben Gartenzimmer, in dem er mit Martin die Mittagstunde zugebracht hatte. Als Junggeselle, der außerdem viel auf Reisen war, sah er nur selten Gäste bei sich, die wenigen musikalischen Abende jedoch, die er in seinem Landhause veranstaltete, genossen einen glänzenden Ruf. Heute war die erste Rolle Elisabeth zugedacht.

Die Mahlzeit wurde im Freien eingenommen, in einem prachtvollen Rondell alter Ulmen, zu dem eine leicht ansteigende, festlich breite Allee hinanführte. Während des Abendessens, als die Dämmerung begann, flammten von Baum zu Baum die elektrischen Lichter durch die Zweige, zugleich wurden die bronzenen Öllampen angezündet, die auf schwarzen Sockeln über die Tafel verteilt waren. Es waren vielleicht dreißig Gäste geladen. Die meisten verbargen eine gewisse Enttäuschung darüber nicht, daß Martin fehlte. Nachdem der Wirt den Willkommspruch ausgebracht hatte, gedachte ein alter Akademiker des abwesenden Dichters und man beschloß, ihm einen Gruß zu senden. Eine Schale erster Sommerrosen mit den Karten der Gäste ward einem Boten übergeben.

Die Mahlzeit dauerte nicht lange. Die Gesellschaft ließ sich von den Dienern mit Windlichtern durch den Park begleiten und versammelte sich aufs neue im Saal des Obergeschosses, wo der mit einem Kranz geschmückte

Flügel wartete. Während in den Nebenräumen der Mokka gereicht wurde, begann auf die Bitte der Versammlung Burkhard das Konzert mit der Kreutzersonate. Er spielte seine Cremoneser Geige virtuos, der Direktor des Konservatoriums hatte die Klavierpartie. Während des dritten Satzes der Sonate richteten sich alle Blicke auf Elisabeth. Sie war in der Türe eines kleinen Nebensalons erschienen und schritt langsam und leise durch den Saal bis an das dem Flügel zunächst gelegene Fenster. Dort lehnte sie nun regungslos, den Blick über das bleiche Gesicht hinweg zu Boden gesenkt. Man erkannte an ihrer Haltung und an der Spannung des königlichen Antlitzes, daß die große Künstlerin intensiv von einem musikalischen Gedanken beherrscht war. In diesen Augenblicken überflog die künstlerische Inspiration ihr regungslos gespanntes Gesicht mit einem duftigen, visionären Lichte, das die ganze adlige Erscheinung überfloß und der Gegenwart entrückte.

Als die Sonate beendet war und Burkhard dem Klavierspieler gedankt hatte, sandte er einen fragenden Blick zu Elisabeth hinüber. Sie hob das schöne Auge und lächelte. Ohne sich den gespannten Hörern zuzuwenden, trat sie an den Flügel. Burkhard neigte sich zu ihr, um ihr einige schmeichelnde Dankworte zu sagen. Elisabeth wirkte zerstreut.

»Eine Bitte, Maestro« flüsterte sie. »Sie dürfen mich während des Spiels nicht ansehen. Diese Flügel sind doch abscheuliche Instrumente. Schließen Sie die Augen und denken Sie, es sei eine Harfe, worauf ich spiele. Eine Harfe –.« Sie schwieg plötzlich und dachte diesem Lieblingsgedanken nach – die Tonfülle des Konzertflügels stehend einer großen, drachenköpfigen, goldenen Harfe zu entlocken. Inzwischen waren auch die letzten Zuhörer in den Saal gekommen und saßen oder standen an den Pilastern und Türfüllungen. Elisabeth nahm den Sessel ein und senkte die weiße Stirn. Ehe sie zu spielen begann, machte sie den an ihrer Schulter befestigten Veilchenstrauß los und drückte ihr Gesicht in die kühlen duftenden Blumen. Dann legte sie den Strauß zur Seite, legte beide Hände auf die Tasten und begann mit einem leisen, langsam sterbenden Akkord. Was sie nun spielte, wurde von vielen für altitalienisch gehalten, eine fest, fast herb geführte Melodie mit ebenso herben, gleichsam versteinerten Ranken der Begleitung. Die weich, doch klar anschlagenden schlanken Finger der Künstlerin zauberten Wunder aus dem Instrument. Während sie von der Harfe träumte, schmeichelten diese Finger den Saiten des Flügels so schonend und schwesterlich vertraut, daß diese Saiten, in ihren innersten Geheimnissen belauscht, ihre reinste und seligste Stimme hergaben. Jeder Ton der einfachen, altmodischen Melodie klang durch den Saal wie der Ton aus der Brust einer Sängerin.

Der Fluß der Melodie zerrann bis auf einen dünnen Silberfaden. Der letzte Ton verlor sich in jenes mit Sordino gespielte taktelange, flüsternde Delirieren in Septimenakkorden, das man bei Schumann zuweilen findet. Diese unbestimmte, konturlose Tönewelle wuchs langsam bis zu einem etwas verschleierten, unruhigen Brausen, das den Zuhörer in süßer Folter spannt und auf ihn wirkt wie der Strich einer Frauenhand. Da stockte plötzlich den erregten Gästen der Atem. – Aus dem tönenden, rieselnden Wirrsal stieg plötzlich, wie aus dem Gewirre eines Nachtfestes eine Rakete steigt, eine blendend helle Figur empor, ein doppelt verschlungener Lauf mit atemberaubend ungleichen Intervallen. Die brillante Figur löste sich, wie eine aus großer Höhe fallende Garbenrakete, in der Höhe mit einer schwach angeschlagenen Dissonanz auf und fiel in zahllosen winzigen, zerstäubenden Trillern in die Dämmerung der halbverschleierten, wiegenden unbestimmten Tonflut zurück.

Elisabeth machte eine Pause. Im Saal brach lauter Beifall los. Sie schenkte ihm keine Beachtung. Sie nahm den

Veilchenstrauß vor das Gesicht, reckte den linken Arm, schaute einen Augenblick zum Fenster und in die schwarzblaue Parknacht, schüttelte leicht den eleganten Kopf und schlug einen kräftigen Ton an. Der Saal ward still. Aber Elisabeth begann noch nicht wieder zu spielen. Sie besann sich eine ganze Weile. Da kam plötzlich eine ihrer elementar hervorbrechenden Launen über sie. Sie warf den Kopf zurück, lachte leise, holte mit beiden Armen wie zu einem überraschenden Schlage aus und spielte fortissimo in rasendem Tempo eine frenetisch wilde Tanzweise. Die fiebernd rasche Musik im zitternden, hinreißenden Takt riß wie ein Blitz durch den feierlichen Tempel der Musik und erfüllte den Saal mit einem heißen, zehrenden Duft von Sinnlichkeit und Mänadengelächter.

Diesmal entzog sich Elisabeth dem Beifall nicht. Sie ließ sich von Komplimenten und Schmeicheleien umgeben und trank durstig den überschäumenden Becher des Triumphes aus, den ihre Kunst und ihre Schönheit gemeinsam feierten. Der prachtvolle Kranz wurde ihr zu Füßen gelegt, sie brach einen Blütenzweig daraus und steckte ihn in den Gürtel. Von den glückwünschenden und begeisterten Herren umdrängt, begab sie sich in einen ihr zu Ehren geschmückten kleinen Salon, wo beim leisen Klirren der Eisbecher und Champagnergläser der Rest des Abends wie ein geistreicher, auf der Grenze der Sitte schaukelnder Scherz verklang. In den Augen Elisabeths glimmte wieder jene kühle Glut; der geistreich schöne Quattrocentokopf, der vor einer Stunde die verklärte Schönheit einer inspirierten Heiligen hatte, wiegte sich nun schön, frech und berückend wie der Kopf einer hochgeborenen Kurtisane auf dem berühmten Nacken, dessen Linien wie ein Traum des Rossetti waren. Von ihrem Körper strömte der feine betörende Duft des raffinierten Weibes, und auf ihrem blaßroten Mund lag ein nuanciertes Lächeln, in dem von Augenblick zu Augenblick Verlockung, Ironie und Verachtung wechselten.

Martin erhielt am selben Abend noch den Rosengruß des Burkhard'schen Festes. Unter den Karten war diejenige Elisabeths. Diese trug unter dem Namen die mit Bleistift geschriebenen Worte »– grüßt den blassen Dichter«.

Langsam riß Martin das Stückchen Papier entzwei und ließ es zu Boden fallen. Er ergriff eine der Rosen, drehte sie erregt in den Fingern, betastete die weiche, vielblättrige Blüte und zerpflückte sie, daß die hellroten Blütenblätter sich auf dem Teppich zerstreuten. Dann eine zweite, dann noch eine, und wieder eine, bis er voll Unmut aufsprang und die Kerzen auf seinem Lesetisch anzündete. Er öffnete einen niederen Mappenschrank und zog eine Bildermappe mit der Aufschrift »Dante Gabriel Rossetti« hervor. Aus dieser Mappe fiel ihm von selbst eine Gravüre großen Formats entgegen, eine Reproduktion des Bildes »Dantes Traum«. Die Beatrice dieses Bildes hatte im Antlitz eine hervorragende Ähnlichkeit mit der schönen Elisabeth.

Quälende Gedanken beschäftigten den Dichter, während sein Auge auf den Umrissen dieses schönen Hauptes ruhte. Er glaubte genau zu wissen, daß ihn der Sieg über die spröde Künstlerin nicht lange beglücken würde. Zwei Menschen, von denen jeder den naiven Genuß des Lebens verlernt und jeder alle Kräfte seiner unruhigen und zerwühlten Seele einem maßlosen Künstleregoismus untergeordnet hatte – das mußte eine Vereinigung ohne Dauer werden. Dennoch fühlte er die Notwendigkeit dieser Vereinigung, wie man die Notwendigkeit einer letzten Liebe fühlt. Elisabeth stand ebenso wie er an jener Grenze der Jahre und der künstlerischen Reife, welche notwendig entweder der Ruhe eines schauenden und milden Glückes oder dem ersten Schritt zur Selbstverzehrung und zum Untergang ruft. Jetzt glaubte Martin den Augenblick gekommen, sein Leben mit einer gewagten und blendenden Leidenschaft zu krönen, einerlei ob sie ihm neue Kraft oder den Untergang bedeute. Denn er wußte wohl, daß nach Elisabeth keine Frau mehr ihm etwas zu schenken haben würde.

Wieder betrachtete er das Bild seines Lebens, dem er seit Jahren gewaltsam, ehrgeizig und unerbittlich die Form eines strengen, unabhängig in sich selbst ruhenden Kunstgebildes gegeben hatte. Wieder besann er sich, ob es klug war, so viel zu beschneiden und abzuweisen, und wieder fühlte er wohl, daß dieses Besinnen zu spät gekommen war, und daß für ihn der einzige Weg der vorwärts führende war, der Weg der konsequenten Selbstführung, Vereinsamung und Weltverachtung, daß ein peinigendes Ungenügen ihm die Tage vergiftete. Daß er in kranken Stunden und in schlaflosen Nächten oft von einer fast kindischen unstillbaren Sehnsucht nach Trost, nach Religion, Aberglauben, Liebe und Götterverehrung gepeinigt wurde, hielt er zäh vor sich selber geheim. Wenn er nachgab, wenn er wirklich für sein Leben eine außer ihm liegende Stütze bedurfte, und sich das gestand, dann fiel das Gebäude fleißiger Jahre zusammen und riß seinen einzigen Trost, die souveräne Selbstachtung, mit in die Trümmer eines gebrochenen und verlorenen Lebens.

3

Das Gedicht »Elisabeth« war vollendet. Seine Form erinnerte an die huldigenden Gedichte, die an den italienischen Fürstenhöfen der Renaissance entstanden. In die Verse, die von der einsamen, unbefriedigten, grausamen Art der schönen Dame sangen und davon, daß sie nie geliebt habe, – in diese Verse hatte Martin die ganze aufreizend preziöse Kunst seiner vollendet reinen Sprache gelegt. Diese Verse redeten von den unsäglich fein verwirrten, stachelnden Stimmungen einsam schlafloser Nächte, in denen heiße Hände sich auf die heißen Schläfen pressen und jede Bewegung und jeder Gedanke dem verhaltenen, heiseren Schrei der Unlust, der Liebessehnsucht und der Selbstpeinigung gleicht. Die ganze zitternde Qual eines großen, aber verlorenen und unstillbar sehnsüchtigen Künstlerlebens blitzte bleich und schwül durch das Gedicht.

In diesen Tagen besuchte Martin die Künstlerin in ihrem Boudoir. Er hatte das Gedicht in winzigen Buchstaben auf Sedezblätter schreiben lassen und das zierliche Heftchen in einen Blumenstrauß verborgen. Diesen Strauß übergab er nun Elisabeth.

Sie dankte scherzend und begann von ihren Sommerplänen zu sprechen. Sie pflegte seit Jahren jedesmal in den Sommermonaten spurlos zu verschwinden, auf hastige, ziellose Reisen, bei welchen auch die größten Entfernungen sie nicht abschreckten. Man konnte sie dann unvermutet irgendwo im Engadin treffen, sie aus den Augen verlieren und einige Tage darauf einen Gruß von ihr aus Norwegen oder von einer Nordseeinsel erhalten.

»Und Sie?« fragte sie plötzlich, »werden Sie wieder ihr langweiliges Luzern oder ihren Liebling Zermatt aufsuchen?«

»Nein, Elisabeth.«

»Nicht möglich! Oder Sankt Moritz?«

Martin besann sich einen Augenblick.

»Erinnern Sie sich«, fragte er dann, »noch eines Märchens, das ich im letzten Jahr bei Burkhard vorlas?«

»Ah, das Liebesschloß im nördlichsten Meer, wo die Wikingerfürsten rasende, raubmörderische Feste feiern. Ich erinnere mich wohl daran, an den Turm, der bis zur Zinne von der Brandung überspritzt wird und an das rote Drachenschiff, – Sie haben nichts geschrieben, was so unmöglich und frech und zugleich so berauschend ist. Aber wie kommen Sie jetzt darauf?«

»Ich gedenke, dieses Schloß im nördlichsten Meer aufzusuchen, und werde morgen die Frau, die ich liebe, auffordern, mich zu begleiten.«

Die klaren Augen des Dichters verschleierten sich seltsam und blickten trübe glühend auf die leichte, adlige Gestalt des Mädchens. Sie verstand ihn nur halb. Doch ward sie befangen und hielt den Blick des Dichters nicht lange aus.

»Sie Märchenpoet!« rief sie mit verlegenem Lachen. Dann begann eine grausame Neugierde sie zu stacheln.

»Wird die Frau aber mitgehen wollen?«

»Ich weiß es nicht.«

»Und wenn sie nicht will?«

Martin war blaß und atmete stark.

»Sie will doch«, rief er erregt. »Sie will, auch wenn sie nein sagen wird. Sie wird gewiß nein sagen. Dann aber werde ich sie zwingen und ihr die Bannformel der alten Wikinger in's Ohr sagen, die den Frauen das Blut berauscht und sie nach Tod und Liebe lüstern macht.«

Der Dichter zitterte und kämpfte mühsam mit der plötzlich lodernden Leidenschaft, die seinen Lippen unmögliche, schreckliche Worte aufdrängte und seine Gedanken in sinnlos tollen Wirbeln verwirrte. Elisabeth betrachtete das scharfe, erregte Gesicht des Dichters, das sie nie anders als glatt, lächelnd und schweigsam gesehen hatte. Alle gebändigte Leidenschaft und aller verborgene Gram der feinen Züge lag jetzt unverhüllt in harten Furchen auf diesem Antlitz.

Langsam ward der Mann seiner Erregung Herr. Er hatte seine Stimme wieder völlig in der Gewalt und stimmte sie nun plötzlich auf den gewohnten, liebenswürdig kühlen Ton.

»Wie Sie sehen, schöne Muse, werde ich gleich König Saul zuweilen von bösen Geistern heimgesucht. Sie kennen die Geschichte, zwar nicht aus dem Alten Testament, aber doch aus einigen berühmten Bildern. Das ganze Alte Testament hat wenig so lieblich zarte Züge wie die Erzählung vom süßen Harfenspiel des Knaben David, das in qualvollen Stunden die schwermütigen Falten von der

Stirn des Königs vertrieb. Ich wollte Sie heute bitten, mir diesen Davidsdienst zu tun. Unter Ihren Händen wird ja selbst der poesielos plumpe Flügel zur Harfe, auch ist mir, als könnte selbst jener von Gott begnadete Jude nicht so über die Saiten geherrscht haben, wie Sie mit Ihren schönen, wunderbaren Frauenhänden. Wissen Sie, daß ich Ihre Hände studiert habe? Neulich im Garten unsres allwissenden Historikers, während Sie mit den Sternen redeten. Mir fielen dabei alle schönen Frauenhände ein, von denen die Geschichte und die Sage weiß, namentlich die Hände der Beatrice, lauter Hände von Frauen, deren Adel und Schönheit Tausende von Dichtern und Malern bis zur brennenden Sehnsucht gereizt hat. Von solchen Händen träumten jene schlanken, zärtlichen Florentiner um die Zeit des Filippo Lippi, und sie feierten eine seltsam verklärte Auferstehung in den gemalten Gedichten dieser ätherischen englischen Primitiven, die Sie so gern haben. Darf ich diese Hände bitten, mich zu trösten und mir eine Freude zu machen?«

Elisabeth hatte diese gewaltsame Rückkehr zum schmeichlerischen Plauderton in Erstaunen gesetzt. »Wissen Sie auch«, gab sie zur Antwort, »daß jener Saul den Speer nach seinem Tröster warf? Das ist so recht Männerart, mit der Schönheit und mit der Kunst zu spielen, bis die knabenhafte Lust am Zerstören über sie kommt.«

»Ich antworte darauf nicht, Elisabeth. Sie sind ein Kind, wenn Sie von den Männern reden. Aber ich wiederhole meine Bitte an Ihre schönen Zauberhände.«

Und Elisabeth willfahrte. Sie winkte dem Dichter, sitzen zu bleiben, und begab sich nachdenklich in das Nebenzimmer, in dem ihr Flügel stand, und spielte das Rondo einer Beethovensonate.

Als sie zurückgekehrt war und Martin sich verabschieden wollte, nahm sie nochmals seinen Blumenstrauß in die Hand. Indem sie ihn gegen ihr Gesicht neigte, fiel ihr aus den Blumen die kleine Manuskriptrolle entgegen. Aber ehe sie fragen oder die durch eine Schleife zusammengehaltenen Blätter entfalten konnte, hatte ihr Martin die Hand geküßt und ihre Wohnung verlassen.

Erfreut und neugierig öffnete sie die Rolle und las als Titel ihren Namen. Da überfiel sie eine zitternde Aufregung, und sie wußte plötzlich alles. Sie sank in einen Sessel und starrte lange, ohne ein weiteres Wort zu lesen, auf diesen zierlich geschriebenen Namen. Wie durch einen raschen, erschreckenden Blitz erleuchtet, übersah sie die Wichtigkeit dieser Blätter und dieser Stunde. Der Tag war nun da, von dem sie oft geträumt und an den sie doch kaum mehr geglaubt hatte – der Tag, an dem sie die Sprache der Leidenschaft zum ersten Mal von einem Manne vernahm, den sie nicht verachtete und für den sie sich nicht zu gut erschien. Eine schwere dunkle Woge von halbflüggen, rasch verleuchtenden Gedanken drang auf sie ein, ein Wirbel von Fragen, Zweifeln, Ungewißheit, Stolz, Angst, Freude und Herzweh, dem sie für Augenblicke völlig unterlag. Sie kniete auf einen niederen Polstersitz und drückte Stirn und Brust ratlos stürmisch an die Wand, sie fühlte das Bedürfnis, laut zu schluchzen, und fand doch keine Tränen. Dazwischen stieg plötzlich das Bild jenes grausam schwelgerischen Liebesmärchens vor ihr auf, das rote Schloß am nördlichsten Meer, in dem die Schreie unstillbarer Liebeswut gell und verzweifelt sich in den Donner der ewigen Brandung mischen, und es war ihr, als würde sie willenlos von lachenden, brutalen Räubern nach jenen üppigen Sälen geschleppt, mitten in Angst und Tränen ein wildes, gellend schmerzliches Gelächter lachend.

Mehr als eine Stunde verging, ehe sie sich erhob und fähig war, die Verse Martins zu lesen. Nun zog sie sich mit den Blättern in eine von lebenden Blumen und Lorbeeren umgebene Nische zurück und las. Eine neue Angst erfüllte sie nun, während sie halblaut sich die geschmeidigen süßen Verspaare vorsagte. Dieser Dichter redete von Dingen, deren Schauplatz die verborgenste Stille ihrer Nächte war, er kannte sie bis in die scheuesten Regungen ihres Lebens und redete von ihrem Körper, als hätte er ihn nackt gesehen. Während des Lesens war ihr beinahe als hätte sie sich diesem Manne schon ergeben, als wäre nichts mehr an ihr und selbst nichts mehr an ihrer Kunst, was er nicht schon durchschaut und genossen hätte. Dennoch konnte sich Elisabeth dem Zauber der zarten Schmeichelei nicht entziehen, der aus jedem Verse strömte wie ein leiser, aber unentrinnbarer lockender Duft. Der Dichter redete von ihren Träumen und von ihrem leisen Stöhnen im Schlaf, als hätte er Nächte hindurch an ihrem Herzen liegend den Takt ihres Blutes und den Wechsel ihres Atems belauscht. Aber er redete doch von ihr wie von einer Fürstin, und er verstand und teilte ihr verborgenes Ungenügen, ihr Heimweh und ihre Weltverachtung, er goß auch noch über die verdorbensten Tiefen ihrer Seele den reinigenden Zauber ihrer und seiner Kunst. Mit einem Mal begriff sie des Dichters und ihre eigene Sehnsucht, indem sie verstand, warum er sie allein der Huldigung seiner Poesie und seiner Leidenschaft für würdig hielt. Sie sah in seinem ihr bisher noch verborgenen Innern ihre eigenen, allen anderen unverständlichen Wünsche, Leiden und Entbehrungen brennen. Auch schmeichelte es ihr in hohem Grad, daß gerade dieser ungewöhnliche, unzugängliche und mit seiner Meisterschaft kargende Dichter eine so vollendete und kostbare Gabe für sie als einzige Besitzerin und Leserin geschaffen hatte.

Martin brachte den Tag in einem furchtbaren Fieber der Erwartung zu. In der Furcht, Elisabeth möchte plötzlich abreisen, streifte er von Stunde zu Stunde um ihr Haus. Die Ungewißheit der Wirkung seines Geschenkes folterte ihn entsetzlich. Er wußte wohl, daß kaum je in einer so peinlich strengen, perfekten Form eine so rücksichtslos gewagte Indiskretion geschrieben worden war. Und doch empfand er eine Art von Freude darüber, daß jetzt eine Entscheidung notwendig geworden und seiner Willkür entzogen war. Er suchte sich auszumalen, welche Folgen eine Abweisung für ihn haben würde. Das war nicht dasselbe wie eine einfache abgewiesene Liebeserklärung; wenn Elisabeth nein sagte, war jede flüchtigste Begegnung mit ihr für immer verboten und damit Martins bisheriges Leben wie ein Faden abgeschnitten, denn die Kreise, in denen Elisabeth und er die ersten Namen waren, waren dann für ihn unmöglich. Und was dann? Er überlegte sich nochmals alle früher entworfenen Pläne. Eine gewisse Möglichkeit hatten nur zwei davon: Die Rückkehr in das Milieu, das er sich jahrelang konsequent und eisig entfremdet hatte, oder die endgültige Beschränkung auf die eigene Gesellschaft. Irgendwo, etwa in Florenz, eine Wohnung mieten oder ein Haus bauen, viel reisen, seine Schöpfungen entweder verborgen halten oder einem Verleger übergeben. Das Dritte wäre der Revolver oder die Gletscherspalte im Hochgebirge, aber Martin hatte sich den Gedanken des Selbstmords immer mit Strenge ferngehalten, vielleicht im instinktiven Bewußtsein, daß seinem ohnehin verarmten Leben dieser Hintergedanke auch den letzten Glanz, seinen unbeugsamen Stolz, rauben würde. Auch jetzt gewann dieser Gedanke nicht Gewalt über ihn.

Erst gegen Abend wurde Martin ruhiger. Es war keine Nachricht von Elisabeth gekommen, sie hatte keinen Entschluß gefaßt, und ihm blieb die Möglichkeit, sie noch in der letzten Unterredung zu gewinnen. Er beschloß, diese Möglichkeit so besonnen als möglich zu benützen, nahm früh am Abend ein starkes Schlafmittel und erwachte am anderen Tage erst spät.

Auch Elisabeth hatte inzwischen beschlossen, alles dem letzten Besuch Martins anheim zu geben. Am Morgen nach unruhigem Schlummer früh erwacht, bemühte sie sich mit aller Kraft kühl und ihrer Erregung Herrin zu bleiben.

Um dieselbe Stunde wie Tags zuvor ließ sich der Dichter melden. Sie empfing ihn gelassen und freundlich in ihrem Musikraum. Die alltäglichen Fragen und Antworten wurden gewechselt. Der Dichter begann zuerst den Kampf.

»Darf ich fragen, Elisabeth, ob Sie meine Gabe schon gelesen haben?«

»Sie wollen, daß ich Ihnen dafür danke?«

»Ich habe das nicht gesagt. Aber ich schuf die kleine Dichtung mit der zweifelnden Hoffnung, sie möchte von Ihnen verstanden werden. Wissen Sie noch, daß ich Ihnen eines Abends davon erzählte?«

»Ich weiß noch, und ich dachte daran, als ich Ihre Verse las. Auch sage ich Ihnen gerne, daß ich bessere noch nicht gelesen habe. Sie behandeln die Worte und Reime wie ein Goldschmied sein Metall behandelt.«

»Sehr gütig –«

»Daß ich über den Inhalt Ihrer Verse etwas erstaunt war, können Sie wohl begreifen?«

»Ich begreife es, obwohl –«

»Ohne obwohl! Ich wußte nicht, daß es erlaubt ist, Dinge wie die von Ihnen gesagten mehr als zu denken.«

»Und zu denken sind sie erlaubt?«

»Sie sind ein Sophist! Aber meinetwegen: ja, zu denken ist alles erlaubt.«

Es entstand eine Pause. Elisabeth wühlte nervös in einem Stoß von Notenblättern, Martin schritt langsam, aber aufgeregt im Zimmer auf und ab und blieb zuletzt an einem Fenster stehen. Seine Stimme klang scheu und gespannt herüber:

»Elisabeth! Wollen Sie mir eine Frage erlauben?«

»Fragen Sie!«

»Sind jene Verse wahr?«

Auch die Künstlerin verließ nun ihren Sitz und wanderte unstet durch das große Zimmer. Wieder hörte sie Martins Stimme:

»Sie antworten mir nicht?«

»Nein, ich antworte Ihnen darauf nicht.«

»Dann – Wissen Sie, daß es mir nicht möglich sein wird, Sie jemals wieder zu sehen, wenn ich keine Antwort erhalte?«

»Ich weiß das.«

»Und geben mir keine Antwort?«

Sie schwieg.

»Elisabeth! –«

Sie begann wieder auf und ab zu gehen. Er folgte ihr und blieb in ihrer Nähe stehen, während sein Blick sie nötigte, Halt zu machen.

»Ich denke, Sie werden mich nicht in meinem eigenen Hause bedrohen, Herr Martin.«

»Ich weiß nicht. Sie reizen mich so grausam, und Sie wären wehrlos, wenn ich sie jetzt ergreifen und an mich drücken und mit Küssen ...«

»Halt! Schämen Sie sich doch, mir zu drohen.«

»Ich wollte nicht drohen, Sie haben mich unterbrochen. Ich wollte noch eine Frage an Sie richten. Wissen Sie, daß in diesem Augenblick der einzige, der einzige Mensch vor Ihnen steht, der Sie versteht?«

»Ja, ich glaube Ihnen das.«

»Nun, Sie haben damit auch meine erste Frage beantwortet – Und nun die letzte: Spielen Sie jetzt Komödie oder ist es Ihr Ernst, daß Sie den einzigen Menschen, der fähig ist, Ihre Kunst zu verstehen und auf jedes Lächeln Ihrer Seele zu antworten, – daß Sie diesen von sich weisen? Den, der allein wagen darf, Sie an die Bruderschaft der ungewöhnlichen Seelen zu erinnern? Und außerdem: könnten Sie den als Feind oder Fremden leben wissen, der Sie durch Verwandtschaft und Ebenbürtigkeit bis in jede Heimlichkeit kennt und versteht?«

Martin erschrak fast, als in diesem Augenblick Elisabeth in ein plötzliches, kurzes, lautes Lachen ausbrach. Zugleich traf ihn aus ihren Augen der Blick, auf den er seit Monaten unter Zweifeln hoffte. Er streckte die Arme nach ihr aus, aber sie entwich ihm rasch und wehrte ihn mit beiden Händen ab:

»Laß, laß!« flüsterte sie keuchend. »Ich fürchte dich heute. Laß mich, ich befehl' es dir!«

»Du spielst mit mir, Elisabeth!«

»Nein, nein. Bei Gott, nein! Aber laß mich jetzt allein! Ich schreibe dir morgen, – heute –«

4

Sie schrieb noch am selben Tag ein Billet. »Ich reise morgen und bin bis Montag für niemand vorhanden. Am Montag Nachmittag promeniere ich, wenn ich nicht tot bin, am Schweizerhofquai in Luzern.«

Es freute Martin, daß sie Luzern gewählt hatte. Die Worte »wenn ich nicht tot bin« kamen ihm frauenhaft und lächerlich vor. Er beschloß schon nächsten Tags zu reisen und begann sogleich die Garderobe und einige Bücher auszuwählen, die er mitnehmen wollte.

Während er damit beschäftigt war, ließ sich Burkhard melden und trat gleich hinter dem Diener ein.

»Guten Tag, ich komme etwas später, als ich versprochen hatte.«

Martin begrüßte den Freund und setzte sich mit ihm an einen Rauchtisch.

»Du siehst gut aus«, lobte Burkhard, »und willst schon reisen, wie es scheint? Allein?«

»Allein. In die Schweiz.«

»Luzern?«

»Ich weiß noch nicht.«

»Es ist schade, daß du nicht bei meinem Abend warst.

Eure Halbgöttin war da, diese Elisabeth. Sie fragte nach dir.«

»Hat sie gespielt?«

»Fabelhaft. Ich bin jedesmal wieder erstaunt. Wirklich fabelhaft! Im Augenblick ist niemand in Europa, der so auf dem Klavier singen kann. Und sie war schön! Ich wußte das bisher kaum. Raffiniert schön!«

»Na ja. Also sie hat dich geködert.«

»Ja und nein. Man sagt ja, sie sei eiskalt. Aber sie spielte da einen Walzer, eine verwilderte und heiße Musik. Wenn du das gehört hättest! Das war eine Flamme, ein Lustschrei, als wäre sie nackt durch den Saal getanzt. Ich verstand sie wirklich nicht. Sie muß die ganze Weiblichkeit in den Fingerspitzen haben.«

»Und jetzt folgst du errötend ihren Spuren. Leider etwas zu spät, mein Guter. Wie sie mir sagte, reist sie heute und ist dann, wie du weißt, auf Monate verschwunden.«

»Per Baccho! Heute, sagst du?«

»Heute. Es ärgert dich?«

»Noch nicht. Ich mache doch einen Versuch.«

»Viel Vergnügen!«

»Soll ich ihr was von dir sagen?«

Martin lachte. »Meinetwegen. Du kannst ihr sagen, ich hätte dir die Parole mitgegeben: bis dat qui cito dat.«

Burkhard fuhr nach Elisabeths Wohnung. Er fand alles im Wirbel der Reisevorbereitung. Dennoch wurde er angenommen.

»Sie reisen schon, gnädiges Fräulein? Und ohne, daß man eine Ahnung davon hat! Eben im Augenblick, da ich Ihnen –«

»Herr Burkhard, wollen Sie mir eine Liebeserklärung machen oder mich zu einem Konzert engagieren?«

»Beides und noch viel mehr. Ich bin wirklich bestürzt über Ihre raschen Entschlüsse.«

»Ich kann ja wiederkommen, wenn es sich lohnt. Also erst die Liebeserklärung!«

»Ich habe sie wirklich noch nicht einstudiert. So etwas will doch Zeit haben! Ich dachte, Sie jetzt des öfteren bei mir zu sehen.«

»Sie sind reizend. Und das will ein Don Juan sein! Nun, ich bin nicht grausam. Montag nach Mittag bin ich in Luzern für eine Stunde zu sprechen, Schweizerhofterrasse. Auf Wiedersehen?«

»Auf Wiedersehen.«

Eine Viertelstunde später fuhr Burkhard schon wieder bei seinem Freunde vor.

»Fabelhaft, das Weib ist rein verrückt. Fragt mich beim zweiten Wort, ob ich eine Liebeserklärung zu servieren habe. Völlig geschäftsmäßig. Ich verliere für zwei Minuten die Haltung, da verabschiedet sie mich schon und schlägt mir ein Rendezvous in Luzern vor!«

»In Luzern?«

»Montag nach Mittag. Sie hatte mich in der Hand wie ein Schnupftuch.«

»Du gehst natürlich hin?«

»Natürlich.«

Martin stand auf und ging in ein Nebenzimmer. Nach wenigen Minuten kehrte er zurück. Er war blaß wie eine Wand. Einen Augenblick blieb er nachdenkend stehen. Dann schüttelte er heftig den Kopf und trat neben Burkhard an den Tisch, auf den er zwei Revolver legte.

»Na, aber –?« fuhr Burkhard auf.

Martin antwortete nicht, er fühlte sich seiner Stimme nicht sicher.

»Übrigens hübsche Waffen«, sagte Burkhard. Martin faßte sich gewaltsam.

»Nicht wahr?« sagte er. »Du kannst wählen. Wir schießen in diesem Zimmer aufeinander, wenn du mir nicht dein Ehrenwort gibst, am Montag in Luzern zu fehlen.«

»Alle Teufel!« fuhr nun Burkhard heftig auf. Martin lächelte bitter: »Es wäre mir angenehm, wenn du dich etwas gewählter und deutlicher ausdrücktest.«

»Viel verlangt«, meinte jener achselzuckend. »Aber überlegen wir uns die Sache! Es ist immer noch Zeit, auf deine Tapeten zu knallen, für die es übrigens schade wäre. Bei mir auf dem Lande sind passendere Orte für dergleichen Scherze. Vielleicht hast du die Güte, mir eine Disposition der Sachlage zu geben.«

»Natürlich: langsam und gründlich! Nun, meinetwegen: Die Sachlage ist, daß wir ohne deinen freundlichen Bericht am Montag beide zugleich im Schweizerhof erschienen sein würden. Ich allerdings mit älteren und weitergehenden Rechten.«

»Eigentlich eine komische Konkurrenz. Und du hast keine Lust, mich durch Großmut zu beglücken?«

»Allerdings nicht. Ich habe an diese Luzerner Stunde meine ganze Zukunft geknüpft.«

»Nicht möglich! Heiraten?«

»Nein. Wichtigeres, was du aber nicht verstehen würdest.«

»Danke.«

»Es ist mir Ernst damit.«

Burkhard erhob sich und überlegte, während er mit einem der kleinen Ziergewehre spielte. Er konnte zu keiner Entscheidung kommen.

»Du willst morgen reisen«, sagte er zuletzt.

»Also noch Zeit genug! Das Schießen müßte doch draußen bei mir erledigt werden. Heute abend hast du meine Einladung dazu oder entsprechende Antwort.«

Ohne Gruß verließ er die Wohnung.

Am nächsten Morgen stieg Martin in den Zug. Er überlas nochmals Burkhards Billet: »Glückliche Reise! Sagen Sie der Musikantin: bis dat qui cito dat. Briefe von ihrer Hand werde ich mich künftig nicht für berechtigt halten zu öffnen.« Martin konnte der Bruch seiner letzten Freundschaft nicht stark betrüben.

In wachsender Erregung sah er auf die vorübergleitenden Landstriche hinaus, bis nach endlos trägen Stunden das neblige Haupt des Pilatus sichtbar wurde. Ein Kommissionär empfing ihn am Luzerner Bahnhof. »Ist alles besorgt?«

»Wir werden heute fertig. Das Motorboot mußte repariert werden.« –

»Schon gut. Machen Sie mir morgen gegen elf Bericht, im Schweizerhof.«

Der Dichter ging langsam zu Fuß nach dem Hotel. Quai und Brücke wimmelten von Fremden. Der Abend war klar und warm und zeigte die zierliche, helle Stadt mit der farbig wimmelnden Seepromenade in der Beleuchtung, die sie am meisten ziert. Über dem dunkelgrünen Seebusen glitten die farbigen Nachen und die weißen zierlichen Dampfer, hinter der Kuppel des Bahnhofs stieg der schwarze Pilatus auf und jenseits der grüne Rigi, auf den zahlreichen alten Stadttürmen glänzte die späte Sonne. Martin blickte über die Seeweite hinaus. Er hatte bei Vitznau ein Chalet gemietet, für sich und Elisabeth. Während er auf die grüne, silbern sich verlierende Fläche starrte, verwandelte sich vor seinen Augen das harmlos farbige Bild. In greifbarer Deutlichkeit sah er das Meer vor sich, das »nördlichste Meer« seines Märchens, und sah die purpurnblaue Flut an turmhohen Felsen branden.

5

Am nächsten Tag fuhr Martin mit dem Agenten nach Vitznau. Das Chalet, das er gemietet, lag oberhalb des Dorfes hart am See, seitab vom Wege. Mit Ausnahme der noch vorbeifahrenden Dampfer war hier von dem lauten Jahrmarkt des Sommerlebens nichts zu sehen. Gegenüber lag links das Buochser Horn, rechts der Bürgenstock, dazwischen im Hintergrunde das Stanserhorn, während rückwärts hinter der durch dichtes Laub verborgenen

Uferstraße die steile weiße Fluh aufstieg. Dieser kleine Gartenwinkel bewahrte auch jetzt, während der Reisesaison, etwas von der herben Schönheit und Frische, welche im Frühling und Spätherbst den See und seine Ufer schmückt. In dieser einfachen, fast idyllischen Landschaft, in dem metallisch herben Farbenwechsel des klaren Wassers und den mit Obstbäumen bepflanzten hellgrünen Uferstrichen fand das verwöhnte Auge des Dichters eine Befriedigung, die er im Hochgebirge und im Süden vergeblich suchte. Während die Form des Gebirges und die Art und Farbe der Vegetation hier schon die undefinierbare alpine Kraft und Reinheit zeigt, hat doch die Landschaft noch etwas von der Idylle des Mittelgebirges, noch Wald, Obstbau und die schlichte Anmut des Kulturbodens. Martin hatte dafür ein scharfes Auge und liebte diese Gegend, weil sie ihn an seine Heimat und an die Zeit erinnerte, in der die Natur und Landschaft noch Macht über ihn hatten. Die Wochen, in welchen er sich in diese grüne Stille zurückzog, gaben ihm jedesmal eine leise Empfindung von wohltuender Traurigkeit, ähnlich der, mit welcher man nach langer Entfernung die Spielplätze der Kinderzeit wieder betritt. In dieser grünen Stille gab er sich ohne Widerstreben der Träumerei und der Rückschau über das eigene Leben hin, und hier füllte sich seine Phantasie mit den zarten, märchenartigen Inspirationen, denen später in der strengen Tätigkeit des Jahres sein Fleiß und sein wählerischer Geschmack die entscheidenden glücklichen Formen zu geben versuchte. In diese Zurückgezogenheit pflegten ihn die Lieblingsdichter zu begleiten, eine kleine Sammlung meist alter Editionen der griechischen Idyllendichter des Longus, des Ariosto und einige Bände italienischer Sonette. Mit eigentümlicher Stimmung betrachtete er heute diese Landschaft und gedachte der nächsten Zeit, welche ihn diesmal statt der träumerischen, empfänglichen Ruhe des einsamen Landlebens eine sein Wesen innerst erregende und mit aller Unersättlichkeit seines ungenügsamen Wesens genossene Leidenschaft füllen sollte.

Ein alter Bootsmann grüßte den Dichter vom See aus mit geschwungenem Hute. »Adieu, Herr Zimmermann«, rief Martin nickend ihm zurück. »Jetzt wird's wieder an's Rudern gehen«, lachte der Alte. »Welches Boot wollen Sie heuer haben?« »Einstweilen keins«, dankte Martin. »Ich werde, denk' ich, Besuch haben. Später dann, Herr Zimmermann.« Enttäuscht fuhr der Alte weiter, der Schifflände zu. Gegen Abend fuhr Martin im Motorboot langsam über den golden leuchtenden See nach Luzern zurück, mit dem Gefühl, daß er heute zum letzten Male dieses ihm lieb gewordene Stückchen Erde in der bisherigen stillen Reinheit genieße. In Luzern empfing ihn das bewegte Leben der Promenadestunde und die lärmende Kurmusik. Auf einem eben abfahrenden Dampfer bemerkte er die Gestalt eines jungen Mannes mit breitrandigem Hut und kurzer Jacke, dem man ansah, daß er zum ersten Mal den See erblickte. Irgend ein deutscher Student oder Maler, der auf der ersten Reise zum Süden die Strecke bis Flüelen auf dem Wasser zurücklegte. Er blickte unverwandt der jetzt völlig mattgoldenen Seefläche entgegen und verriet in Haltung und Gesicht die ungebrochene frische Schaulust und Wanderfreude der ersten Jugend. Der Dichter wandte sich in seinem Fahrzeug um und blickte ihm eine ganze Weile nach, den Wanderer im Grund seiner Seele beneidend.

Gleich darauf empfing ihn der Hotelportier und drängten sich einige Bekannte um ihn, als er, um das Verglühen des Wassers noch zu betrachten, an einem Gartentisch auf der Terrasse Platz nahm.

»Sie sind nachdenklich«, sagte ihm einer derselben, »an was denken Sie?«

»Ich sah eben«, antwortete Martin, »in das Auge eines Mannes, den ich beneide.«

Und am späten Abend stand er noch lange allein vor

dem Hotel und blickte über den Seebusen hinweg zum dunklen Pilatus hinüber. Er besann sich, wie das im Lauf der Jahre so gekommen sei, daß eine Freude um die andere ihm erloschen und in das graue Meer der Gleichgültigkeit oder des lieblosen Interesses gesunken war. Und er erzählte sich selber, daß er nun im Begriff stehe, den letzten Reiz, den ihm die Zukunft noch zu haben schien, zu genießen. Den letzten – die Hingabe des einzigen Weibes, dessen geniale Art und Schönheit ihn fesselte –, und dann kam nichts mehr, dann war der Kreis geschlossen und der letzte Weg zur Freude verloren. Martin wunderte sich selbst, daß auch dieser dunkle Gedanke ihn nicht erschütterte, sondern ihn nur wie ein frostiger Schatten überflog. Er überdachte ihn mit ruhiger Neugierde wie ein fremdes Schicksal. Er wog die strenge Selbstführung und die wenn schon kranke Vornehmheit seiner ungewöhnlichen Existenz gegen ihre Freudlosigkeit ab und fand, daß es töricht wäre, sie sich anders zu wünschen. Es war eine notwendige Konsequenz seiner ganzen Anschauungsweise, daß ihm im Grunde jede naive Freude als eine Art von Dilettantismus erschien, er fand den Vergleich, daß er dem Leben, wie etwa einem Gemälde der Kenner gegenüberstehe, der auch die Freude am Stofflichen und Zufälligen längst verlernt hat und der im Betrachten eines Werkes mehr den Genuß seiner alles durchschauenden Kennerschaft sucht als eine Offenbarung. Die souveräne Haltung sich selbst gegenüber, die ruhige Selbstbetrachtung – das mußte ihm den Genuß ersetzen, den andere, vielleicht Glücklichere, an der farbigen Oberfläche des Lebens hatten. Das wenigstens hatte er erreicht: Menschen und Ereignissen gegenüber das selbstverständliche Gefühl der Überlegenheit.

Und während die Gedanken des Ungenügens und der Vereinsamung wie Schatten über die Seele des Dichters zogen, begann schon in dieser Seele die geheimnisvolle Kraft zu arbeiten, welche den flüchtigen Wolkenbildern dieser Empfindungen Kontur und Hintergrund gibt und sie in die Sphäre der künstlerischen Darstellung hinüberhebt. Indem die trübe Stimmung dieses Abends sich in die Stimmung eines zukünftigen Verses verwandelte, verlor sie ihre Schwere und gab den Gedanken des Rastlosen eine neue Wendung. Martin wußte, daß nur wenige Menschen dieses ungeheure Überwiegen des künstlerischen Maßstabs in seiner Seele verstehen würden. Er wußte, wie wenig gerade die Dichter unserer Zeit, zumal seine Landsleute, von dieser alles Stoffliche vernichtenden künstlerischen Fähigkeit besitzen. Und er dachte wieder an die Einzige, von der er wußte, daß sie ihm darin ebenbürtig sei.

Elisabeth kam andern Tags vor Mittag in Luzern an. Martin begegnete ihr auf der Treppe des Hotels.

Bald darauf erschien sie an der Tafel, wo sie den Platz neben Martin einnahm.

Als dieser einigen Bekannten zunickte und mit einem Lächeln die bunte, meist englische Gesellschaft überflog, flüsterte sie ihm zu: »Ich weiß, was du jetzt denkst.«

»Nun?«

»Daß wir in dieser Gesellschaft sitzen wie zwei Paradiesvögel in einem Hühnerhof.«

»Gut geraten! Tatsächlich könnte einen der Gedanke bedrücken, daß diese Masse von Geld und Stumpfsinn wirklich ein Teil der ›besten Gesellschaft‹ ist. Es sind drei, vier hervorragende Menschen darunter, aber auch diese sind noch so grob! Wenn du dir vorstellst, du müßtest heute vor diesen Leuten Musik machen!«

»Ich erwarte noch jemand«, sagte Elisabeth, als sie nach der Siesta den Dichter aufsuchte.

»Ich weiß«, antwortete Martin. »Burkhard wird nicht kommen.«

»Woher weißt du denn?«

»Er sagte mir selbst davon. Er wird nicht kommen.«

»Wie kam das zustande?«

»Frag nicht. Er hat verzichtet.«

»Ganz umsonst? Es sieht ihm nicht ähnlich.«

»Er tat es gewiß nicht gerne.«

Martin ließ das Gespräch fallen und schlug Elisabeth eine Bootfahrt vor. Sie bestiegen das hübsche, winzige Fahrzeug Martins und fuhren langsam in den See. Als das Boot sich schon Hertenstein näherte und die weiße Villenstadt Luzern sich dem Anblick entzog, fragte Elisabeth: »Warum so weit? Ich dachte, wir würden etwa Tribschen aufsuchen.«

»Ein andermal«, lachte Martin und lenkte das Boot der Seemitte zwischen Bürgenstock und Weggis zu. Zugleich begann auf eine leichte Schraubendrehung hin der Motor schneller zu arbeiten, und das Boot glitt wie ein schlanker Pfeil über die sonnige Fläche dahin.

»Aber wohin denn?« fragte Elisabeth

»Mitten in ein Märchen hinein«, antwortete flüsternd der Dichter. Seine leicht verschleierte Stimme vibrierte warm und lebhaft. »Mitten in ein Märchen hinein«, wiederholte er und deutete mit ausgestreckter Hand auf die hellgrüne Seebucht jenseits von Vitznau. »Siehst du dort das rote Haus?«

»Ja, was ist das?«

»Das ist das rote Liebesschloß, in welches ich die Frau, die ich liebe, entführe.« Elisabeth wurde blaß. Sie neigte schweigend das schöne Haupt zur Seite und schloß über den großen Augen die weißen Lider. Das Geräusch der Wellen und der Blick des Mannes, den sie auf sich ruhen fühlte, erfüllte sie wieder mit jenem fremden, bangen Gefühl, als entführe sie ein Piratenschiff auf die wilde Insel der Lust und Verzweiflung, wo der Schrei der Angst und der Schrei der Brunst sich mit dem Lärm der ewigen Brandung vermischt. Sie schrak heftig auf, als Martin mit der Hand ihr Stirn und Haar berührte, und in ihrer unbändigen Seele kämpften die Begierde des Genusses mit dem Widerwillen vor der Unterwerfung einen wilden Kampf. Das Boot eilte rasch über den hellen, glänzenden See, ganz an der Seite der Hammetschwand, bog bei der »Nase«, die Nähe des Dorfes vermeidend, in großer Kurve um, durchschnitt eilig die Seebreite und fuhr leise in den gemauerten Anlegeplatz. Das rote Chalet lag in der hellen Sonne mit blitzenden Fenstern, der schattige Garten duftete von Jasmin und roten Kressen. Langsam, auf den Arm des Dichters gestützt, erstieg Elisabeth die Stufen des Vorgartens, an der Haustüre wandte sie, bevor sie eintrat, das bleiche Gesicht dem Dichter zu und blickte ihn aus ganz verwandelten Augen lang und durchdringend an.

Dann betrat sie mit Martin ein zum Empfang geschmücktes Zimmer des Erdgeschosses, und dann erschauerte sie lachend und schluchzend unter der ersten, wilden Umarmung des geliebten Mannes.

6

Nach dem zügellosen Sturm der ersten Tage genoß der Dichter seine Liebe mit einer gewissen zärtlichen Schonung. Er und auch Elisabeth wußten vom ersten Tage an, daß die Dauer ihres Genusses vom Schatten eines Augenblicks abhinge, von einem Worte, von einem Lächeln, und beide hatten den Wunsch, diesen Tagen allen Glanz eines bewußten künstlerisch geschaffenen Glückes zu geben. Sie reihten die Stunden aneinander wie Verse eines kostbaren Gedichtes.

Früh am Morgen, wenn Elisabeth noch schlief, erhob sich der des Morgenschlafs entwöhnte Martin vom Lager, fuhr über den See an ein waldiges Ufer und brachte von da eine Handvoll Waldblumen mit, die er zurückkehrend seiner Geliebten auf's Bett legte. Der Vormittag, im Garten zugebracht, war von Martin fast ausschließlich der Lektüre gewidmet. In diesen hellen, kühlen Stunden, in der reinen, weltentfernten Stille des Gartens, an dessen Mauern die kleinen Seewellen anschlugen, las er meistens Elisabeth aus Lieblingsdichtern vor, einige Verse des Orlando von Ariost oder ein von ihm übersetztes Kapitel eines Neulateiners. Die kräftige Eleganz dieser Dichtungen eines goldenen Zeitalters beschworen diese Stunden in den beiden Künstlerseelen, denen der Stil ihrer Zeit im Innern zuwider war, den Glanz und die großartige Freiheit einer unvergleichlichen Kultur herauf, die gelesene Dichtung und die große Stimmung der Stunde gab ihren Gesprächen jene Freiheit und adelnde Würde, die in der Gemeinheit unserer Lebensformen von Grund aus unmöglich geworden scheint und deren erhaltene Andenken aus dem Zeitalter der Renaissancehöfe uns wie die Fragmente eines verlorenen unsterblichen Gedichtes herüberklingen.

Zum erstenmal genoß der Dichter so völlig das Glück, seinen Gedanken im Gespräch die geweihte Form zu geben, die ihm sonst in Gegenwart anderer Menschen im Munde erstickte. Elisabeth redete dann wenig, sie lehnte müßig und lauschend im Sitz und antwortete fast nur durch ihre schöne Gegenwart und durch das Spiel ihrer großen, allwissenden Augen. Sie wuchs in diesen glanzvoll stillen Stunden zur ganzen Höhe ihrer ungewöhnlichen Persönlichkeit aus und gewann die prachtvolle reife Ruhe einer großen Existenz, zugleich gereift und vergeistigt umgab sie der fürstliche Duft ihrer wachsenden Schönheit. Martin sprach eines Tages davon zu ihr.

»Wie schön du heute bist!« sagte er eines Tages. »Auch gestern glaubte ich dich schöner als je zu sehen und fürchtete fast, du müßtest dich über Nacht verwandeln. Und heute wieder übertriffst du alles Gestrige. Das ist, scheint mir, wie in den Tagen des letzten Spätsommers, wo jeden Tag die Luft goldener, die Sonne verklärter und die Ferne weicher, blauer und tiefer wird und wo man täglich die letzte Verklärung der Reife gekommen glaubt und täglich neu beschenkt wird, bis eines Tages der erste wehe Ton des Herbstes in der Luft und auf der Laube liegt.«

»Wir wollen nicht davon reden«, sagte Elisabeth und neigte ihm ihr Gesicht zu, indem sie lächelte.

»Küsse mich, und lies mir noch einmal das Sonett von gestern.«

Gegen Abend pflegte Elisabeth zu spielen. Dann saß Martin am Fenster, durch das die Blätter des Jasmin hereindrangen, und lauschte den Offenbarungen ihrer vornehmen Kunst, wie sie des Morgens seiner Kunst gelauscht hatte, hingegeben, dankbar und jede flüchtigste Wendung verstehend. Meistens spielte sie ihre ungeschriebenen Kompositionen, improvisierte auch zuweilen. Von ihr ging unter Martins Freunden die Sage, sie denke nur in Musik und verstehe es, in drei Akkorden die Stimmung einer bedeutenden Stunde oder die Seele eines Gespräches zu erschöpfen. In dieser abendlichen Musik strömte sie zuweilen ihr innerstes Wesen so berückend und so reinen Flusses aus, als legte sie ihre unverhüllte Seele dem Geliebten in die Hand. An einem solchen Abend geschah es, daß mehrere auf dem See schwimmende Vergnügungsboote sich schweigend um die aus dem See steigende Gartenmauer versammelten und daß auf die Stufen der Landungstreppe vor dem Hause mehrere frische Blumensträuße gelegt wurden.

Die Mittagsstunden vergingen unter Geplauder und Liebkosungen. Zuweilen badeten sie gemeinsam in der gewölbten steinernen Halle, oder zuweilen träumten sie schweigend im Schatten der Feigen, manchmal ruhten sie in einer dichten Laube in der warmen Sommerluft, nackt auf Teppichen, und Martin wurde nicht müde, das Haar und den mattschimmernden prachtvollen Körper Elisabeths mit Blätterkränzen und Blumen zu schmücken. Nachts, wenn auf dem Wasser die große Stille war, fuhren sie manchmal leise im Boot durch die blaue Schönheit der Seenacht, schweigend oder nur leise flüsternd und beide seltsam berührt vom schweigsamen Zauber der großen Natur.

»So wie diese Nacht«, sagte auf einer solchen Fahrt der Dichter, »so wie diese Nacht, Elisabeth, dachte ich mir in meiner Jugend das Glück. Das war mein Lieblingstraum: so durch die dunkelblaue Schönheit einer schwärmerisch lauen Sommernacht zu fahren, nach den Lichtern auf den Berghöhen und nach den Sternen an der schwarzen Wölbung des Himmels zu sehen, eine ohnegleichen fürstlich schöne Frau am Herzen, eine Hand in der Hand der Freundin, die andere das dunkle Wasser streifend. Dazu träumte ich mir das Glück des gekrönten Ehrgeizes, träumte mir, als beneidetster Dichter an der Brust des beneidetsten, adligsten Weibes zu ruhen, auf der Höhe des Lebens und meiner Kunst. Ich glaubte nicht daran, jemals diesen Traum meiner Jugend wahr zu sehen; nun sind jene erhabenen und beneidenswerten Stunden mir doch gekommen – aber spät, Elisabeth! Warum mußten wir jahrelang aneinander vorübergehen, jeder verdürstend nach dem, was der andere ihm geben konnte, und was er jetzt vielleicht zu spät ihm gibt?«

»Sage das nicht!« bat Elisabeth. »Es war nicht zu spät. Warum sollte es zu spät sein?« »Weil für mich, meine Freundin, schon die Zeit gekommen ist, in der man auch die verlorenste Jugendsehnsucht beneidet und der seligsten Gegenwart vorzöge. Ach, warum konnte ich dich nicht damals finden, zur Zeit jenes sehnsüchtigen Traumes: Da waren die Nächte so anders als jetzt, so prachtvoll tiefblau und voll verborgenen Feuers, da waren alle Blüten farbiger und alle Wolken seliger, weicher, weißer! – Und dennoch, Elisabeth, wenn meine ganze Jugend mir wiederkäme, aber ohne dich, ich wollte sie nicht.«

»Es macht mich traurig, wenn du so redest.«

»Nicht doch, meine Freundin! Wir wollen die Götter

anrufen, sie möchten unser Glück beschirmen. An welchen Gott glaubst du, Elisabeth?«

»Spotte nicht, Martin! Du weißt, ich bin so gottlos wie du.«

»Ich aber glaube an dich, und an mich. Und unser Glaube ist der einer anderen Zeit, deren spätgeborene Genossen wir sind. Möchten unsre Zeitgenossen von heute an ihren Göttern zugrunde gehen! Unser Stolz und unsere Einsamkeit ist es, Elisabeth, Träger der Schönheit durch eine wüste und barbarische Zeit zu sein. In uns geht noch einmal die alte Welt unter, und das Ideal der alten Schönheit. Die Kunst der nächsten Zukunft wächst in Berlin und in Rußland, im Schoß der Barbarei und am Herd der Bilderstürmer. Wenn du jemals ein Buch von Tolstoi gelesen hast oder ein modernes Theater gesehen, so weißt du, wie unsre Todfeinde aussehen, schlecht erzogen, schlecht gekleidet, unreinlich und von allen scheußlichen Gewohnheiten des Barbarismus befleckt. – Oh, wenn du wüßtest wie müde ich es bin, in dieser Zeit zu leben. Ich schreibe meine Dichtungen für zwanzig Menschen, und fast für ebenso wenige machst du deine Musik, für welche ein anderes Jahrhundert dich gekrönt hätte.«

»Ich zweifle, ob du völlig recht hast, Martin. Unsre Zeit ist unsäglich arm, aber die Kluft zwischen Kunst und Leben und die Kluft zwischen Großen und Kleinen ist immer dieselbe. Sokrates, dessen Wesen du mir so göttlich beschrieben hast, war in dem Athen der Glanzzeit vielleicht im Herzen so einsam, als irgend ein Großer von heute in seiner Stadt es ist. Wer das Ideal der unsterblichen Schönheit in der Seele trägt, den befriedigt keine Zeit und kein Leben. Erinnere dich des Michelangelo, dessen Größe in der Zeit der unvergleichlichen Blüte in grenzenloser Einsamkeit geblieben ist.«

»Ich danke dir, Elisabeth! Wenn ein Zufall meinen Namen andern Zeiten überliefert, so wird ihn der meiner Freundin und meiner Muse begleiten, und unsren verschwisterten Ruhm wird der Nimbus einer sagenhaften, schwelgerischen Liebe umgeben.«

Die schöne Frau schlug die Augen zu dem Dichter auf und fragte: »Sag mir, was liebst du mehr an mir, meine Schönheit oder meine Kunst?«

»Als ob ohne deine Kunst deine Schönheit dieselbe sein könnte! Doch wenn du sie denn trennen willst, so antworte ich: Ich liebe deine Schönheit mit der Leidenschaft eines Verliebten, mit jener Glut, die alle Kräfte des Augenblicks in sich sammelt, die aber wie alle Leidenschaft ein Raub der Jahre sein muß. Deine Kunst aber liebe ich ebenso wie meine eigene, mit einer eingeborenen verehrenden Liebe, ohne die ich nicht leben könnte. Aber ich wiederhole, man kann das nicht trennen. Deine Schönheit ist gerade in ihrem Eigensten und Berückendsten ein Werk deiner Kunst. Man sieht es deiner Stirne an, daß sie Gedanken voll stilschöner Reinheit beherbergt, man sieht es deinen Augen an, daß sie gewöhnt sind, unter traumgeschlossenen Lidern Visionen zu sehen, und man sieht es deinen Händen an, daß sie gewöhnt sind, die leisesten Erschütterungen der Saiten in allen winzigsten Nuancen hervorzurufen.«

Schon kam der Hochsommer heran. Zwischen den großen Blättern begannen die Feigen sich zu bräunen, warme Regentage kamen dazwischen. Über Vitznau und den Rigi ergoß sich die Flut der Touristen. Der See glänzte in den heißen Stunden schillernd farbig, als schwämme Öl auf der Oberfläche.

Die Jahreszeit näherte sich jenen glänzenden Tagen der überfließenden Fülle, in deren Genuß sich schon der leise Schmerz des nahen Endes mischt. Die späten Abende auf dem See waren von einer lauen, weichen Schönheit und bekränzten die entfernteren Berge mit der sammetweichen duftigen Bläue, die nur der August so reif und tieftönig hervorbringt.

Das war die Zeit, in welcher Martin stets die reichsten Inspirationen empfing. Für seine allem Vollreifen, Vollendeten und Üppigen zugeneigten Sinne war das die Zeit eines kurzen, milden Genusses. Sein Auge badete sich in den tiefer, satter und üppiger werdenden Farben, und sein ganzes Wesen gab sich in leichter, süßer Ermüdung der weichen, von Sonne gesättigten Seeluft hin. In diesen Tagen wurde sein Verkehr mit Elisabeth noch zarter, schonender und stiller, während ihre jüngere Natur diese leise, zärtlich milde Form der Liebe nicht verstand und mit der Reife ihres Körpers die heiße Begierde nach ungemessenem Genusse wuchs. Sie begann ihren Freund mit plötzlichen Liebkosungen zu überraschen, sie suchte ihn durch kleine Herausforderungen in ihrer Haltung und Toilette zu reizen, und ihre Musik hatte statt der klassisch starken Formen jetzt häufig den weichen Duft der Sehnsucht oder die anreizend schalkhafte Grazie der Verlockung. Martin schien diese Verwandlung ihres fast strengen Wesens kaum zu bemerken, erlag jedoch oft ihrem Zauber.

Elisabeth wurde von einer ihr selbst nicht verständlichen Unersättlichkeit verzehrt. Ihre spät erwachte, langsam gereizte Sinnlichkeit loderte wie ein lang unterdrücktes Feuer in ihrem Blute auf; oft drängte sie sich mit so brennender Kraft an den Geliebten, daß er fast erschrak. Die friedlich schönen, vom Adel der klassischen Kunst geschmückten Lesestunden wurden kürzer und verloren ihre kühle Stille, die Gespräche streiften, trotz Martins Widerstreben, immer zügelloser wie ein von der Flamme gelockter Falter um das enge Gebiet des Liebesgenusses. Einigemal ließen in solchen Gesprächen beide zugleich den Schleier der galanten Konversation von ihren Worten fallen und schwiegen plötzlich nach einem frechen Worte beide still. Dann brach die Frau in ein Gelächter aus, während der Dichter erschrak und von einem wehen Gefühl durchschauert wurde, wie einer, der an einem prachtvoll schönen Hause die ersten Zeichen des Verfalls erblickt. Er fühlte deutlich, daß die schöne Höhe seiner Liebe überschritten war, er empfand das Lachen des wilden Weibes manchmal unschön, sogar gemein, aber ihre rasende Glut riß ihn hin, und er ließ sich in den trüben Wellen dieser Leidenschaft treiben mit dem halben Bewußtsein, diese überschäumende Liebe bis zum letzten Schrei der gefolterten Lust und bis zur Verzweiflung auszukosten.

7

Fast täglich gingen in den Bergen heftige Gewitter nieder. Der See war so warm, daß das Baden kaum mehr eine Erfrischung brachte.

Elisabeth hatte sich in den Vitznauer Wochen verändert. Die schlanken Formen ihrer wundervollen Glieder hatten Fülle und Weichheit bekommen, der Nacken war zugleich dunkler gefärbt und voller, die Brüste drängender geworden. Die ungewohnte Glut verbreitete sich scheinbar von den leise durchschimmernden Adern über die ganze Haut, deren Farbe statt der kühlen Weiße eine goldgetönte, transparente Blässe gewonnen hatte, deren leuchtende Reife die ganze königliche Gestalt mit einer Atmosphäre der üppigen Lust und der herausfordernden Lüsternheit umgab. Die großen, vergeistigten Augen waren warm, träumend und liebekundig geworden und glänzten in einem neuen, feuchten, leicht verschleierten Glanz. Die Züge des Gesichts und die zarten, schmalen Wangen waren irdischer und süßer geworden, sündig schön durch den verwandelten Ausdruck und durch den Anflug bläulicher Augenschatten. Das ganze Gesicht und besonders der brennende, gierige Mund schien von einem bacchischen Rausch entzündet.

Elisabeth hatte sich bald ihrer jetzigen Macht über den Dichter versichert. Sie dachte nicht an die Möglichkeit des Zuendegehens und schwelgte berauscht im fortwährenden Taumel ihrer Schönheit und ihres Sieges. Rastlos, als müsse sie alle Versäumnis der verlorenen Jahre gutmachen, sog sie lachend und vor Erregung zitternd jede Lust mit allen Poren ein und verdurstete doch nach mehr, nach wilderen Küssen, pressenderen Umarmungen und brünstigeren Spielen. Während der Dichter am Abnehmen seiner Energie und Genußfähigkeit litt, wurde sie von einem unsäglichen Ungenügen gestachelt und erfüllte ihre Phantasie mit den Träumen schrankenloser Genüsse.

Eines Tages bat sie den Dichter, ihr das Liebesmärchen vorzulesen. Er weigerte sich lang und gab doch nach. er las, an einem schwülen Abend, während ein Wetterleuchten ohne Unterlaß am schwer verwölkten Himmel zuckte. Der Geruch des Wassers, der Blumenduft, das müde Gurgeln der Uferwellen erfüllte die drückende Luft.

Er las, und noch einmal stieg das Bild des Liebesschlosses vor ihm und ihr empor, des roten Schlosses, in welchem das Stöhnen der unersättlichen Liebesgier heiser und verzweifelt durch die tobende Brandung gellt und wo die Opfer eines verzehrenden Liebeszaubers ihre mörderische Lust in feuchten, zerwühlten Scharlachkissen ersticken.

Wer will sagen, was bei diesem Lesen in der Seele des Dichters vorging! Er las und büßte mit wunder Seele die schamlose Schönheit seiner verjährten Dichtung.

Während er vorlas, zitterte an ihn geschmiegt die warme Gestalt des atemlos hörenden Weibes, dessen dunkel brennendes Auge ihm die heißen frechen Worte lüstern vom Munde las. Und als er zu Ende gekommen war, drängte ihr entzündeter Leib sich mit leisem Schrei verzehrend an ihn, fest, zitternd und fiebernd in der ganzen unseligen Leidenschaft der maßlosen Dichtung. Mit schmerzendem Haupt und flimmernd wilden Augen preßte auch er sie an sich, in die schwarze, schwüle, wetterleuchtende Augustnacht mischte sich mit dem gedehnten Stöhnen des Windes und dem gebrochenen Gurgelton des Wassers das erstickende Keuchen der beiden Menschen, über deren Häuptern eine uferlos schäumende, zerstörende Leidenschaft zusammenschlug, wie die trübe Welle eines blutig gefärbten Meeres.

Von diesem Abend an sank die Liebe der unstillbar entbrannten Frau und auch die bisher vom Ideal verklärte Liebe des Dichters schnell immer tiefer ins Grausame und buhlerisch Gemeine. Der Genuß war vorüber, statt dessen flackerte die geschändete Leidenschaft in trüben, freudlos wilden, aufregenden Zuckungen fort, mehr phantastische als körperliche Orgien begehend.

Dazu begann nun auch in Elisabeth ein Gefühl wie Reue und eine nach Betäubung lüsterne Verzweiflung aufzusteigen. Die vom Zauber der alten Kunst beglänzten Musikabende waren schon lange zu Ende. Statt dessen spielte sie jetzt oft stundenlang Chopin. Sie wußte, daß Martin diese Musik im Grunde liebte, während er sie aus Furcht vor ihrem schwächenden Einfluß sich fernhielt. Nun fieberte diese atemraubend wilde, stachelnde, unselig geniale Musik des nervösesten Künstlers täglich durch das stille Haus. Martin, der diese raffinierteste, kränkeste Kunst in ihrer ganzen traurigmachenden Schönheit verstand, litt unsäglich an ihr und konnte sich doch dem Zauber nicht entziehen. Diese mädchenhaft rasenden Takte, diese in sinnreich kombinierter Auflösung verflatternden Tönereihen, diese halben, rastlosen, in den zartesten Nerven wühlenden Dissonanzen, dieses fiebernde Wiegen energieloser, namenlos schwermütiger Takte war die einzige Musik, welche in der zitternd schwülen Luft des roten Liebesschlosses noch möglich war.

Einmal, nachdem sie die Berceuse, dieses elfenzarte, duftige, dennoch heimlichst erregende Stück gespielt hatte, brach Elisabeth plötzlich in ein jähes Gelächter und im nächsten Augenblick in ein wehes, erschütterndes

Schluchzen aus. Der Dichter stand neben ihr, bleich und mit verglühten Augen und schaute schweigend zu, wie dasselbe Elend, das ihm die Kehle würgte, neben ihm das niedergesunkene, verdorbene Weib in langen Zuckungen folterte.

Als Elisabeth sich wieder erhoben hatte, trocknete sie das Gesicht mit dem Taschentuch, nahm des Dichters Arm und ging mit ihm in den Garten.

»Eine verrückte Musik«, rief sie aus, »Ich glaube, ich habe wirklich geweint.« Sie flocht sich Rosen ins Haar, reife, gelbe Teerosen, deren Blätter sich lösten, ihr über Haar und Schultern fielen und in den Falten ihres Kleides hängen blieben. Sie riß eine ganze Handvoll Rosen ab und warf sie über den Dichter. So setzten sie sich in die Laube, der Mann, das Weib, Tisch und Boden waren von den losen blaßgelben Rosenblättern bedeckt, deren Duft schon herb und welk war.

»Es ist schwül«, sagte der Dichter.

»Wirklich«, lachte sie laut. Martin ging und brachte Lichter, Obst und Wein herbei.

»Man kann doch nicht schlafen«, sagte er. »Wir wollen hier außen bleiben.«

»Gut, feiern wir ein Sommernachtsfest! Es ist ja so ein lyrisch weicher Abend, wie du sie liebst.«

»Ja, Elisabeth. Und morgen oder übermorgen oder ein paar Tage später ist Herbst.«

»Du sagst das ganz tragisch.«

»Findest du? Es ist doch traurig, wie sich die Rosen schon auflösen.«

Elisabeth lachte: »Ach, die armen Rosen! Es werden andere wachsen.«

»Und du wirst andere Liebhaber finden.«

»Martin –!«

»Verzeih, Elisabeth. Ich wollte das nicht sagen.«

»Na, ich bin gläubig.«

»Wirklich nicht, glaube mir! – O Elisabeth, wenn ich

noch zu dir reden könnte wie im Anfang dieses Sommers!«

»Es ist doch ein schöner Sommer gewesen.«

»Ja, ein recht schöner Sommer.« Martin unterdrückte einen Seufzer und änderte den Ton seiner Stimme.

»Dieser Chopin ist doch genial. Was meinst du?«

»Er hat ein Pendant unter den Dichtern.«

»Wen meinst du?«

»Dich und dein Liebesmärchen. Du verstehst es reichlich so gut wie Chopin auf die sensibelsten Nerven den Finger zu legen.«

»Ist das ein Lob?«

»Natürlich. Aber wartet nur, ihr Erotiker und Melancholiker, ihr sollt mich nicht umsonst bekehrt haben! Künftig werde ich eine Musik machen, bei der die Don Juans des Parketts sich wie verführte Landmädchen vorkommen sollen.«

»Ich warte darauf.«

»Tu das, mein Lieber! Vor zwei Monaten glaubte ich fest, der vollkommenste Satan zu sein, und nun seh' ich, daß ich damals das reine Lamm war. Ein schneeweißes Lamm mit blauem Halsband und einem Glöckchen daran.«

»Äußerst possierlich! Aber jetzt?«

»Jetzt hat sich alles umgedreht. Damals war die Musik mein Herrgott und ich seine fromme Magd. Jetzt bin ich der Herrgott und meine Kunst soll mir tanzen ... Aber das will ein Nachtfest sein?! Wir sitzen da wie Leichenwächter.«

»An wessen Leiche?«

»Unsinn! Komm nimm meinen Kopf auf deinen Schoß und gib mir Wein zu trinken! Wir wollen auch singen –«

Während im Garten die Rosenblätter vergilbend in den Beeten lagen, löste sich und verwelkte auch die Liebe des Dichters und der Künstlerin. Es kamen Abende, an denen sie, jeder von einsamen Spaziergängen zurückgekommen, sich stundenlang mit verhaltener Bitterkeit gegenüber saßen, Elisabeth verdrossen und unbefriedigt, der Dichter verbittert und krank bis in den Grund seiner ermüdeten und mißbrauchten Seele.

»Du könntest eigentlich die Geschichte dieses lustigen Sommers aufschreiben«, sagte sie eines Tages.

»Wenn du geschickt bist, so gibt es ein Buch, das die Leute verschlingen werden. Ich erlaube dir auch meinen Namen zu nennen, das wirkt. Ach Gott, man will doch einmal berühmt werden, und das Leben ist kurz! Dann werden die Leute auf mich deuten und einander erzählen: das ist die berühmte Geliebte des Dichters Soundso, die er, wenn sie nackt war, mit roten Kressen bekränzte und über deren Nacken er ein eigenes Gedicht gemacht hat. Einen ganzen Monat lang hat er sie eigenhändig aus- und angekleidet.«

»Ich werde das vielleicht tun. Ich bin gemein genug dazu, und du auch.«

»Nun eben! Übrigens will ich nächstens ein Konzert in Baden-Baden geben. Sie haben dieser Tage angefragt. Gehst du mit?«

»Keine Rede! Wann ist das Konzert?«

»In acht Tagen.«

»Und du willst wirklich hingehen?«

»Ich sage heute zu. Freilich werde ich diese Tage noch sehr zum Üben benützen müssen. Einen Tag hin, am zweiten spiele ich, am dritten zurück. Über Luzern – Basel –.«

Martin wußte, daß sie nicht zurückkommen würde. Am Tag vor ihrer Abreise überwältigte ihn noch einmal die dämonische Schönheit ihres Körpers, daß er sie unter Küssen umarmte. Noch einmal flackerte der Rausch von ehemals durch sein ermüdetes Herz, daß er über dem Genuß ihrer wunderbaren Gliederpracht alles Elend vergaß. Dann reiste sie ab.

Und dann las er in einer Zeitung über das Konzert:

»Die beiden Vorträge der berühmten Künstlerin setzten alle Kenner in Erstaunen. Abgesehen von der unglaublich brillanten Technik, die wir an der Virtuosin schon früher bewunderten, war es eine durchaus überraschende Wandlung im Programm und Vortrag, die uns bei diesem Konzert entgegentrat. Die Dame spielte die zweite Nocturne von Chopin und eine Improvisation und zeigte in beiden Stücken eine völlig veränderte Richtung. An Stelle der fast herben Klassizität ist ein lebendig bewegter, hinreißender Vortrag getreten. Wir beglückwünschen die große Künstlerin zu diesem Beginn einer neuen, glänzenden Epoche ihres Könnens. –«

So begrüßte die Welt den Abfall einer großen Künstlerseele von ihrem Ideal.

Martin wartete vier Tage, fünf Tage. Elisabeth kam nicht wieder. Den sechsten und siebten Tag schloß sich der Dichter in seinem Arbeitszimmer ein. Im fortwährenden Kampf mit den andrängenden Bildern seiner erkrankten Phantasie und mit einem heftigen Bedürfnis zu schluchzen, brachte er aufreibend trostlose Stunden hin. Das Herz voll Galle, zwang er mit der alten zähen Strenge seine Gedanken zur Ordnung und suchte Beschlüsse für die nächste Zukunft zu fassen. Nur mit Mühe hielt er ein Gefühl des Ekels vor sich selbst nieder. Er fand in seinem Leben, an seinem Leibe und in seinem Denken nichts, was ihm nicht geschändet, befleckt und unwürdig erschienen wäre, die ganze Atmosphäre kam ihm beschmutzt vor durch das Keuchen und den Schweiß der entarteten Liebeslust.

Nun war die Zeit gekommen, vor der er sich seit Monaten gefürchtet hatte. Die einzige Frau, das Kleinod seiner zärtlichsten Träume, war von ihm genommen, war des ganzen adligen Duftes und der ganzen vornehmen Grazie beraubt. Auch ihre und seine eigene Kunst war beschmutzt und erniedrigt. Er würde nie wieder im Genuß ihrer Musik den Traum vom Ideal des Schönen träumen und nie mehr in seinen Versen den herben, schweigsamen Hochmut einer unendlich geläuterten Kunst genießen können.

Noch elender erschien ihm der zukünftige Verkehr mit Elisabeth. Sie würden monatelang aneinander vorübergehen, immer das blasse grinsende Augurenlächeln im Blick. Sie würden sich wieder finden, um in grenzenloser Trauer und Bitterkeit sich des Vergangenen zu erinnern. Sie würden zu irgendeiner Stunde dem Reiz der beschworenen Erinnerung erliegen und noch einmal das ganze erbärmliche Spiel bis zur selben Verzweiflung durchspielen und von neuem auseinander gehen, noch entwürdigter, noch bitterer und vergifteter als das erstemal.

Als Martin nach diesen in trostlosem Kampf verbrachten Tagen sein Zimmer wieder verließ, erschrak sein Diener vor ihm. Und er selbst erschrak, als er sein Gesicht im Spiegel erblickte, das Gesicht eines gebrochenen und vom Dämon gezeichneten Mannes.

Er war seines Entschlusses sicher geworden. Sein Bewunderer, der gelehrte Historiker, in dessen Hause und Garten er Elisabeth oft gesehen hatte, erhielt in diesen Tagen einen Brief von ihm. »Fünf größere Dichtungen von mir« hieß es darin, »sind, wie Sie wissen, in von mir gezeichneten, fast sämtlich variierenden Exemplaren als Manuskript ausgegeben. Sie erweisen mir einen großen Dienst, wenn Sie mir diese verschaffen können. Man wird sie Ihnen eher als mir überlassen. Die Titel und die Adressen der Besitzer finden Sie auf der mitgegebenen Liste beisammen. Suchen Sie möglichst alle zu bekommen, und legen Sie Ihr Exemplar bei; es ist mir von großer Wichtigkeit, sie vollzählig zu haben. –«

Der Gelehrte unterzog sich bereitwillig dieser Arbeit. Er mochte annehmen, Martin plane ihre Redaktion in der

Absicht einer Veröffentlichung. Täglich liefen einige Exemplare bei Martin ein, zierliche, von einem dazu von ihm herangebildeten Schreiber peinlich egal geschriebene Hefte aus Handpapier, mit breitem schwarzem Band geheftet und sämtlich mit seinem Namenszug versehen. Endlich fehlten noch drei Hefte, zwei davon wurden von den Besitzern hartnäckig verweigert, das dritte schien verloren gegangen zu sein. Die Mehrzahl der Schriften waren in elegante lederne oder seidene Mappen eingelegt. Diese kleine Sammlung von schmucken Heftchen lag vor dem Dichter ausgebreitet. Sie waren sein Lebenswerk, Tage und Nächte seiner besten Jahre hatte er darauf verwandt, diesen tadellos schönen Versen ihre brillante Oberfläche und ihre beziehungsreiche, sinnvolle Verknüpfung zu geben. In kostbaren Hüllen waren sie jahrelang von Verehrern aufbewahrt und in guten Stunden von aufmerksamen, fein erzogenen Genießern gelesen worden.

Mit harten Zügen und fest geschlossenen Lippen überschaute und zählte der Dichter die Schriften. Er öffnete keines der Hefte – die lang erwogenen, oft geprüften, unzähligemal überlesenen und neu überarbeiteten Verse hatte sein Gedächtnis fast alle bewahrt.

Als die letzten eingetroffen waren, band Martin die ganze Sammlung zusammen. Am Abend, nach Einbruch der Dämmerung, brachte er das schwere Paket in das Boot und fuhr über das dunkle Wasser gegen Buochs hinüber. In der Mitte des Sees machte er Halt und saß wohl eine Stunde lang gebeugt und regungslos, die Rechte auf das weiße Bündel gelegt, welches die Arbeit seines Lebens enthielt. Ein unsäglich schneidender Schmerz ging in dieser dunklen, schweigenden Stunde durch seine Seele.

Dann erhob er sich langsam, hob das Bündel auf den Rand des sich neigenden Boots, fuhr noch einmal mit der Hand liebkosend darüber und ließ es langsam und lautlos in das Wasser sinken. Quirlend und leise gurgelnd schloß sich darüber die Fläche.

Tags darauf legte er in seinem Ariost an der Stelle, die er mit Elisabeth an einem besonders glücklichen Morgen gelesen hatte, ein rotes Band und einige Rosenblätter und sandte die kostbare Ausgabe der Künstlerin zum Geschenk.

Der Historiker erhielt ein rätselhaftes Billet: »Ich danke für Ihre Mühe! Beim Anblick der vielen Blätter empfand ich wieder stark den alten Schmerz der Künstler – ars longa vita brevis. Sollte ich einmal vor Ihnen sterben, so vermache ich Ihnen meine Bibliothek unter der Bedingung, daß meine Aldinensammlung für ewig beisammen bleibt.«

Martin reiste nach Grindelwald und verscholl spurlos im Hochgebirge. *(1900/01)*

Der Kavalier auf dem Eise

Damals sah mir die Welt noch anders aus. Ich war zwölfeinhalb Jahre alt und noch mitten in der vielfarbigen, reichen Welt der Knabenfreuden und Knabenschwärmereien befangen. Nun dämmerte schüchtern und lüstern zum ersten Male das weiche Ferneblau der gemilderten, innigeren Jugendlichkeit in meine erstaunte Seele.

Es war ein langer, strenger Winter, und unser schöner Schwarzwaldfluß lag wochenlang hart gefroren. Ich kann das merkwürdige, gruselig-entzückte Gefühl nicht vergessen, mit dem ich am ersten bitterkalten Morgen den Fluß betrat, denn er war tief und das Eis war so klar, daß man wie durch eine dünne Glasscheibe unter sich das grüne Wasser, den Sandboden mit Steinen, die phantastisch verschlungenen Wasserpflanzen und zuweilen den dunklen Rücken eines Fisches sah.

Halbe Tage trieb ich mich mit meinen Kameraden auf dem Eise herum, mit heißen Wangen und blauen Händen, das Herz von der starken rhythmischen Bewegung des Schlittschuhlaufs energisch geschwellt, voll von der wunderbaren gedankenlosen Genußkraft der Knabenzeit. Wir übten Wettlauf, Weitsprung, Hochsprung, Fliehen und Haschen, und diejenigen von uns, die noch die altmodischen beinernen Schlittschuhe mit Bindfaden an den Stiefeln befestigt trugen, waren nicht die schlechtesten Läufer. Aber einer, ein Fabrikantensohn, besaß ein Paar »Halifax«, die waren ohne Schnur oder Riemen befestigt und man konnte sie in zwei Augenblicken anziehen und ablegen. Das Wort Halifax stand von da an jahrelang auf meinem Weihnachtswunschzettel, jedoch erfolglos; und als ich zwölf Jahre später einmal ein Paar recht feine und gute Schlittschuhe kaufen wollte und im Laden Halifax verlangte, da ging mir zu meinem Schmerz ein Ideal und ein Stück Kinderglauben verloren, als man mir lächelnd versicherte, Halifax sei ein veraltetes System und längst nicht mehr das Beste.

Am liebsten lief ich allein, oft bis zum Einbruch der Nacht. Ich sauste dahin, lernte im raschesten Schnelllauf an jedem beliebigen Punkte halten oder wenden, schwebte mit Fliegergenuß balancierend in schönen Bogen. Viele von meinen Kameraden benutzten die Zeit auf dem Eise, um den Mädchen nachzulaufen und zu hofieren. Für mich waren die Mädchen nicht vorhanden. Während andere ihnen Ritterdienste leisteten, sie sehnsüchtig und schüchtern umkreisten oder sie kühn und flott in Paaren führten, genoß ich allein die freie Lust des Gleitens. Für die »Mädelesführer« hatte ich nur Mitleid oder Spott. Denn aus den Konfessionen mancher Freunde glaubte ich zu wissen, wie zweifelhaft ihre galanten Genüsse im Grunde waren.

Da, schon gegen Ende des Winters, kam mir eines Tages die Schülerneuigkeit zu Ohren, der Nordkaffer habe neulich abermals die Emma Meier beim Schlittschuhausziehen geküßt. Die Nachricht trieb mir plötzlich das Blut zu Kopfe. Geküßt! Das war freilich schon was anderes als die faden Gespräche und scheuen Händedrücke, die sonst als höchste Wonnen des Mädleführens gepriesen wurden. Geküßt! Das war ein Ton aus einer fremden, verschlossenen, scheu geahnten Welt, das hatte den leckeren Duft der verbotenen Früchte, das hatte etwas Heimliches, Poetisches, Unnennbares, das gehörte in jenes dunkelsüße, schaurig lockende Gebiet, das von uns allen verschwiegen, aber ahnungsvoll gekannt und streifweise durch sagenhafte Liebesabenteuer ehemaliger, von der Schule verwiesener Mädchenhelden beleuchtet war. Der »Nordkaffer« war ein vierzehnjähriger, Gott weiß wie zu uns verschlagener Hamburger Schuljunge, den ich sehr verehrte und dessen fern der Schule blühender Ruhm mich oft nicht schlafen ließ. Und Emma Meier war unbestritten das hübscheste Schulmädchen von Gerbersau, blond, flink, stolz und so alt wie ich.

Von jenem Tage an wälzte ich Pläne und Sorgen in meinem Sinn. Ein Mädchen zu küssen, das übertraf doch alle meine bisherigen Ideale, sowohl an sich selbst, als weil es ohne Zweifel vom Schulgesetz verboten und verpönt war. Es wurde mir schnell klar, daß der solenne Minnedienst der Eisbahn hierzu die einzige gute Gelegenheit sei. Zunächst suchte ich denn mein Äußeres nach Vermögen hoffähiger zu machen. Ich wandte Zeit und Sorgfalt an meine Frisur, wachte peinlich über die Sauberkeit meiner Kleider, trug die Pelzmütze manierlich halb in der Stirn und erbettelte von meinen Schwestern ein rosenrot seidenes Foulard. Zugleich begann ich auf dem Eise die etwa in Frage kommenden Mädchen höflich zu grüßen und glaubte zu sehen, daß diese ungewohnte Huldigung zwar mit Erstaunen, aber nicht ohne Wohlgefallen bemerkt wurde.

Viel schwerer wurde mir die erste Anknüpfung, denn in meinem Leben hatte ich noch kein Mädchen »engagiert«. Ich suchte meine Freunde bei dieser ernsten Zeremonie zu belauschen. Manche machten nur einen Bückling und streckten die Hand aus, andere stotterten etwas Unverständliches hervor, weitaus die meisten aber bedienten sich der eleganten Phrase: »Hab' ich die Ehre?« Diese Formel imponierte mir sehr, und ich übte sie ein, indem ich zu Hause in meiner Kammer mich vor dem Ofen verneigte und die feierlichen Worte dazu sprach.

Der Tag des schweren ersten Schrittes war gekommen. Schon gestern hatte ich Werbegedanken gehabt, war aber mutlos heimgekehrt, ohne etwas gewagt zu haben. Heute hatte ich mir vorgenommen, unweigerlich zu tun, was ich so sehr fürchtete wie ersehnte. Mit Herzklopfen und todbeklommen wie ein Verbrecher ging ich zur Eisbahn, und ich glaube, meine Hände zitterten beim Anlegen der

Schlittschuhe. Und dann stürzte ich mich in die Menge, in weitem Bogen ausholend, und bemüht, meinem Gesicht einen Rest der gewohnten Sicherheit und Selbstverständlichkeit zu bewahren. Zweimal durchlief ich die ganze lange Bahn im eiligsten Tempo, die scharfe Luft und die heftige Bewegung taten mir wohl.

Plötzlich, gerade unter der Brücke, rannte ich mit voller Wucht gegen jemanden an und taumelte bestürzt zur Seite. Auf dem Eise aber saß die schöne Emma, offenbar Schmerzen verbeißend, und sah mich vorwurfsvoll an. Vor meinen Blicken ging die Welt im Kreise.

»Helft mir doch auf!« sagte sie zu ihren Freundinnen. Da nahm ich, blutrot im ganzen Gesicht, meine Mütze ab, kniete neben ihr nieder und half ihr aufstehen.

Wir standen nun einander erschrocken und fassungslos gegenüber, und keines sagte ein Wort. Der Pelz, das Gesicht und Haar des schönen Mädchens betäubten mich durch ihre fremde Nähe. Ich besann mich ohne Erfolg auf eine Entschuldigung und hielt noch immer meine Mütze in der Faust. Und plötzlich, während mir die Augen wie verschleiert waren, machte ich mechanisch einen tiefen Bückling und stammelte: »Hab' ich die Ehre?«

Sie antwortete nichts, ergriff aber meine Hände mit ihren feinen Fingern, deren Wärme ich durch den Handschuh hindurch fühlte, und fuhr mit mir dahin. Mir war zumute wie in einem sonderbaren Traum. Ein Gefühl von Glück, Scham, Wärme, Lust und Verlegenheit raubte mir fast den Atem. Wohl eine Viertelstunde liefen wir zusammen. Dann machte sie an einem Halteplatz leise die kleinen Hände frei, sagte »Danke schön« und fuhr allein davon, während ich verspätet die Pelzkappe zog und noch lange an derselben Stelle stehen blieb. Erst später fiel mir ein, daß sie während der ganzen Zeit kein einziges Wort gesprochen hatte.

Das Eis schmolz, und ich konnte meinen Versuch nicht wiederholen. Es war mein erstes Liebesabenteuer.

Aber es vergingen noch Jahre, ehe mein Traum sich erfüllte und mein Mund auf einem roten Mädchenmunde lag.

(1901)

Erlebnis in der Knabenzeit

Der Schlosser Mohr, Hermann Mohrs Vater, den wir Mohrle nannten, wohnte am Eingang der Badgasse in einem alten, merkwürdigen und etwas finsteren Hause, zu dem ein steiler, gepflasterter Aufstieg und dann noch einige Stufen aus rotem Sandstein hinanführten. Neben dem Tor der Schlosserwerkstatt, die ich nie betreten habe, führte dicht hinter der Haustür eine steile, enge Treppe zur Wohnung hinauf, und auch diese Haustür, diese steile Treppe und diese Wohnung habe ich nur ein einzigesmal betreten, es ist lange her. Denn seit Jahrzehnten ist die Familie Mohr aus meiner Vaterstadt weggezogen und verschwunden, und auch ich selber bin seit Jahrzehnten fort und fremd geworden, und die dortigen Dinge, Bilder und Ereignisse, gehören der fernen Vorwelt der Jugend und der Erinnerungen an. In Jahrzehnten habe ich Tal und Stadt nur wenigemal für wenige Stunden wiedergesehen, aber nie mehr ist eine andere Stadt in den Ländern, in denen ich seither gewohnt habe und gereist bin, mir so bekannt geworden; noch immer ist die Vaterstadt für mich Vorbild, Urbild der Stadt, und die Gassen, Häuser, Menschen und Geschichten dort Vorbild und Urbild aller Menschenheimaten und Menschengeschicke. Lerne ich in der Fremde Neues kennen, eine Gasse, ein Tor, einen Garten, einen alten Mann, eine Familie, so wird das Neue mir erst in dem Augenblick wirklich und voll lebendig, wo irgendetwas an ihm mich, sei es noch so leise und hauchdünn, an das Dort und Damals erinnert.

Die Familie Mohr war mir nicht eigentlich bekannt. Was ich kannte, das war ihr Haus, vielmehr das Äußere ihres Hauses, mit dem steilen Aufstieg, dessen Pflastersteine wenig Sonne sahen und immer etwas feucht und finster waren. Da war die offenstehende Werkstatt, manchmal sah man hinten durch ihre Schwärze ein kleines Schmiedefeuer sprühen und hörte den schönen vollen Ton des Ambosses, und außen am Hause standen Bündel von dünnen Eisenstangen schräg angelehnt, so wie beim Wagner die geschälten Eschenstämme standen, und es roch hier winklig und streng, etwas nach Feuchte und Stein, etwas nach Ruß und Eisen, und etwas nach Haarwasser und Pomade, von dem kleinen Friseurladen her, der etwas tiefer daneben lag, und wo ich alle Halbjahr das Haar geschoren bekam.

Weiter kannte ich von den Mohrs die drei Söhne. Sie galten alle für gescheit und aufgeweckt, einer war schon in einer Lehre oder studierte, der zweite, ein Jahr älter als ich, ging gleich mir in die Lateinschule, und der dritte, Hermann, der Mohrle, gehörte, noch ehe ich ihn kannte, für mich mit zum Anblick des Hauses, denn selten kam ich dort vorüber, ohne ihn sitzen und irgendwelche Kunstwerke verfertigen zu sehen, er saß entweder hoch über der finsteren Gasse, auf der Mauerbrüstung neben seiner Haustür, oder auch ein Stockwerk höher am Fenster, ein kleiner, sehr blasser, zart und kränklich aussehender Knabe, mehrere Jahre jünger als ich. Und dieser Mohrle galt für noch begabter und merkwürdiger als seine großen Brüder, er schien immer zu Hause zu sitzen und immer allein zu sein, und war jederzeit mit zarten, sinnreichen Handarbeiten beschäftigt. Namentlich tat er sich als Zeichner hervor, er galt für ein Wunderkind, und man sprach in der Nachbarschaft mit Respekt von ihm, obwohl er noch in einer der ersten Schulklassen war. In der Schule wußte man damals nichts von Zeichnen, er hatte sich ohne Lehrer und Vorbild auf diese Kunst geworfen, und was ich davon zu sehen bekam, weckte jedesmal meine Bewunderung und auch meinen Neid. Manchmal brachte sein Bruder eine Zeichnung von ihm mit in die Schule und zeigte sie herum, und alle bewunderten sie, und wenn ich ihn auf der Gassenmauer oder oben im Eckfenster sitzen und zeichnen sah, dann hatte ich nicht das Zutrauen, hinaufzugehen, mich hinter ihn zu stellen und ihm zuzusehen, wie ich es allzu gern gemacht hätte, sondern es schien mir richtig und geboten, die einsame Arbeitsamkeit des Wunderkindes zu achten und seine Stille nicht durch Neugierde zu stören. Wäre er nicht gar so klein gewesen, so hätte ich versucht, ihn zu meinem Freund zu machen. Aber er war vier, fünf Jahre jünger als ich, und mochte er auch ein Genie sein, so verbot es mir doch meine Schülerehre, mich näher mit einem so Kleinen einzulassen. Dennoch liebte ich ihn und blickte gern hinüber, wenn er so schmächtig und gebückt vor seinem Hause saß und an einer Zeichnung strichelte oder eine seiner vielen erfinderischen Arbeiten auf den Knien liegen hatte, etwa das Speichenrad einer kleinen Hammermühle, den Rumpf eines Segelschiffes aus Tannenrinde oder die Hülse einer Schlüsselbüchse. Während wir anderen in Haufen durch die Gassen sprangen, spielten, Lärm machten und viele Streiche verübten, führte der bleiche, kleine Wundermann abseits mit Griffel, Bleistift, Hammer oder Schnitzmesser sein besonderes und abgetrenntes Leben, zufrieden, fleißig und nachdenklich wie ein Alter.

Vielleicht war der kleine Knabe sehr frühreif und war in seiner Seele schon der Leiden und tiefen Wonnen fähig, welche in jungen Jahren dem Künstler seine noch unerprobten Kräfte bescheren, und vielleicht glaubte er an eine glänzende Zukunft, denn trotz seiner Kränklichkeit und Einsamkeit schien er uns und unsere Spiele weder zu beneiden noch zu entbehren, er war zufrieden. Etwas später, als in mir die erste Leidenschaft für die Studien und für die Dichtkunst wach wurde, dachte ich manchmal an ihn, und wäre jetzt vielleicht wirklich sein Freund geworden, aber da war er schon nicht mehr da.

Bald nämlich umgab sich der Mohrle mit einem noch tieferen Geheimnis und entrückte sich unserem Umgang und Verständnis noch völliger. Er sollte nicht die Kämpfe und Enttäuschungen erleben, die auf seinesgleichen warten; er sollte auch nicht an jenen Scheideweg kommen, vor den jeder Künstler einmal gestellt wird, wo es zu wählen gilt zwischen Vorteil und Kunst, zwischen Bequemlichkeit und Kunst, zwischen Treue und Verrat, und wo die meisten untreu werden. Das blieb ihm alles erspart.

Eines Tages fehlte der Mohrle in der Schule, andern Tages fehlte auch sein Bruder, und am nächsten Tag hörte ich, daß er gestorben sei. Die Nachricht bewegte mich wunderlich.

Und dann traf ich auf der Gasse seinen Bruder und war sehr in Verlegenheit, was ich zu ihm sagen solle. Er war nur ein Jahr älter als ich, aber viel reifer und fertiger, ein geschickter und etwas flotter Knabe, und mir zwar nicht an »Kinderstube«, aber an Auftreten und Anpassung weit überlegen.

»Dein Bruder ist ja gestorben«, sagte ich zögernd. »Ist es denn wahr?«

Er erzählte mir, was für eine Krankheit er gehabt habe und wie und warum er gestorben sei, es waren Ausdrücke, die ich alle nicht verstand.

Und zuletzt sagte er etwas, was mich bis ins Herz hinein erschreckte und beängstigte. Er sagte: »Willst du hinaufkommen und ihn sehen?«

Er sagte es in einem Ton, aus dem ich erfuhr, daß er mir damit eine Artigkeit und Ehre erweisen wolle. Ach, aber ich wäre am liebsten auf- und davongelaufen, ich hatte noch niemals einen Toten gesehen und begehrte auch nicht danach. Aber vor dem Blick des älteren Knaben schämte ich mich, ängstlich oder wehleidig zu scheinen, ich durfte und wollte nicht nein sagen, es hätte ihn vielleicht auch beleidigt, und so ging ich schweigend mit. Ich folgte ihm wie ein Verurteilter über die Gasse und am Brunnen und Friseurladen vorbei, die schlüpfrigen Pflastersteine hinan, ins Haus und die steile Treppe empor. Das Herz stand mir still vor Angst, und zugleich spürte ich eine grausige Neugierde, es drang lauter Neues, Feindliches, Wildes auf mich ein, aus den kühlen Worten des Bruders, aus dem Knarren der Treppendielen und am meisten aus dem Geruch, von dem ich nicht wußte, ob er immer in diesem Hause sei, oder ob er von einer Arznei herkomme, oder ob es der Geruch des Todes sei. Es war kein heftiger Geruch, er war herb, essigartig und zog die Kehle etwas zusammen, es schien mir ein fataler, ein böser, liebloser, vernichtender Geruch zu sein, ich roch alles darin voraus, was ich über den Tod und das Sterben noch nicht wußte. Ich ging immer langsamer, die letzten Stufen der Treppe machten mir große Mühe.

Jetzt öffnete Mohrles Bruder leise eine Stubentür, und hinter ihm, von der bösen Macht gezogen, trat ich in die Kammer, wo der kleine Tote aufgebettet lag. Da blieben wir stehen, und der Bruder hatte auf einmal Tränen in den Augen, wollte es verbergen, gab es dann aber auf, und bald lächelte er wieder ein wenig. Ich stand und starrte auf das tote Kind, noch nie hatte ich so etwas gesehen. Das Körperchen sah unscheinbar aus, so dürftig und flach, und vom Gesicht war die untere Hälfte ebenfalls traurig, kümmerlich anzusehen, uralt und zugleich doch kinderhaft. Aber auf Nase und Stirn und Augenlidern lag etwas Schönes und Würdiges, über dem weißen, faden Wachs der starren Haut schimmerte es magisch beseelt. Die feinen, alabasternen Schläfen, bläulich unterlaufen, und die Stirnwölbung hatten ein wunderliches Licht, das ich anstarrte, ohne zu wissen, ob es mich anziehe oder abstoße.

Zu Ehren des Toten waren nebenan auf einem Tische einige Zeichnungen von ihm aufgelegt. Ehe ich sie betrachtete, blickte ich noch einmal scheu auf die weißen, kleinen Knochenhändchen, die diese Striche noch vor Tagen gezogen hatten. Ich brachte es nicht fertig, die Blätter anzufassen, so wenig wie ich den Toten selbst hätte berühren können. Das Ganze, was ich da erlebte, war ein schreckliches Gemisch von Größe und Widrigkeit, von Anklang an Gott und Ewigkeit und elendem Los der Kreatur, es schmeckte bitter und giftig, man konnte es nicht lange ertragen. Die Zeichnungen lenkten ab, ich blieb eine Weile vor ihnen stehen. Es war eine geharnischte Germania auf einem der Blätter gezeichnet, auf einem anderen eine romantische Schloßruine im Wald, aber ich hatte jetzt wenig Aufmerksamkeit für sie, sie waren wertlos geworden, man würde sie aufbewahren und zeigen, und dann vergessen.

Ich lief nach Hause, sobald ich mich hatte losmachen können, es war Abend, ich ging in den Garten, ich roch an den Kapuzinern und Levkojen, um den Todesgeruch loszuwerden, und hatte, bis es nach Tagen verklungen war, ein Gefühl, wie wenn etwas Kleines, ein Zahn oder Knöchlein, in meinem Leibe morsch geworden und ins Bröckeln geraten wäre. Plötzlich aber gelang es mir, das ganze Erlebnis für eine lange Zeit vollkommen zu vergessen.

(1901)

Der Hausierer

Der krumme alte Hausierer, ohne den ich mir die Falkengasse und unser Städtchen und meine Knabenzeit nicht denken kann, war ein rätselhafter Mensch, über dessen Alter und Vergangenheit nur dunkle Vermutungen im Umlauf waren. Auch sein bürgerlicher Name war ihm seit Jahrzehnten abhanden gekommen, und schon unsre Väter hatten ihn nie anders als mit dem mythischen Namen Hotte Hotte Putzpulver gerufen.

Obwohl das Haus meines Vaters groß, schön und herrschaftlich war, lag es doch nur zehn Schritt von einem finsteren Winkel entfernt, in welchem einige der elendesten Armutsgassen zusammenliefen. Wenn der Typhus ausbrach, so war es gewiß dort; wenn mitten in der Nacht sich betrunkenes Schreien und Fluchen erhob und die Stadtpolizei zwei Mann hoch langsam und ängstlich sich einfand, so war es dort; und wenn einmal ein Totschlag oder sonst etwas Grausiges geschah, so war es auch dort. Namentlich die Falkengasse, die engste und dunkelste von allen, übte stets einen besonderen Zauber auf mich aus und zog mich mit gewaltigem Reize an, obwohl sie von oben bis unten von lauter Feinden bewohnt war. Es waren sogar die gefürchtetsten von ihnen, die dort hausten. Man muß wissen, daß in Gerbersau seit Menschengedenken zwischen Lateinern und Volksschülern Zwiespalt und blutiger Hader bestand, und ich war natürlich Lateiner. Ich habe in jener finsteren Gasse manchen Steinwurf und manchen bösen Hieb auf Kopf und Rücken bekommen und auch manchen ausgeteilt, der mir Ehre machte. Namentlich dem Schuhmächerle und den beiden langen Metzgerbuben zeigte ich öfters die Zähne, und das waren Gegner von Ruf und Bedeutung.

Also in dieser schlimmen Gasse verkehrte der alte Hotte Hotte, so oft er mit seinem kleinen Blechkarren nach Gerbersau kam, was sehr häufig geschah. Er war ein leidlich robuster Zwerg mit zu langen und etwas verbogenen Gliedern und dummschlauen Augen, schäbig und mit einem Anstrich von ironischer Biederkeit gekleidet; vom ewigen Karrenschieben war sein Rücken krumm und sein Gang trottend und schwer geworden. Man wußte nie, ob er einen Bart habe oder keinen, denn er sah immer aus, als wenn er sich vor einer Woche rasiert hätte. In jener üblen Gasse bewegte er sich so sicher, als wäre er dort geboren, und vielleicht war er das auch, obwohl er uns immer für einen Fremden galt. Er trat in all diese hohen finstern Häuser mit den niedrigen Türen, er tauchte da und dort an hochgelegenen Fenstern auf, er verschwand in die feuchten, schwarzen, winkligen Flure, er rief und plauderte und fluchte zu allen Erdgeschoß-und Kellerfenstern hinein. Er gab allen diesen alten, faulen, schmutzigen Männern die Hand, er schäkerte mit den derben, ungekämmten, verwahrlosten Weibern und kannte die vielen strohblonden, frechen, lärmigen Kinder mit Namen. Er stieg auf und ab, ging aus und ein und hatte in seinen Kleidern, Bewegungen und Redensarten ganz den starken Lokalduft der lichtlosen Winkelwelt, die mich mit wohligem Grausen anzog und die mir trotz der nahen Nachbarschaft doch seltsam fremd und unerforschlich blieb.

Wir Kameraden aber standen am Ende der Gasse, warteten, bis der Hausierer zum Vorschein kam und schrien ihm dann jedesmal das alte Schlachtgeheul in allen Tonarten nach: Hotte Hotte Putzpulver! Meistens ging er ruhig weiter, grinste auch wohl verachtungsvoll herüber; zuweilen aber blieb er wie lauernd stehen, drehte den schwerfälligen Kopf mit bösartigem Blick herüber und senkte langsam mit verhaltenem Zorn die Hand in seine tiefe Rocktasche, was eine seltsam tückische und drohende Gebärde ergab.

Dieser Blick und dieser Griff der breiten braunen Hand war schuld daran, daß ich mehreremal von Hotte Hotte träumte. Und die Träume wieder waren schuld daran, daß ich viel an den alten Hausierer denken mußte, Furcht vor ihm hatte und zu ihm in ein seltsames, verschwiegenes Verhältnis kam, von welchem er freilich nichts wußte. Jene Träume hatten nämlich immer irgend etwas aufregend Grausiges und beklemmten mich wie Alpdrücken. Bald sah ich den Hotte Hotte in seine tiefe Tasche greifen und lange scharfe Messer daraus hervorziehen, während mich ein Bann am Platze festhielt und mein Haar sich vor Todesangst sträubte. Bald sah ich ihn mit scheußlichem Grinsen alle meine Kameraden in seinen Blechkarren schieben und wartete gelähmt vor Entsetzen, bis er auch mich ergreifen würde.

Wenn der Alte nun wiederkam, fiel mir das alles beängstigend und aufregend wieder ein. Trotzdem stand ich aber mit den anderen an der Gassenecke und schrie ihm seine Übernamen nach und lachte, wenn er in die Tasche griff und sein unrasiertes, farbloses Gesicht verzerrte. Dabei hatte ich heimlich ein heillos schlechtes Gewissen und wäre, solange er auf dem Weg war, um keinen Preis allein durch die Falkengasse gegangen, auch nicht am hellen Mittag.

Vom Besuch in einem befreundeten gastlichen Landpfarrhause zurückkehrend, wanderte ich einmal durch den tiefen schönen Tannenforst und machte lange Schritte, denn es war schon Abend, und ich hatte noch gute anderthalb Stunden Weges vor mir. Die Straße begann schon stark zu dämmern und der ohnehin dunkle Wald rückte immer dichter und feindseliger zusammen, während oben an hohen Tannenstämmen noch schräge Strahlen roten Abendlichtes glühten. Ich schaute oft hinauf, einmal aus Freude an dem weichen, schönfarbigen Licht und dann auch aus Trostbedürfnis, denn die rasche Dämmerung im stillen tiefen Walde legte sich bedrückend auf mein elfjähriges Herz. Ich war gewiß nicht feig, wenigstens hätte mir das niemand ungestraft sagen dürfen. Aber hier war kein Feind, keine sichtbare Gefahr, – nur das Dunkelwerden und das seltsam bläuliche, verworrene Schattengewimmel im Waldinnern. Und gar nicht weit von hier, gegen Ernstmühl talabwärts, war einmal einer totgeschlagen worden.

Die Vögel gingen zu Nest; es wurde still, still, und kein Mensch war auf der Straße unterwegs außer mir. Ich ging möglichst leise, Gott weiß warum, und erschrak, so oft mein Fuß wider eine Wurzel stieß und ein Geräusch machte. Darüber wurde mein Gang immer langsamer statt schneller, und meine Gedanken gingen allmählich ganz ins Fabelhafte hinüber. Ich dachte an den Rübezahl, an die »Drei Männlein im Walde«, und an den, der drüben am Ernstmühler Fußweg umgekommen war.

Da erhob sich ein schwaches, schnurrendes Geräusch. Ich blieb stehen und horchte – es machte wieder rrrr – das mußte hinter mir auf der Straße sein. Zu sehen aber war nichts, denn es war unterdessen fast völlig dunkel geworden. Es ist ein Wagen, dachte ich, und beschloß, ihn abzuwarten. Er würde mich schon mitnehmen. Ich besann mich, wessen Gäule wohl um diese Zeit hier fahren könnten. Aber nein, von Rossen hörte man nichts, es mußte ein Handwagen sein, nach dem Geräusch zu schließen, und er kam auch so langsam näher. Freilich, ein Handkarren! Und ich wartete. Vermutlich war es ein Milchkarren, vielleicht vom Lützinger Hof. Aber jedenfalls mußte er nach Gerbersau fahren, vorher lag keine Ortschaft mehr am Wege. Und ich wartete.

Und nun sah ich den Karren, einen kleinen hochgebauten Kasten auf zwei Rädern, und einen Mann gebückt dahinter gehen. Warum bückte sich wohl der so schrecklich tief? Der Wagen mußte schwer sein.

Da war er endlich. »Guten Abend«, rief ich ihn an. Eine klebrige Stimme hüstelte den Gruß zurück. Der Mann schob sein Wägelchen zwei, drei Schritt weiter und stand neben mir.

Gott helfe mir – der Hotte Hotte Putzpulver! Er sah mich einen Augenblick an, fragte: »Nach Gerbersau?« und ging weiter, ich nebenher. Und so eine halbe Stunde lang – wir zwei nebeneinander durch die stille Finsternis. Er sprach kein Wörtlein. Aber er lachte alle paar Minuten in sich hinein, leise, innig und schadenfroh. Und jedesmal ging das böse, halb irre Lachen mir durch Mark und Bein. Ich wollte sprechen, wollte schneller gehen. Es gelang mir nicht. Endlich brachte ich mühsam ein paar Worte heraus.

»Was ist in dem Karren da drin?« fragte ich stockend. Ich sagte es sehr höflich und schüchtern – zu demselben Hotte Hotte, dem ich hundertmal auf der Straße nachgehöhnt hatte. Der Hausierer blieb stehen, lachte wieder, rieb sich die Hände, grinste mich an und fuhr langsam mit der breiten Rechten in die Rocktasche. Es war die hämisch häßliche Geste, die ich so oft gesehen hatte, und deren Bedeutung ich aus meinen Träumen kannte – der Griff nach den langen Messern!

Wie ein Verzweifelter rannte ich davon, daß der finstere Wald widerhallte, und hörte nicht auf zu rennen, bis ich verängstigt und atemlos an meines Vaters Haus die Glocke zog.

Das war der Hotte Hotte Putzpulver. Seither bin ich aus dem Knaben ein Mann geworden, unser Städtlein ist gleichfalls gewachsen, ohne dabei schöner geworden zu sein, und sogar in der Falkengasse hat sich einiges verändert. Aber der alte Hausierer kommt noch immer, schaut in die Kellerfenster, tritt in die feuchten Flure, schäkert mit den verwahrlosten Weibern und kennt alle die vielen ungewaschenen, strohblonden Kinder mit Namen. Er sieht etwas älter aus als damals, doch wenig verändert, und es ist mir seltsam zu denken, daß vielleicht noch meine eigenen Kinder einmal ihn an der Falkenecke erwarten und ihm seinen alten Übernamen nachrufen werden.

(1901)

Ein Knabenstreich

Der Sammetwedel war Besitzer eines stattlichen Kramladens in der Ledergasse. Die Entstehung seines Kosenamens ist von etymologischem Interesse. Er hieß ursprünglich Samuel, und aus diesem Vornamen, den unser Dialekt langsam und nasal ausspricht, und aus der salbungsvoll weichlichen Sanftmut seines Trägers erwuchs diesem der endgültige Spitzname Sammetwedel. Er handelte mit Wein und Rosinenmost, mit Zigarren, Kolonialwaren, Kleiderstoffen und sonst noch mit den verschiedensten nützlichen und gewinnbringenden Artikeln.

Samuel war sehr fromm. Er besuchte nicht nur regelmäßig die Kirche – das taten alle anständigen und klugen Geschäftsleute –, sondern er lief auch zu den Versammlungen und Betstunden der Pietisten in Gerbersau und auf dem Lande. Beim Sprechen rieb er sich demütig und weichlich die blassen Hände aneinander, blickte öfters mit rührendem Augenaufschlag nach oben und pries mit lächelnd-selbstloser Gebärde seine Weine an. Auch seine Kleidung hatte etwas Demütig-Frommes, war altmodisch im Schnitt, dunkelgrau oder schwarz und hielt sich auf der Grenze zwischen sparsam und schäbig.

Der unglückliche Mann war die Zielscheibe unaufhörlicher Neckereien. Wir Zwölfjährigen läuteten an seiner Haustür, schrieben ihm ulkige Briefchen, grüßten ihn mit ironisch übertriebener Hochachtung und belagerten oft ganze Abende lang seine Ladentreppe.

Eines Sommerabends bummelte ich mit drei Kameraden untätig auf dem Marktplatz. Es fing gerade an, ein wenig langweilig zu werden. Wir hatten heute den Polizeidiener gehänselt, an allen Ecken und Haustüren spioniert, den Meßner mit Knallerbsen erschreckt und dem nervösen Apotheker an die Fenster gepocht, nun wußten wir nichts Neues mehr anzufangen.

»Ich geh' heim«, erklärte der Philipp gelangweilt.

»Nein, halt doch!« riefen wir andern und zogen ihn mit uns die schmale, steile Kronengasse hinab. Da kam mir plötzlich ein Gedanke.

»Zum Sammetwedel!« rief ich begeistert. »Wir sind schon eine Ewigkeit nicht mehr bei ihm gewesen.«

Gesagt, getan. Mit wenigen Sätzen hatten wir im Sturm seinen Kaufladen erreicht. Vor dem Schaufenster hielten wir Kriegsrat, und es wurde beschlossen, die Intrige durch einen schlichten Ladenbesuch einzuleiten. Drei Pfennige wurden zusammengeschossen, und mich traf das Los, die Fehde zu eröffnen. Ich sollte in den Laden gehen und nach allerlei Dingen im Preise von drei Pfennig fragen, das Geld aber nur im schlimmsten Notfall ausgeben. Dann würden wir weiter sehen.

Die Klingel ertönte, und mit freundlichem Gruße kam ich in den Laden, in dem schon Licht brannte. Mißtrauisch empfing mich der hinter Bonbongläsern, Zuckerhüten und Kaffeebüchsen nahezu unsichtbare Sammetwedel. Ohne Zweifel ahnte er, da er mich kannte, meine ruchlosen Absichten, aber Frömmigkeit und kaufmännische Diplomatie nötigten ihn zum Höflichsein. Ich pflegte für meine Mama nicht selten einige Pfund Zucker, Salz, Grieß oder Reis bei ihm zu holen, war also ein alter Kunde.

»Was willst haben, Bub?«

»Ich weiß noch nicht bestimmt. – Haben Sie Schneeberger Schnupftabak?«

Während der Krämer nach seiner Schublade ging und mir den Rücken zuwendete, sah ich an der Scheibe der Ladentür meine Kameraden lauern – drei vorsichtig emporgereckte, indianerschlaue Gesichter mit pfiffigen Spionsaugen. Ich zwinkerte ihnen heimlich zu.

Indessen kehrte der Sammetwedel mit leeren Händen zurück. Das Glück war mir hold, es gab keinen Schneeberger mehr!

»Aber bis in vier, fünf Tagen trifft wieder eine Sendung ein, er ist schon bestellt. Dann kannst du ja wiederkommen«, sagte Samuel.

Ich stellte mich entrüstet.

»Das ist aber schade! Gar keinen Schneeberger mehr! – Aber haben Sie andern Schnupftabak?«

»Jawohl, vier- oder fünferlei Sorten.«

Und er stellte mehrere Büchsen vor mir auf. Ich fragte eingehend nach Preis und Güte jeder Sorte, schwankte endlich zwischen zweien, konnte mich nicht entschließen und nahm schließlich eine Prise zum Probieren. Ein vehementes Lachen, das vor der Tür auf der Gasse draußen losbrach, machte mich besorgt. Ich beschloß, mich für diesmal zurückzuziehen.

»Also, danke schön. Ich komme dieser Tage dann nochmals her, wenn es wieder Schneeberger gibt. Ich wollte doch eigentlich Schneeberger haben.«

Mit höflichem Gruß verließ ich den Laden und stattete meinen Spießgesellen Bericht ab, gab ihnen auch ihre zwei Pfennig wieder. Der dritte hatte mir gehört. Auf dem Heimweg lachten wir noch viel und berieten uns eifrig. Dann war unser Schlachtplan entworfen.

Am folgenden Tage erschienen, mit angemessenen Pausen natürlich, etwa dreißig Schuljungen hintereinander beim Sammetwedel, die alle Schneeberger Schnupftabak verlangten. Am zweiten Tage wiederholte und verdoppelte sich dieses Spiel. Der sanftmütige Kaufmann schnitt anfänglich saure Gesichter, dann wurde er grimmig, schließlich aber geriet er in Raserei und schrie: »Hinaus!« sobald er das Wort Schneeberger hörte. Vor der Ladentür aber standen wir alle selig wartend und begrüßten jeden seiner Zornesausbrüche mit Zuruf und Wonnegeschrei.

Am Abend des dritten Tages gelüstete es mich mächtig, selber noch einmal beim Sammetwedel vorzusprechen.

Es war doch noch ganz anders, drinnen zu stehen und seine Wut zu sehen, als nur so vom Fenster oder von der Tür aus sich verstohlen darüber zu freuen. Also faßte ich Mut. Ich ging hinein, sagte sittsam »Grüß Gott!« und schwoll vor verhaltenem Lachen.

»Wie ist's nun mit dem Schneeberger?« fragte ich bescheiden. Natürlich glaubte ich bestimmt zu wissen, daß der Tabak unmöglich da sein könne.

Der Mann warf mir einen gesalzenen Zornblick zu. Doch sagte er nichts, sondern stellte zu meinem peinlichsten Erstaunen eine Schachtel vor mich hin, die den soeben eingetroffenen Tabak enthielt. Ich hatte keinen Pfennig im Besitz und fing nun an, mich der Lage nicht mehr gewachsen zu fühlen. Vor der Tür brach das ganze Rudel meiner Kameraden in ein tolles Gelächter aus. Sie hatten jetzt den doppelten Genuß, den Sammetwedel im höchsten Ärger und mich in der Klemme zu sehen. Mir wurde eng ums Herz.

Ich nahm die verwünschte Schachtel in die Hand, roch verlegen an dem Schneeberger und stellte sie dann wieder zurück.

»Es ist doch nicht der richtige«, sagte ich schließlich frech und näherte mich eiligst dem Ausgang.

Da ereignete sich etwas Außerordentliches. Der sanfte Samuel verlor den letzten Rest seiner Würde, sprang schnaubend hinter dem breiten Ladentisch hervor und stürzte mir nach auf die Gasse, mit fliegenden Rockschößen und klappernden Pantoffeln.

»Der Sammetwedel! Oha, der Sammetwedel!« schrien alle Jungen und rannten gaßauf, gaßab davon. Ich aber hatte mich schon um die Hausecke gedrückt und fühlte mich gerettet, während der Wütende meinen Kameraden nachjagte, von denen er natürlich keinen erwischte.

Und nun geschah das Merkwürdige: der Sammetwedel verlor im Rennen einen von seinen Pantoffeln – ich wie der Blitz hinterher, raffe den Pantoffel auf und verschwinde. Und Samuel hinkte halbstrümpfig ins Haus zurück. Es war eine vollständige Niederlage.

Ich habe für diesen Pantoffelraub zwei Trachten Prügel und drei Stunden Arrest bekommen, die eine Tracht zu Hause, die zweite samt Arrest in der Schule. Unter meinen Kameraden aber hatte ich unsterblichen Ruhm erworben.

Eigentlich müßte ich jetzt auch noch erzählen, wie ich – von meinem Vater nach langem, zähem Trotz und Kampf gezwungen – dem Sammetwedel seinen Pantoffel wieder hintragen und selber überreichen mußte. Aber das ist so beschämend. *(1901)*

Das Rathaus

Über der hellen geräumigen Stadt und den umgebenden Hügeln, über Türmen, Gärten, Strom und Mauern flutete die warme Luft eines schönen Frühsommertags. Gegen Süden stand wie ein fabelhaftes Gebirge eine steife, plastische Wand hellgrauer Wolken, leichtere, schneeweiße flogen vereinzelt langsam und wohlig an der leuchtenden Wölbung des tiefen Himmels hin. Das Grün der Kastanien war schon von sattem Dunkel, während die später knospenden Bäume im jungen Laub noch die lichte, freudighelle Färbung des Frühlings trugen. Die Obstblüte war nahezu vorüber, schmückte aber an nordseitigen Abhängen noch manchen Garten mit flaumig zarten Farbenwogen von Weiß und Rosenrot. Der Strom hatte schon das tiefere Grün der warmen Jahreszeit angenommen, doch verriet er durch seine noch immer stattliche Wasserfülle, daß in den fernsten und höchsten Bergen seines Gebietes der letzte ergiebige Teil der Schneeschmelze noch nicht beendigt sei. An Stellen von langsamerer Strömung spiegelte er den glänzenden Himmel und mit leicht zitternden Umrissen die blanken Segelwolken, deren strahlende Weiße und da und dort über die Hügel wehende Schatten die lichte Landschaft lebendiger und reicher machten.

In allem Gewächs war das leise Gären der drängenden Jahreszeit lebendig. Auf den verblühten Kirschbäumen trieben an langen Stielen die schon bräunlich angeglänzten Früchte in runden Bündeln hervor. Auf den Wiesen geilte die wilde Blust in starken Farben, gelbe breite Streifen von feisten, großblütigen Butterblumen verkündigten die verborgenen Wasserläufe, nur noch an kühlen Schattenplätzen standen in lichten Gruppen die sonnenscheuen Anemonen. An den höheren Bergen empor verlor sich die satte Buntheit der Farben, um in der starken

Kontur der Gipfel und im klaren tiefen Blau der Höhe ein kräftiges Gegengewicht zu finden.

Auch im Innern der Stadt hob das volle Sonnenlicht und die frische Himmelsfarbe die Formen und Linien der Giebel, Mauerkränze und Türme stark und sommerfroh hervor, auch kam das überströmende Leben der gärenden Natur in zahlreichen mauerumschlossenen Gärten zu seinem Recht, während Blumen, Gemüse und früheste Früchte das Bild und den Verkehr der Märkte belebten.

Im Garten eines alten Bürgerhauses blühten unter ehrwürdigen, schwer schattenden Kastanien und Ulmen Beete, Hecken und Gebüsche reich zusammen. Neben den heftigen Farben und Düften des Flieders, des Jasmin, der Nelken und Levkojen machte sich die dunkle Schönheit der alten Bäume mit wohltuendem Ernst bemerklich, unterstützt und verstärkt durch das stattliche Alter der Mauern und das kühlend klare Getön eines steinernen Brunnens, dessen großer eiserner Delphin inmitten des lachenden Frühjahrs den stillen Gleichmut einer vieljährigen, bestandenen Sache beibehielt.

Der Garten war, ohne nach Stilregeln angelegt zu sein, doch von einer durchaus typischen Schönheit und Stimmung. Er hatte größere und kleinere Schwestern genug in der Stadt, deren Bürgerhäuser und Gärten sich einer schlichten, kraftvoll schönen Eigenart erfreuten. Um den Kern des sehr alten, aus Kastanien und Ulmen gebildeten Rondells drängte sich ohne sichtbare Ordnung bis zu den Mauern hin das reichlich blühende Gebüsch, von wenigen Wegen durchzogen. Die kleinen Nutzbeete, des Schutzes und der Ordnung bedürftig, schmiegten sich schüchtern und freundlich an die licht bemalte rückwärtige Giebelseite des großen Hauses. Das Haus selbst, dessen Prunkseite gegen die Straße lag, erschien ohne Anspruch einfach als helle Wandfläche, deren Breite, Höhe und gotisch dreigeteilte Fensterordnung aber zugleich die erwärmende Vorstellung eines sichern und wohlversehenen Sitzes erweckten. Nur das auf schön gemeißelten Tierfiguren ruhende Fenstergestäbe und die beiden geschmiedeten, Wolfsleiber vorstellenden Wasserspeier fielen als Zierrate und Zeichen von Reichtum ins Auge.

Eine Gesellschaft von Jünglingen saß plaudernd um den großen steinernen Gartentisch. Es waren die Freunde des jungen Haussohnes, welcher, erst vor wenigen Wochen von längeren Reisen heimgekehrt, sich seiner ehemaligen Beliebtheit schon wieder erfreute und häufig seiner Lust an Gesellschaft und Freundesgespräch Genüge tat. Unter den Versammelten waren mehrere Söhne großer und mächtiger Familien, die Blüte der Bürgerschaft, manche von ihnen dem Gastgeber blutsverwandt. Doch fehlten auch viele, welche teils häuslicher und politischer Feindschaften wegen, teils aus Neid sich dem Kreise des jungen Gerhard entzogen. Statt ihrer fanden sich Freunde und Söhne geringer Familien, deren persönlicher Wert sie dem Rang ihrer Herkunft entrückte und wohlgeborenen Edelbürgern ebenbürtig machte. Unter diesen herrschten Künstler und Kunstfreunde vor; denn je mehr auf den Gebieten der Politik und der Geschäfte Rang und Geburt mit Sorgfalt beobachtet und ausgezeichnet wurde, desto neidloser sah man im Reich der Künste und der Gelehrsamkeit Talente aus unbekannten Dunkelheiten emporsteigen und ihren Platz neben geborenen Herren einnehmen.

Der Kreis von jungen Männern paßte wohl in die schöne sommerliche Gartenwelt. Auf ihren freien Stirnen und in ihren frischen Bewegungen lag Jugend, Wärme und der frohe Ernst reifender Männlichkeit, so daß ein kluger Alter, der wie ein Landmann aus Blüte und Keim auf Herbst und Ernte schließt, beim Anblick dieser kräftigen Jugend sich der Zukunft seiner Stadt vorausschauend freuen konnte. Einem solchen, wenn er die hier versammelte Jugend flüchtig überschaut hätte, wäre vermutlich vor allen übrigen die hübsche Figur des Gastgebers Gerhard ins Auge gefallen, dessen offenes Gesicht unter einer fröhlich glatten Stirn helle Augen und ebenmäßige, herzliche Züge zeigte. Vielleicht aber hätte nach einiger tieferer Prüfung der Beobachter sich mit leiser Enttäuschung andern Gestalten zugewandt, denn diese klaren und guten Augen glänzten in jener Art von Fröhlichkeit, die fast so ständig wie eine Maske ist und nur für ein umfriedetes, sturmloses Dasein genügt. Auch zeigte der schöne junge Herr in Bewegung, Lächeln und Gestalt einen Anflug jener im ersten Grad noch liebenswürdigen Schwächlichkeit, welche in alten Familien oft urplötzlich, bei Söhnen stahlharter Männer, sich einfindet und von da an wie der Wurm im Geschlechte sitzt. So schien dieser Gerhard mehr dazu geboren, den Ruhm und Besitz seines hochgeehrten Hauses in leichter Lebenskunst zu genießen, als neue Steine auf den festen alten Bau zu mauern. Und freilich bedarf ein alther erblühtes Gemeinwesen auch solcher Männer, denn diese sind es, welche fernhin gesehen werden, als Glückliche gelten und Träger des Ruhmes sind, dessen Großteil eigentlich den unberedet gebliebenen Vorgängern und Aufbauern gebührt.

Auf dem geräumigen Tische standen Trinkbecher, lagen Früchte und Brot, daneben abgelegte Mützen, mitgebrachte Bücher, Zeichnungen, Hefte, auch Blumen. Das lebhafte Gespräch bewegte sich um den anwesenden Baumeister Niklas und sein letztes Werk, welches auch außerdem die Aufmerksamkeit der Stadt erregte. Ihm war nämlich, trotz seiner Jugend und trotzdem, daß er kein Ortsheimischer war, zum Ärger vieler Neider der Bau des neuen Rathauses übertragen worden. Seit nun die vor kurzem enthüllte Fassade das öffentliche Urteil herausforderte, war aufs neue Streit und Feindschaft der Bürger darüber entbrannt. Denn nicht nur wich das Werk in der Bauart stark von allem ortsüblich Hergebrachten ab, sondern es war auch die voraus taxierte Summe der Kosten fast ums Doppelte überschritten worden. Außerdem schien der Bau den meisten weitaus zu reichlich und umfänglich im Ganzen und Einzelnen, denn das bisherige freilich höchst schlichte Rathaus hatte nicht die Hälfte dieses Umfanges gehabt. Die Ratspartei aber, welche seinerzeit die Entschlüsse beeinflußt und dem jungen Fremden den großen Auftrag verschafft hatte, war inzwischen in den Hintergrund getreten, so daß dem jetzigen Rat nebst der halben Stadt der fast vollendete Bau ein Ärgernis war. Es war zu erwarten, daß in Kürze die allgemeine Erregung sich verdichten und dem Baumeister handgreiflich zu Leibe rücken würde. Dessen sämtliche Freunde jedoch waren bereit, seine gute Sache zu vertreten und ihm jede Hilfe zu gewähren. Nur er selbst lachte, war so seelenruhig und betrachtete den um sein Werk entstandenen Hader wie eine Balgerei von Knaben.

»Das Haus ist herrlich«, sagte der junge Arzt Ugel, »und wird gewiß bald jedermanns Freude sein. Aber diese enorme Kostenüberschreitung ruft mit Recht Ärger und Tadel hervor. Ich selbst gestehe, daß ich diesen Schritt von dir nicht begreife. Eine Selbsttäuschung war hier unmöglich; du bist ein guter Rechner und mußtest seinerzeit schon genau wissen, daß deine Summe viel zu niedrig angenommen war. Es ist also doch – verzeih! – eine Art von Betrug, den du dir gegen Rat und Stadt erlaubt hast. Ich bin begierig, ob und wie du dich öffentlich rechtfertigen wirst, einstweilen kann ich dir diese Unredlichkeit mit gutem Gewissen nicht verzeihen.«

Die ganze Gesellschaft war verstummt, horchte auf und blickte den Baumeister mit unruhig forschenden Augen an. Der redliche Ugel hatte den meisten aus der Seele gesprochen – der unausgesprochene Verdacht einer begangenen Unehrlichkeit trübte schon seit Wochen ihre Freundschaft mit dem bewunderten Künstler.

Ein Wolkenschatten verdunkelte sekundenlang den Garten. Niklas schaute nachdenklich empor. Sein Gesicht war ernst und blaß geworden, unter den klaren

Schläfen arbeitete sichtbar das Geäder, und die feinen Mundwinkel waren starr und leicht verzogen.

Er blickte der ganzen Runde, einem nach dem andern, prüfend ins Gesicht, dann erhob er sich, ein schöner stämmiger Mann, stellte durch eine freundlich befehlende Gebärde Schweigen her und redete:

»Dein Vorwurf, Ugel, ist es allein, der mich zu sprechen zwingt und mich vielleicht auch zu öffentlicher Rechtfertigung treiben wird. Du klagst mich an, die Stadt um einige hunderttausend Taler betrogen zu haben. – Ich hätte nicht geglaubt, daß ich vor euch mich einmal einer solchen Anklage würde erwehren müssen. Doch sehe ich wohl, daß es jetzt notwendig geworden ist. Also hört: Meine anfänglich vorgelegte niedrige Rechnung war falsch, mit meinem Wissen falsch. Ihr erinnert euch der damaligen Umstände? Es hing im Rat an zwei, drei Stimmen, ob mein Bau zustande käme. Keiner von euch zweifelt, daß meine Pläne, hätte ich damals schon die volle Bausumme verlangt, zurückgewiesen worden wären. Meinem Bau zuliebe habe ich also einen Betrug gewagt.

Hört aber weiter! Ihr denkt nun den Ursachen meiner frechen Handlung nach. Ihr sollt sie hören. Ich will euch wie durch klare Fenster in mein Herz sehen lassen und euch die innerste Triebfeder meines Lebens zeigen.

Daß ich keinen Vorteil an Geld bei jenem Handel hatte oder zu haben hoffte, glaubt ihr mir alle, wenn ich es auf meine Ehre versichere. Ich schätze das Geld nicht und verbrauche davon stets genau so viel oder wenig, als ich habe. Daß ich völlig frei von Künstlerehrgeiz war, werdet ihr weder glauben noch darf ich es beschwören. Doch hätte ich der Befriedigung einer privaten Eitelkeit wegen nicht meine Ehre ins Spiel gewagt.«

Niklas atmete tief auf. Sein blitzender Blick überflog forschend die Zuhörer, während er, der Rede ungewohnt, innerlich mit Bildern und Worten rang. Bald aber fuhr er unbekümmert mit fröhlich lauter Stimme fort:

»Ihr Freunde! Eigentlich ist mir ein Blick auf Eure Runde hier genug der Rechtfertigung. Hier ist eine im Kern gesunde, drängende und hoffende Jugend versammelt. Wir spüren, daß unsre Stadt nach langen fleißig nüchternen Jahrzehnten nun eine Blüte treiben und sich der Welt glänzend und schenkend zeigen will. Alle Künste gären hier seit einiger Zeit in plötzlichem Wachstum und streben mit dunklem Trieb nach Vereinigung und neuer Macht. Die Stadt ist reich, seit langer Zeit her reich, und beginnt nun zum Bewußtsein ihres Reichtums zu erwachen.

Und diese Stadt, die in jeder Rücksicht heute rascher als je fortschreitet und vielleicht bald an Macht wie an Umfang sich verdoppeln wird, stand nun vor der Nötigung, ein neues Stadt- und Rathaus zu bauen. Ich sah die sparsamen Alten Bauziffern abwägen, ich sah die Parteien Günstlinge vorschieben und sah Handwerker und Halbkünstler feilschend und gierig sich um den großen Auftrag reißen. Alle Interessen waren flüssig: das des Geldes, des Geizes, der Partei, des Brotneides, nur nicht das der Kunst und das der Liebe. Und ich sah unsre Stadt, welche auf hundert Jahre hinaus nicht wieder einen solchen Bau zu vergeben haben wird, vor einer unverzeihlichen Sünde stehen. Vom Augenblick dieser Erkenntnis an war ich der eifrigste Bewerber um den großen Bau. Er ist nun bald fertig. Die Stadt verliert an ihm ein paar Säcke voll Taler, die schon übers Jahr verschmerzt sein werden. Sie gewinnt an ihm nicht nur einen, wie ich sagen darf, guten Bau, sondern, was mir wichtiger schien, den sichtbaren Ausdruck ihrer stattlichen Macht und zugleich das in fröhlichem Trotz gesetzte Denkmal einer hoffnungsfrohen, lebenstüchtigen Jugend. Mein Bau ist im Kern nichts anderes als ein Wahrzeichen unserer Tage, unsrer von großen Hoffnungen bewegten, jugendlichen Freundschaft, ein Geschenk, das wir Junge aus unserem Geist heraus dieser Stadt gegeben haben. Denn mögen noch so viele Fehler mit unterlaufen sein, im Ganzen ist unser Bau ein Werk, das nur heute und nur von uns Jungen gebaut werden konnte. Ich wüßte nicht, daß jemals die guten alten Vorbilder so frei, persönlich und unabhängig benützt und verändert worden wären. Das hätte auch ein anderer machen können, aber nur einer von uns, nur ein Sohn unsrer Tage und ihres Geistes.

Wir müssen nun aber die Sache umdrehen. Mein oder unser Werk soll ein Anfang, kein Ende sein. So wie ich als Baumeister versuchte, das überkommene Alte neu zu erfassen und mit jungem Leben zu durchströmen, so wollen wir alle, jeder in seinem Teil, verjüngend, bildend und neuschaffend auf unsere Zeit und Umgebung wirken und zur Reife einer neuen, edleren und feineren Kultur und eines geadelten Lebens nach unsern Kräften mithelfen. Wir wollen bauen, schreiben, lehren, malen, vor allem aber Dasein und Leben nicht zwecklos und von Fall zu Fall, sondern im Dienst eines keimenden Lebens, das freier, freudevoller und reiner als das bisherige sein soll. Ihr möget mich nun deshalb lieben oder tadeln; es war Zeit für mich, euch meine Gedanken zu bekennen und Euch zu zeigen, welchen Glaubens ich sei.«

Wie es in bewegten und keimerfüllten Zeitläufen zu geschehen pflegt, daß bei zufälligem Anlaß die nebelnde Ideenmenge sich in einem gelegentlich gesprochenen Worte verdichtet und um diesen Ausdruck sich das junge Bewußtsein der sprossenden Kräfte sammelt und festlegt, so fielen die Worte Niklas' wie der endlich gefundene Name einer allbekannten Sache in die jungen Gemüter. Plötzlich begriffen sie nun auch die Ursache der freundlichen Überlegenheit, welche ihnen allen von jeher an dem Altersgenossen fühlbar geworden war. Dieser rüstige, aber stille Künstler hatte jahrelang bewußt und rastlos am Denkmal einer Macht gearbeitet, welche unklar und halbverstanden in ihnen allen lebte und mit tastenden Flügeln um sich schlug.

Der Arzt Ugel griff zuerst nach der Hand des Architekten. Dieser hatte sich bescheiden gesetzt und wartete still der Antworten. Ugel drückte ihm die Hand, bat um Verzeihung und wandte sich dann den Freunden zu. »Ich denke recht zu tun«, sagte er, »wenn ich unsrem Freunde in unser aller Namen für seine Worte Dank sage und ihm verspreche, in jeder Widerwärtigkeit ihm mit aller Kraft zur Seite zu stehen. Ich weiß nämlich für sicher, daß im Rat die Stimmung der Unzufriedenen überwiegt, welche darauf dringen, den Rathausbaumeister zur öffentlichen Rechtfertigung seiner, wie sie sagen, leichtfertig geführten Rechnung zu nötigen und ihm schlimmstenfalls die vorausversprochene Ehrengabe zu entziehen. Niklas verlöre damit nicht nur die paar tausend Gulden, sondern wäre um den öffentlichen wohlverdienten Ruhm und um den größern Teil der Freude am eigenen Werk betrogen. Was wir tun können, um diese Sünde zu verhindern, wollen wir gerne und ohne Rücksicht auf unsre persönlichen Interessen tun.«

Lebhaft erhoben sich alle mit lauter Zustimmung. Auf die Spannung der Seelen folgte in plötzlichem Umschlag eine festlich lärmende Lust zu Fröhlichkeit, Gesang und Bewegung. Gerhard versuchte erfolglos, mehrmals das Wort zu gewinnen. Einige stillere Freunde, unter ihnen Ugel, schlugen sich beiseite in die Gartenwege und berieten ernsthaft die Niklas'sche Sache weiter. Niklas selbst war plötzlich nicht mehr zu sehen.

Er hatte unbemerkt Garten und Haus verlassen. Ihm entgegen kamen Familien und Gesellschaften von Städtern, welche, da der Abend nahte, ins Freie nach ihren Gärten oder nach den Spazierwegen, Lustorten und Spielplätzen der unteren Talebene hinausstrebten. Auch in den Straßen der Stadt wurden schon abendliche Töne laut, in den Gassen der ärmeren Quartiere regte sich da und dort Zitherschlag und Gesang; in beweglichen, breiten Reihen Arm in Arm schwärmten die jungen Mädchen umher, Gassen und Höfe mit flüchtigem Leben und Gelächter erfüllend. In offenen Fenstern der Erdgeschosse ruhten Väter und Großväter plaudernd und ausruhend vom Tage oder saßen samt den Weibern draußen auf den niederen Gassenbänken. Niklas schritt langsam hindurch bis zum großen Stadtplatz, der jetzt nach beendeter Marktzeit wenig begangen war, da ihn meist städtische Bauten oder große Kaufhäuser umgaben. In deren Mitte an der Stirnseite des Platzes stand überragend mit breitem, trotzigem Turm, gleich einer Burg, das Rathaus. An der Ecke des Platzes hielt Niklas still und betrachtete den Bau, über dessen Aufbau, Gliederung und Schmuck er seine reichsten, schöpferischsten Tage und Nächte versonnen hatte. Die wuchtige, von einer Idee beherrschte, edel aufstrebende Steinmasse lag im reinen Glanz des Abends vor seinem Auge wie ein Bildnis seiner Jugend und ersten Begeisterung. Der Baumeister fühlte, daß in diesem Werk sein Leben sich erhöht und verewigt habe. Er fühlte auch den alten Zweifel jedes ernsten Künstlers – ob es ihm gegeben sein würde, je wieder so etwas zu machen, ob je wieder in seinem Leben Freude, Hoffnung, Begeisterung, Besonnenheit und klare Selbstprüfung sich so glücklich und förderlich die Waage halten würden. Auch streifte seine Seele der Hauch jener Einsamkeit, die jeden Schöpfer ungewollt umgibt.

Niklas war kein Grübler. Auch in dieser Stunde glitt die flüchtige Trübe einer schwermütigen Stimmung rasch von seinem elastischen Wesen ab. Mit zufriedenem Blick überflog er nochmals den Bau, freute sich über die delikaten Farben der erst jüngst vollendeten Turmdachung und schlenderte, die Hände auf dem Rücken, weiter. Gemächlich durchlief er die Gassen der Altstadt, überschritt die Flußbrücke und erreichte bald durch die breiten Straßen einer neu gebauten Vorstadt das freie Feld. Dort lag inmitten eines wohlgehaltenen Landbesitzes ein Meierhof, in dessen Stalle Niklas ein Reitpferd stehen hatte. Er brachte das kräftige Tier ins Freie, sattelte selbst und ritt im schlanken Trab den Hügeln entgegen, um dort noch irgendwo im Hof einer Landschenke sein Abendbrot zu verzehren und etwa noch einen fröhlichen Ländler mitzutanzen.

Die Freunde in Gerhards Garten hatten mittlerweile das Verschwinden des Kameraden bemerkt und knüpften mancherlei Scherze daran. Dann entspann sich ein ernsthaftes Gespräch über den Abwesenden. Am eifrigsten redete Gerhard, in dessen beweglichem Geist die Worte des Architekten mit schillernden Variationen nachklangen. Ihm verband sich jeder neue Gedanke rasch mit seinem auf Reiz und Glanz gerichteten Lebensideal. So sah er sich voll Vorfreude schon im Mittelpunkt einer heranreifenden glanzvolleren Zeit und im Besitz einer beneidenswerten Stellung, welcher aus Stadt und Familie her die nötige reale Macht, aus dem Kreis der neuen Jugendgenossenschaft aber eine festlich künstlerische Verherrlichung nicht fehlen würde. Vorsichtig, aber zuversichtlich führte er ins Gespräch gelegentlich den Gedanken einer fester geknüpften Vereinigung ein, beschloß aber, die wichtige Sache, ehe er einen entscheidenden Vorschlag machte, mit Niklas zu beraten, dessen Lob er nun in einem fröhlich aufgenommenen Trinkspruch sang.

Die beiden einzigen, welche Gerhards Stimmung und Absichten herausfühlten und sich darüber Gedanken machten, waren der Arzt Ugel und sein neben ihm sitzender Freund, ein schmaler, klug aussehender junger Mensch. Er hieß Veit, war ein stiller Gelehrter und Dichter und wurde, ohne eben viel zu gelten, von den Freunden oft als Quelle für Auskünfte gelehrter Art benützt. Daß hinter seinem maskenhaft trockenen Gesicht, seiner Ungeselligkeit und Redescheu verborgen eine starke, unersättliche Seele Qualen der Einsamkeit und Sehnsucht litt, wußten außer Ugel nur wenige. Heute wurde ihm, was selten geschah, die Rede flüssig, und alle hörten ihm gerne zu. Mit versteckter Abwehr der von Gerhard angeregten Pläne entwickelte er klar und reinlich aus der großen Geschichte der Welt ein typisches Bild jener Perioden, in denen plötzlich große gesammelte Kräfte und Schätze lebendig geworden waren und umbildend auf Menschen, Städte und Gemeinwesen gewirkt hatten, in denen der Sohn vom Vater durch breitere Klüfte als sonst getrennt schien, in denen mit günstigen Zeitumständen eine unverhältnismäßige Zahl von Talenten sich verband. Er bestritt aus der ganzen Überzeugung seines Herzens jene Meinung, daß fördernde, wohltätig arbeitende Geistesgemeinschaften anderer Bande als der Liebe und des gemeinsamen Glaubens bedürften.

Freundlich, doch mit etwas spöttischem Ton antwortete Gerhard. Er spielte den Lebenskenner und Praktiker gegen den Idealisten aus und hatte als beredter, witziger Sprecher den Beifall der meisten. Da bog Veit seine schmächtige Gestalt zurück und blickte ihm fest in die Augen.

»Wir reden«, sagte er klar und langsam, »über wichtige Dinge, in deren Entscheidung private Interessen und Absichten nicht hereingezogen werden dürfen. Du aber, Gerhard, bist von solchen nicht frei. Du bist reich, von mächtigem Hause und mußt notwendig über kurz oder lang der politischen Tätigkeit und einer Parteiführerschaft zustreben. Du leugnest das nicht! Darum würde eine von dir mitbegründete und beeinflußte Vereinigung tüchtiger Männer für dich einen Hintergrund von Macht und Einfluß bedeuten. Es ist ohnehin auffällig, daß du als erster die heute von Niklas ausgesprochene Auffassung unsrer Freundschaft in diesem praktisch klugen Sinne weiterbilden möchtest. Ich warne dich, denn du hast einen gefährlichen Schritt im Sinn.«

Manche Gesichter wurden ernster, doch wunderte sich niemand über Veits Strenge, denn man kannte ihn, daß er, wenn überhaupt einmal zum Reden gebracht, rücksichtslos und sachlich Menschen und Dinge nach einem Maßstab beurteilte, den das tägliche Leben nicht kennt und nicht brauchen kann oder will. Sagte man doch, das Gefühl der sittlichen Verantwortlichkeit sei in ihm so stark, daß er die Mehrzahl seiner besten Arbeiten nicht in die Öffentlichkeit zu geben wage, da er fürchte, seine schonungslose Art zu urteilen mißverstanden und von Unberufenen mißbraucht zu sehen.

Gerhard rechtfertigte sich gleichmütig. Er glaubte den wenig gekannten, stillen Menschen nicht fürchten zu müssen, brauchte ihn aber häufig und wünschte sehr, ihn zu halten. Als vorgeschrittener Schüler der Lebenskunst fühlte er trotz eines gewissen Mitleids gegen den Büchermenschen doch dessen Wert, ja Überlegenheit und scheute die allzu gründlichen Auseinandersetzungen mit ihm aus guten Gründen. Mit leichter Wendung lenkte er die Rede auf andere Dinge und verabschiedete die Freunde nach einiger Zeit in der heitersten und gütigsten Art. Jeder bekam als Gastgeschenk, so oft er da war, eine Ermunterung, einen gefälligen Scherz, eine feine Anerkennung mitgegeben, und oft war der Sturm eines hart entbrannten Redestreits im letzten Augenblick seiner heiteren Kunst des Versöhnens und unverbindlichen Rechtgebens gewichen.

Nun blieb er allein im Garten zurück. Es dunkelte, und durch die kaum gekühlte Luft kam wieder und wieder der süße Amselruf. Die langsam treibenden Lämmerwolken verwandelten ihre lichte Rosenfarbe in ein schwachleuchtendes, immer blasser werdendes Gelb, die belichteten Beete und Gebüsche sanken langsam in die allgemeine Dämmerung zurück. Am grünlich blauen östlichen Himmel trat ein früher Stern hervor. Und während Licht und Farbe starb, erwachten Düfte und Vogellieder zu tieferem Leben. In trägen, schweren Wolken flog der Duft des Jasmin und Flieders über Beete und Mauer bis weit in die still werdenden Straßen hinaus. Der mauerumschlossene, dichtlaubige Garten genoß jenes reine, milde Ausklingen des Tages, von welchem man sonst in den Städten nichts verspürt.

Ein schwerer, langsamer Männerschritt klang vom Hause her und kam durch die Windungen eines breiten Weges näher. Gerhard erhob sich und ging rasch seinem Vater entgegen. Der greise Herr nahm den Arm des Sohnes und ließ sich von ihm in die südseitig geöffnete Gartenhalle führen, welche Schutz vor dem unmerklich kühlenden Abendwind gewährte. Dort ließ er sich auf eine altmodisch breite Holzbank nieder und zog den Sohn neben sich.

»Erzähle mir doch einmal von deinen Freunden«, sagte er freundlich. »Du hast ja so viele, und ich gönne dir's. Immerhin bin ich etwas erstaunt, so viele Fremde, so viele Künstler und Bücherschreiber darunter zu sehen. Ich schätze diese Leute, wenn auch nach deiner Meinung noch nicht hoch genug. Aber sie sind unseßhaft, morgen verschwunden, und du kannst doch nicht jeden Tag oder jedes Jahr mit neuen anfangen.«

»Vielleicht doch«, sagte Gerhard höflich. »Sieh Vater, was mich mit diesen Künstlern befreundet, sind weniger die einzelnen Persönlichkeiten, als eine Art von Lebensauffassung und geistigem Wesen, welche nun einmal bei diesem Volk heimisch sind. Dann aber ragen unter ihnen auch einige Männer hervor, deren Freundschaft mir jetzt Gewinn ist und später Ruhm sein wird. Wenn es mir gelingt, den einen oder anderen von diesen an unsre Stadt zu fesseln, so wird das nicht der schlechteste Dienst sein, den ich ihr erweisen kann.«

»Nun ja,« gab der Alte zu, »ich wollte nicht auf diese Dinge zu sprechen kommen. Ich weiß, daß deine Wünsche und Absichten andere sind als meine waren; ich bin nicht froh darüber, aber begreife es und kann es nicht ändern. Du hast nicht die Zähigkeit, nicht die Härte, nicht die Geduld deiner Vorgänger, – Du hast dafür eine

Beweglichkeit des Geistes und ein gewandtes, bestechendes Wesen, das dir im Verkehr mit Menschen helfen kann. So wirst du andere Wege gehen als ich gegangen bin. Aber genug davon! Ich wollte, ehe wir zum Abendtisch gehen, ein wenig mit dir plaudern. Was hattest du heute für Freunde bei dir? Worüber sprachet ihr? Welcher ist dein Liebling? Einen davon, den bekannten Niklas, sah ich vor einer Stunde durchs Haus weggehen. Wie stehst du mit ihm?«

»Einstweilen schätze ich ihn mehr als er mich. Doch hoffe ich ihm nächstens Dienste leisten zu können, falls er wirklich zu einer öffentlichen Rechtfertigung seiner Baukostenrechnung genötigt wird. Er ist ohne Zweifel der Bedeutendste unter meinen Freunden.«

»Wie denkst du für ihn einzutreten?«

»Ich werde meinen freilich geringen Einfluß auf die allgemeine Stimmung zu seinen Gunsten wirken lassen. Nötigenfalls denke ich auch für die ihm vielleicht entgehende Summe des Ehrengeschenks einzustehen.«

»Würde er das denn annehmen wollen?«

»Von mir nicht. Ich müßte eine feine Form der Darbietung erfinden.«

»So viel Künste, um sein Geld los zu werden! Auf mich aber rechne dabei nicht.«

»Ich dachte nicht daran; die Summe ist unbedeutend. Aber ich glaube, du unterschätzt Niklas. Sicher ist, daß die Stadt sich lächerlich macht, wenn sie ihn im Unrecht läßt. Ich fürchte ohnehin, daß er in Bälde zu größeren Arbeiten nach auswärts berufen werden wird. Beim gegenwärtigen raschen Wachstum der Stadt wäre es jammerschade, wenn sie ihren besten Architekten verlöre.«

»Rechnen kann er aber, wie es scheint, nicht.«

»Das bleibt einstweilen ein heikler Punkt. Immerhin sollte bei der Rathausfrage die Bagatelle von Geld nicht so einseitig ins Gewicht fallen.«

»Halt, mein Lieber«, fiel ihm der Vater in die Rede.

»Du sprichst von einer Bagatelle, und es sind Hunderttausende. Es schmerzt mich, immer wieder deine übertriebene Geringschätzung des Geldes zu bemerken, denn nichts wäre mir bitterer, als einen Verschwender zum Sohn zu haben. Du magst mich einen Krämer nennen, aber ich weiß aus vielfacher Erfahrung, daß Reichtum ohne Sparsamkeit eine Seifenblase ist. Es gibt kein Vermögen von noch so fabelhafter Ziffer, das man nicht mit einigem Leichtsinn in wenigen Jahren bis zum Boden erschöpfen könnte. Das Vermögen einer ganzen Bürgerschaft vollends muß noch viel peinlicher und strenger verwaltet werden als jedes Privatgut. Die gefährlichsten Zerstörer einer solchen Kasse sind Luxus und voreilige Spekulation. Beide Grundübel finde ich in dieser leidigen Bauverschwendung. Um Ratsbeschlüsse zu fassen braucht man nicht Türme, nicht Höfe mit prachtvollen Treppen, nicht doppelsäulige Wandelhallen. Spekulation aber ist eure ganze Rechnung mit dem sogenannten Wachstum der Stadt. Freilich wächst sie, aber zu ihrem Schaden. Wer kommt denn hierher? Für wen brauchen wir die neuen Häuser und Straßen? Für Fremde, für Herwanderer, für Nichtshaber, kurz, für Leute, welche bei uns nicht Geld verzehren, sondern gewinnen wollen. Ihr irrt, wenn ihr glaubt, Reichtum und Glück einer Stadt müsse mit ihrer Ausdehnung wachsen.«

»Es tut mir leid«, sagte Gerhard, »daß wir uns schon wieder über das alte Thema entzweien. Ich gebe dir in vielem recht, aber nicht in der Hauptsache. Zugegeben, daß eine Stadt durch Zuzug und Vergrößerung nicht ohne weiteres sich bereichere, so gewinnt sie dadurch doch an Ansehen und Macht nach außen, also an Kredit und an Fähigkeit im allgemeinen Wettbewerb. Außerdem dehnt sich der Handel aus, werden die Arbeitskräfte billiger ...«

»Theorien«, lachte ärgerlich der alte Herr. »Wir können nun einmal einander nicht verstehen noch überzeugen. Wenn ich in Bälde die Geschäfte vollends ganz aus der Hand geben muß, kannst du ja deine spekulativen Ideen wahr zu machen versuchen. Vielleicht kommt dann die Zeit, in der du dankbar sein wirst, daß ich große Teile unsres Besitzes unveräußerlich festgelegt habe.«

Er erhob sich und schritt langsam an Gerhards Arm in das Haus zurück. In seinem stählernen Wesen war die nachgiebige Liebe zu dem anders gearteten Sohn vielleicht die einzige Schwäche. Gerhard war ihm, nachdem gleichzeitig zwei ältere Söhne auf See umgekommen waren, als einziges Kind eines überaus geliebten Weibes geblieben, hatte auch trotz seiner vom Vater mißbilligten Denk- und Lebensart dessen Zärtlichkeit durch sein liebenswürdig anschmiegsames Wesen sich unvermindert bewahrt.

Der Alte war, obwohl er seit Jahren seinen Ratsstuhl verlassen und der politischen Tätigkeit entsagt hatte, immer noch wohl der mächtigste Mann in der Stadt. Er hatte nicht nur jahrzehntelang die Stadtpolitik beeinflußt und den Großrat wie ein kleiner Fürst beherrscht, sondern hielt auch heute noch durch große Geldgeschäfte die halbe Stadt in der Hand. Für seinen Sohn war dies eine wichtige Erbschaft von zweischneidiger Bedeutung, denn neben großen, auf ihn gerichteten Erwartungen erbte er die stattliche, langher angesammelte Feindschaft einer unterdrückten Partei, sowie zahlreicher Familien und Einzelner.

So hing die Zukunft über Gerhard wie ein schwerwolkiger Himmel, Fruchtbarkeit und Wetterschlag im selben schwülen Schoß verbergend. Er aber wanderte, wie ihm schien, eine fröhlich steigende Straße bergan und achtete die Verdunkelungen der Höhe gleich flüchtig ziehenden Sommerwolken, deren leichte Schar dem siegenden Glanz des heranreifenden Mittags weichen muß. Dies war an ihm weniger Leichtsinn oder Unwissenheit, als vielmehr ein angeborenes sicheres Vertrauen auf die eigene Fähigkeit zu Anpassung und Überredung. Dazu kam als Bestes die hoffende, ihrer unerprobten Kräfte frohe Beweglichkeit und Lebenslust einer glücklichen und sorgenlosen Jugend.

Ein warmer Vormittag glänzte über der tätigen Stadt. Im Rathaus meißelte, zimmerte und stäubte die zahlreiche Arbeiterschaft emsig durcheinander. Auf breiten Gerüsten saßen an den Wänden der Hofseite die Maler; aus der roten Fläche lachte da und dort der frisch angelegte Umriß einer Figur oder ein farbiges Wappen oder ein Stück Ornament in Blau und Goldgelb. Neben einem der Maler stand Veit, in lebhafter Rede begriffen. Er hatte als geschichtskundiger Kunstkenner bei den Malereien die Prüfung der Kostüme und des heraldischen Schmuckwerks übernommen und gab sich, über seine Aufgabe hinaus, alle Mühe, die Künstler und Gehilfen im frischen Zug zu erhalten, damit nirgends die persönlich lebendige Arbeit durch schablonenhaft Handwerksmäßiges litte oder verdrängt würde. Wo ein Künstler seine eigene, wenn auch abweichende Auffassung hatte und mit Trotz durchsetzte, freute er sich und beharrte mit Absicht in einer anspornenden Opposition. Wo aber einer müdewerdend sich mit gedankenlosem Weitermachen begnügte und sich auf flache Füllsel legte, war er unerbittlich mit Tadel, Spott, ja Grobheit. So förderte er, ohne irgend Ruhm davon zu haben, die Arbeit und half redlich mit, das Niklassche Werk zu reinerer Vollendung zu bringen. Ohne daß man davon wußte, hatte er auch in Niklas' eigenen Zeichnungen im stillen Arbeitszimmer je und je ein Gesimse, eine Türkrönung, einen Treppenhausquerschnitt, ein Ecksteinprofil mit leisem Stiftstrich getadelt und auf seine schärfere, kräftigere Prägung gedrungen. Niklas war ihm dafür dankbar und schätzte den unscheinbaren Menschen als stillen Mitarbeiter hoch.

Die Freundschaft der beiden war von eigentümlicher Art. Aus der Blüte seines kraftvoll naiven, gesunden

Lebens heraus bemitleidete Niklas den schmächtigen, schmalbrüstigen Kameraden, dessen geräuschlos fleißiges Bücher- und Gedankendasein ihm fremd, unbegreiflich und fast verächtlich erschien. Sobald ihm aber ein zuverlässiges Urteil fehlte oder eine tiefere Lebensfrage ihn beschäftigte, kam er zu Veit und erstaunte jedesmal über dessen Verständnis und tiefe Auffassung.

In Wirklichkeit war dieses Verhältnis sehr natürlich. Veit hatte in harter Selbsterziehung sich bemüht, seines schwächlichen Körpers Herr zu werden und sein Leben in den Dienst des Geistigen und Guten zu stellen. Dabei hatte er in Geschichte, Kunst und Philosophie mit scharfem Blick Echtes und Gemachtes unterscheiden lernen und so das Ideal eines wertvollen Menschendaseins gewonnen, dessen Verwirklichung seine hoffnungslose Sehnsucht war. Was ihm an Körperkraft, an natürlicher Freude und Lebensfrische fehlte, fand er im Überfluß bei Niklas, dem er wiederum geistig überlegen war. Deshalb liebte er jenen mit herzlicher Bewunderung und sah aus dessen ungebrochener Natur mit Freude Früchte reifen, die er selbst auf ganz anderem Wege erworben hatte und deren Süße für ihn nicht ungetrübt war.

Veit verließ das Malergerüst, um vor Mittag noch mit Niklas eine Unterredung zu suchen. Während er durch die belebten, vom Arbeitsgeräusch erfüllten Räume ging, beobachtete er mit Lust die allwärts im Bau entfaltete rege Tätigkeit. Böden wurden mit Dielen oder Fliesen belegt, Räume wurden von Tischlern, Glasern und Holzschnitzern ausgemessen, Tüncher und Dachdecker stiegen an Leitern auf und ab, Lehrbuben mit Besen, Wassertrögen und Werkzeugen hasteten dazwischen hin und wider; alles sah nach wohlgeleiteter, fröhlich fördernder Arbeit aus.

Ein notdürftig eingerichtetes, noch ungetünchtes Zimmer eines oberen Geschosses war Niklas' Arbeitsraum. Auf langen Zeichnertischen häuften sich Rollen, Vorlagen, Hefte, Rechnungen, Stifte, Bücher, Zirkel und vielerlei notwendiges Kleingerät. Zwischen Kohlenskizzen, Farbenproben und Tabellen saß Niklas, strich am Entwurf eines Prachtkamins für den Großratssaal mit flüchtiger Kohle herum und wurde jeden Augenblick von Handwerkern unterbrochen, die mit Entwürfen, Vorschlägen, Materialproben, Rechnungen und allerlei Anfragen sich herandrängten.

Er schob dem eintretenden Freund einen staubigen Sitzbock zu und verhandelte mit einem Tischlermeister über dessen Vorlagen zum Profil eines Gesimses weiter.

»Was ich hier vorlege«, rühmte der Handwerker, »sind die besten und beliebtesten Muster.«

»Schön, mein Lieber, aber für mich wertlos. Ich sehe, wir müssen die Sache selber machen. Wartet einen Augenblick!«

Er warf mit breitem Kohlestrich einen Querschnitt auf das Blatt.

»Das paßt besser. Nehmt dies Profil! Und daß ja nur das dunklere Eichenholz verwendet wird! Ich behalte die Holzprobe hier. In längstens acht Tagen brauchen wir die Stücke.«

»In acht Tagen? Herr Niklas, das wird fast nicht möglich sein.«

»Lala! Singt mir keine Lieder vor! In acht Tagen, von der Stunde ab gerechnet – sonst mach ich die paar Bretter selber.«

Er gab dem Mann die Hand und schob ihn freundlich hinaus, machte eine Notiz auf ein an die Wand gestecktes Blatt, eine zweite auf das Stückchen Eichenholz und begrüßte nun den Freund, der inzwischen seinen Kaminentwurf betrachtet hatte.

»Laß das!« rief er ihm zu. »Das Ding taugt nichts, ist viel zu schlank. Nun, ich krieg' es schon noch heraus. Ich hatte schon eine gute Skizze, aber die Sache darf nicht viel Geld kosten ... Was führt dich her?«

»Kann ich dich für eine Viertelstunde haben?«

»Meinetwegen; es ist beinah Mittag. Kommst du mit mir zu Tisch?«

»Gut. Ich muß dir allerlei sagen.«

Niklas wischte sich den Staub von den Kleidern, wusch sich die Hände und nahm den Hut zur Hand. Dann verschloß er die Stube und ging mit Veit die schöne Treppe hinab ins Freie.

Jenseits der alten Brücke, hoch über dem Strom am steilen Ufer, stand ein alther angesehenes Gasthaus, in dessen Garten Niklas zu speisen pflegte. Dort kehrte er mit Veit ein und ließ unter einer stämmigen Kastanie auftragen. Während des Essens erzählte ihm Veit die Gespräche des gestrigen Abends.

»Gerhard will nichts anderes«, schloß er, »als unsre freie freundschaftliche Verbindung in eine feste, selbständige Vereinigung verwandeln. Er wird auch dich nächstens zu gewinnen suchen und wird dabei vermutlich seinem Plan lauter zarte, feine Namen geben. Er wird dir beweisen, daß dieser Verein eine Förderung der wahren Kunst bedeute. Er wird dir die Vorteile zeigen, welche jedem von uns daraus erwachsen. Jedenfalls wird er die Nebensachen zu Hauptsachen machen und die schönen Worte nicht sparen. In Wahrheit aber will er nichts, als sich einen stattlichen Hintergrund und Anhang schaffen, denn ihn sticht der Ehrgeiz von vorn und hinten. Wir sollen das Fundament zu einer städtischen Partei bilden, deren Haupt und Fürstlein er spielen möchte. Mir scheint das meiner und eurer unwürdig; außerdem ist der Vorteil, den die Kunst oder Wissenschaft etwa dabei haben könnte, zweifelhaft und unbedeutend.«

Niklas legte einen reinlich geschälten Bratenknochen auf seinen Teller, nahm einen Schluck Wein und sah Veit mit einem nicht sehr verständnisvollen Blicke an. »Ist das alles?« lachte er schließlich.

»Mir scheint es wichtig«, sagte Veit ernst. Niklas schüttelte den Kopf.

»Was dir nicht alles wichtig scheint! Du fragst bei jedem Schritt: was wird für die Weltgeschichte daraus folgen? Du lieber Gott, die Weltgeschichte, oder sagen wir lieber das Leben, geht über unsre Kindereien unbekümmert weg. Was einer von uns taugt oder nicht taugt, muß er schließlich mit oder ohne Verein zeigen. Wenn Gerhard das Zeug dazu hat, so mag er sich doch aufs Organisieren legen! Er ist als Diplomat und Lebenskünstler uns überlegen, hat das Fundament eines großen Namens und Vermögens, also laß ihn doch sich im Leben versuchen! Es gefällt mir an ihm überhaupt, daß er gern aufs Große geht und eine glänzende Rolle zu spielen hofft. Wenn ein Mann wie er obenan kommt, wird es hier bald mehr zu bauen, zu zeichnen, zu pinseln und zu musizieren geben als je – was sollen wir dagegen haben?«

»Aber unsre persönliche Freiheit?« rief Veit heftig.

»Was hat denn die damit zu tun? Wer sie überhaupt hat, der hat sie und wird sie schon zu halten wissen. Wer von Haus aus ein Lump ist, an dem wird auch Gerhard nichts mehr verderben. – Mit seinem Geld, meinst Du? Weshalb? Was wir Gutes schaffen, kann er uns nicht zu teuer bezahlen; wir werden, sofern wir etwas taugen, immer quitt mit ihm sein. Du nimmst die ganze Sache wieder viel zu wichtig, verstehst auch Gerhard falsch. Er ist weder so gut noch so schlecht wie du meinst. Was du Eigennutz nennst, ist bei ihm Ehrgeiz und noble Passion. Was du an tiefer Absicht bei ihm vermutest, ist vielleicht nichts als eine Laune. Ich glaube Gerhard genau zu kennen: Sein Talent ist, sich schön zu kleiden. Das ist keine schlechte Kunst. Er will in sein Leben einen gewissen frohen Rhythmus und möglichst viel Freude bringen, und dazu hat er nicht nur die Macht, sondern auch den Geschmack. Er würde ein imponierend harmonisches Leben führen können, wenn nicht der Ehrgeiz ihn triebe, mehr als Privatmann zu sein und sein Leben den größeren heimischen Geschicken zu verbinden.«

Veit runzelte die Stirn. »Er ist, kurz gesagt, ein Egoist«, erwiderte er, »und deshalb liebe ich ihn nicht.«

»Alle Glücklichen sind Egoisten«, scherzte Niklas, »das kannst du an jedem Brautpaar studieren. Wenn du nicht deinen klassischen Edelmut besäßest, würde ich sagen: Du beneidest ihn, deshalb liebst du ihn nicht.«

»Das trifft mich nicht. Aber, um auf Ja und Nein zu dringen, würdest du dieser Gerhardschen Gesellschaft beitreten oder ihre Gründung unterstützen?«

»Unterstützen – nein! Was geht mich die Sache an? Aber beitreten jedenfalls. Wenn doch einmal eine Gesellschaft gegründet werden soll, dürfen wir Gerhard nicht im Stich lassen, müssen vielmehr die Sache dadurch zum Guten wenden, daß wir möglichst viele tüchtige Leute beibringen und ja keine Majorität von Schwätzern aufkommen lassen.«

»Danke. Ich muß mir nun das Ganze nochmals genau überlegen, ehe ich mich entscheide. Nun aber doch noch eine Frage! Nimm an, die Vereinigung käme in Deinem Sinn zustande, würde aber für Gerhard zu selbständig und wenig fügsam sein, so daß er bald die Lust daran verlöre. Das ist sogar wahrscheinlich. Was dann?«

»Was für Sorgen! Dann wird eben die Gesellschaft aus Mangel an Existenzberechtigung sich auflösen. Was liegt daran?«

»Halt, Bester! Damit wäre es nicht getan. Gerhard würde ohne Zweifel sich nach anderem Anhang umsehen und ihn schnell finden. Sollen wir dann auseinandergehen und ihm das Feld lassen?«

»Gewiß. Sei doch endlich einmal praktisch! Was sollten wir tun? Du und ich und fast alle unsere tüchtigern Freunde sind Fremde, Wanderer, und werden nicht ewig, nicht einmal lange hier beisammen sein. Ohne den Mittelpunkt eines hier seßhaften und mächtigen Mannes und Hauses könnten wir nicht als Genossenschaft bestehen. Wenn Gerhard uns schließlich nicht haben will, so ist das seine Sache, und er verliert dabei vielleicht mehr als wir. Ich glaube, du faßt seinen Plan zu sehr politisch auf. Was er von uns haben kann und wohl auch haben will, ist mehr Glanz als Macht. Er sieht um sich her ein vielversprechendes geistiges und künstlerisches Leben, dessen Bedeutung er versteht, und dessen Ruhm er daher gerne teilen möchte. Dabei können beide nur gewinnen, er und wir. Lassen wir Gerhard machen und halten wir uns fern, bis er selber mit bestimmten Vorschlägen zu uns kommt.«

»Darin sind wir einig. Schließlich mag es ja sein, daß Gerhard zu jenen Menschen gehört, welche wirken und Geschichte machen, ohne irgend schöpferisch zu sein, lediglich durch eine instinktive Kraft des Sammelns und Anziehens.«

Niklas nahm seinen Becher zur Hand. »Stoß an, mein Lieber«, rief er fröhlich, »und gewöhne dir die unnötigen Sorgen ab! Das Leben ist unser, wenn wir nur fest auf dem eigenen Weg bleiben, mögen die andern machen, was sie wollen. Nun aber zur Arbeit!«

Er sprang auf, winkte dem Schenkmädchen Lebewohl und ging über die Brücke zum Rathaus zurück. Veit blickte ihm nach, der elastisch, rasch und doch bequem davonschritt, der Arbeit, dem Leben, der Zukunft entgegen wie einer, der seiner Sterne sicher ist und einen nahen Fußweg zum Glück erwählt hat. Ein Schatten von Neid überflog Veits Seele, dennoch hing er mit geheimer Freude am Anblick dieses kraftvoll blühenden Menschen, aus dessen Bewegungen die schöne Stärke einer ungebrochen männlichen Lebensfreude hervorlachte. Dem gelehrten Dichter selbst war erst im Umgang mit dieser reichen, warmen Natur das beste Stück seiner Erkenntnis und seiner Freude am Dasein geworden. Niklas war der erste gewesen, dessen Ruhm und dessen Leistungen in ihm den Glauben an das Nahen einer frischen, wertvollen Lebensepoche geweckt hatte. Seither erst war Sinn und Freude in seine Studien und Glut in seine Worte gekommen, denn er fühlte sich kraft eines heiligen Ungenügens und einer gereinigten Weltauffassung als Mitschöpfer am Bau eines neuen Lebens.

Als Historiker wußte Veit wohl, daß es keine ohne Ende aufstrebende Bahn gibt, daß Blüten zu Früchten und Früchte zu Staub werden müssen, auch daß die Gesetze des Gleichgewichts jeder Neubildung und Erhebung nicht mehr als einen beschränkten Licht- und Lebenskreis gewähren. Er wußte aber auch, daß kein Gutes untergeht, und daß jeder Fortschritt und jede Vertiefung und Veredlung des Lebens unmeßbar über die Zeiten hinaus wirkt – wäre es auch nur, um in späten Geschlechtern beim Zurückschauen Sehnsucht und neues Höherstreben zu entzünden. Darum liebte er seine Zeit und sein eigenes Leben und sah mit einer Art von fast scheuer Zärtlichkeit dem sich entfaltenden Leben seiner jugendlichen Umgebung zu.

Nachdenklich stieg er die große Brückenrampe hinab und schlenderte am Ufer hin stromabwärts. Gegenüber lag zackig, hoch und malerisch mit zahllosen alten Giebeln, von Türmen, Söllern und hohen Erkern gekrönt, die langgestreckte Altstadt, deren graue, unebene Häuserflucht ein schmales Band winziger Gärtchen vom Ufer trennte. Fähren, Barken und kleine Lastschiffe schwammen auf dem raschen, grünen Wasser, über beide Brücken trieb ein bewegter Verkehr von Menschen und Wagen.

Veit verfolgte den Uferweg bis zum Ende, bog dort in einen rasch ansteigenden Feldweg und erreichte bald einen der mit lichten Hainen bestandenen Hügel, von welchem sich eine weite Schau über das breite Tal bis zum Gebirge hin öffnete, aus dessen Wurzeln der Strom als ferner zarter Silberfaden hervorkam. Unten lag die Stadt und fesselte den Blick des Einsamen. An diese Mauern und Türme hatte er seine besten Hoffnungen und den besten Teil seiner Arbeit geknüpft. Und jahrelang würde sie ihn noch festhalten; denn die noch nicht geschriebene

Geschichte dieser Stadt war Veits geheimgehaltene Lieblingsarbeit. Vor Jahren im Keim begonnen, war sie wieder ins Dunkel der aufgegebenen Pläne und enttäuschten Hoffnungen zurückgewichen. Jetzt gewann die Aufgabe von allen Seiten her Förderung, Anregung und Reiz. Es galt nicht mehr nur die Ereignisse einiger Jahrhunderte zu erzählen, sondern die Wurzeln und Ursprünge von Fähigkeiten und Lebenskeimen zu zeigen, denen jetzt eben ein reicher neuer Frühling begann.

Während Veits Auge die Häuser und Brücken und Türme streifte, deren Alter und Geschichte ihm so vertraut war, gingen seine Gedanken ungewollt über die Jahre seines Lebens zurück, fragend, forschend, prüfend, dankbar und doch unbefriedigt. Er sah sein eigenes Wesen schwank und bildsam aus kleinen, doch heiteren Verhältnissen herauswachsen, dann mit Gier ins Leben stürzen und unzählige Irrwege gehen, dann vereinsamen, leiden und fast verbluten, um endlich sich zu stiller Fassung und schwer erworbener Sicherheit zu sammeln. Er sah sich suchen nach Wahrheit, nach Vollendung, Schönheit, Licht, er sah sich durch weite Gebiete irren, zwischen allen Wissenschaften und Künsten schwanken, er sah sich am Wert des Lebens und des Geistes verzweifeln und endlich mit schlecht geheilten Flügeln langsam, sehnsüchtig und gläubig neuen beglänzten Höhen entgegenstreben. So stand er nun, am Ende einer innerlich reichen Jugend, auf der ersten Lebenshöhe, dem Gipfel nah, der steil und verlockend über ihm emporstieg. Dort mußte das Glück auf ihn warten, dort mußte jene Fülle und selige Genüge ihm aufbewahrt sein, nach denen er schon so lange die müde werdenden Arme ausstreckte. Und mit ihm würde eine ganze schöne Jugend, eine ganze Stadt, vielleicht ein Volk auf geschmückten Stufen einem höheren, sinnvolleren, edleren Leben entgegengehen.

Wenige Tage darauf war in jedermanns Händen ein kleiner, in rotes Papier gehefteter Traktat, der in klarer und schöner Sprache das künstlerische Wesen, den Organismus, die Entstehung und Vollendung des neuen Rathauses darstellte. In dieser Schrift erschien der Bau nicht als Werk eines willkürlich schaffenden Meisters, es war nicht einmal Niklas' Name darin genannt, das Haus war vielmehr als ein schönes, persönlichen Lebens teilhaftiges Wesen aufgefaßt, dessen Grundriß durch schlichte Klarheit erfreue und dessen Teile in natürlichem, notwendigem und darum schönem Verhältnis zueinander ständen. Erst die letzten Zeilen des Büchleins rührten an persönliche und städtische Verhältnisse. Hier klang ein schneidend scharfer Ton durch die wohl abgemessenen Worte, die Mehrheit des Rates ebenso wie die Masse des Pöbels wurde mit kühlem Hohn angefaßt, und der Schluß klang wie eine ungern verhaltene Drohung.

[»Der Schöpfer des schönen Werkes«, hieß es, »soll nun vom Rat und Volk zur Rechenschaft gezogen werden, angeblich einiger zuviel verbrauchter Taler wegen, in Wirklichkeit auf Grund jenes gehässigen Neides, den von jeher der Krämer- und Kleingeist gegen überlegene Männer und Leistungen trug. Wir wünschen fast, Dummheit und Neid möchten bei dieser Verhandlung Sieger bleiben, denn jede moralische Niederlage der Wohlweisen und Philister gibt dem Geist einer herandrängenden neuen Zeit Nahrung und neue Lebenskraft.«]*

Das Schriftchen, das an allen Ecken verteilt wurde, erregte großes Aufsehen. Sachkundige lobten die Meisterschaft der Darstellung und die Feinheit der formalen Analyse eines Kunstwerks. Das Volk ward stutzig, schimpfte jedoch über die Geringschätzung, mit welcher der unbekannte Verfasser von den Baukosten und vom Unverstand der Menge redete. Immerhin wollte nun

* Im Manuskript gestrichen.

mancher zeigen, daß er jener Menge nicht angehöre und trat sofort in seinem Kreis als kunstverständiger Gönner und Bewunderer des Baues auf. Jedermann war voll neugieriger Vermutungen über die Person des Verfassers. Ein angesehener Ratsherr glaubte die Schrift Niklas zuschreiben zu müssen und gab sich Mühe, diese Ansicht zu verbreiten. Niklas antwortete darauf in einem Brief an den Rat, worin er seine Unwissenheit um die Entstehung der Blätter anzeigte und sich die Verdächtigung dieses Selbstlobs verbat.

Ihm und den meisten Freunden war schon beim ersten Lesen klar geworden, daß nur Veit der Autor sein konnte. Dieser leugnete nicht, bat aber um Schweigen, und so blieb die Masse der Leser im Ungewissen. Im Freundeskreis stieg die Schätzung Veits erheblich, denn die kleine Publikation durfte wohl ein Meisterwerk genannt werden. Niklas selbst gestand, er habe viel aus der Darstellung gelernt und in ihr für manches seinerzeit instinktiv Ausgeführte erst die bewußte Motivierung und Anerkennung gefunden.

Für Veit bedeuteten die Glückwünsche seiner Freunde nicht sonderlich viel; er war seiner Sache sicher und hielt mit wichtigeren Arbeiten im Hinterhalt. Er sagte scherzend, doch nicht ohne Bitterkeit, zu Ugel: »Diese Leute kennen mich nun seit Jahren, wissen, wie ich bin und denke und machten sich nichts aus mir. Jetzt, wo sie ein paar hübsche Sätze von mir lesen, kommen sie und gratulieren. Es ist kein einziger Gedanke in jenem Heftchen, den ich ihnen nicht schon oft im Gespräch mitgeteilt hätte. Aber so sind sie: zwischen Schreiben und Reden, zwischen Leben und Schaffen muß ein Unterschied sein! Rede ich, so lachen sie; erst wenn ich schreibe, glauben sie mich ernst nehmen zu müssen. Die Schwätzer!«

Indessen wunderte er sich und sprach mit Ugel öfters darüber, daß von Gerhards Plänen gar nichts mehr verlautete. Gerhard war unbefangen freundlich und heiter wie immer, gab Gesellschaften, besuchte die Ateliers befreundeter Maler, zeigte sich gelegentlich als Zuschauer im Rathausbau und schien auf der Welt keinerlei Sorgen zu haben als seine Tage heiter zu verbringen. Im stillen aber war er da und dort für Niklas tätig, suchte die Stimmung ihm günstiger zu machen, schmeichelte einigen Ratsherren und empfahl Veits Traktat, wo er konnte. Da sein Vater kränkelte und sich passiv verhielt, nahm mancher dessen stillschweigendes Einverständnis an, und Gerhards Parteinahme für Niklas galt als Ausdruck der Meinung seines Hauses.

Die Einberufung des Großrats zur Abstimmung über die Rathausfrage stand bevor. Es waren mehr Gerhards, als Niklas' Feinde, welche auf peinliche Untersuchung der Rechnungen und auf strenge Beurteilung der erheblichen Verschwendung drangen. Man begann in der Stadt zu merken, daß Gerhard die Gelegenheit nicht vorübergehen lassen wollte, seine Person mitten in die städtischen Angelegenheiten zu stellen und sobald als möglich den Kampf um das politische Erbe seines Vaters zu beginnen. Viele, denen Gerhards Vater jahrzehntelang ein Dorn im Auge gewesen war, wünschten ihm nun ein ewiges Leben, da offenbar der Sohn, so lang der Alte lebte, die Rolle des Privatmanns oder doch des Neutralen weiterspielen würde.

Durch schöne Worte, kluge Vorstellung und durch sein gewinnend höfliches Wesen brachte Gerhard eine Anzahl von Anhängern in dieser Sache zusammen. Am Tage vor der Großratssitzung lief beim Bürgermeister ein Schreiben ein, worin etwa zweihundert namentlich unterzeichnete Bürger den Rat vor unkluger Strenge und übereiltem Urteil warnten. Das war Gerhards Arbeit gewesen. Als Niklas davon hörte, schüttelte er den Kopf. Es kam ihm lächerlich vor, daß in der ihn allein betreffenden Sache so viele für und wider schrien und sich mühten, während er selbst die Angelegenheit ihren Weg gehen ließ und keinen

Finger rührte. Er arbeitete den Tag durch stetig fort, benahm sich gegen jedermann wie sonst und freute sich abends auf seine Weise des Lebens.

Der wichtige Tag war da. Im Saal des alten Rathauses saß der Großrat versammelt. Der Bürgermeister, ängstlich geworden, mahnte zur Vorsicht. Die Stimmung schwankte. Mehrere Redner meldeten sich und wurden gehört. Greise Herren erhoben sich und wurden in erregte, leidenschaftliche Wortgefechte verwickelt. Stunden vergingen, ehe an die Abstimmung zu denken war. Endlich, man war schon müde und heiser, wurden die Stimmen gezählt. Der Antrag lautete dahin, daß dem Architekten ohne sonstige Ahndung die ausgesetzte, nach Vollendung des Werkes auszuzahlende Ehrengabe von fünftausend Gulden entzogen und ihm dies nebst einer Rüge seiner Rechnungsführung mitgeteilt werden sollte. Jedermann wußte, daß das Entscheidende nicht die verhältnismäßig kleine Summe, nicht einmal die einem tüchtigen Künstler entzogene Anerkennung sei, sondern daß es sich darum handle, einer neuerdings aufkommenden Lebens- und Geistesrichtung, deren wichtigster Vertreter Gerhard schien, zustimmend oder abweisend zu antworten.

Der Antrag wurde schließlich von der Mehrheit angenommen, die Mitteilung an Niklas aufgesetzt und ihm noch am selben Tag zugeschickt.

Niklas las die Schrift, setzte sich an seinen Arbeitstisch und antwortete:

»An den Großrat unserer Stadt.

Euer sehr gütiges Schreiben ist in meinen Händen und soll sogleich beantwortet sein.

Von heute an betrachte ich mich als städtischer Dienste ledig und verzichte auf die mir zukommenden Monatsgelder. Da ich jedoch den Bau notwendig selbst vollenden muß, betreibe ich die Arbeit von heute an freiwillig weiter und werde sämtliche Rechnungsangelegenheiten wöchentlich der Stadtkasse übergeben. Vielleicht vermag der Großrat hieraus zu ersehen, daß ich die ganze Arbeit nicht um Geldes willen unternahm. Sollte der Großrat mit diesem nicht einverstanden sein, so nehme ich mein Anerbieten zurück und werde die heute über mich verhängte Verfügung als ungerecht beim Obergerichtshof anfechten.

Baumeister Niklas.«

Als er die Antwort weggeschickt hatte, ergriff ihn nachträglich die Wut. Er warf Stift und Zirkel auf den Tisch und begab sich in die dunkelste Weinstube der Stadt, von wo er erst spät nachts heimkehrte.

Den Herren Räten erwuchsen neue Schwierigkeiten. Noch waren sie über die unerwartete Antwort des Architekten verärgert und ratlos, da kam ein neues Schreiben Gerhards, der im Namen vieler unterzeichneter Bürger den Ratsbeschluß höflich mißbilligte und zugleich mitteilte, daß jene Ehrensumme dem Baumeister aus Privatmitteln ersetzt werden solle, da man sich allgemein der Kleinlichkeit jenes Beschlusses schäme und die Stadt nicht den schlechten Ruf ihrer Führer und Räte teilen möge.

Wenige Tage darauf fand im Hof des neuen Rathauses eine kleine auserlesene Festlichkeit zu Niklas' Ehren statt, wobei ihm Gerhard sein Bedauern über das Verhalten des Großrats aussprach und ihm im Namen unabhängiger Städter einen Becher samt jener Ehrengabe überreichte. Niklas hatte schon den Ärger wieder vergessen, brachte einen Trinkspruch auf die Stadt aus und nahm das Geschenk mit unverhohlener Freude entgegen. Er führte die Gäste durch die Haupträume des Rathauses, wobei er nicht vergaß, die treue Mitarbeit Veits zu rühmen. Darauf entstand bei Musik und Gespräch im Hof ein heiteres Zechen. Festliche Girlanden wiegten sich in niederen Bogen quer über den schönen Raum und bis tief in die laue

Nacht hinein brannten Fackeln und klangen Reden, Lieder und Scherze. Veit verglich das Gelage in dem umstrittenen Gebäude einem Siegesmahl von Eroberern im Hof einer erstürmten Burg und begrüßte die Freunde mit den Versen: *(1901)*

[Hier endet das Manuskript]

Sommeridyll

Den heißen Straßen der Stadt entronnen, wanderten die Freunde Ugel und Veit über ein hochgelegenes Joch den jenseitigen Höhen des Gebirges zu. Hier fiel die schöne Kette grüner Vorberge steil und felsig zum Meere ab, eine entlegene, schwer zugängliche Küste von stiller, ernster Schönheit. Weit voneinander entfernt hingen wenige arme Weiler und Klöster am hohen Bord der Steile, unten am Meer bräunten vereinzelte winzige Fischerhütten im heißen Sande, bewohnt von einem harten zähen Völkchen, dessen mühsames, weltfremdes Leben zwischen Frömmigkeit, Erwerbsnot und Aberglauben schlicht und herb verlief.

Am dritten Wandertage war die letzte Schwellung überwunden und vor den geblendeten Augen der Freunde erschloß die silbrig dampfende Luft fernhin die riesige Rundung des Meerhorizontes. Beide Wanderer blieben aufatmend stehen und blickten schweigend in die große Flut des Lichts hinaus, in welcher See und Himmel sich schimmernd vereinigten. Durch die warme Luft wehte ein Hauch der salzig herben Meerfrische bis in diese Höhen. Der Boden trug zwischen großen Waldungen Flächen voll Heidekraut, Moosen und kurzem dünnen Grase. Hier wuchs nur wenig Korn und gar kein Obst, die Pflanzen dieser Striche waren denen des Hochgebirges ähnlich, straff, herb und ausdauernd, und ihr Grün trug einen seltsam metallischen Anflug von bräunlicher Färbung. Der Himmel stand hoch, klar und tiefblau und war nur auf der Seeseite von weißem, blendigem Dunst bedeckt. Über alledem schlummerte etwas sagenhaft Schönes, eine weltferne und ahnungslose Seltsamkeit wie über den Inseln des Homer. Das schöne, aber unfruchtbare Land schien, zwischen Gebirge und Meer geklemmt, in trotzigem Gleichmut zu niemandes Lust noch Leid seine

Tage und Jahrhunderte zu verträumen oder einer Art von Menschen zu harren, welche fähig sein würde, seine verborgenen Kräfte aufzuschließen und glücklich darin zu leben. Was zu dieser Zeit dort wohnte, war ein kleines, armes Volk von uralter Herkunft und gesunder Art, aber in dumpfer Vereinsamung und bettelstolzer Selbstgenügsamkeit versunken. Auch die Klöster, deren mehrere zerstreut an dem hohen Ufer lagen, waren nicht Quellen der Güte, des Wohltuns und der freundlichen Lehre, sondern weltflüchtige, arme vergessene Nester für Schiffbrüchige und Heimatlose.

Immerhin gaben sie dem darbenden Landvolk einen gewissen Halt, eine Zuflucht für Kranke an Leib und Seele und brachten durch Wanderprediger den kleinen kirchenlosen Dörfchen und Höfen einige tröstende und erfrischende Lehre.

In einem dieser Bergklösterchen hatte Veit schon mehrmals Gastfreundschaft genossen und hoffte, dort mit Ugel für einige Wochen Aufnahme zu finden, da an andere Unterkunft in dieser Gegend nicht zu denken war. Es hieß Sankt Theodor und lag auf festem Fels gebaut, trotzig steil über dem tiefen Absturz des Berges, so daß man dort hoch zwischen Meer und Himmel wie im Mastkorb eines Schiffes in den Lüften hing. Das war ein Sitz für Flüchtige, Enttäuschte, vom Leben Mißhandelte, trotzig und traurig in schweigsamer Felsenhöhe gelegen, über das unbewohnte Ufer der See und über dünn bebuschte, zackige Felsstürze blickend. Der dort den ersten Stein zum Einsiedelbau gelegt hatte, der mußte eine herbe, große Seele voll narbiger Wundmale und voll von bitterem Welthaß, aber dennoch voll ungebeugter Freude an Licht und Höhe gehabt haben. Zu den vielen fast verschollenen Sagen des entlegenen, an Geschichte armen Landes gehörte auch der mythische Bericht von jenem Gründer, dessen dunkle und schroffe Gestalt aus einem Gewühl von fabelhaften Abenteuern grell hervortrat. Er sollte ein Pirat und Mörder gewesen sein und in sarazenischer Gefangenschaft das Gelübde getan haben, Mönch zu werden und ein Kloster zu bauen, wenn er entkäme. Und heute noch überglänzte der blutige Nimbus des Abenteurers und Seekönigs den schlichten Ruhm des späteren Büßers und Heiligen und mit den uralten Sturm- und Wolkensagen, wie jedes Küstenland sie hat, verbanden sich düstere Legenden von jenem Piratenmönch, wie er Nächte lang das Meer beschworen und die heraufsteigenden Schatten seiner Opfer winselnd und brüllend um Vergebung und Fürbitte angefleht habe.

Von diesen Märchen erzählte Veit seinem Freund, während sie im Eifer der Erwartung rascher ihrem Ziel entgegenschritten. »Vor sieben Jahren«, sagte er, »war ich zum ersten Mal in dieser Gegend und sammelte, was ich von solchen Sagen bei Waldleuten und Fischern noch leben fand. Damals reizte mich die wilde Piraten- und Asketengeschichte stark zu dichterischer Verwertung. Ich habe das damals Geschriebene mitgebracht, und wir können es gelegentlich lesen. Vielleicht kommt die unfertige Jugendarbeit diesmal zum Abschluß. Wahrscheinlich aber doch nicht; denn der Stoff ist mir fremd geworden.«

»Weshalb?« fragte Ugel. »Ich finde ihn wahrlich eigenartig und tief genug.«

»Das ist er, ja. Aber ich habe jenes jugendliche Gefallen am Abnormen und Übertriebenen nicht mehr. Damals war mir kein Dunkel schwarz und kein Kontrast schroff genug. Heute habe ich das Ideal des harmonischen Menschen. Ein Leben, das unfruchtbar zwischen zwei einander widerstrebenden Leidenschaften verlodert, weckt mehr mein Mitleid als meine Verehrung.«

»Wie weise du bist«, lachte Ugel. »Als ob nicht in dir selber zwei Teufel sich balgten! Nein, du mußt dem Seeräuber sein Recht lassen. In dieser großartig einsamen, verwilderten Landschaft die Schicksale jenes dämonischen Menschen aufzuspüren und auszudichten, muß eine Wonne sein. Außerdem tust du dem Helden Unrecht. Daß er am Ende eines heimatlosen und vergeudeten Lebens noch Kraft und Streben genug besaß, in dieser Einöde zu bauen und zu wirken, und daß er damit Segen gestiftet hat, das macht sein Bild freundlicher, ja liebenswert und versöhnt das Ungebändigte und Zwecklose seines früheren Lebens.«

Veit wollte antworten, blieb aber plötzlich stehen, denn hinter der Biegung des Fußpfads trat soeben Sankt Theodor hervor. Von hier aus sah man das Meer nicht, sondern erblickte nur das kühn gebaute, wetterfarbene Haus gegen den lichten Himmel vorspringend, als läge es am Ende der Welt. Erst vom Kloster selbst wurde der Abgrund und in der Tiefe die weite, köstliche Meerbläue sichtbar. Der schlichte, rohe Bau, aus dem graugelben Kalkstein der Gegend errichtet, wuchs mit energischer Schwellung aus dem Felsen, verjüngte sich im zweiten Stockwerk wenig und gipfelte ohne Giebel in einem vierseitigen Helmdach, das dem einfachen Haus den Anschein einer wetterfesten Burg verlieh. Unter dem schmalen Dachvorsprung nisteten unzählige Schwalben, deren Lehmnester dieselbe gelblich braune Farbe hatten wie die Wände des Hauses, welche nur in den Quaderfugen noch Reste eines ehemaligen Verputzes zeigten. Seit vielen Jahrzehnten hatte der Himmel den Tüncher gemacht und durch Sonne und Regen eine so delikat getönte Altersfarbe geschaffen, wie die geschicktesten Menschenhände es nicht vermocht hätten.

Durch einen geräumigen Garten, in welchem Gemüse, Nußbäume und wenige grobe Äpfel wuchsen, traten die Wanderer vor das Tor. Es stand offen und war ohne Wartung, denn hierzuland waren Gäste rar. Ein schmaler Hof führte zur inneren Tür, wo ein Laienbruder mit zwei braunen, halbnackten Buben um ein paar große Fische feilschte.

»Grüß Gott, Bruder Konrad«, rief Veit ihm zu. Erstaunt wandte der Mönch sich um, erkannte den Gast sofort und gab ihm die Hand, die er erst an der groben, kreuz und quer geflickten Kutte abwischte. Dann bezahlte er die Fische, führte die Angekommenen in die Torstube und lief nach dem Prior.

Auch dieser kannte Veit sogleich wieder, den er bei seinen früheren Besuchen lieb gewonnen hatte. Er war ein feiner, freundlicher Mann, den ein hartes Schicksal aus einer lichteren Bahn geworfen und frühzeitig hier herauf in die Stille der Weltverneinung geführt hatte.

»Seid willkommen, Herr Veit«, sagte er herzlich und grüßte auch Ugel mit einer höflichen Neigung des klugen Kopfes. Veit nannte ihm Ugels Namen und der Pater zeigte sich erfreut, einen Arzt zu Gast zu haben. Dann schickte er nach einer Erfrischung. Ein dünner, säuerlicher Wein und ein kräftig duftendes Stück frisches Schwarzbrot wurde ohne unnötige Worte geboten und angenommen.

»Wie gut ihr doch da oben lebt«, scherzte Veit. »Wir Städter würden ein solches Brot mit Gold bezahlen. – Aber nun die Hauptsache! Wir möchten gern beide gegen ein bescheidenes Geld ein paar Wochen hier zu Gast bleiben, wenn es sein kann.«

Der Prior sann einen Augenblick mit krauser Stirn nach.

»Es kann sein«, sagte er dann. »Und Herr Ugel könnte einen Teil der Zehrung dadurch erstatten, daß er gelegentlich nach unsrem Bruder Greiner sähe, der stark gealtert ist und schon seit Wochen immer liegt. Wenn ich es dem Herrn zumuten darf.«

»Natürlich, ich besuche ihn heute noch.«

Ugel schaute sich jetzt in der kleinen Stube um. Boden, Getäfel und Möbel waren von Tannenholz, alles sauber und ärmlich. Der einzige Schmuck war ein älteres, schauderhaftes Madonnenbild geringster Arbeit.

»Nicht wahr«, sagte der Prior, »ein schönes Bildchen!

Ihr wundert Euch vielleicht, daß ich es da hängen lasse. Aber die Brüder sind daran gewöhnt, und ich selbst bin hier oben zum Barbaren geworden, dem ein roher Schmuck lieber ist als gar keiner. Auch Ihr, Herr Ugel, werdet unseren Sitten ein Opfer bringen müssen. Ich habe Euch zur Herberge keinen anderen Raum als eine Zelle; »[auch müsset Ihr, so lang Ihr bei uns seid, unser Kleid tragen. Herr Veit hat Euch vielleicht schon davon gesagt. Es ist nicht der Brüder, sondern des mißtrauischen Landvolks wegen.« »Ist das so fremdenscheu?« fragte Ugel. »Ja sehr –«]*

Und doch seid ihr beide diesmal nicht die einzigen Gäste in der Gegend.«

»Wie?« fuhr Veit auf. »Wer hat sich denn hierher verirrt? Wohnt er hier in Sankt Theodor?«

»Nein, er wohnt bei den Fischern unten. Er ist ein Maler, ein scheuer, doch nicht übler Mann. Nun ihr werdet ihm wohl bald begegnen.«

»Es verlangt mich wenig danach. Aber immerhin! Vielleicht, da er als Maler den Tag benutzen muß, läßt er sich abends manchmal zu Besuch bei uns sehen.«

Der Prior brachte nun die Gäste in ihre Zellen, wo sie sich wuschen und ein wenig rasteten. Veit führte darauf den Arzt in den Räumen des Klosters umher, zeigte ihm die wenigen merkwürdigen Gerätstücke, die Kapelle und die lächerlich kleine Bücherei und machte ihn dabei mit den Brüdern bekannt. Darauf besuchte Ugel den kranken Greiner. Veit verließ das Haus und suchte eine Stelle im Garten auf, wo das Gebüsch ein schmales, eben sitzgerechtes Stück der Brüstungsmauer freiließ. Von dort blickte man senkrecht ins Meer hinab, dessen schwache Brandung leise heraufklang. Hierher hatte ihn seit Monaten ein Heimweh gezogen – in die Stille und Schönheit der großen Natur, in diese unberührte Landschaft, wo

* Im Manuskript gestrichen.

man in der großen Einsamkeit Wind und Brandung wie Atem und Herzschlag des Ewigen vernahm, und wo Gedanken und Träume über alles menschlich Beengte hinaus in die herrliche Tiefe des Unwandelbaren, Urgewesenen versanken. Lieblingsgedanken früherer Jahre traten ihm hier in heller Jugendlichkeit unverblaßt und herzlich entgegen. Und er begrüßte sie mit Freude; denn die Jugend, deren Bild ihn hier besuchte, lebte ungebrochen, wenn auch stiller geworden, in ihm weiter, und das Heute ging mit dem Ehemals wie eine ältere Schwester freundlich Hand in Hand.

Die Rückkehr an Orte früherer Gedanken und Arbeiten, das Wiedersehen mit Umgebungen, welche uns jünger und anders gesehen haben, ist strebenden Menschen immer wohltuend. Es vertieft, es klärt, es gewährt ein heilsames, nachdenkliches Ausruhen. Er, der lange keine Heimat mehr besaß, hatte sich ein Stück Heimat und die Möglichkeit eines erinnerungsvollen Zuhauseseins hier oben gerettet, und ergab sich nun mit Wohlgefühl den reichen Erinnerungen, die der Ort in ihm beschwor.

Während Ugel die Natur mit dem liebevollen, aber forschenden und zergliedernden Blick des kundigen Arztes betrachtete, stand Veit in ihrem Bann und las Mythen aus Steinen, Wurzeln und Wellen. Oft saß er stundenlang am Ufer, betäubt und ergriffen vom ewig neuen Anlauf des Meeres neben dessen Gewalt und unfaßlicher Größe ihm sein und aller Menschen Leben zufällig, schwach und arm erschien. Oder er folgte mit gebanntem Blick dem Ziehen der hellen Wolken, deren schöne, rastlose Bewegung ihm wie ein Gleichnis aller Menschensehnsucht und ungestillten Liebe zum Ewigen erschien. Aus solchen Träumen heraus schuf er mit neuem Drang am Bilde jenes Abenteurers und Heiligen, dessen unersättliche Seele über Jahre voll Frevel und Gefahr hinweg dem ersehnten Ziel der Erlösung und des Friedens entgegenstrebte und im freiwilligen Zwange der Klausur ringend und leidend verglühte.

Abends, wenn der Prior, seiner Pflichten ledig, im schlichten Frieden seiner engen Wohnung ruhte, wenn vor den Fenstern die Nacht Riff um Riff verschlang, bis nur die geheimnisvolle Dämmerung der Meerferne übrig blieb, und der Seewind lauter und dringender um die Mauern schwoll, dann saßen zumeist die drei Freunde zusammen im Licht der Ampel, erzählend, plaudernd oder vorlesend. Veit entwarf dem klugen Wirt das Bild der jungen Strebungen, in deren Mitte er stand, der Lage und Hoffnungen seiner Stadt, ihres Besitzes an Macht, an Geist, an Kunst, dazwischen holte er Beispiele und Vergleiche aus der heimischen Geschichte, in deren Erzählung er Meister war. Ugel stimmte zu, ergänzte und korrigierte, der Prior folgte mit lebendiger Teilnahme, und häufig kamen tiefe Lebensfragen zwischen den drei ernsten Männern zur Sprache, wobei nicht selten sich ein heftiger Widerstreit der Meinungen ergab. Die beiden Städter hatten die mächtige Waffe der Begeisterung und Jugend zu Händen, der Geistliche war ihnen wiederum durch die milde Reife des Mannes überlegen, den das Leben durch die läuternde Tiefe bitterer Erfahrung geführt hat.

»Fahrt fort«, rief er oft mit Überzeugung aus, »bauet, strebet, dient dem Geist Eurer Zeit und Stadt! Aber glaubt nicht, daß der Friede und das Glück auch nur eines einzigen Menschen auf eure Arbeit warte. Von dem Tag an, da die schöne Kraft der Jugend euch verläßt, wird jeder von euch nur zwei Wege vor sich finden: den der Beschränkung auf immer engere und ärmlichere und irdischere Ziele – oder den meinigen, der zur Entsagung und zum Gebet führt.«

Dennoch nahm er an allen einzelnen Fragen und Plänen gern und mit klarer Einsicht teil und zeigte gelegentlich in aller Bescheidenheit eine nicht gewöhnliche Kenntnis weltlicher und menschlicher Dinge.

Nun lag die einsame Küste an der Grenze des der städtischen Republik gehörigen Gebietes, war aber, weil unbevölkert und arm, in jeder Hinsicht sich selbst überlassen und vernachlässigt geblieben. Die Freunde und namentlich Veit, der die Landschaft seit Jahren liebte, besprachen manchmal die Möglichkeit, dies schöne Stück Land zu heben und mit in den Kreis des tätigen Lebens herein zu ziehen. Da die Beschaffenheit des Ufers kaum den Gedanken an Hafenbauten und Seeverkehr erlaubte, zeigte sich als einziger und durchaus nicht unmöglicher Ausweg die Anlage einer Gebirgsstraße, welche in der Entfernung von zwei Tagesreisen mit Überwindung zweier Hochpässe sich der alten Jochstraße anschließen müßte, die seit alters das Gebirge von Norden nach Süden durchschnitt. Alsdann würde das vereinsamte Hochland nicht nur als prachtvolle Villegiatur, sondern als Holzquelle und Steinbruch der Stadt und dem Land zu Nutze sein.

Als zum erstenmal in Gegenwart des Priors hiervon die Rede war, sagte dieser mit einem Lächeln: »Das ist ein gewaltiger Plan, dessen Ausführung unsren Einsiedeleien ein plötzliches unsanftes Ende bereiten würde. Ein Glück, daß ich Derartiges vermutlich nicht mehr erleben werde!«

»Warum nicht?« fiel Ugel lebhaft ein. »Wenn die Entwicklung unsrer städtischen Verhältnisse weiterhin sich gleich bleibt, werden wir vielleicht in zehn Jahren zu Roß und Wagen hierher gelangen können.«

Als immer häufiger die Rede auf dieses Projekt kam, und beide Freunde mit dem Gedanken immer vertrauter wurden, hielt auch der Prior mit seinem entgegengesetzten Urteil nicht mehr zurück. »Dies Unternehmen ist ebenso groß als unfruchtbar und kann euch allen den Hals brechen«, sagte er entschieden. Dagegen mußte er sich den Einwurf, er streite pro domo, gefallen lassen.

Wohl hatte auch Veit gelegentlich Bedenken. Auf einem morgendlichen Gang über das zwischen Fichtenwald und Felsensturz gestreckte breite Heideland sagte er zu Ugel: »Mir ist seltsam zumut, wenn ich mir dies schöne, wilde Land in Städterhänden denke. Denn wir kommen doch hierher nur um zu holen, nicht um zu geben. Wir bringen Häuser, Wege, Steinbrüche, wir bringen den Staub, den Lärm und die Geldsucht der Stadt herauf und nehmen der großartigen Wildnis ihre Schönheit und ihren Frieden. Bei fernerem Wachstum der Stadt wird dies freilich ohnehin nötig werden, und so ist es besser, wir nehmen von Anfang an uns selbst der Unternehmung an, ehe sie in die Hände von Spekulanten fällt.« Am selben Tag schickte er durch einen Boten ausführliche Berichte an Gerhard, um diesen als Finanzmann für den Plan zu gewinnen.

Inzwischen trat auch der vom Prior erwähnte Fremde in den kleinen Kreis. Ohne von den Gästen zu wissen, erschien er eines Abends, um den Prior zu besuchen. Beim Anblick der beiden Fremden ward er scheu und schien wieder flüchten zu wollen, doch gelang es dem gütigen Prior ihn zu halten. Als er Veits Name hörte, maß er diesen mit einem erstaunten prüfenden Blick.

»Seid Ihr der Freund und Mithelfer des Rathausbaumeisters Niklas?«

Da Veit bejahte, gab ihm der Alte die Hand. Und als er selbst nun zögernd seinen Namen nannte, blickten die Freunde erschrocken und mit Ehrfurcht auf. Es war der Name eines weithin berühmten Malers, dessen Werke zu den edelsten der Zeit zählten, der aber dem Gerücht nach in Wahnsinn gefallen und seit Jahren verschollen war.

»Was schaut ihr, junge Leute?« sagte er nicht unfreundlich. »Ihr habt ohne Zweifel gehört, ich sei wahnsinnig geworden und was alles der Mund der Leute noch dazugab? Nun, das Gerücht hatte sein Korn Wahrheit in sich, obwohl ich noch immer meines Verstandes Herr zu sein glaube.«

Während des so angehobenen Verkehrs schloß der Maler sich namentlich an Veit mit Herzlichkeit an, und dieser erfuhr nun seine kurze Geschichte. Im Brüten über die höchsten Probleme seiner Kunst und im Kampf mit mancherlei Mißgeschick war der alternde Mann einer nagenden Schwermut zur Beute gefallen, die ihn seine eigenen lebensfrohen Schöpfungen verachten ließ und sein bis dahin harmlos frisches Gemüt in die trostlosen Irrgänge melancholischer Grübelei über Leben, Tod und Ewigkeit verstrickte. Schließlich hatte sein kraftvolles Wesen der zehrenden Krankheit doch Trotz geboten und seither lebte der Verschollene da und dort in tätiger Einsamkeit, mit neuen künstlerischen Aufgaben großen Stils ringend und nur je und je von Anfällen der ehemaligen Melancholie heimgesucht. Seine Kunst hatte sich von allem Äußerlichen und bloß Dekorativen abgewandt und strebte in zähem Kampf dem verschwiegenen Ideal aller hohen Kunst entgegen, Ausdruck ewiger Ideen zu sein und Unsagbares zu sagen. Vor einigen Monaten hatte er zufällig diese Küste entdeckt und sein Herz an ihren gewaltig ernsten Reiz verloren. Veit stieg mehrmals mit ihm den halsbrechenden Fußweg zum Strande hinab und fand in der Fischerhütte mehrere große begonnene Bilder. Unter ihnen war eine breite Leinwand, welche ihn stets mit gewaltigem Zuge fesselte –: Ohne Ufer streckte sich bis zur Höhe des Bildes das Meer, schmal von einem licht dämmernden Morgenhimmel gesäumt. Das mächtige Gewoge, der Duft der Weite, die feuchte Luft, der leis [auf]hellende Himmel war delikat und wahr gegeben, die starke, verblüffende Wirkung aber lag in der grandios erfaßten Riesenweite des Horizontes, dessen verschleierte Linie das Auge mit ergreifender Täuschung in unbegrenzte Räume zog. An diesem Bild vor allem erkannte Veit, neben der virtuosen Behandlung der Stoffe, welche den großen Künstler von jeher ausgezeichnet hatte, eine Vertiefung, einen Hauch von Seele, die ihn mit verborgenem Zauber anzogen. Er begriff, was im Gemüt des einst so weltfrohen kecken Koloristen hatte vorgehen müssen, ehe er die Natur so sehen und darstellen konnte.

Ein anderes Bild fiel ihm zufällig beim Durchblättern einer Mappe in die Hand. Es war die mit Kreide und Rötel ausgeführte Zeichnung eines jungen Frauenkopfes, dessen Typus und Ausdruck an manche ältere Bilder des Meisters erinnerte. Der hinreißend schöne Blondkopf trug eine fast strenge Vornehmheit zur Schau, die mit eigenartigem Reiz der Üppigkeit der Formen widersprach. Man konnte zweifeln, ob das Bildchen ein Portrait oder der Entwurf eines Idealkopfes sei.

»Sie ist schön, nicht wahr?« lächelte der Künstler. »Es ist meine Tochter, seit Jahren im Ausland verheiratet.«

Bald erfuhr der Alte von Veit auch dessen Pläne und Hoffnungen. Ein leiser Glanz ging über seine gefurchte Stirn, wenn der Junge ihm in lichten Farben den Kreis seiner Freunde und den lockend weiten Horizont der Absichten schilderte. Das geniale Werk des Rathauses, das er kannte, verbürgte ihm die künstlerische Schöpferkraft der heraufsteigenden jungen Generation, obwohl er manche Lieblingssätze der jüngsten Künstlertheorien durchaus mißbilligte. Veit merkte, wie gern der alte Meister seinen Träumen von einer Neugeburt der Künste lauschte, und eines Tages kam ihm plötzlich der fruchtbare Gedanke, der Geist und die Erfahrung des Alten müssen dem fleißigen Streben der Jüngeren zu gute kommen. Vorsichtig legte er ihm den Vorschlag nah, sich in der Stadt niederzulassen, wo nicht nur alle Vorteile eines regen Kunstlebens und reichen Marktes, sondern auch die Rat begehrende Ehrfurcht begabter Schüler und Nacheiferer seiner warten. Der Maler dankte mit freundlicher Ablehnung.

»Ich kann und mag den erregten Wellen dieses sogenannten Kunstlebens mich nicht wieder aussetzen«, sagte er entschieden. »Auch steht mein Plan fest, mich hier am

Meere anzubauen und hier meine Tage zu vollenden. Wer aber von euch Jungen hierher kommen, mich besuchen und gelegentlich mich befragen will, der sei willkommen.«

Vor Veits tätigem Geiste stand nun schon das ideale Bild einer freien Künstlerschule, einer Niederlassung von Meistern und Schülern an der stolz und abseits gelegenen Küste, er sah hier Villen und Gärten sich erheben, in deren Wegen und Plätzen Künstler und Kunstfreunde sich in fördernden Gesprächen ergingen. Und er schickte an Gerhard einen zweiten Brief, in dem er auch diese neue Idee darstellte, sie mit den früheren Ansiedlungsvorschlägen verband und Gerhard dringend aufforderte, selbst herzureisen und alles mit ihm an Ort und Stelle zu beschauen und zu beraten.

Nicht immer aber war er im Umgang mit Meister Anselm der Gebende. Oft griff dieser in den Schatz seiner reichen und vertieften Lebenserfahrung und Kunst- und Menschenkenntnis und zwang ungewollt den Hörer zu wachsender Ehrfurcht; denn er hatte eine überaus bescheidene, schlichte Art, ohne Bitterkeit über Großes und Kleines zu urteilen, und war frei genug von der beliebten Künstlereitelkeit, um allem Leben und Geschehen mit offenem Auge und gütiger Teilnahme zu folgen. Oft auch lagen beide, er und Veit, in der rötlichen Heide, wortlos und nachdenklich der Betrachtung des Himmels und des Wolkenflugs hingegeben, und diese Stunden verbanden sie fester als alle Gespräche; denn daß zwei verständnisvolle, gläubige Verehrer der großen Natur zusammen sind und zusammen genießen ohne einander zu stören, das ist seltener als manche andere Form der Freundschaft.

So gingen schöne, harmonisch gleichtönige Tage hin, in fruchtbarer Muße, reich an Frieden und inniger Gemeinschaft. Weniges ist so erfrischend und beneidenswert, als wenn Männern von ungewöhnlichen Gaben und ernster Bildung außerhalb des gemeinen Tages- und Stadtlebens das Ausnahmedasein eines stillen, gleichmäßig genossenen Zusammenseins zu Teil wird.

Nach einiger Zeit traf ein Brief von Gerhard ein. Er hatte vor wenigen Tagen seinen Vater begraben, dessen er mit Ehrfurcht und redlichem Leid gedachte. Nach Abwicklung der ersten dringendsten Geschäfte hoffe er zur Beratung mit Veit und zur eigenen Erholung nach Sankt Theodor kommen zu können. Die Nachricht vom Tode des mächtigen Alten gab den Freunden viel zu denken und zu reden. Gerhard war nun frei, und, obschon noch ganz Privatmann, der wichtigste, jedenfalls reichste Mann der Stadt und Republik. Nun schien die Begründung jener längst von ihm geplanten Gesellschaft, seine Wahl in den Rat und damit eine Reihe von Veränderungen, Kämpfen und Erfolgen dem städtischen Leben nahe bevorzustehen.

Inzwischen mußte Ugel, dem sein Beruf nicht länger Freiheit gewährte, abreisen. Der Prior entließ ihn mit herzlichem Abschied, und Veit begleitete ihn bis zur zweiten Paßhöhe. Ugels Abreise und die Aussicht auf Gerhards baldige Ankunft entriß ihn gewaltsam der träumerischen Idylle und führte alle seine Gedanken zur strengen Gegenwart und zu den persönlichen wie politischen Forderungen der nächsten Zukunft zurück. Die halb vollendete Dichtung und die Beschäftigung mit den Sagen und Rätseln einer fernen Zeit blieb der ungewissen Wiederkehr einer ähnlichen Mußezeit vorbehalten. Mit wunderlich bewegtem Herzen verfolgte er, nachdem Ugel ihn verlassen, die Windungen der weißen Straße, die zur Ebene und Heimat hinab führte. Auf halbem Rückweg holte der Maler ihn ab und fand den Freund ernster und stiller als je. Wohl eine Stunde lang schritt der graue Herr neben dem jungen Mann in tiefem Schweigen hin. Einmal machte er ihn auf einen mächtigen Falken aufmerksam, dessen Flug in schönen reinen Bogen die schon herbstlich goldene Luft durchschnitt. Veit blickte auf, folgte gedankenvoll eine Weile den Kreisen des Raubvogels, redete aber nichts. Endlich fragte ihn Anselm um seine Sorgen.

»Ihr wißt«, sagte Veit, »um die Lage der Dinge in unsrem öffentlichen Wesen. Die Stunde ist da, neue Ideen und größere Pläne einzuleiten, das gesamte Leben unsres Volkes zu einer freieren und schöneren Kultur zu führen. Ich, der ich die Vergangenheit des Gemeinwesens seit Jahren durchforschte und allem Neuen und Wichtigen nachhorche, trete mit großen Wünschen und Zielen in die neue Epoche. Nicht für mich, sondern für's Ganze. Mein Ideal von Gesellschaft und staatlichem Dasein ist Euch zum Teil bekannt. Nun bin ich aber nur ein Horcher, Helfer, Mitarbeiter ohne eigene, persönliche Macht. Desto unbeschränkter liegt solche in den Händen eines reichen, begabten und beliebten Jünglings, eben des Gerhard, den wir nächstens hier sehen werden. In ihm liegen viele Möglichkeiten, aber keinerlei Gewißheit. Wenn er seinen bessern Trieben folgt und seiner selbst wenigstens im politischen Leben vergessen kann, ist alles gewonnen. Geht er andere Wege, dann steht mir und meinen nächsten Freunden der Bruch mit ihm und ein langer, peinlicher und bitterer Kampf bevor. Mehr mag ich heute nicht sagen: Ihr werdet meinen Freund ja bald selbst sehen und hören.«

»Ich verstehe«, erwiderte Anselm, »dennoch ist mir nicht völlig begreiflich, was Euch so eng an jene Stadt fesselt, in der Ihr nicht einmal ortsbürtig seid. Ihr seid Gelehrter, Dichter, meinethalben Politiker – es gibt Orte und Wirksamkeiten genug, die Euch anziehen und erfüllen können, wenn diese erste Bahn Euch nicht zum Erfolg führt. Ihr seid jung, die Welt ist groß –.«

»Gewiß«, fiel Veit ihm ins Wort, »allein Ihr kennt mich eben noch nicht ganz. Das ubi bene ibi patria ist meine Devise nicht. Ihr, der Künstler, streift am Leben hin und erntet, wo es Euch gefällt. Ich aber bin mit meiner Stadt verwachsen. Ich liebe sie, die ich in ihrem Werden und Leben belauscht habe und kenne. Ich liebe sie mehr als ich je einen Menschen liebte; ihr Wesen, ihre Geschichte, alles an ihr kommt meiner Art verwandt und anziehend entgegen. Außerdem aber ist sie jetzt der Herd eines Lebens, dessen reges Keimen ich Euch beschrieb und das so reich und kräftig zur Zeit sich wohl an keinem andern Orte findet. Dieses unbändig strömende Leben in gutem Geiste zu fördern, zu formen und leiten zu helfen, daß es nicht eitel verschäume, darin finde ich Zweck und Lust meines Lebens. Und darum kann ich Gerhard nicht ohne eine Art von Eifersucht sehen. Er steht auf dem Platze, für den ich mein halbes Leben geben würde, ihm ist eine Macht in die Hand gegeben, um die ich ihn so lange beneiden werde, bis ich weiß, daß er sie edel verwendet. So werde ich entweder sein gläubigster und unermüdlichster Freund und Anhänger sein, oder mich gegen ihn wenden müssen.«

Anselm schüttelte das feine greise Haupt. »Warum?«, fragte er fast spöttisch. »Wenn jener die Macht hat, müßt Ihr weichen. Wenn er nicht Eure Wege gehen will, wird doch alles Zanken vergebens sein. Nachgeben ist überall klug, für den Schwachen aber notwendig. Und selbst wenn Ihr Erfolg hättet und Anhang fändet, wozu geborenen Autoritäten widerstreben und die Stadt in aufreibende Kämpfe verwickeln.«

»Wozu?« rief Veit leidenschaftlich. »Besser, eine Stadt leidet im Kampf zwischen Gut und Böse, als sie lebt mißleitet in einem doch nur scheinbaren Gedeihen dahin. Mein Ziel und Beruf ist nicht, ihr ein sorgenloses, unbewußtes Dasein zu bereiten, sondern ihr ganzes Leben dem Zwang alles Scheinbaren und Herkömmlichen zu entreißen und in den freiwilligen Dienst fördernder und edler Gedanken zu leiten. Die Stadt ist reich genug, hat Geltung und Macht genug, ich will sie weder reicher noch mächtiger machen. Sondern ich möchte den besseren, ja womöglich den größeren Teil der Bürgerschaft von den hergebrachten Idealen des Wohlseins und Reichwerdens hinweg zu einer nicht so sehr verfeinerten, als vertieften und vergeistigten Lebensführung bringen. Ich möchte ihren Geist zu jener Art von Bildung erheben, welche alle einseitige Verehrung des Geldes als gemein und alles Protzentum als lächerlich erkennt und verbietet. Ich möchte noch vieles, das mir bis in die Einzelheiten klar und zwingend vor der Seele steht, und das ich Euch jetzt nicht in ein paar Worten darlegen kann.«

Hier legte Anselm gütig und zart seine Hand auf die Schulter des Erregten. »Mein Freund«, sagte er sanft, »ereifert Euch nicht, ich habe Euch wohl verstanden. Ihr wollt ein schweres Amt auf Euch nehmen, das Gott Euch segnen möge.« Und in willkürlicher Regung ließ er seine Hand in einer fast väterlich zärtlichen Weise streichelnd am Arme Veits hinabgleiten. Beide schwiegen wieder und wanderten zwischen Schlehengestrüpp und mooriger Heide auf dem kaum erkennbaren Fußpfade fort. Man fühlte allerwärts den Hereinbruch des Herbstes, der sich schon mit kühlen Nächten, starkem Tau und beginnenden Frühnebeln angekündigt hatte. Der Horizont schien erweitert; abwärts schimmerten die niedrigeren geschützten Waldberge in den satten Farben der Laubwelke, der Blätterfall hatte noch nicht begonnen. Die ferne, hohe Linie des Gebirgskammes schnitt mit herber Kontur in die golden sanfte Form. Wenn der Herbst in dieser rauhen Gegend der üppigen Lust der Obsternte und der ausgelassen fröhlichen Feste der Winzer entbehrte, so fehlten ihm auch die weiten kahlen Stoppelfelder, welche die Ebene um diese Zeit leer und erstorben scheinen lassen. Das kurze Gras der wenigen Wiesen stand noch hellgrün und des letzten Schnittes gewärtig.

Endlich kam Gerhard an, von einem im letzten Dorf der Jochstraße mitgenommenen Führer begleitet. Der

Schmerz um den verlorenen Vater und die vielerlei Sorgen des Verwaisten und Erben hatten einige nachdenkliche Schatten in das schöne Gesicht gezeichnet, die Bewegungen der schlanken Glieder gestrafft und der ganzen Gestalt einen Anflug von stiller Energie, ja Würde gegeben.

Veit eilte aus seinem hochgelegenen Stübchen herbei, sobald er die wohlbekannte klare Stimme des Freundes vom Hof her vernahm. Während er ihm die Hand reichte und wenige teilnehmende Worte sagte, durchforschte er das etwas abgemagerte Gesicht mit suchendem Auge. Gerhard hängte sich aber sogleich an seinen Arm und ließ sich ins Haus und zum Prior führen, der ihn einfach empfing und in die schlichte Gastlichkeit des Klosters aufnahm. Dann entledigte er sich einiger Aufträge und Grüße, erwies dem Geistlichen Höflichkeit, lobte ihm die Lage und Meeresaussicht des Klosters und überraschte ihn durch ein schönes Geschenk, das der Führer seinem ungefügen Reff* entnahm. Es war ein kleines, einfach gerahmtes Marienbild, mit welchem er, einer Andeutung Veits folgend, dem für das Schöne empfänglichen, vereinsamten Manne keine geringe Freude machte. Das Bildchen war die Arbeit eines jungen, von Gerhard begünstigten Malers, ohne starke Eigenart, aber anmutig und mit Liebe gemalt. Die lebhafte Danksagung des erfreuten und beschämten Wirtes freundlich ablehnend, umschlang Gerhard den Freund und entführte ihn mit kurzer Entschuldigung ins Freie.

Veits Lieblingssitz im Klostergarten zog ihn an. Dort setzten sich beide und Veit begann sachlich und sorgfältig seine Pläne darzulegen. Und wieder, während er redete, ging sein Blick über die Züge des feinen Gesichtes, das halb ab- halb zugewandt neben ihm im reichen Mittagslicht sich wiegte. War dies Lächeln das der Zuversicht und innern Ruhe oder des lenkbaren Gleichmuts?

* Traggestell der Bergbewohner.

Wohnte hinter dieser Stirn der Geist eines Mannes oder eines Kindes? War dies Auge das des Denkers oder des Schwärmers? Veit las es nicht. Das ebenmäßig blasse Angesicht des Zuhörenden war freundlich, aufmerksam, verständig, aber es war die Freundlichkeit des Weltmannes, und die edel geschwungenen Lippen konnten in ihrem ständigen Lächeln ebensowohl Spott als Güte verbergen. Gerhard hörte zu, nickte bald, bald wiegte er zweifelnd das Haupt und schien den forschenden Blick des Sprechenden nicht zu fühlen.

»Wir werden«, schloß dieser, »heute und morgen die Örtlichkeit besehen, damit du vorläufig eine gründliche Anschauung der Lage bekommst. Dann magst du entscheiden, ob es sich lohnt, Sachverständige herzuschikken. Daß die Nutzbarkeit des Gesteins schon früher geprüft wurde, schrieb ich dir, die Befunde liegen im Archiv der Stadt. Damals vereitelte der drohende Krieg den Beginn des Grabens. – Aber für jetzt genug davon! Ich bin begierig, etwas von deinen Absichten zu hören. Du sprachst im Frühjahr davon, den Kreis deiner Freunde in einer Gesellschaft von fester Form zu vereinigen.«

»Von fester Form? Das sagte ich nicht. Ich dachte an eine freie Vereinigung junger Männer, deren Ziel die gemeinsame Pflege gelehrter, künstlerischer und sonst angehender und löblicher Studien und Beschäftigungen wäre. Der Plan trat während meines Vaters Kranksein zurück, soll aber nächstens Leben gewinnen.«

»Es wäre mir lieb, Näheres darüber zu erfahren.«

»Nun gut! Du weißt mir liegt die Belebung und Hebung des geistigen Lebens unsrer Stadt am Herzen. In unsrer Gesellschaft würden nicht nur die Künstler und Gelehrten voneinander lernen und Freude an gemeinschaftlicher Arbeit gewinnen, sondern es wären auch jedem strebsamen Laien diese edleren Studien erleichtert; die Künstler würden mehr Gönner und Aufträge, die Liebhaber mehr Verständnis gewinnen. Schon dies wäre ein Erfolg. Außerdem könnte eine Gesellschaft durch öffentliche Darbietungen, Vorträge, Aufführungen den allgemeinen Geschmack ganz anders beeinflussen und die Bürgerschaft unmerklich viel wirksamer erziehen, als Einzelne es je vermögen.«

»Das ist richtig und hat Aussicht auf Erfolg. Aber ist das wirklich alles, was du damit beabsichtigst?«

»Ist das nicht genug?«

»Reichlich genug. Und das Politische soll ganz aus dem Spiel bleiben?«

»Was hat Politik mit Kunst und Bildung zu tun?«

»Sehr viel.«

»Ich meine nicht.«

Hier trafen sich die Blicke der Freunde und Gerhard konnte Veits Frage ungesagt verstehen. Er lachte.

»Ach, deine alten Sorgen! Nein, darüber sei beruhigt. Sollte ich je einmal zum Agitator werden, so würde ich andere Wege wählen. Oder ist es dir lieber, wenn ich Feste, Aufführungen und alles ähnliche statt als Leistungen eines Vereins auf eigene Faust und Kosten den Leuten darbiete?«

Veit schwieg und schien beruhigt, während er in Wahrheit jenem nun doppelt mißtraute. Indes Gerhard sich erhob und mit Lust den Anblick der weiten Aussicht und in vollen Zügen die herbe Meeresluft genoß, schaute der andere leeren Blickes ins Weite und lauschte unentschlossen dem Widerstreit der Regungen in seiner Brust.

Es drängte ihn mächtig, des Freundes Hand zu fassen und ihm mit einer starken Frage ins Gewissen zu greifen, um ihn dann entweder zu umarmen oder von sich zu stoßen. Aber er war erregt, der Gegner kühl und glatt, wie sollte er ihn fassen? War es nicht gefährlich, ihn noch mißtrauischer zu machen?

Gerhard mochte fühlen, daß in Veits Seele ihm etwas widerstrebte, das jetzt zu Worte zu kommen drängte.

»Du wirst mehr und mehr zum Grübler«, scherzte er

und schob Veits Arm in den seinen, ihn durch die schmalen Gartenwege mit sich ziehend. »Ich werde mich gewöhnen müssen, dich künftig als Politiker und Moralisten zu verehren – zu meinem und deinem Schaden, denn du standest mir als Dichter wahrhaftig näher. Wie ist's damit – hast du die Muse oder hat sie dich verlassen? Ich wette, diese Sommerwochen haben doch irgend etwas Poetisches gezeitigt.«

»Die Zeit ist ernst«, entgegnete der andere ausweichend, »und hat auch mich ernster gemacht.«

»Zu ernst zum Dichter?« rief Gerhard pathetisch. »Das ist unmöglich. Gibt es denn einen ernsteren Beruf?«

»Du scherzt.«

»Und weshalb soll diese Zeit so ernst sein? Ich finde sie lustig.«

»Du scherzt wieder«, sagte Veit fast schmerzlich. »Verzeih, wenn ich nicht derselben Laune bin.«

»Aber Bester«, koste Gerhard. »Ich will mir Mühe geben, so ernsthaft zu werden wie du, aber es wird Zeit brauchen. Sieh doch das Meer glänzen – so liegt das Leben vor unsern Kielen, hell und weiträumig; lockt es dich nicht?«

Veit blickte dem ausgestreckten Arm des Freundes nach.

»Es sieht nach Sturm aus«, meinte er nach einer Weile.

»Desto besser. So werden wir eine großartige Nacht erleben.«

»Ich meinte das andere Meer ...«

»Welches andere?«

»Das so hell vor unsern Kielen liegt ... Werden wir gute Steurer sein, Gerhard?«

»Ei, ich denke wohl. Du wirst mir ja helfen.«

»Vertraust du darauf? Wenn aber unsre Kurse auseinander gingen?«

»Das mag die Zukunft bringen. Mein Schiff ist stark. Doch soll man nicht in den Sternen lesen wollen. – Etwas anderes liegt mir im Augenblick am Herzen. Du schriebst mir von einem Maler, den du hier gefunden hast, und auf den du mich wie auf ein Festgericht einludest. Wer ist es?«

Veit sah mit Trauer, wie der Gewandte an seiner verhüllten Frage immer wieder vorüberging, als hätte er sie nicht bemerkt. »Du mußt dich gedulden«, antwortete er kurz, »nach Tisch werden wir ihn sehen.«

Er stand aber schon im Zimmer, als die zwei dem Ruf der Mittagsglocke folgend, die Tafel des Priors aufsuchten. Gerhard betrachtete die große Gestalt mit Aufmerksamkeit, der Wirt aber, sei es aus Vergeßlichkeit, sei es, daß er die Gäste durch Veit schon einander bekannt glaubte, unterließ die vermittelnde Nennung der Namen und führte jeden an seinen Platz. Während der Mahlzeit sprach Veit fast ausschließlich mit dem Maler und weidete sich mit harmloser Schadenfreude an Gerhards sichtbarer Spannung. Dieser sah sich im Gespräch auf den Prior beschränkt und mußte seine Ungeduld wohl eine Stunde zügeln. Endlich, da der Prior durch einen Bruder abgerufen ward und den Raum für Augenblicke verließ, ward er erlöst.

»Unser gütiger Wirt«, sagte er aufstehend, »scheint unsre Bekanntschaft vorausgesetzt zu haben, auf deren Genuß ich nun doppelt gespannt bin. Willst du die Güte haben, Veit?«

Der alte Herr kam ihm zuvor. »Ich heiße Anselm«, sagte er schlicht, »und habe das Vergnügen Euch schon durch unsern Freund Veit zu kennen.«

»Das nenne ich eine Überraschung«, rief Gerhard, indem er des Alten Hand mit Ehrfurcht an die Lippen führte.

»Daß ich, seit ich Augen zu sehen habe, Eure Kunst und Euren Namen verehre, wäre nicht nötig zu sagen. Aber ich bin auch so glücklich, zwei Bilder von Euch zu besitzen, das eine als Geschenk eines Freundes, das zweite durch Kauf aus zweiter Hand. Jene unseligen Gerüchte hatten mich der Hoffnung beraubt, Euch je für die Freude zu danken, die jene Gemälde mir Jahre hindurch bereitet haben. Es ist ein heiliger Sebastian und ein Kinderreigen, dieser eines der fröhlichsten und erquickendsten Bilder, die ich kenne.«

»Ich erinnere mich seiner«, sagte Anselm, »Als ich es malte, möget Ihr selbst nicht größer als jene Putten gewesen sein. Inzwischen bin ich alt geworden, und mein Pinsel hat jene lustigen Künste fast verlernt. Doch freut es mich, gerade dieses Stück in so guten Händen zu wissen. Es sind die Köpfe meiner drei Kinder darauf, von denen nur eines noch am Leben ist. Damals dachte ich nicht das blutjunge Völkchen zu überleben.«

»Ihr habt sie unsterblich gemacht.«

»Sagt das nicht, lieber Herr. Es ist gut, mit so großen Worten sparsam zu sein. Ich bin nicht der Meinung, meine oder irgend jemandes Bilder müßten die Zeiten überdauern. Wo soll die allzeit aufblühende junge Kunst denn Luft und Raum hernehmen? Es wäre kein Schade, wenn jede dritte Generation ihren Vorrat an antiquierenden Kunstwerken sanft zu Grabe trüge.« *(1901)*

[Hier endet das Manuskript]

Julius Abdereggs erste und zweite Kindheit

Vorrede
(an meinen Freund Ludwig Finckh.)

Das hätten wir beide seinerzeit nicht gedacht, daß ich dir einmal eine derartige Geschichte erzählen würde.

Ich wollte ja schon damals immer einen Roman schreiben, und uns schwebte dabei etwas sagenhaft Großes vor, ein Heinrich von Ofterdingen oder ein Tannhäuser, ein Lied in großen Takten, von Leidenschaft, Schönheit und Dichterweh. Wir saßen in einem der Tübinger Gärten, tranken Bowle und schwärmten wie Nachtfalter auf Flügeln dunkelschöner Träume in die warmen Sommernächte hinaus. »Dem Leben entgegen« sagten wir ernst und begeistert und warteten auf das Leben, daß es uns in heiße mächtige Liebesarme nehme und in Leid und Glück zu Männern und Dichtern und Weisen mache.

Und das Leben kam. Es war dunkelfarben, drückend, ermüdend – keine große Leidenschaft, kein allmächtiges Weh oder Glück, sondern eine lange zähe Kette von kleinen lästigen Kämpfen, Aufgaben und Enttäuschungen. Es begann damit, daß unsere lieben Tübinger Freunde Amtshüte aufsetzten, höflich und fein wurden, und uns langsam und kühl verließen. Es begann damit, dich und mich zu beugen und dich und mich mit Staub zu bedekken, so daß wir selber die schöneren Dichtermienen von ehemals nur in seltenen Stunden aneinander wiedererkennen konnten. Es führte dich auf Schulbänke zurück, dann in Kliniken und an Krankenbetten, mich zu Rechenbüchern, an staubige Pulte und in Geldsorgen und Entmutigungen.

Und beide nahmen wir erschrocken und weinerlich das schöne lyrische Barett vom Scheitel, ließen uns Philisterbärte stehen und hatten das Beste in uns ertränkt und verloren auf dem tiefsten Boden unsres Wesens liegen. Du sagtest der Muse für Jahre Lebewohl; ich schrieb meinen »Lauscher« und mir schien wirklich, als hätte ich mit ihm meine Jugend und meine Poesie begraben und erledigt.

O Ugel, was sind wir für Narren gewesen! Wieviel unnütze Leiden haben wir gelitten, wieviel unnütze Bitterkeit auf uns genommen! Aber es war doch nicht umsonst. Mit vielen Umwegen und in Verzweiflung sind wir nun doch vom Leben zu Männern und zu Dichtern und Weisen gemacht worden, freilich zu kleinen, bescheidenen, aber doch zu solchen, die auf eigenen Beinen stehen und auch im höhern Sinne ihr eigen Brot essen können.

Und nun will ich dir die Geschichte meines Freundes Julius Abderegg erzählen.

Was soll ich dir sagen? An den Ofterdingen und Tannhäuser wirst wohl auch du nimmer denken. Ich will dich lieber unberufen lesen lassen. Du bist ja gewohnt, mit Kranken, Sterbenden und Genesenden, mit schlichten Leuten zu reden und ihr Stück Leben und Wesen lieb und wichtig sein zu lassen. So nimm den Abderegg mit dazu, red' mit ihm und sei freundlich zu ihm. Ein Held ist er nicht – wie sollte ich auch Helden machen können?

Für die Redaktoren und Literaturleute bin ich ja als Ästhet und décadent erledigt und abgetan. Meinem ersten Buch merkten die Kritiker den Einfluß Stefan Georges an, von dem ich damals nicht einmal den Namen kannte. Mein zweites schien ihnen eine Kopie nach Hans Bethge, von dem ich noch keine Zeile gelesen hatte.

[Dies neuste Buch aber ist nicht ohne literarische Einflüsse entstanden, obwohl ich es direkt und warm aus dem Leben nahm. Aber ich las seiner Zeit so viel moderne Romane, und fast überall fand ich darin ein Tosen und Klagen, bald ein Sehnen nach dem Übermenschen, bald ein entsagendes Müdesein. Es schien, als gebe es für ein Mannesleben nur zwei Ziele und Begierden: Weiberliebe und Ruhm. Wer nicht verliebt war, der war Dichter, Maler, Sozialist, Gelehrter und strebte nach auffallender Tätigkeit.]*

1

Das war im Gebiet der großen Rheinecke. Ein schönes Land von Bergen, Gefild und Weingärten, und inmitten der grüne frohe Strom, mit seinem stillen, schnellen, ewigen Ziehen. Er trennt und vereinigt dort gar verschiedene Völkchen. Da sind die Süd-Schwarzwälder, herb und arm, kräftig knorrige Männer und braunrote, grobschöne Weiber. Und die Markgräfler, in reichen, schönen, ebenen Wein- und Obstdörfern, ein stolzer adliger Schlag, fein und sicher im Wesen, die Bauern frisch, ruhig und tüchtig, die Frauen vornehm schlank, mit aschblondem oder flachslichtem Haar und in alter würdiger Tracht, ein wohlgewachsenes altes Geschlecht. Alsdann die Grenzschweizer, vor allem die Stadtbasler, kluge und ernsthafte Kaufleute und Arbeiter, von bunter Rasse, in Sprache und Gehaben selbstsicher und nicht ohne Beweglichkeit und Witz. Dann die Elsässer, immer den Hut auf dem Kopf, mit verwelschtem Dialekt und prahlerisch im Reden, dabei zutraulich, sogleich zu Handschlag und Herzlichkeit bereit, schnell aufnehmend und schnell vergessend, gesellig, gesprächig und schalkhaft. Trotz aller Verschiedenheiten und Händel gehören diese Leute zwischen Jura, Schwarzwald und Vogesen zusammen. Gestein und Wachstum ihrer Landschaften sind verschieden, aber alle liegen dem großen Strom benachbart und durch alle ist Jahrhunderte lang die große Straße von Nord nach Süden gegangen und hat überall eine rege,

* Im Manuskript gestrichen.

bewegliche und reiche Kultur gebracht und zurückgelassen.

Julius Abderegg kann sich niemals seiner Heimat erinnern, ohne daß er den rötlich und grün schimmernden Schwarzwald, den waldigen Jura mit gelben Fluhen und den blauen Zug der Vogesen deutlich und farbig erblickt. Und zugleich sieht er den Rhein entlang Fahrten und Züge – von gewappneten Römern, von deutschen und welschen Kaufleuten des Mittelalters, mit Sängern und Mönchen vermischt; und dann die Züge von heute, die schönen raschen Schnellzüge, die von Frankfurt kommen und über Basel entweder zum Gotthard oder nach Genf hinab reisen. Ihm ist Basel vor allem die Stadt, die zwischen drei Ländern liegt, von wo nichts mehr ferne scheint, wo man in Wagen steigen kann, die man in Mailand, in Paris, in Genf, in Frankfurt wieder verläßt. Eine Stadt, wo zwei, drei Sprachen gesprochen werden, wo man sich mehreren Kulturen nahe und verwandt fühlt. Eine Stadt, deren eigenes Leben fast hinter dem großen Netz von Beziehungen zur Ferne verschwindet. Er liebt sie nicht, aber er hat lang und gerne dort gelebt, weil ihm dort zumut war als säße er an einer Kreuzung vieler Straßen. Und jede Straße, jeder Kreuzweg, jede Brücke und alles, was irgend an Wanderung und Reise erinnerte, ist ihm zeitlebens lieb und anziehend gewesen.

Wenn Abderegg für die Stadt Basel keine eigentliche Liebe hat, so hängt er desto mehr am Boden, auf welchem sie steht, und an der schönen, reichen Grenzlandschaft. Er hat nie das Haus vergessen, in dem seine ersten Jahre vergingen und das vor Basel im Wiesenlande lag, nach allen Seiten auf schöne grüne Nähen und bläulich zarte Bergfernen schauend, von Grün und Fruchtbarkeit umhegt. Wo in Gottes weiter Welt weißt du so satte Wiesen, so dicht und goldgelb umblühte Bachläufe und so blaue, sammetschöne Bergreihen? Glaubst du, er würde seine Heimat so lieb haben, wenn sie nicht so schön wäre? Ich glaube es nicht. Denn weder Vater noch Mutter waren dort heimisch und er selbst ward früh dort weggenommen und hat, da er nach Jahren wiederkam, als Fremder dort gelebt und nie im Leben den Dialekt der Kinderjahre wiedergelernt.

Ich wollte ja erzählen – nun wo beginnen? Mit Eltern und Voreltern, das geht nicht, denn ich weiß wenig oder nichts von ihnen. Nur daß Vater und Mutter schöne und zarte Menschen waren und immer Gottes Wege zu gehen sich bemühten.

Eines warmen Tages erwachte der kleine Julius Abderegg aus dem ersten dumpfen Traum – noch nicht zum Leben, das ihm nie recht vertraut worden ist, aber doch zum Sehen und Schmecken der Dinge und zum Liebhaben dessen, was ihm wohlgefiel. Und fürs erste war wenig da, das ihm nicht wohlgefallen hätte. Noch sah er die weiten Felder, Wiesen, Weingärten und die entfernten Berge nicht. Statt ihrer sah er einstweilen nur eine Weite von Licht und allerlei Farben, deren Dasein ihn freute und ihm notwendig schien. Kinderaugen, so klar und ungebrochen sie blicken, sind immer kurzsichtig und sehen über die nächste Nähe hinaus nicht Bäume noch Berge, sondern nur das Dasein fremder schöner Wesen, deren Kreis mit Wolken und Lüften und Tönen und Gerüchen zusammen wie ein farbiger Dunst daliegt als Zeuge vom Dasein einer Welt und als früheste und schönste Mahnung an das Vorhandensein ferner und jenseitiger Dinge. Woher soll denn auch ein Knäblein, das noch keine tausend Schritte tun kann, ein Gefühl von Ferne und Nähe haben? So lernt jedes Kind zu allererst die schöne Kunst, im Nächsten die Welt zu sehen und sich um das, was es eben im Händlein hat, mehr bekümmern als um die ganze ungesehene und ferne Welt. Die meisten verlernen schon vom ersten Schuljahr an diese Kunst mehr und mehr. Wenige behalten sie unverloren im Gemüt, manche lernen die verlorene mühsam wieder, wenn sie alt werden und ihre Liebe zum Leben sie unbewußt in das sichere Land der Kinderzeit zurückführt. Oder ergeht es nicht auch dir so, wenn du dich genau besinnst, daß du aus jener Zeit her viel schärfere und festere Bilder im Gedächtnis bewahrt hast als aus den viel näher liegenden späteren Jahren? Besinne dich nur! Sicher kannst du dich noch an ein Röcklein erinnern, das du mit fünf Jahren trugst, an eine verschwitzte Knabenmütze, an ein Paar Schlittschuhe aus der Schulzeit. Und später? Da liegen ganze volle Jahre tot und leer wie verschlossene Zimmer da. Du hast einmal darin gewohnt, aber du klopfst vergebens an, ihre Bilder sind verblichen – sie haben sich schon damals dir nicht so fest und treu und sicher eingegraben wie das Röcklein und die Schlittschuhe.

In Julius Abdereggs Gedächtnis grub sich damals das Bild des Vaters, der Mutter, der Dienstmagd und der Katze, das Bild des großen Tisches im Wohnzimmer, an dessen Beine er sich wie an breite starke Säulen anlehnen konnte, das Bild der niedrigen, tief gebuchteten Fensterbrüstung, und des Gartens – aber noch nicht des ganzen Gartens, sondern nur der blumigen Rabatten, der Gemüsebeete, des Sandhaufens und der Efeuwand. Er kann heute noch sich genau vorstellen, wie die Katze vom Tisch herab ihn ansah, daß er nur ihren Kopf und ihre Brust sehen konnte, und wie sie die seidigen, blondhaarigen Vorderpfoten im Spiel zu ihm hinabstreckte, bald die linke, bald die rechte, in leichter wohliger Krümmung, mit rosaroten Sohlen. Er kann heute noch sehen, wie über den grellgelben Kapuzinerblüten sich die großen weißen und die kleinen himmelblauen Falter schaukelten, oder wie die Efeumauer bei Regenwetter aussah, wie die großen harten Blätter das Licht spiegelten und die kleinen hellgrünen Blättlein vor Nässe glänzten und wie die großen klaren Tropfen die Blätter beugten und überrannen und immer wieder kamen und sie beugten.

Er kann auch heute noch sich beide Eltern genau so vorstellen, wie sie damals waren. Von der Mutter freilich hat sich nur das Gesicht, der Blick und die Stimme recht eingeprägt. Diese waren so mächtig schön und fesselnd, daß auch erwachsene Menschen darüber vergaßen, die Gestalt und das übrige Wesen der schönen Frau zu betrachten. Das Gesicht war nicht groß, zart in der Farbe und von sehr beweglichem Mienenspiel. Es wurde ganz von den großen, dunkelbraunen Augen beherrscht, welche niemand vergessen konnte, der sie je angeblickt hatte. Sie drückten wie ein Spiegel das ganze Wesen der Frau aus: ein tüchtiges wohlgehaltenes Wesen, dem weder Verstand noch Frömmigkeit, weder Witz noch Tiefe gebrach, in welchem aber über alle übrigen Tugenden die Liebe siegte und Königin war, eine ganz unverwüstliche, unverletzbar gütige Liebe. Daß sie so unverletzbar sein konnte, hatte seine gute Ursache darin, daß sie vor allem Gott angehörte. In dessen gerechter Hand wußte Frau Abderegg ihr und aller Menschen unbegreifliches Schicksal gewogen und sicher ruhen. Darum konnte sie so freigebig mit ihrem Liebhaben sein, denn jedes Ding und jede Seele war ja von Gott erschaffen und geheiligt. Wenn sie über die Straße ging und einem gebrechlichen alten Mann oder einem arm aussehenden Weibe oder einem Kinde begegnete, dann wandte sie ihm ihren großen, schönen Blick so gütig, leuchtend und liebevoll zu, daß schon dieser Blick ein Geschenk und eine Erleichterung und eine Liebkosung war. Denselben Blick gönnte sie jedem Tier und jeder schönen Pflanze; es ekelte sie weder vor einem kranken Hund noch vor einem schmutzigen Bettler, auch in diesen begrüßte sie den Vater und Sorger Gott mit fröhlicher Ehrfurcht.

Vielleicht war aber ihre Stimme doch das Schönste und Liebenswerteste an ihr. Sie klang nicht groß, sie klang nicht kunstvoll, aber auf ihrem Grunde sang etwas wie ein Vogel mit, das war ihre reine, fromme und fröhliche

Seele, die vom Paradies her noch einen göttlich holden Zauber an sich trug. Und wenn diese Stimme und der Blick dieser braunen Augen sich vereinigte, wenn sie irgend jemandem guten Tag wünschte und ihn freundlich anschaute, dann fühlte der einen leisen süßen Strom einladender Güte durch sein Wesen gehen. Bei dieser Frau war gut sein, und man hatte nicht nötig, mit ihr über auserlesene und hohe Gegenstände zu reden; sie war gleich schön und seelenvoll, ob sie über den Garten und die Beete sprach oder ob sie Lieder von Mozart und Schubert sang.

Ja, sie sang auch. Wie hätte sie denn nicht singen sollen, da alles in ihr Wohllaut und Liebe und Hingabe war! Das war ihre Seele, deren verstecktes Heimweh nach dem Paradies laut werden wollte und deren Dankbarkeit und innere Lebensfülle das Leben und seinen Schöpfer lobpreisen mußte. Am liebsten sang sie geistliche Lieder, aber nicht nur Choräle, sondern vor allem jene bescheidenen, alten Liederchen »Schönster Herr Jesu«, »Christ Kyrie« und ähnliche, deren Text und Melodie so etwas Süßes, Heimeliges hat.

Schön sind die Blumen, schöner sind die Menschen
In der schönen Jugendzeit;
Alles muß sterben, alles verderben,
Du, Jesu, bleibst in Ewigkeit.

Du mußt Julius Abderegg fragen, wie gern und wie schön sie das gesungen hat. Dann lacht er ganz tiefsinnig, summt die schlichte Weise vor sich hin und ist wie verklärt.

Die Mutter sang auch andere Lieder, besonders von Mozart, Schubert und Schumann, wobei sie sich selber auf dem Klavier begleitete. Sie sang diese Sachen nicht wie eine Konzertsängerin, sondern mit einer leisen Befangenheit, aber sicher, rein und herzlich. Neues lernte sie nicht mehr, schon weil der Vater nicht musikalisch war.

Das ist nun auch wieder so ein Wort: unmusikalisch! Vater Abderegg galt dafür und nannte sich selber so, weil er keinen Ton singen und kein Instrument spielen konnte. Zuhören aber konnte er lang und still. Er hatte nicht die Gabe, Melodien im Gedächtnis zu behalten, aber während er zuhörte, gab sein Herz sich gefangen und stand von den Tönen umflutet wie von einem Frühlingssturm. Er sang und dichtete selber mit, im stillen, und verstand die schöne, zarte Einladung der Musik: den Staub dahinten zu lassen und auf reinen Flügeln ins Land der Schönheit und Phantasie zu fliegen. Ist solch ein Mensch unmusikalisch? Und beim letzten Vers der »Zwei Grenadiere« von Schumann sagte er: »Oh, da wird man selber jung und möchte dem Kaiser entgegenreiten!« Ist solch ein Mensch unmusikalisch?

Dennoch war Herr Abderegg kein Gefühlsmensch. Sein Herz war weich und verstand bei andern jedes Überwallen. Unter dem strengen Regiment eines klaren, festen und elastischen Verstandes aber hatte es Bescheidenheit gelernt. Abderegg war so fromm wie seine Frau, doch trug sein Glaube mehr das Gepräge eines langsam und in Kämpfen erworbenen Wissens als einer kindlichen Hingabe. Im Denken und im Leben waren seine Schritte von diesem klaren, rüstigen Geist geleitet.

Von seinem Vater hat Julius ein sehr deutliches Bild bewahrt. Wenn er an ihn denkt, so sieht er einen sehr hohen, mageren und aufrechten Mann, dessen lange und hagere Glieder, namentlich die schmächtigen Hände, lebhafte und schöne Bewegungen lieben. Sein Gesicht, durch die randlose Brille gar nicht geschädigt, war schön und geistvoll wie ein rechter Denkerkopf. Wellige dunkle Haare um eine sehr hohe und noble Stirn mit vertieften, ten, bläulich geäderten Schläfen. Dann ein paar überlegene, doch gütige hellblaue Forscheraugen, darunter eine kraftvoll geschwungene Nase und ein lieber, leicht lächelnder, rosiger Mund. Das schmale feste Kinn verbarg der dunkle Bart.

Der kleine Knabe fühlte sich von Güte, Frohmut und gutem Beispiel umgeben und sog in sein zartes, schmiegsames Wesen die reine Luft eines gesunden Hauses ein. Er lernte hintereinander weg lächeln, lallen, lachen, sprechen und gehen. Wenn man doch über diese Monate und Jahre seine Mutter hören könnte! Er selber erinnert sich dieser Anfänge nicht. Er sieht nur lauter helle, schöne Dinge aus jener Zeit, Bild an Bild, und an diese müssen wir uns halten. Nächst Vater und Mutter sieht er die Magd Anna, ein bräunlich frisches, rasches Mädchen, das ihn liebhatte und immer voll von Einfällen war. Was fing sie nicht alles mit der geduldigen Katze an! Außerdem konnte sie Hampelmänner aus Papier, Sterne aus Bindfaden, Soldaten aus Lehm und Puppen aus Taschentüchern herstellen. Mohnblüten stülpte sie um und machte tanzende Rotröckchen daraus. Aus ihrem Zeigefinger machte sie einen kleinen Mann, der lief dem Kinde neugierig über Rock, Schürze, Leibchen, Arme und Schulter herauf bis unters Kinn, wo seine Reise mit Gekitzel und Gelächter endete. Wenn das Knäblein laufen sollte, wie gebückt und mühselig und ängstlich floh sie dann kriechend vor ihm davon, und entkam doch immer wieder, bis er müde ward, und dann bekam er sie immer gerade in dem Augenblick zu fassen, wo er ungeduldig und weinerlich hatte werden wollen. Dann schämte sie sich, daß so ein kleiner Junge sie eingeholt hatte, und ließ sich auslachen und war so beschämt und atemlos und müde, daß er sie trösten mußte und ihr einen Kuß aufs Ohr gab. Diesen Kuß aufs Ohr hatte er selber erfunden und wandte ihn nur in ganz besonderen Fällen, zwei- oder dreimal im Tage, an.

Die Mutter hatte wieder eine ganz andere Art. Sie nahm das Kind auf den Arm, sah ihm lang und strahlend in die hellen, stillen Äuglein und begann dann zu singen oder zu erzählen. Wenn nachher der Kleine allein im Garten gelassen wurde, sann er all dem nach und sah im nahen Kornfeld den Heiland wandeln und Maria mit dem Maultier auf der Flucht nach Ägyptenland. Darüber schlief er ein, bis ihm träumte die Mutter sei da und sehe ihn an. Dann schlug er die Augen auf und sah ihren guten, klaren Blick auf sich gesenkt. Mittags und in der Abendstunde war auch der Vater da, strich ihm mit der langen, warmen Hand über die Haare und munterte ihn zum Sprechen auf. Das Kind war stolz auf ihn, sah ihn nachdenklich und verwundert an und war eine kleine Weile scheu, ehe es wagte, die runden rosigen Finger in den schwarzen väterlichen Bart zu kraulen. Und beim Küssen gab der Bart ihm dann jedesmal einen wohligen Schauder, daß er dem fortgehenden Vater lang und befangen nachstaunte.

Nun konnte er schon allein durch den halben Garten gehen, bis zum Erbsenbeet, das seinen Irrfahrten vom Vater als Grenze gesetzt war. Er hielt das Gebot treu und heilig, aber er stand oder saß zuweilen aufmerksam am Erbsenbeet und suchte mit begierigen Blicken etwas von der jenseitigen Herrlichkeit zu erspähen. Eigentlich tat das nicht not und er tat es auch nur selten, denn vom Hause bis zu jenem Beet war schon ein ganzer Wald von Wundern zu durchirren. Zuerst kam die Rabatte mit den Kapuzinern, deren Blätter freudig lichtgrün und flach wie Tische waren und brennend scharf schmeckten. Dort waren auch die meisten Bienen und Schmetterlinge, und ganz am Boden, als Unkraut, wuchsen winzige rotblühende Pflänzlein, die man Paulinchen nannte. Nichts war so lachend rot wie diese Zwergblüten, nicht einmal die Geranien in Vaters Fenster. Neben ihnen gediehen, ebenfalls Unkraut, die schönblauen Katzenaugen oder Ehrenpreis, deren Blüten immer abblätterten, wenn man sie pflückte. Gleich dahinter kam ein großes Beet mit jungen

Birnbäumchen und Rosenstöcken. Hier wuchs auch ein breiter schattiger Himbeerstrauch, mit goldgelben Früchten. Diese wurden von Julius, so hoch er eben reichen konnte, abgeweidet; die Früchte der obersten Zweige blieben für den Vater gespart. Nun kam der breite Kiesweg und das große Blumenbeet der Mutter, das so reinlich und wohlgeordnet war und doch aussah, als wäre alles von selber so gewachsen. Hier blühten zwischen einer Menge von anderen Blumen die sammetblauen Pensées und der violette, dunkle Heliotrop, an dessen Duft das Kind sich oft berauschte. Er war süß, voll und gewaltig, stieg wie ein Zaubernebel zu Kopf und löschte alles Fragen und Begehren aus.

Und dann kam das Erbsenbeet, das war doch schließlich das Wunderlichste und Heimlichste, dort Halt zu machen und über die strenge Grenze hinweg in die grüne Wirre des großen Gartens hinein zu staunen, wo hinter dem dichten Rankengewimmel ferne dunkle Baumstämme und dicke Gebüsche standen. Julius saß dann still am Boden und starrte befangen und bewegt in die hellgrüne Wildnis, ohne recht zu wissen was dort hinten wäre und ihn locke; es war das erste stille Grüßen der Ferne, des Weiten und Unbekannten, das sein kleines Herz so wohlig beklemmte. Und er wußte noch immer nicht, daß hinter dem ganzen Garten noch weite flache Wiesen und Felder kamen und dann die grünen sanften Hügel und hinter ihnen die duftblauen Berge.

Meistens begleitete die Katze seine kleinen Gänge. Einmal saßen sie beide im Erbsenbeet. Der Knabe schaute in die Gartentiefe hinein, das Tier saß neben ihm, äugte sorglos umher und glättete sich den blanken Pelz. Da strich ein Vogel durch die Schoten. Julius erschrak, die Katze aber war wie der Wind hinterher und verschwand wie ein Blitz im Erbsenland. Er rief, er summte: bss wssss-ss, sie kam nicht wieder. Es kam ihm unerhört vor, daß sie so schlankweg den erlaubten Bezirk verlassen hatte, denn natürlich galt doch Vaters Verbot auch ihr. Und nun überlegte er lang, ob er's dem Vater sagen solle oder nicht. O, er hätte es so gern gesagt! Aber er ahnte, daß dann irgend etwas Schreckliches über Miezi hereinbrechen würde. Er sagte dem Vater nichts. Das war sein allererstes Geheimnis und er besaß es selig und ängstlich wie einen gefährlichen Schatz. Viel später, als Miezi längst nicht mehr lebte und er selbst Garten, Felder, Hügel und Berge überschritten und verlassen hatte, erschien es ihm seltsam, daß seine erste Tat und sein erstes Opfer einem Tierlein gegolten hatte.

2

Mit aller Klugheit und selbst mit aller Liebe können erwachsene Menschen sich doch niemals eine Vorstellung davon machen, was in der Seele eines Kindes vorgeht und wie die Welt in ihr sich spiegelt. Erwachsene sind immer von einer Menge von Gewohnheiten umgeben, deren Dasein ihnen notwendig und keiner Erklärung bedürftig scheint.

So blieb »die Stadt« jahrelang dem Kinde ein Rätsel. In den ersten Jahren wußte er nichts von ihr. Dann erfuhr er allmählich und stets nur zufällig, daß Vaters Haus nahe bei der großen Stadt liege, daß man dorthin gehen könne und daß man eigentlich mit zu ihr gehöre. Die Eltern unterließen es absichtlich, ihn mit hinein zu nehmen; er hatte die Stadt, da sie durch ein Gehölz und einen nahen Damm verborgen war, noch nicht einmal gesehen. Wenn der Vater dorthin ging, sah er ihm zuweilen nach, sah ihn den Zaunweg zwischen Gärten und Matten hinschreiten und bald im Laub der vielen Obstbäume verschwinden. Dadurch, daß er den Vater so häufig dort wußte, beschäftigte die Stadt seine Gedanken. »Die Stadt«! Was sollte er sich dabei denken! Er hatte nur die dunkle Vorstellung von einem ungeheuer großen Platz, auf welchem sich lauter erwachsene Leute herumtrieben und ernsthaft waren – so wie der Vater, wenn er dorthin ging. Aber das war genug, das war für seine Phantasie schon ein grenzenloses Feld, eine lockend leere Fläche, die er schöpferisch mit Figuren und Geschichten bemalte. Geschichten waren ohnehin seine Leidenschaft und nun verlegte er viele von ihnen dorthinüber in die Stadt. Dort war das Schloß Schneewittchens und lag die Höhle Rübezahls, dort wurde von Moses der Ägypter erschlagen und dort zog Jesus auf einem Maultier durch palmenbestreute Straßen ein. Deshalb ging auch der Vater täglich hinüber, um bei allem dabeizusein.

In diese schöne, ahnungsvolle Dämmerung fiel plötzlich ein grelles Licht. Ein etwas älterer Knabe aus der Nachbarschaft kam zuweilen zum Spielen, war in Gegenwart der Eltern stets entsetzlich schüchtern und diente dafür, sobald er mit Julius allein war, diesem als überlegener und erfahrener Führer durch die Gassen jener fremden Welt. Zugleich erzählte er ihm, als richtiger Gassenjunge, eine Menge Schauergeschichten aus der Stadt – von Bränden, Diebstählen, Zuchthäusern und ähnlichen Dingen. Eines Tages kam die Mutter dahinter und exilierte den Jungen ein für allemal.

Julius war wieder allein. Zum erstenmal war in die reine Stille seiner Tage ein Stück »Welt« gedrungen, zum erstenmal hatte er aus unberufenem Munde etwas von dem Leben gehört, das draußen fiebert, lacht und wütet. Wohl empfand er jene Geschichten als roh und häßlich, doch war er dem Reiz des Neuen und Unerhörten willig erlegen und sann dem Gehörten wochenlang nach. Mit wollüstigem Grauen genoß er sein Wissen um so schreckliche Dinge.

Wachsam war die Mutter bemüht, diese ersten, leichten Trübungen von der Seele ihres Knaben zu waschen. Sie wollte durchaus, daß diese Seele unberührt und mit dem ganzen Adel des Paradieses dem Leben entgegenwachse. Darum nahm sie in dieser Zeit den Kleinen häufiger und näher als sonst an sich. Ihre braunen, tiefen Augen senkten sich immer wieder in seine und mühten sich jede Regung seines Lebens und Wachsens zu begreifen. Oft besann sie sich, ob es gut sei, daß das Kind so ganz ohne Kameraden bleibe. Aber der Versuch mit dem Nachbarsbuben hatte sie ängstlich gemacht. Auch sah sie wohl, daß Julius nichts entbehrte. Er konnte stundenlang allein spielen, träumen, nachdenken und singen.

Ja, singen! Es singen ja alle Kinder. Und es sind ja alle Kinder Dichter. Und es sind ja alle Kinder dem Herzen Gottes und seiner Schöpfung näher als wir Alten.

Als der Knabe zu singen anfing, tat er es zunächst ohne Worte. Er sang sehr leise, mit einer feinen Kopfstimme, in regellosen Takten und ohne Melodie. Das Leben sang aus ihm heraus, wie der Wind und wie der Bach und wie der Wald singt. Er sang um seiner selbst froh zu werden und um in Gottes großem Chor nicht zu fehlen.

Dazu kam aber auch, daß er von der Mutter her die Musik im Blut hatte. Solche Menschen musizieren ihr Leben lang. Es ist nicht nötig, daß sie singen oder geigen oder die Noten kennen. Sie machen und empfinden Musik im Einziehen und Entströmenlassen des Atems, im Gehen, in den Bewegungen der Glieder. Und wenn sie still sitzen, denken, arbeiten oder schlafen, so singt doch ihr Blut immerfort, und sie hören es unbewußt und wissen nicht, daß sie anders als andere sind und eine seligmachende Gabe in sich tragen. Ein solcher Mensch kann stottern und hat beim Sprechen doch das Gefühl, er singe; er kann stumm sein und fühlt doch fortwährend ungehörte Lieder über seine Kehle rinnen. Ich glaube, daß die wenigsten von ihnen im Leben Musiker werden. Wozu auch geigen? Wozu komponieren? Sie spielen und komponieren ja immerfort und sind davon glücklich, ohne es zu wissen.

So war Julius. Und so sang er auch. Und als er einmal ganz still im Bettchen lag und die Mutter kam und fragte: »An was hast du gedacht?« und er sagte: »An nichts, ich habe nur gesungen«, da war sie froh und küßte ihn, denn sie hatte selbst dieselbe Gabe. Wenn sie ihn dann im Hof oder Garten sitzen sah und träumen und große Augen machen, so freute sie sich und dachte: Nun hört er schöne Töne und Gottes Engel berühren ihn mit ihren Flügeln.

Allmählich begann er auch Worte zu singen und Melodien im Gedächtnis zu behalten. Oft hörte man ihn, daß er eine Melodie anfing, immer auf dasselbe Wort, Anna, Mama, oder sonst eins, daß ihn dann das Gedächtnis verließ und daß er, plötzlich viel leiser und langsamer singend, die Melodie selber zu Ende dichtete, unsicher und etwas ratlos und manchmal, wenn sich kein rechter Schluß einfand, verstummend oder nur noch ganz leise weitersummend. Ein paar Kinderlieder konnte er schon ganz sicher, doch ließen ihn die Worte häufig im Stich. Sein Lieblingsvers, doch nur der Melodie wegen, war:

Müde bin ich, geh zur Ruh,
Schließe meine Äuglein zu;
Vater, laß die Augen dein
Über meinem Bette sein.

Den Text verstand er nicht, und noch lange betrachtete er jede Zeile als etwas Abgeschlossenes. Was das »Vater laß die Augen dein« bedeute, fragte er mehrmals und vergaß die Erklärung immer wieder. Der Vater sprach einmal mit der Mutter darüber.

»Daß er gar kein Gedächtnis hat! Er ist doch durchaus nicht dumm. Dies Beten ohne Verstand gefällt mir nicht.«

Die Mutter legte ihm die Hand auf seine hagere Schulter.

»Es ist ein Kind, Hans. Er lobt Gott auf seine Weise.«

Doch wachte auch sie darüber, daß der Kleine kein

Phantast und Spieler werde und ihr gütig warmes, sicheres Wesen blieb stets die eigentliche Heimat der regen kleinen Seele, zu der sie von allen Märchenländern unverirrt und freiwillig immer wieder heimkehrte.

Freilich hatte sie nichts dagegen, daß er so viel dichtete. Dabei saß oder lag er am Boden, sann großäugig in die Welt hinein und erfand ganze Reihen von Geschichten, die er anhörte, als würden sie von einem andern erzählt. Manche davon blieben ihm fest in der Erinnerung, er erzählte sie der Mutter und Anna wieder; andere, viele, stiegen wie schöne Schatten vor ihm auf und zerflossen wieder ins Reich des Ungeschehenen.

»Erzähl mir was«, sagte die Mutter.

Er schlug die Augen nieder. Er sann. Er erzählte:

»Und dann ist ein furchtbarer Sturm gekommen und hat alle Schiffe umgeworfen. Und der König ist ertrunken. Und alle Bäume sind abgebrochen.«

Er sprach jeden Satz für sich, mit langen Pausen. Er wußte nichts von diesen Pausen. Er glaubte alles zu erzählen, was er sah. Und er sah den Sturm kommen und hörte den König laut um Hilfe schreien und sah ihn ins Meer fallen, und mit ihm schwarze Sklaven und goldene Becher und rote Tücher, und er hörte die Menge der Ertrinkenden zu Gott rufen. Seine Augen waren abwesend, weit und glänzend.

Dann lächelte er plötzlich die Mutter an wie einer, der aus großer Ferne heimkommt. Sie aber hatte alles auch gesehen.

Oft plauderte auch die Natur selber mit ihm, seine Schwester und sein Kamerad.

»Erzähl mir was«, sagte die Mutter.

Er erzählte: »Da flog der Vogel wieder fort und flog auf einen großen Baum. Und dann wollte er wieder fortfliegen. Und dann sagte der Baum zu dem Vogel: Ich habe dich so lieb.«

Plötzlich machte er aber ein schlaues Gesicht und erzählte in einem ganz anderen Ton: »Es war ein kleiner Knabe und der ging immer ins runde Beet hinein. Aber da sagte die Mutter, das darf man nicht.«

»Und das bin ich und die Mutter bist du«, rief er dann und riß sich los und strampelte mit lautem Gelächter um sie herum.

Die Geschichten, welche ihm ungewollt einfielen und die er ohne schlaue Witze erzählte, waren aber stets die schöneren, wie dies ja auch bei anderen Dichtern so ist.

3

Nun war Julius vier Jahre alt und sein Geburtstag wurde gefeiert. Der Vater blieb zu Hause, die Anna war außerordentlich freundlich und die Mutter lächelte fortwährend so froh und verheißungsvoll, daß das ganze Haus voll davon wurde wie von Sonnenschein. Dann ging man im Zug durchs Haus und sang dazu:

So nimm denn meine Hände
Und führe mich
Bis an mein selig Ende
Und ewiglich.

Und sogar der Vater sang mit halber Stimme mit, immer ein wenig hintendrein, weil er eigentlich nicht singen konnte. Und im letzten Zimmer stand ein weißgedeckter Schemel mit vielen Blumen und darauf ein kleiner Kuchen. Im Kuchen staken vier brennende Lichter, obwohl es heller Morgen war, und Julius sah die rötlichen Flämmlein in den Augen des Vaters und aller andern gespiegelt, die er der Reihe nach küßte.

Das Haus war voll Feiertag. Der Vater blieb den ganzen Tag dabei, im Garten war ein Sandhaufen zum Spielen für Julius angefahren worden, Anna war so lustig wie noch nie, und die Katze umkreiste alle mit stillem Schnurren und geringeltem Schweif. Das Haus, das auch sonst eine kleine Burg des Glückes schien, war heute so von kindlich tiefer Heiterkeit erfüllt, als läge es außerhalb der Menschenwelt und als lebten seine Bewohner außerhalb jener blutigen Kette von Leid und Schuld, die unerbittlich jedes Menschendasein umschließt. In jedes Menschen Erinnerung steht irgendein solcher Kindheitstag mit besonderem Glanz gespiegelt – ein Tag ohne Wolken, ohne Schatten, ohne Leid. An diesem Tage lachte der blaue Himmel so süß wie nur in den Liedern der Dichter, die Blumen leuchteten glanzvoll aus einem Rasen, den du so köstlich dunkelgrün nie wieder sahst, die Fenster blitzten in der Sonne, aus jedem Blatt und Zweig und Stein und aus den Augen der Menschen sprang ein Glanz von tiefer Lust.

Mitten in all dieser Wonne ging Julius Abderegg umher, stolz und selig schon so alt zu sein, als könne er nicht eilig genug seinem jetzigen Glück entwachsen. Die Eltern erzählten ihm, sangen mit ihm, spielten mit ihm, Anna ließ sich von ihm durch den Garten hetzen, die Katze sprang mit und schaute ernsthaft zu, und über alles war der selig blaue Himmel der Kindheit ausgespannt.

Gegen Abend setzte sich die Mutter ans Klavier, spielte ein wenig und begann dann zu singen. In der Dämmerung saß der Vater daneben, den Buben auf dem Schoß, und beide hingen mit stillen Augen an der Mutter und horchten auf ihr Lied, das sich so schlicht und frei emporschwang. Vor den Fenstern versank der Tag schön und verklärt.

Es kam für Julius die Zeit, daß der Erbsenstand aufhörte ihm eine Grenze zu sein. Bäume und wilde Gebüsche, Heckenzäune und Felder und Gärten mit darüber ragenden Dächern taten sich vor ihm auf, die Bergzüge traten ihm näher und redeten ihre fremde, Sehnsucht erwekkende Sprache.

Es kam auch der Tag, an dem er zum erstenmal die Stadt mit Augen sah. Da nahm der Vater sein Händchen, es war ein Abend im Frühherbst, und ging mit ihm redend und erklärend die breite Straße durch Obstwiesen und an Gartenzäunen hin, und dann einen Fußweg hügelan, neben niederen Hecken hin. Es war sehr still, in der milden Luft zitterte ein kleiner Mückenschwarm, der grüne Hügelrand hob sich so weich wie kräftig von einem gelblich blassen Himmel ab, in welchen der schmale Fußweg zu münden schien. Die beiden schritten langsam hügelan, der Kleine von Fragen und Ahnungen und der Vater von sorgenden Gedanken bewegt, immer dem lichtgelben Himmel entgegen, an welchem ruhig eine große, feste Wolke hing, während kleinere und lose Wölklein langsam und lässig quer über die breite Wölbung schwammen.

Da war die Anhöhe erreicht und der Blick des Knaben stürzte erstaunt in eine weite, grau dämmernde Ebene hinab.

»Ja, das ist die Stadt«, sagte der Vater.

Da lag in der Ebene etwas Ungeheures wie ein großer dunkler Nebel, so fern wie nah, mit langen Häuserzeilen sich nähernd und rückwärts in Rauch und Ferne sich verbergend. Türme standen da und dort und drangen über die dunkle Ebene hinweg in den Himmel, entfernte, kaum mehr sichtbare Berge überschneidend. Da floß ein Strom und es führten zwei große Brücken darüber, von Lichterreihen bekränzt. Und fortwährend tönte ein schwaches Gebrause herüber, das den Knaben anzog und verwirrte.

»Was ist das, was so tönt?« fragte er aufgeregt. Der Vater strich ihm übers Haar und sagte: »Das sind viele, viele Stimmen, und das Ganze ist ein Lied, aber kein schönes. Wir wollen heimgehen.«

Während aber der Vater den Kleinen vor sich her laufen sah und bei sich überlegte, wie er ihm einmal ein guter und treuer Führer durch die brausenden und verwirrten

Gassen und ein Deuter ihrer vielfach rufenden und klagenden Stimmen sein möge, wußte er nicht, daß seine eigene Hand schon in der Rechten eines größeren und untrüglichen Führers lag. Der hielt ihn fest und führte ihn durch kurze Schrecken und Klagen und fieberdämmernde Krankentage schnell hinweg – so schnell, daß der kleine Sohn noch kaum begriffen hatte, was geschehen sei, als schon die Mutter mit ihm an einem braunen Grabe kniete und weinte und Rosenstöcke und Efeu in den kleinen Hügel steckte.

Da nun die Blätter von den Bäumen fielen und im Garten der ungestüme Wind an welken Ranken und schwärzlichen, nassen Hecken und Gebüschen zerrte, hatte in den stillen Stuben die Mutter ihren Kleinen beständig um sich her.

Sie wußte, daß ein Kind an einem noch so großen Schmerz nicht lange tragen mag, und wußte auch wohl, daß in späteren Jahren, wenn das Herz dazu reif geworden ist, ein solcher Schmerz ungerufen wiederkommt und sich zu seinem ganzen Rechte hilft. Darum zog sie den Knaben nicht in ein erzwungenes langes Trauern hinein, sondern ließ ihn träumen und weinen und wieder fröhlich werden, trug ihr eigenes großes Weh verschlossen und war hart gegen sich, wenn auch hin und wieder das zerstörte Bild ihres jungen Glückes sie so traurig und vernichtet anblickte, daß sie nachts im Bett weinte und weinte und am Morgen Mühe hatte, sich wieder frisch und heil zu zeigen. Aber sie war keine von denen, die wohl scheinbar eines großen Glückes fähig sind, nach dem Zusammenbruch dagegen sich blind und tot weinen und allen Glanz aus den Augen und aus der Seele verlieren. Wie ihre Augen stets die lebendige Schönheit und Güte behielten, so war auch ihr inneres Wesen zu gut und wohlbeschaffen, um sich in hoffnungslosem Leiden zu verlieren. Wie denn die erste schlimme Zeit vorüber war, sprang da und dort in ihrem Gemüt eine verschüttete Quelle wieder auf. Ohne viel davon zu wissen, übte sie die seltene, höchste Kunst des Lebens, nichts in sich sterben und verdorren zu lassen und das Verlorene nicht nur als Erinnerung, sondern als einen stets noch lebendigen Besitz von Wissen, Kraft und Freude in sich zu tragen.

Dazu besaß sie ihren festen, stillen Glauben, und das ist mehr als alle Lebenskunst. Sein Trost war nicht allein der des Wiedersehens; daran dachte sie kaum. Aber sie hatte das sichere Gefühl, daß sie als Glied und Teil in Gottes Ordnung und Harmonie gehöre und mit allen anderen Gliedern und Teilen, seien sie sichtbar und nahe oder nicht, in einem Bündnis und engen Zusammenhange stehe. So wußte sie auch den Toten stetig um sich wirksam; er hatte nicht nur Teil an ihrem kleinen Sohn und lebte in dessen Wesen mit – sondern in Haus und Garten, in ihre Gedanken und in alles was sie tat, war etwas von ihm übergegangen, von dem sie wußte, daß es unverlierbar war.

Etwas von dem lebhaften und doch strengen Geist des gestorbenen Vaters blieb im Hause und half ratgeben und über dem Kinde wachen.

Julius verwandelte sich allmählich in einen sehr stillen, unauffälligen Knaben. Da außer der Mutter keine fremde Seele auf ihn Einfluß übte, und da auch diese ihn nicht eigentlich erzog, sondern ihn wachsen ließ und nur sorgsam bewachte, blieb ihm noch lange sein Mutterhaus das Bild der Welt, unberührt von Vergleichen und fremden Vorstellungen. Daß dies manche Gefahren in sich trug, blieb der Mutter nicht verborgen. Aber sie hielt dafür, ein rein gebliebenes Gewissen und eine in guten Gewohnheiten und Erinnerungen befestigte Stille des Gemüts werde seinerzeit ein besserer Schild gegen das herandrängende Böse sein als alle vorzeitig angelernte Weltklugheit.

Einstweilen war sie ihres Sohnes sicher, denn er hatte kein Geheimnis vor ihr, und diesem stetigen Aufwachsen in Wahrhaftigkeit und Liebe traute sie auch für spätere

Zeiten eine wärmende und reinigende Kraft zu. Wenn sie aber auch anders gewollt hätte, wäre es ihrer ganzen Natur entgegen gewesen, ihren Sohn anders als durch ihr Dabeisein und Beispiel zu erziehen.

Darüber gingen die Monate und Jahreszeiten hin, in den Beeten wechselte still die Folge der Blumen von den Schneeglöckchen bis zu den Strohblumen, und auf den Wiesen von den Primeln bis zu den Zeitlosen. Der Knabe blieb ohne Kameraden und entbehrte sie nicht, er blieb auch still und gleichmäßig in seinem Wesen, und dennoch ging in dieser Abgeschlossenheit die langsam stetige Wandlung der Kindheit in ihm vor. Kleine Gewohnheiten oder Spiele, nachdem sie ihre Zeit gehabt, fielen ab und verschwanden und machten neuen Platz, wie die Primeln den Anemonen und diese dem Schaumkraut und dieses den Skabiosen Platz machen, unbewußt und unberedet. Vereinzelt und gelegentlich nahm die Mutter je und je an irgendeiner neugierigen Frage wahr, daß neue Dinge ihn bewegten, daß wieder ein Keim durch seine Hülle brach und aufstrebte; und während sie noch mit Freuden dies leise Wachsen belauschte, begann ganz langsam eine leise Sorge in ihr mitzuwachsen, sie fing an, an später zu denken und nachzusinnen, wie sie weiterhin dies kleine schöne Leben bewachen und vor Schaden behüten möge.

Noch dachte Julius nicht daran und wußte es kaum, daß die Schule und das Lernen und der Zwang des Lebens nahe auf ihn warteten; er lernte die Lieder seiner Mutter, liebkoste und plagte die Katze und die geduldige Anna, lief ins Feld und brachte Sträuße mit, saß auf dem hochgedrehten Klavierstuhl und tippte mit Wonne und Neugier auf die Tasten, sah Bilderbücher an und lief hinter Fliegen und Schmetterlingen her. Da war es plötzlich Zeit für die Schule, die unvermutet wie ein großes Gespenst dastand und einen tiefen Riß in die bisherige zufriedene Stille brachte.

4

Zu Frau Abdereggs Verwunderung und Schrecken stellte sich in Bälde heraus, daß der Kleine kein begabter Schüler sei. Es gab Arrest und Strafaufgaben, es gab verbissenen Grimm mit nachfolgenden reichlichen Tränen, es gab Abende an denen das Kind sorgenvoll mit krauser Stirn im Lampenlicht über seinen Heften brütete.

Zum Teil kam es gewiß daher, daß Julius lange, lange brauchte, bis er sich an die Gänge zur Stadt, an die Kameraden, an die Lehrer, an das fremde Schulhaus, an Lärm und Stimmen gewöhnte. Tausend Dinge auf der Straße nahmen seine Gedanken gefangen, Wagen und Menschen, Geräusche, Geräte, Tiere, so daß er es schwer hatte in der Schule noch aufmerksam zu sein, denn auch dort war noch viel Neues und Seltsames um ihn her. Einer von den Knaben hatte nur ein Auge, einer weinte beständig, wieder einer trieb ewig Possen. Einer hatte eine helle hohe Stimme, ein anderer eine dünne klagende, noch ein anderer eine freche und grobe. Einer trug einen blau und weißen Matrosenanzug, einer hatte in der braunen Hose einen gelben Flicken aufgenäht, einer stank immer nach Moder und ein anderer roch nach Apotheke. Und was sie alles schwatzten!

Aber auch später, als man denken konnte, er habe sich nun eingewöhnt, ging es mit dem Lernen und mit den Zeugnissen nicht besser. Daß der Knabe nicht dumm war, wußte Frau Abderegg wohl, sie sah ihn auch sich redlich plagen, also war sie geneigt den Mißerfolg der Schule anzurechnen. Der Schule, die ihr den Kleinen weggenommen hatte und ihm sichtlich nicht gut tat, war sie ohnehin schon gram.

Außergewöhnliches passierte selten. Einmal eine Prügelei mit einer großen Beule, das war eigentlich alles.

In den beiden ersten Jahren, so lange er in der Elementarklasse saß, war »die Stadt« für Julius viel wichtiger als die Schule. Dann kam das Latein und ein schlimmer Lehrer, der mit Ohrfeigen und Donnerworten um sich warf.

Eine Zeitlang brachte er von der Schule stets einen geheimen Zorn und Trotz mit nach Hause. Zuweilen stellte er Fragen an die Mutter, die schwer zu beantworten waren. Was er früher vom Leben gehabt und gewußt hatte, war klar und friedlich gewesen, nun drang die Strenge und Härte und Lieblosigkeit des Schullebens verwirrend und beängstigend auf ihn herein. War der fluchende und hauende Lateinlehrer ein Bösewicht? Warum mußten dann die Buben zu ihm gehen?

Alles was gelehrt wurde und zu lernen war, beschäftigte ihn nicht so sehr wie diese Fragen. Ohne etwas Böses getan zu haben, sah er sich in ein Leben voll Angst und Quälerei versetzt, für dessen Notwendigkeit er keine Gründe finden konnte. Die Mutter half und tröstete nach Kräften, er war ihr auch dankbar dafür, aber er sah auch sie unter diesen Schulnöten seufzen und leiden. Warum mußte das sein?

Solang diese Fragen trotzig und zürnend waren, kam er noch leidlich durch, auch hing er lange Zeit an der heimlichen Hoffnung, der liebe Gott würde bald ein Einsehen haben und auf irgendeine Weise helfen. Dann kam ein großes Aufatmen, als der schreckliche Lehrer überwunden war, und Stille und Ausruhen in den Ferien vor dem Eintritt in die nächste Klasse.

Aber dort ging es zwar anders, doch nicht besser zu. Der Lehrer schlug nicht und fluchte nicht, aber er höhnte und witzelte und kritisierte und behandelte jeden, der eine Antwort schuldig blieb, wie einen Idioten.

Jetzt ging mit Julius eine Änderung vor. Das Trotzen hörte auf, auch das viele Fragen nahm ein Ende. Stattdessen nahm er ein scheues Wesen an, ging beständig wie unter einer drohenden Faust geduckt und verlor den Rest von Kindesfröhlichkeit, der noch dagewesen war. Ein Zug von Sorge und Angst trat in seinem etwas spitzigen

Gesicht zutage und was die Mutter am tiefsten betrübte, war sein veränderter Blick, der etwas von Leiden und Altwerden in sich hatte. Traurig und freundlich nahm sie einmal seinen Kopf in beide Hände, sah ihn lang und lächelnd an, ohne daß er wieder lächelte, und fragte dann: »Warum fragst du mich nie mehr was? Ich sehe doch, daß es dir nicht gut geht.«

»Es hilft ja nichts; laß nur«, sagte er leise und sagte es so überzeugt und ergeben, daß sie bis ins Herz erschrak.

»Red nur, vielleicht hilft es doch«, bat sie schmeichelnd. Er schüttelte leise den Kopf, den sie noch immer festhielt, und ohne daß er den Blick abwandte, wurden seine Augen langsam voll von Tränen.

Einen Augenblick war es der Mutter so zumut, als müsse sie sich nun zu ihm setzen und mit ihm weinen, sich recht ausweinen. Aber sie hielt sich wacker aufrecht, tröstete ein wenig und fuhr fort, es dem Knaben unbemerklich möglichst leicht und wohlig im Hause zu machen. Es fiel ihr erst jetzt und von da an immer mehr auf, wie viel er von seinem Vater an sich hatte. Gerade das, daß er im Leid sich abschloß und es allein tragen wollte, war ganz die väterliche Art. Die Mutter sehnte sich danach, mitwissen und mittragen zu dürfen. Er war für jede Aufmerksamkeit empfänglich und dankbar, über seine Sorgen zu reden aber entschloß er sich nie, und sie ließ ihn gewähren, indes dieser vorzeitige Zug von Männlichkeit ihr nicht weniger Sorge als Freude machte.

Zu den ganz schlechten Schülern gehörte Julius Abderegg nicht. Er blieb bei keinem Klassenwechsel sitzen, war auch nie unter den Allerletzten. Bei den Lehrern passierte er als ein mittelmäßiger, doch soweit ordentlicher Bursche. Aber er litt beständig, bald unter der Langeweile des Unterrichts, bald unter den Witzworten oder Scheltreden der Lehrer, bald unter kleinen Ungerechtigkeiten, unter Roheiten der Mitschüler, unter dem Eingesperrtsein in elender Luft, am meisten aber unter einem übertriebenen Verantwortlichkeitsgefühl gegen die Schule und ihre Ansprüche.

Sonntags, mitten beim Spielen oder Plaudern oder Spazierengehen, packte ihn auf einmal die Angst, er lief hin und lernte zum zehntenmal die Vokabeln für morgen. Die Lehrerphrasen von der Wichtigkeit der Lehrfächer, über welche andere Schüler mit Recht entweder hinweghören oder sich lustig machen, nahm er bitter ernst. Er war noch immer gewohnt, im Tun und Reden erwachsener Leute und namentlich der Vorgesetzten Vorbilder und untrügliche Gesetze zu sehen, darum verfiel er nie auf den Gedanken, sich gleich allen andern mit einem schlauen Lügensystem zu helfen. Das sah auch die Mutter und das machte ihr alles Helfen und Trösten fast unmöglich.

Während sie mit tiefem Bedauern zusah, wie dem Kleinen die schönen Knabenjahre geschändet und gestohlen wurden und die Kinderseligkeit aus seinem Gesicht, aus seinem Tun und Gehen und Lachen und Reden und Denken verschwand und ins Innerste zurückfloh, war es ihr einziger Trost, daß sie hoffen konnte, der Knabe, da er nun doch dem Kindertraum entrissen war, werde wenigstens zu einem tüchtig ernsten Wesen und früher Männlichkeit gedeihen. Darauf deutete sein strenges, fast verzweifeltes Arbeiten, seine Ruhe und Verschlossenheit, das früh ausgeprägte, dennoch sanfte Gesicht, sein Verzichten aufs Klagen und Getröstetwerden.

Ein Freund aus der Stadt, den Julius gefunden hatte, kam zwei oder dreimal sonntags zu Besuch, dann blieb er wieder aus und auch die Freundschaft ging ohne Bruch auseinander.

»Du, warum kommt dein Freund gar nimmer?« fragte die Mutter.

Julius zuckte die Achseln.

»Er mag nicht mehr. Ich glaube, es war ihm langweilig.«

Er war ganz von einem einzigen Gedanken beherrscht. Die Schule war ein Feind, eine Prüfung, ein Fegefeuer, in das er unverschuldet hineingeraten war und das er überwinden mußte, um jeden Preis überwinden. Nachher würde etwas anderes kommen, einerlei was; so schlimm wie jetzt konnte es nicht wieder werden.

Einmal eine Arbeit zu tun, von der man wußte, wozu sie diente! Einmal etwas leiden, wovon man wußte, daß es gerecht und notwendig war! Einmal einen Weg und eine Leistung mit dem eigenen Verstande tun, statt von Schritt zu Schritt gestoßen und gezwungen zu werden, ohne daß man sah wohin es gehe und warum es sein müsse!

Einmal war die Verlegung einer Lektion auf eine andere Stunde angeordnet worden und er hatte es überhört; es war in der Vormittagspause mitgeteilt worden, während er Französisch memorierte. Er fehlte also in jener Lektion. Anderntags bestellte ihn der Lehrer um zwölf Uhr zu sich. Julius war erstaunt und erschrocken und hatte den ganzen Morgen Angst. Um zwölf Uhr ging er ins Lehrerzimmer.

»Warum hast du gestern nachmittag gefehlt?«

»Ich weiß nicht. Mittwochs ist ja immer frei.«

»So? Gestern war aber nicht frei. Wenn du Ausreden nötig hast, so erfinde wenigstens bessere; mich lügst du nicht ungestraft an.«

»Ich habe nicht gelogen.«

»Morgen von eins bis zwei hast du Arrest, wegen Schulschwänzerei und Lügen. Adieu.«

»Aber ich habe gewiß nicht gelogen.«

»Dann hast du zwei Stunden Arrest, von eins bis zwei und von vier bis fünf.«

Julius ging hinaus. Er wurde sogleich zurückgerufen.

»Wart, Kerl, ich will dir Manieren beibringen! Warum hast du nicht gegrüßt? Und die Tür hast du zugeschlagen.«

Julius konnte kaum sprechen vor verhaltenem Schluchzen.

»Ich habe die Tür nicht zugeschlagen«, sagte er leise.

»Du bist frech, Kerl. Du hast die Tür lauter zugemacht als nötig war, um mich zu ärgern. Willst du das auch wegleugnen?«

»Ich wollte es nicht tun ...«

»Also einverstanden. Du bist ein heiteres Früchtchen. Den Arrest morgen brauchst du nicht anzutreten, wir wollen nächste Woche einen freien Nachmittag nehmen, daß du's auch spürst. Du bist einer von den ganz Verstockten; geh jetzt, Kerl, und schäm dich.«

Ganz schwindelig ging Julius hinaus. Auf dem weiten Heimweg kam er zum Überlegen, und nun überwog zum erstenmal die Empörung den Respekt. Zu Hause erzählte er den ganzen Vorfall seiner Mutter und erklärte, die Schule nicht mehr besuchen zu wollen. Sie erschrak, redete ihm zu, machte Versprechungen, zankte schließlich. Er blieb dabei.

»Ich gehe nicht hin. Du kannst sagen was du willst, ich geh nicht. Ihr könnt mich ja totschlagen, es wär mir am liebsten.«

Es kam so, daß er richtig nachmittags zu Hause blieb. Die Mutter aber ging um vier Uhr in die Stadt und suchte jenen Lehrer in seiner Wohnung auf.

Nachlässig und ein wenig seufzend empfing dieser die Frau. Es war so lästig, daß immer wieder einzelne Eltern die Grille hatten, sich neben die Autorität der Schule setzen und selber um die Erziehung ihrer Kinder kümmern zu wollen. Lächelnd hörte er Frau Abdereggs Darstellung des Vorfalls an.

»Sie glauben natürlich alles, was der Junge Ihnen erzählt! Sie wissen nicht, wie durchtrieben die Bengels sind.«

»Gewiß glaube ich ihm«, sagte die Mutter. »Ich weiß, daß er mich nie angelogen hat. Sollte er das jetzt anfangen – daheim hat er's nicht gelernt! Oder haben Sie nicht zu ihm gesagt: wenn du Ausreden brauchst, so erfinde doch bessere –?«

»Ich weiß nicht. Vielleicht nicht genau mit diesen Worten. Lieber Gott, was muß unsereiner den Tag durch reden und reden!«

»Also haben Sie es gesagt? Sie haben ihn zum Lügen aufgefordert?«

»Verehrteste Frau, bedenken Sie bitte –«

»Ich habe schon bedacht. Ich will Ihnen ja auch die Worte nicht nachzählen. Aber ich will nicht, daß mein Kind verdorben wird, darum bin ich da.«

»Ach, hat er so geklagt? Sehen Sie, liebe Frau, das tun sie alle, alle. Ach, Sie kennen diese Bürschchen nicht! Glauben Sie mir, ich durchschaue ihn besser, viel besser.«

»So? Sie haben dreißig Buben in der Klasse, jedes Jahr neue, und Sie glauben, daß Sie jeden einzelnen davon besser kennen als seine Mutter ihn kennt?«

Frau Abderegg begann warm zu werden. Ohne zu vergessen, daß sie es zwischen dem Lehrer und Julius nicht vollends verderben dürfe, redete sie sich einen Teil des angesammelten Grolls vom Herzen, wurde dann milder und gab dem Schulmann Gelegenheit, ein wenig zu trösten; und je verlegener er zuhörte und je besser die Frau ihm gefiel, desto seltener unterbrach er sie oder runzelte die Stirn, und am Ende hatte er den Eindruck, wenn der kleine Abderegg auch nur ein Weniges vom Wesen seiner Mama mitbekommen habe, müsse er doch ein sehr ordentlicher Bursche sein. Es wurde beschlossen, die heutige Szene samt der voreilig diktierten Strafe vergessen sein zu lassen und den Knaben möglichst durch Freundlichkeit seinem desparaten Zustande zu entziehen. Nachdem die Mutter eine kleine Weile das Ansehen einer dankbaren Bittstellerin gehabt hatte, war sie zum Schlusse wieder ganz obenan, ließ sich von dem Lehrer durch den

Flur und die ganze Stiege hinab bis zur Haustür begleiten und kehrte befriedigt heim.

Daß sie dort Julius nicht vorfand, befremdete sie kaum. Sie kannte ihn, daß er in kritischen Zeiten am liebsten in die Felder lief, wo er die Natur zur Freundin hatte, vor welcher er sich der Verzweiflung und der Tränen nicht zu schämen brauchte. Auch als es Abend wurde und mählich zu nachten begann, wartete sie ohne Sorge und suchte ihn nicht. Sie freute sich zugleich dieser Ruhe als eines Zeichens, daß ihr Kind trotz seines stolzen Trotzes und seiner schämigen Scheu ihr noch unverloren angehöre.

Er kam denn auch, es war schon beinahe Nacht, ermüdet heim und setzte sich still zu seiner Abendmilch. Ohne Hast und ohne viel zu verschweigen, erzählte sie ihm ihren Besuch beim Lehrer und hielt es für erlaubt, auch die paar komischen Züge nicht ganz zu übergehen. *(1901/02)*

[Hier endet das Manuskript]

Grindelwald

Der Schwindsucht zum Trotz hatte mein Freund Petrus Ogilvie fast die ganze Erde bereist, und ich, der ich mein Zigeunerleben auf Europa beschränkte, hatte ihn oftmals auf Reisen angetroffen. Kennen gelernt habe ich ihn, wenn ich nicht irre, in der Bahn zwischen Nürnberg und München, einen hageren Engländer von internationalen Manieren mit einem klugen, etwas bissigen Habichtsprofil und stillen, gutmütig ironischen Augen. Er gehörte zu den Unbefriedigten und trieb sich, da er wohlhabend war, als bescheidener Reisender in der Welt herum, erwarb sich gute Kenntnisse der Länder und Sprachen und hatte Sinn für die schönen, kleinen Abenteuer, die man nicht in Hotels und Bahnhöfen, sondern nur abseits im Volk, in Fischerhütten und Gebirgsherbergen erleben kann. Darin paßte er zu mir, und es traf sich, daß wir uns fast jedes Jahr einmal irgendwo unvermutet wiedersahen. Wir begegneten uns Sommers in Zermatt, wir fuhren einmal zusammen von Venedig nach Fiume, wir haben am Lido und in Rapallo miteinander gebadet und gerudert.

Nun war es über ein Jahr her, daß ich ihn nicht mehr gesehen hatte; ich wußte nicht, ob er noch lebe, und hatte ihn fast vergessen. Da traf mich jenen Winter in Basel ein Briefchen von ihm:

Grindelwald, Hotel Bär.

»Mein Bester! Ich höre, Sie seien in Basel. Wenn das wahr ist, und Sie noch der alte sind, besuchen Sie mich doch für ein paar Tage oder Wochen! Ich war das ganze letzte Jahr so krank, daß der Arzt mir für diesen Winter nur die Wahl zwischen Davos, Grindelwald und dem Tode lassen wollte. Davos ist schrecklich, der Tod ist bitter; also fuhr ich im November hierher, und jetzt befinde ich mich seit Wochen so wohl wie Gott in Frankreich. Ich mache die tollsten Bergschlittenfahrten und bin eine der besseren Nummern auf dem Eisplatz. Aber es fehlt mir Gesellschaft. Hier sind ausschließlich Engländer, und Sie wissen, wie sehr ich meine Landsleute liebe. Die romanische Rasse fehlt durchaus; seit zwei Monaten habe ich kein Wort Französisch oder Italienisch gehört. Deutsch natürlich auch nicht. Also wollen Sie kommen? Wir werden schlitteln und eislaufen und uns amüsieren wie früher manchmal. Mich verlangt sehnlich nach Ihren philosophischen Gesprächen.

Ihr Petrus Ogilvie.«

Ich besann mich nicht lange. Zwei Tage später saß ich morgens im Zug und fuhr so eilig, als es der behagliche Winterfahrplan erlauben wollte, dem Berner Oberland entgegen. Erst von Interlaken an fand ich die Landschaft beschneit.

An einem bleichen Nachmittag mit starkem Schneefall kam ich in dem tief eingeschneiten Bergnest an. Gerade über der obersten schartigen Schroffe des Eiger hing hinter Schneewehen die Sonne weißlich fahl wie ein trüber Mond. Sonst war nichts zu sehen als ein blendendes Schneetreiben, das die Häuser und Hotels von Grindelwald nur wie hinter schweren Schleiern erkennen ließ, verwaschen und wesenlos wie Schatten … Trotz dieses Wetters fand ich Ogilvie nicht im »Bären«. Er sei wohl schlitteln gegangen. Ich nahm ein Zimmer und versuchte vergebens, mich in dem pompösen Riesenhotel heimisch zu fühlen. Auch ein Gang über die nächste Dorfstraße war unbefriedigend und langweilig. Es waren da, gerade wie im Sommer, die wohlbekannten, scheußlichen Holzbudiken, in deren Schaufenstern Gemshörner, Photographien, Bergstöcke, Holzschnitzereien und Bände der Tauchnitz Edition auslagen. Dieser ganze bunte und ärmliche Trödel sah in der weißen Einsamkeit des Gebirgswinters doppelt affektiert und langweilig aus. In einem dieser Läden wurde meine deutsch vorgebrachte Frage nach einer gewissen Zigarrensorte englisch beantwortet.

Als ich gegen Abend ins Hotel zurückkehrte, war mir der berühmte Sport- und Winterkurort gründlich verleidet. Im Bären war großer Ball angesagt, und ich hatte die heitere Aussicht, die halbe Nacht Tanzmusik, Lärm und Treppengepolter als Wiegenlied hören zu müssen. Wie viel lieber hätte ich die Nacht, gleich so vielen früheren, auf Stroh in einem stillen Bauernhaus zugebracht.

Ich hatte gebeten, mich beim Diner neben Ogilvie zu setzen. Und kaum hatte ich Platz genommen, da erschien mein Freund mit seinem gewohnten raschen Schritt neben mir, grunzte mir ein saures »*bon soir*« entgegen und erkannte mich erst, als ich lachend seine Hand ergriff. Ein froher Blick aus seinen schönen, klugen Habichtsaugen dankte mir und goß einen Hauch von Seele und Güte über sein scharf gefaltetes, herbes Abenteurergesicht.

»Sie da, Hesse?« rief er erfreut und vergaß fast zu essen vor Aufregung und Redeeifer, er sah nicht übel aus, entsetzlich mager zwar, aber zufrieden und frisch. Als ich auf meine unerfreulichen grindelwalder Eindrücke zu sprechen kam, lachte er lustig.

»Warten Sie bis morgen, wo wir vermutlich gutes Wetter haben werden! Und Schlitten gefahren sind Sie auch noch nicht. Übrigens, haben Sie Schlittschuhe mitgebracht?«

Nach der Mahlzeit kamen wir bei einer Partie Billard und später bei einer Flasche Bordeaux zu ruhigerer Aussprache. Nach seiner Gesundheit durfte ich, das wußte ich schon, nicht fragen. Dafür erhielt ich Auskunft über seine vorjährige Reise, über Wanderungen und Ritte auf Sizilien und Korsika, über einige Bekannte, über berühmte Frauen und Pferde. Und dann fing er ganz plötzlich an, vom Sterben zu sprechen.

»Wissen Sie, ich lernte hier allmählich ein paar von den Schwerkranken kennen. Mein Gott, die Leute leben und husten so hin, als stünde nichts dahinter. Aber einer davon ist anders. Ein englischer Pfarrer, lungenkrank, aber noch lange nicht im letzten Stadium. Er leidet an einer unglaublichen Todesfurcht, und jetzt, wo es mir selbst wieder so gutgeht, habe ich ordentlich Mitleid mit ihm. Na! Genug von ihm. Aber den Gedanken ans Sterben bin ich diese ganze Zeit her nie völlig losgeworden. Deshalb bat ich Sie auch zu kommen. *Vous comprenez, n'est-ce pas?* Sie haben mich ja früher gekannt – wann habe ich je an den Tod gedacht? *Jamais de la vie!* Es muß von dem friedlichen Leben herkommen. Unter unsicheren Kameltreibern oder bei Seestürmen – Sie sind ja einmal mitgewesen – hab' ich das nie gefühlt, und bei allerhand Revolverchosen war ich doch auch dabei.«

»Ich weiß noch nicht recht«, sagte ich, »wovon Sie reden. Ist es ein Angstgefühl oder –«

»Angst? O nein! Außerdem bin ich meiner Gesundheit wieder sicher, wohl für Jahre hinaus. Wie soll ich es ausdrücken? Etwa so: ich muß mir von Zeit zu Zeit vorstellen, daß eines schönen Tages der Eiger und das Wetterhorn wie sonst heruntersehen werden, ich aber bin nicht mehr da. Das ist es: nicht mehr da! Was heißt das eigentlich? Ich bin ja wohl noch da, im Sarg unterm Boden, aber der ganze Petrus Ogilvie, der ganze lustige Satan, der ich war, – was ist's damit?«

»Herrgott, Ogilvie, machen Sie sich wirklich darüber Gedanken? Soll ich Ihnen wieder einmal die ganze hübsche Leier vom Werden und Vergehen und Wiederwerden vorsingen? Sie sind doch kein Schuljunge mehr!«

»Allerdings nicht, Sie verstehen mich falsch. Übrigens – ist Ihre ganze schöne Naturphilosophie denn etwas anderes als Phrasendrescherei? Der Zellenstaat löst sich auf – oder: die Würmer fressen mich, das ist doch *tout à fait la même chose!* Ihr Philosophen müßt eine rührende Liebe zum Universum haben, dem ihr im Sterben euch so freundlich übergebt. Ich fühle nur: Herr Ogilvie, der ein flotter Mensch war und zu leben verstand, soll eines Tages nicht mehr leben dürfen.«

»Was heißt nicht mehr leben?«

»Ei, was wird das heißen! Ich weiß wohl, daß die in Herrn Ogilvie vorhandene Summe von Leben und Stoff auch nach seiner Auflösung irgendwie dasein und wirken wird – aber wo ist Herr Ogilvie selbst geblieben?«

»Er ist ein Präteritum geworden, wie König Artur oder Julius Cäsar. Einen mehr als subjektiven Todestrost hat übrigens kein Philosoph je gehabt, auch kein moderner! Aber bester Ogilvie, es lebe das Präsens! Vor dem Schlafengehen wäre vielleicht noch ein letztes Glas Wein am Platz.«

Wir bestellten noch eine Flasche und trennten uns gegen Mitternacht in der besten Stimmung.

Am nächsten Morgen genoß ich einen Anblick, dessen Schönheit selbst mein durch unzählige Wanderfreuden verwöhntes Auge sättigte und beglückte. Der ganze Himmel war klar und von einem tiefen, fast veilchenfarbenen Blau, in welchem die reinen Umrisse der entferntesten Gipfel scharf und leuchtend hervortraten. Von den Wetterhörnern bis zur Schynigen Platte stand Berg an Berg klar und rein in der frischen, kräftigen Schneeluft; zwischen Wetterhorn und Mettenberg stand die Morgensonne, die niederen Schneefelder zur Rechten vergoldend, während die atlasweißen Mulden und Flächen des Männlichen im kühlen Silberglanz lagen. An dem prachtvollen, schwarzen Kegel des Tschuggen glaubte man die Felsritzen zählen zu können. Ich stieg im Dorfe bergauf, den laublosen, schönen Ahornen der Villa Bellary entgegen, denn von dort aus genießt man die morgendliche Bergaussicht schöner als irgend sonst wo.

Bald sah ich denn auch hinter der riesigen Nordwand des Eiger die schlanke, elegante Pyramide des Silberhorns vortreten, die östliche Seite blendend golden von der

Sonne beschienen. Bald darauf sprang der abenteuerliche Tschuggengipfel plötzlich ins Licht, dann folgten die milden, weichen Schneefelder des Männlichen. Diamantlichter blitzten da und dort mit jähem Glanz auf, blasse bläuliche Schatten liefen wie lebendige Adern über den Schnee. Das war der Hochgebirgswinter – Schnee, Felsen, Tannen und Hütten von einem strahlend schönen Himmel überblaut und von intensivem Licht überflutet. Das Licht feierte prahlende Feste auf dem reinen, fleckenlosen, seidig weichen Schnee, es glitt mit flüchtigen Blitzen über geründete Anhöhen, lief mit blankem Lachen über breite Flächen hinweg, schmiegte sich mild in weiche Mulden, drang scheu und spielend in die Tannenhaine und zeichnete lange Reihen von schlanken spitzen Wipfeln als graublaue Schatten auf den weißen Grund. Das ganze Bild war von einem zarten Anhauch reiner Frische überflogen, der mir in die Seele hinein wohl tat. Wer hat in der Stadt oder überhaupt im Tiefland eine Ahnung von diesen weltfernen Winterschönheiten?

Auf dem Rückweg begegnete ich Ogilvie, der auf meine begeisterten Loblieder mit einem zufriedenen Kopfnicken antwortete.

»Ja, da schauen Sie! Und im Januar haben wir es drei Wochen ununterbrochen so blau und klar gehabt wie heute.«

Er brachte mir einen kleinen, leichten Davoser mit. Ich war das Bergschlitteln von der Ostschweiz und vom Schwarzwald her gewohnt. So fuhren wir gleich die beliebteste Sportbahn, deren steiler Abschluß der »Niagara« heißt. Ich beobachtete dabei Ogilvie, der mit gerötetem Gesicht und fliegenden Haaren dahinsauste und um Jahre verjüngt erschien. Er hustete nicht, er spuckte nicht aus, er keuchte kaum, und ich fing selber an, an seine Genesung zu glauben. Später ging ich zum Eisplatz mit, wo mein Freund die Augen der Sportsmen auf sich zog. Ich verstehe nichts vom kunstmäßigen Eislauf, aber er schien mir einer der besten Läufer. Er lief nicht, sondern schwebte wie ein Vogel mit eleganter Balance in schönen, reinen, zuweilen kapriziös gebrochenen Halbbogen, deren Entstehung keine Kraft zu fordern, vielmehr mühelos aus dem straffen, sich wohlig wiegenden Körper zu kommen schien. Es war eine Lust, ihn anzusehen.

Nachmittags besuchten wir den oberen Gletscher, dessen blaugrüne Eiswogen kühl und seltsam unter dem in steifen Bärten über die Klippen hängenden Neuschnee hervorglänzten. Wir fuhren bequem auf unseren Davosern zurück bergabwärts, nahmen den Lunch auf dem Balkon und blieben dort bei einer guten Flasche Wein in der Sonne sitzen, bis uns der kühle, frische Abend ins Zimmer trieb. Petrus sprach diesmal nicht vom Sterben, er machte sogar Witze über unsere gestrige Unterhaltung. Bald aber begann er von Dingen zu sprechen, die mir aus seinem Munde wunderlich fremd und grotesk klangen. Ich hatte ihn über Frauen nie anders sprechen hören wie als über eine Sache, die man gelegentlich kauft, genießt und liegenläßt. Ich wußte von einigen seiner Liebesabenteuer, die zum Teil recht romantisch, aber alle kurz und schneidig waren, und von denen er selten, dann aber mit drastischer Ironie zu reden pflegte. – Und jetzt fand ich ihn verliebt, und zwar in ein Weib, das er schon vor vier Jahren gekannt und genossen hatte.

»Ja, schauen Sie«, sagte er, »das kommt von dem faulen Leben und vom Gesundsein. Es ist mir einfach zu wohl, und da doch der Überschuß irgendwo hinaus mußte, bin ich nun sentimental geworden. – Unterbrechen Sie mich nicht, es ist nicht anders. Seit zwei Monaten denke ich, zumal bei Nacht, an nichts in der Welt so viel, als an eine schöne Frau, in die ich mich vor vier Jahren ums Haar verliebt hätte. Mein Abenteuer mit ihr kennen Sie. Es ist die Florentinerin.«

»Die Mona Lisa?«

»Ja, wie ich sie damals nannte. Sie haben sie ja nicht gekannt. Das ist ein Weib! Weinen könnte man um sie! Seit ich so viel an sie denken muß, hat ihr Wesen für mich etwas so zärtlich Liebes, daß ich oft direkt poetisch werde. Nicht wahr, da lachen Sie?«

»Allerdings, Bester. Daß Sie noch solche Märchen erleben müssen, Petrus? Also, ich kondoliere.«

»Langsam, Verehrtester! Sie wissen ja erst die Hälfte. Es kommt noch viel schlimmer. Das ist so: der Arzt ist ja zwar höchst zufrieden mit mir, hält aber eine erhebliche Einschränkung meiner Reisen für notwendig. Ich müßte also künftig mindestens für die Hälfte des Jahres einen gesunden, ständigen Wohnort haben. Das wäre mir aber auf die Dauer einfach unerträglich, ohne daß, – na, es muß heraus – also, ohne daß ich heirate. Was sagen Sie nun?«

»Ich schweige.«

»Vor Schrecken?«

»Vor Schrecken.«

»Na, so schweigen Sie, Sie Weltweiser!«

Und eine Weile blieben wir still. Ich betrachtete sein kühnes, etwas verwittertes Gesicht, auf dem die Erregung arbeitete, und die hohen, zarten Schläfen, und den schön durchgebildeten, länglichen Schädel.

»So stehen die Dinge«, fuhr er fort. »Sie ist nämlich noch immer Witwe, vermutlich weil längst kein Vermögen mehr da ist. Im Frühjahr reise ich nach Florenz. Sie hat ja damals für mich geschwärmt. Sagte ich Ihnen, daß sie mich gern mit dem englischen Condottiere John Hawkwood verglich?«

Plötzlich brach er ärgerlich lachend ab. Es war indessen Nacht geworden, und er zog mich ans Fenster und wieder hinaus. Über den Fischerhörnern und dem kleineren Gletscher hing der halbe Mond am grünlich lichten Himmel. Es war so hell, daß man auf den Zacken des Wetterhorns zuweilen das gespenstische, silbrige Stäuben der Schneewehen sah. Wir beschlossen, noch einen Gang zu machen, und stiegen ein Stück weiter bergan gegen die Ällfluh. Es war bitter kalt geworden. Scharf und blauschwarz zeichnete das Mondlicht unsere stark verkürzten Schatten auf den Schnee.

Bei unserer Rückkunft ins Hotel fand ich ein Telegramm, das mich eilig nach Bern rief. Ich mußte anderntags in der Frühe nach Bern reisen, versprach aber, in längstens drei Tagen wieder hier zu sein.

In Bern hielt mich ein unerquickliches Geschäft immer wieder für einen Tag auf. Ärgerlich und ohne die Sache zum Abschluß gebracht zu haben, reiste ich am sechsten Tag nach Grindelwald zurück.

Ich fand Ogilvie nicht mehr im Hotel Bär. Er war plötzlich erkrankt und nach einem entlegenen Hause im Dorfe überführt worden. Dort lag er, als ich bei ihm eintrat, still im weißen Bett, von einer Krankenschwester gepflegt. Er hatte sich auf jenem kurzen Nachtspaziergang verdorben. Sein Gruß war kurz und fast grob, ich hatte den Eindruck, er schäme sich seines Krankseins. Nach einiger Zeit bat er plötzlich:

»Hören Sie, mein Schlitten steht noch im Bären, den sollen Sie mir holen. Sie sind so gut, nicht wahr? Ich brauche ihn ja jetzt nicht, aber wenn er nicht geholt wird, stiehlt ihn das Pack, darauf können Sie Gift nehmen. O, das Hotelgeschmeiß!«

Ich ging und holte den Schlitten ab. Es war ein hübscher, solider Davoser, und auf der Rückseite des Sitzes standen, in ungleichmäßigen Buchstaben eingebrannt, die Worte: »Gestohlen dem Herrn Petrus Ogilvie.« Ich mußte lachen, und Petrus lachte mit, als ich ihm die schwarzen Buchstaben zeigte.

»Nun wäre es beinahe schon wahr geworden«, sagte er. »Sie stehlen, diese Leute, sie stehlen alle.«

Er schien müde und lag bis gegen Abend im Halbschlummer. Ich ruhte indessen aus und blieb dann die

Nacht bei ihm wach. Eine wunderliche Nacht! Er war so still, lächelte fortwährend und sprach nur zuweilen ein paar Worte – von Florenz. Nur zwei-, dreimal brach durch diese müde Heiterkeit ein Blitz seines früheren Wesens, ein herber Witz oder eine seiner bitter komischen Grimassen. Erst in den letzten Stunden – es war Vormittag geworden – begann er einzusehen, daß er sterben müsse. Der Arzt kam und erbot sich, zu bleiben, obwohl er nichts mehr für den Sterbenden tun könne. Ich bat ihn, zu gehen.

Dann hielt ich noch fast drei Stunden lang seine harte, braune Hand, die ich vor Jahren mehrmals beim Rudern bewundert hatte, einmal bei einem der bösen ligurischen Stürme, wo Ogilvie mitten in der Gefahr ein kleines, drolliges genueser Ulklied gesungen hatte. Wir sprachen wenig mehr. Aber wir sahen einander in die Augen und dachten an die vielen Fahrten und Wanderungen, die wir gemeinsam gemacht hatten, zwei ruhelose, heimatlose Menschen. Und als er zum letzten Male sprach, waren es die Worte:

»Sie sind ein guter Kerl. Wenn Sie gern meinen Schlitten haben wollen und die Schlittschuhe, als Andenken – – –«

Und als ich ihn beruhigen wollte, fuhr er fort: »Lassen Sie, Kamerad. Jetzt bin ich noch Herr Ogilvie und schenke Ihnen meinen Schlitten. Nachher werde ich ein Präteritum sein.« *(1902)*

Eine Rarität

Vor einigen Jahrzehnten schrieb ein junger deutscher Dichter sein erstes Büchlein. Es war ein süßes, leises, unüberlegtes Gestammel von blassen Liebesreimen, ohne Form und auch ohne viel Sinn. Wer es las, der fühlte nur ein schüchternes Strömen zärtlicher Frühlingslüfte und sah schemenhaft hinter knospenden Gebüschen ein junges Mädchen lustwandeln. Sie war blond, zart und weiß gekleidet, und sie lustwandelte gegen Abend im lichten Frühlingswalde, – mehr bekam man nicht über sie zu hören.

Dem Dichter schien dieses genug zu sein, und er begann, da er nicht ohne Mittel war, unerschrocken den alten, tragikomischen Kampf um die Öffentlichkeit. Sechs berühmte und mehrere kleinere Verleger, einer nach dem andern, sandten dem schmerzlich wartenden Jüngling sein sauber geschriebenes Manuskript höflich ablehnend zurück. Ihre sehr kurz gefaßten Briefe sind uns erhalten und weichen im Stil nicht wesentlich von den bei ähnlichen Anlässen den heutigen Verlegern geläufigen Antworten ab; jedoch sind sie sämtlich von Hand geschrieben und ersichtlich nicht einem im voraus hergestellten Vorrat entnommen.

Durch diese Ablehnungen gereizt und ermüdet, ließ der Dichter seine Verse nun auf eigene Kosten in vierhundert Exemplaren drucken. Das kleine Buch umfaßt neununddreißig Seiten in französischem Duodez und wurde in ein starkes, rotbraunes, auf der Rückseite rauheres Papier geheftet. Dreißig Exemplare schenkte der Autor an seine Freunde. Zweihundert Exemplare gab er einem Buchhändler zum Vertrieb, und diese zweihundert Exemplare gingen bald darauf bei einem großen Magazinbrand zugrunde. Den Rest der Auflage, hundertsiebzig Exemplare, behielt der Dichter bei sich, und man weiß nicht, was aus ihnen geworden ist. Das Werkchen war totgeboren, und der Dichter verzichtete, vermutlich vorwiegend aus Erwägungen ökonomischer Art, einstweilen völlig auf weitere poetische Versuche.

Etwa sieben Jahre später aber kam er zufällig einmal dahinter, wie man zügige Lustspiele macht. Er legte sich eifrig darauf, hatte Glück und lieferte von da an jährlich seine Komödie, prompt und zuverlässig wie ein guter Fabrikant. Die Theater waren voll, die Schaufenster zeigten Buchausgaben der Stücke, Bühnenaufnahmen und Porträts des Verfassers. Dieser war nun berühmt, verzichtete aber auf eine Neuausgabe seiner Jugendgedichte, vermutlich weil er sich ihrer nun schämte. Er starb in der Blüte der Mannesjahre, und als nach seinem Tode eine kurze, seinem literarischen Nachlaß entnommene Autobiographie herauskam, wurde sie begierig gelesen. Aus dieser Autobiographie aber erfuhr die Welt nun erst von dem Dasein jener verschollenen Jugendpublikation.

Seither sind jene zahlreichen Lustspiele aus der Mode gekommen und werden nicht mehr gegeben. Die Buchausgaben findet man massenhaft und zu jedem Preise, meist als Konvolute, in den Antiquariaten. Jenes kleine Erstlingsbändchen aber, von welchem vielleicht – ja sogar wahrscheinlich – nur noch die dreißig seinerzeit vom Autor verschenkten Exemplare vorhanden sind, ist jetzt eine Seltenheit ersten Ranges, die von Sammlern hoch bezahlt und unermüdlich gesucht wird. Es figuriert täglich in den Desideratenlisten; nur viermal tauchte es im Antiquariatshandel auf und entfachte jedesmal unter den Liebhabern eine hitzige Depeschenschlacht. Denn einmal trägt es doch einen berühmten Namen, ist ein Erstlingsbuch und überdies ein Privatdruck, dann aber ist es für feinere Liebhaber auch interessant und rührend, von einem so berühmten eiskalten Bühnenroutinier ein Bändchen sentimentaler Jugendlyrik zu besitzen.

Kurz, man sucht das kleine Ding mit Leidenschaft, und

ein tadelloses, unbeschnittenes Exemplar davon gilt für unbezahlbar, namentlich seit auch einige amerikanische Sammler danach fahnden. Dadurch wurden auch die Gelehrten aufmerksam, und es existieren schon zwei Dissertationen über das rare Büchlein, von welchen die eine es von der sprachlichen, die andere von der psychologischen Seite beleuchtet. Ein Faksimiledruck in fünfundsechzig Exemplaren, der nicht neu aufgelegt werden darf, ist längst vergriffen, und in den Zeitschriften der Bibliophilen sind schon Dutzende von Aufsätzen und Notizen darüber erschienen. Man streitet namentlich über den mutmaßlichen Verbleib jener dem Brand entgangenen hundertsiebzig Exemplare. Hat der Autor sie vernichtet, verloren oder verkauft? Man weiß es nicht; seine Erben leben im Ausland und zeigen keinerlei Interesse für die Sache. Die Sammler bieten gegenwärtig für ein Exemplar weit mehr als für die so seltene Erstausgabe des »Grünen Heinrich«. Wenn zufällig irgendwo einmal die fraglichen hundertsiebzig Exemplare auftauchen und nicht sofort von einem Sammler *en bloc* vernichtet werden, dann ist das berühmte Büchlein wertlos und wird höchstens noch zuweilen neben andern lächerlichen Anekdoten in der Geschichte der Bücherliebhaberei flüchtig und mit Ironie erwähnt werden. *(1902)*

Der lustige Florentiner

Nicht weit vom Palazzo Pitti hatte ich eine jener seltenen kleinen Weinstuben entdeckt, die noch den einfachen, aber behaglichen alten Florentiner Typus haben und in denen der Chianti reiner, besser gekellert und billiger ist als in den modernen Osterien. Es war ein schmaler, niedriger Raum im Erdgeschoß, der von Möbeln nichts enthielt als die üblichen Marmortrinktische und zwei Dutzend dreibeinige Holzstühle. Dennoch sah die Stube durchaus nicht leer und nüchtern aus, denn unter der Decke liefen die ganzen Wände entlang zwei tiefe Regale, in denen eine Menge von Fiaschi, Bottiglien, Bottiglietten sowie Würste, Schinken, Körbchen mit Früchten dekorativ und verlockend ins Auge fielen. Die eine Ecke des Raumes war für leere Flaschen reserviert, die in großer Anzahl, teilweise zerbrochen, herumlagen. An der weißgetünchten Wand hing ein tüchtiger Kupferstich, die Badia vorstellend, neben einem lithographierten Porträt des unvermeidlichen Vittorio Emanuele.

Eines Abends brachte ich zwei Bekannte mit in diese Kneipe, einen Dresdener Maler und einen Heidelberger Studenten, der sich ein unmögliches Thema zu seiner kunstgeschichtlichen Dissertation ausgesucht hatte und nun schon seit zwei Monaten in der Toskana bummeln ging, ohne die Belege für seine hinterm Ofen ersonnenen Kombinationen finden zu können. Wir ließen uns einen Fiasko Chianti geben und aßen unsere bescheidenen Salamibrötchen dazu, unser gewöhnliches Abendessen. Nur der Maler, der ein erkleckliches Reisestipendium genoß, leistete sich außerdem ein Gericht *Vermicelli al sugo*. Bei dem ausgezeichneten Wein entspannen sich bald die jugendlichen Gespräche, die seit Jahrzehnten in jedem italienischen Wirtshause alltäglich erklingen – über die Schönheiten der Kunst, über das Elend unserer heutigen

Kultur und über die absolute Notwendigkeit, neue Lebensformen im Sinne einer künstlerischen Renaissance zu schaffen. Es wird bei solchen und ähnlichen Gesprächen von jungen Deutschen manche Nacht in Italien verbracht und mancher Fiasko Wein geleert; die klugen und genügsamen Italiener aber sitzen daneben und sehen sich die blonden, meist brillentragenden Reformatoren aus dem Norden mit unverhohlenem Spott und stummer Überlegenheit an.

Während ich zufrieden trank und schwieg und meine Cavour rauchte, und während der Maler, der erst heftig mitgesprochen hatte, die Karikatur einer liegenden Venus auf die blanke marmorne Tischplatte strichelte, redete der Kunsthistoriker allein und eifrig drauf los, schrie uns an, als wären wir an allen Übelständen schuld, und bewies, daß die ganze moderne Kunst einen blauen Teufel wert sei. Dabei richtete er zuweilen den Blick gegen den abseits hantierenden Wirt, der dann jedesmal einen Augenblick stillstand und den Redner mit bekümmerter Miene anstarrte, als hätte er dessen Klagen verstanden.

Ich hatte unterdessen die mit Bleistift und Kohle an die Wand gezeichneten Köpfe und Scherzbilder betrachtet. Unter diesen fiel mir nun plötzlich ein brillant gezeichneter, höchst grotesker Männerkopf auf. Ich trat näher und sah ihn mir genauer an. Eine Mischung von Stumpfsinn und Schlauheit, Gutmütigkeit und Lasterhaftigkeit lag auf den flott hingestrichenen Zügen des Kopfes, die verkniffenen Augen unter der starken Stirn konnten ebensowohl Schelmerei wie Trübsinn ausdrücken, die feste Unterlippe war von einer Holzpfeife links herabgezogen und ließ ein paar robuste Stockzähne sehen, deren auffallendes Hervorgrinsen der ganzen Zeichnung Charakter und Eigenart gab. Ich fragte den Wirt, wer das gezeichnet habe.

»Nicht wahr«, antwortete er, »ein schönes Stück! Wer es gemacht hat? Nun, der Herr Costa, Sie kennen ihn doch? Der berühmte Herr Costa.« Ich erinnerte mich, daß ein Maler dieses Namens allerdings in Florenz große Beliebtheit genoß. »Und schauen Sie, Herr«, fuhr der Wirt fort, »da hinten haben Sie die ganze Figur. Sie stellt einen meiner ältesten Gäste vor.« Die Zeichnung, vor die er mich führte, zeigte wirklich den Inhaber jenes Kopfes in ganzer Figur. Er stand auf kurzen, schinkenartigen Beinchen, in weiter Hose, in deren Taschen die Hände staken. Der Kopf war derselbe, die hölzerne Pfeife zog auch hier die Unterlippe schief, dazu trug er hier einen Hut, der mit grandioser Nonchalance auf dem mächtigen Schädel saß. Der Dresdener war zu mir getreten und lobte die lebendige, offenbar nur leicht karikierende Zeichnung; schließlich kam auch der Kunsthistoriker, dem die sonderbare Figur ein lautes Gelächter entlockte.

In diesem Augenblicke öffnete sich die Tür. Wir beachteten den Eintretenden nicht, der Wirt aber stürzte ihm entgegen und zerrte ihn am Arm zu uns her. »*Ecco, Signori, l'originale!*« rief er mehrmals, während er bald auf die Zeichnung, bald auf den Gast, den er noch immer am Arm festhielt, deutete. Wirklich erkannten wir in ihm sofort das Original des auffallenden Porträts, das uns nun der Wirt mit überschwenglicher Höflichkeit vorstellte. »Herr Ercole Aglietti, mein alter Freund – und hier deutsche Gäste, gelehrte und vornehme Herren.« Während er weiterschwatzte, schüttelten wir einander die Hände und baten den Ankömmling an unsern Tisch. Dort schenkte ich ihm ein Glas Chianti ein. Er dankte und trank langsam und kostend. »Unser Freund Wirt führt keinen schlechten Wein«, sagte er dann schmunzelnd, »aber seinen besten hat er euch nicht vorgesetzt.« Der Wirt beteuerte, ein besserer Wein als der, den wir tränken, sei in der ganzen Toskana nicht aufzutreiben. Herr Aglietti lachte, kniff die schlauen Äuglein zusammen und flüsterte dem Freund etwas ins Ohr. Darauf verschwand derselbe und kehrte mit einer staubigen Flasche zurück.

»Diesen Jahrgang, meine Herren, verkaufe ich an gewöhnlichen Tagen nicht. Sie müssen Herrn Aglietti dafür danken, daß er mich heute überredet hat, eine Flasche davon herauszugeben. Ich selbst, bei der Madonna, wage es kaum, am Feste des Täufers Giovanni ein Gläschen davon zu trinken.« (In der Folge machte er »mir zuliebe« diese Ausnahme jeden Abend.)

Unsere halbleere Flasche wurde zurückgenommen und wir ließen uns den wirklich vorzüglichen »uralten« Chianti kräftig schmecken. Dabei entlockten wir Aglietti allerlei Geständnisse. Wir erfuhren, daß er sechzig Jahre alt und von Geburt Pistojese sei, daß er früher wie eine Nachtigall gesungen habe und daß er noch heute eine Schwäche für guten Wein und schöne Frauen habe. Er war in allem das Urbild des alten, behäbigen Toskaners, der mit einem gelegentlich recht losen Maul eine rührende Gutmütigkeit und mit einem hochmütigen Lokalpatriotismus die zutraulichste Liebenswürdigkeit gegen Fremde, die ihm schmeicheln, verbindet. Auf unsere Bitte begann er denn auch bald, aus seinem Leben zu erzählen, eine Geschichte um die andere, fließend und gewandt, wie ein Novellist von Beruf. Eine davon schrieb ich nachher auf – hier ist sie:

»Wie ihr wißt, findet jedes Jahr am Ostersamstag die große Feierlichkeit des *scoppio del carro* statt, wobei auf dem Domplatz und in allen daranstoßenden Straßen sich teils aus Florenz, teils aus Fiesole, Settignano, Prato und der ganzen Umgebung viele Tausende fromme und neugierige Zuschauer versammeln. Ich hatte die Festlichkeit Jahr für Jahr mitgemacht und ging auch diesmal beizeiten zum Dom. Ein deutscher Herr, welcher damals mein Nachbar und mir gut bekannt war, schloß sich mir an, denn er hatte den Scoppio noch nie gesehen. Da die Stufen der Domtreppe schon alle besetzt waren, überredete ich meinen Begleiter zu der kleinen Ausgabe des Eintrittsgeldes und bestieg mit ihm den Glockenturm des Giotto. Es war ein warmer Tag wie heute, darum stiegen wir bis aufs Dach, das trocken und erwärmt war, und setzten uns auf den schiefen Rand desselben, stemmten die Füße gegen die Brustwehr und hatten so einen bequemen Warteplatz. Man sieht von dieser Höhe aus die ganze Stadt, außerdem die Berge, Fiesole, San Domenico, San Miniato und die Talebene des Arno. Während wir den schönen Anblick genossen und das mitgebrachte Brot mit Limonade verzehrten, erzählte mir der junge Herr eine Liebesangelegenheit, in welcher er mich um Rat und Beistand bat. In Prato drüben hatte er mehrmals ein sehr schönes Mädchen gesehen, hatte auch ihre Wohnung erfragt und ein paar Worte mit ihr gesprochen. Seither hatte er vergeblich sich ihr zu nähern versucht. Ich merkte bald, daß er nicht daran dachte, sie zu heiraten, sondern nur sein Vergnügen im Sinne hatte. Da ich aber an solchen Affären Freude hatte und wußte, daß er dabei gern einige Fünfernoten springen lassen würde, versprach ich, ihm beizustehen.

Indessen begann unten die Prozession und wir sahen zu, bis mit dem Schlag zwölf Uhr alle Glocken einfielen und das am heiligen Wagen reichlich angebrachte Feuerwerk mit großem Lärm und Rauch verbrannte. Vier weiße Stiere mit vergoldeten Hörnern zogen darauf den *carro* hinweg und die ungeheure Volksmenge lief auseinander. Auch wir verließen den Campanile und begaben uns in die Via del Sole, wo damals eine der besten Trattorien war. Nach Tisch beschloß ich, heute noch mir die Sache in Prato anzusehen, da vom Feste her ohne Zweifel viele Besucher dorthin zurückkehren und ich also leicht eine billige Fahrgelegenheit finden würde. So gab mir denn der verliebte Herr einiges Geld, nannte mir genau die Wohnung des Mädchens und ließ mich ziehen. Ich konnte umsonst auf einem stattlichen Wagen mitfahren und war also bald in Prato, ersparte außerdem das erhaltene Fahrgeld und befand mich daher in bester Laune. Deshalb hielt ich, in Prato angekommen, keine besondere

Eile für nötig, sondern besuchte erst meinen Freund, welcher nahe beim Rathause wohnte. Ihr wißt, wie berühmt die *biscotti** von Prato sind! Nun, mein Freund fabrizierte solche *biscotti* und machte damit sein gutes Geschäft. Heute hatte er auch wegen des Feiertages die Arbeit eingestellt und freute sich sehr, einen so fröhlichen Gesellschafter zu bekommen. Wir tranken in seinem Gärtchen Kaffee, plauderten und waren guter Dinge. Bald darauf kam auch seine Braut, ein wohlgewachsenes, sauberes Mädchen, jedoch keine sehr auffallende Schönheit. Ich mußte nun Gitarre spielen, singen und Geschichten erzählen, denn darin war ich damals stark und deshalb überall nicht wenig beliebt. Es gab noch *biscotti* und viele andere gute Dinge, so daß ich vor lauter Vergnügen meinen Herrn und seinen Auftrag völlig vergaß.

Gegen Abend, da das Mädchen nach Hause zum Essen zurückkehren mußte, begleiteten wir beide sie bis zu ihrer Türe. Ihre Mutter war Witwe und führte einen kleinen Kramhandel. Zu meinem Erstaunen kam mir hier alles merkwürdig wohlbekannt vor, bis mir plötzlich einfiel, daß ich just vor dem Hause stand, welches der Deutsche mir beschrieben hatte. Das Mädchen, dem er nachstellte, war also Giulia, die Braut des Bäckers, meines Freundes. Kaum hatte ich dies wahrgenommen und ein wenig überdacht, so nahm ich diesen beiseite und erzählte ihm die ganze Sache. Und obwohl er anfangs sehr dagegen war, überredete ich ihn doch, meinen Plan zu unterstützen.

Vier Wochen lang hat es gedauert. Der Verliebte hieß mich jeden Samstag Geschenke kaufen, so daß das schöne Silber mir froh im Sack erklang. Auch schrieb er zärtliche Briefchen und erhielt darauf freundliche, aber zögernde und vertröstende Antworten, die ich selbst verfaßte und von einer Freundin schreiben ließ. Von der gan-

* Backwerk

zen Angelegenheit wußte das Mädchen in Prato kein Wort. Endlich, als mein Herr gar zu ungeduldig wurde, gestattete ich ihm einen Besuch in Prato, wobei ich dafür sorgte, daß er das Mädchen nicht zu sehen bekam. Er war wütend und ich mußte darauf denken, ein Ende zu machen. Vielerlei Pläne überlegte ich mit dem Bäcker, bis einer uns endlich gut schien. Wir beschlossen nämlich, den Liebhaber nächstens zu einem Ständchen zu veranlassen und dafür zu sorgen, daß er dabei Prügel bekäme, dann würde er sich das ganze Unternehmen leichter aus dem Kopfe schlagen. Der Plan war leicht auszuführen. Weil der gute Deutsche weder einen Ton singen, noch Gitarre spielen konnte, erbot ich mich, den Musikanten zu machen; für die Prügel wurden zwei Bekannte des Bäkkers bestellt. Und so kamen wir denn eines schönen Abends in den Hof der Signora. Ich stellte mich im Schatten auf und sang so schön, daß der Herr mein Tremolo höchlich bewunderte. Ich sang zwei lange Lieder durch und wollte eben das dritte anstimmen, als die Kellertür sich öffnete und zwei Burschen mit starken Rebstöcken hervorstürzten. Ich nahm mein Instrument unter den Arm und war in derselben Sekunde verschwunden, erwartete aber auf dem Domplatze vor dem Café meinen Herrn, der nach einer Viertelstunde keuchend dahin kam. Er war elend durchgeprügelt worden, blutete an einer Hand und sah im Gesicht schneeweiß aus. Doch verbiß er seinen Schmerz und fragte mich sogar mit Teilnahme, ob ich heil davongekommen sei. Ich antwortete, daß ich zwar einige schmerzliche Hiebe auf den Rücken erhalten hätte, doch unverletzt sei und der Madonna für unsere Rettung danke, da mit den Burschen von Prato bekanntlich nicht gut Kirschen essen sei. Übrigens hörte ich nun zu meiner großen Erleichterung, daß mein braver Herr von der Liebe und dem Prügeln genug habe und in seinem Leben diese Stadt des Unglückes nicht wieder zu sehen begehre. Damit schien mir der ganze Handel erledigt, mit dem ich durchaus zufrieden sein konnte. Das Beste folgte aber noch.

Andern Tages nämlich bekam ich den Auftrag, in der Wohnung des Freundes zu erscheinen. Natürlich glaubte ich, er habe nun die Sache durchschaut, würde mich schnöde behandeln und Rechenschaft über das Geld verlangen, das er mir für die Geschenke gegeben hatte. Aber ich hatte mich getäuscht. Er klopfte mir freundlich auf die Achsel, sagte, er sei für meine gestrige Musik und für die Schläge, die mich getroffen hätten, noch in meiner Schuld und drückte mir ein ganz schönes Stück Geld in die Hand. Bei Gott, so sonderbar wie damals ist mir nie mehr zumute gewesen.

Jawohl, die Deutschen sind gute Leute, wie ich immer sage, deshalb allein, ihr Herren, habe ich euch auch heute den vorzüglichen Wein verschafft, den sonst kein Fremder je zu trinken bekommt.« *(1902)*

Eine Billardgeschichte

Herr Oskar Anton Legager war ein vortrefflicher Billardspieler.

Wenn er im Storchen unter der Tür erschien, lief stets eine vor Eile und Höflichkeit atemlose Kellnerin herzu, um ihm Hut und Stock abzunehmen, während der Marqueur Herrn Legagers Queue aus dem verschlossenen Wandschrank holte und ihm mit tiefem Bückling überreichte. Sodann brachte er aus einer verschlossenen Schublade Herrn Legagers eigene Elfenbeinbälle, bürstete das für Herrn Legager reservierte Billard ab und zündete das Gaslicht an, während Legager seinen Wein oder Kaffee bestellte und seinen grauen Gehrock ablegte, denn er spielte stets in Hemdärmeln.

Sein Queue war ein Kabinettsstück, dick und doch leicht, nur 260 Gramm, aus dreifarbigem amerikanischem Holz gearbeitet, mit geripptem Griff, ziselierten Ornamenten und weiß auf schwarz eingelegtem Monogramm, in welchem die Buchstaben O. A. L. kunstvoll ineinander verwachsen und von einem weißen Blätterkranz umflochten waren.

Auch seine Bälle waren von erster Qualität. Außerdem führte er eine eigene Sorte von teurer grüner Kreide, in einem praktischen Futteral aus Gummi, ebenfalls mit Monogramm versehen.

Wenn Legager seinen grauen Gehrock abgelegt, die Hände gewaschen und sorgfältig abgetrocknet und die Lederkappe seines Queue peinlich untersucht hatte, pflegte er mit herausfordernden Blicken umherzuschauen, während er die in Gummi gefaßte Kreide aus der Hosentasche zog. Dann kreidete er umständlich und wartete.

Gewöhnlich kam sogleich irgendeiner der Gäste und bot sich als Partner an. Herr Legager gab jedem Spieler fünfzig Punkte auf hundert vor. Außerdem spielte er, wenn sein Gegner schwach war, alle Bälle indirekt und jeden fünften Ball als Vorbänder. Trotzdem gewann er fast immer, pflegte jedoch daraus keinen Vorteil zu ziehen, sondern bezahlte stets die Hälfte des Spielgeldes und wurde äußerst ärgerlich, wenn jemand das nicht annehmen wollte.

»Sie glauben wohl, ich sei Professionsspieler?« sagte er dann mit unendlicher Geringschätzung.

Niemanden auf der Welt verachtete er so tief und leidenschaftlich wie die Billardspieler von Beruf. Er selber tat zwar jahraus jahrein nichts anderes als Billardspielen, aber er war Rentner und trieb das Spiel lediglich zu seinem Vergnügen. Er spielte nachmittags im Kasino, abends im Storchen, schlug jeden Gegner, und machte sich oft ein grimmiges Vergnügen daraus, die prahlerischen Turnierberichte in der Billardzeitung mit bitterem Hohn vorzulesen.

»Kolwanst in Breslau hat eine Serie von zwölfhundert gespielt. Kolwanst! Er soll doch kommen; er kann achthundert auf zweitausend vorhaben. Serien von tausend sind pöbelhaft, die macht jeder Gassenbub, wenn er ein bißchen aufpaßt. Wo soll da das feine Spiel bleiben? Nein, jeder dritte Ball muß zwei Banden haben, so halte ich's.«

Und er machte mit dem Marqueur eine Partie Schindluder, wobei jeder dritte Ball Vorband haben muß und Serien unter neun nicht zählen. Er gab auch dem Marqueur fünfzig auf hundert vor.

Vor sieben Jahren war er zu einem Turnier nach Stößelfingen gefahren, vor vier Jahren nach Quedangerfelden, und beide Male war er erster Sieger gewesen und hatte ein Diplom mitgebracht, über das er sich unter Freunden recht lustig machen konnte.

»Ich kenne Leute«, sagte er, »die keine Serie über vierzig machen und doch viel bessere Spieler sind als diese sogenannten Professoren in Wien oder sonstwo.«

Eines Tages kam Herr Legager von einer kleinen Sommerreise zurück. Er suchte seine bescheidene Zweizimmerwohnung auf, kleidete sich um, steckte seine Kreide in die Tasche und bummelte langsam nach dem Storchen. Es war abends acht Uhr.

Als er lächelnd und mit freundlich herablassendem Willkommnicken die Tür öffnete, stürzte ihm keine Kellnerin und kein Marqueur entgegen. Er blieb erstarrt stehen und blickte fassungslos in das veränderte Lokal. Das beste Billard, sein reserviertes Billard, war nicht frei! Es waren in weitem Abstande zwei Reihen Stühle darum gestellt, die alle von Zuschauern besetzt waren, und am Billard stand ein fremder, etwas korpulenter junger Herr und spielte allein. Dieser Herr hatte ein sehr schönes eigenes Queue, trug eine kleidsame, dünn schwarzseidene Bluse und benahm sich sehr sicher und ein wenig kokett.

Erst als Herr Legager näher trat, bemerkte ihn der Marqueur und eilte auf ihn zu. Ohne auf das bitterböse Gesicht seines Stammgastes zu achten, zerrte er ihn mit sich und nötigte ihn auf den Stuhl in der ersten Reihe, den er selbst innegehabt hatte.

»Da können Sie was sehen«, flüsterte er; »was Exquisites, Herr Legager. Er spielt gerade seine Fünfhunderterserie in vorgezeichneten Feldern, nie mehr als zwei Bälle im gleichen Feld.«

»Wie heißt denn der Kerl?« fragte Legager scharf.

»Kerkelchen aus Berlin, der berühmte Kerkelchen. Er hat vor acht Tagen Daubenspeck in Zürich glänzend geschlagen. Sie haben es ja gewiß in den Blättern gelesen. Also das ist er. Ein Spiel hat er, ein Spiel! Sehen Sie nur!«

Der Berliner spielte seine Serie ziemlich rasch zu Ende. Legager beobachtete genau. Sein Spiel war tadellos sauber.

Kaum war er fertig, so drängte sich der Marqueur vor.

»Erlauben, Herr Professor, hier ist Herr Legager angekommen, unser erster Spieler. – Herr Legager.«

Herr Legager mußte nun wohl aufstehen und sich zu einer Art von Begrüßung entschließen. Kerkelchen benahm sich gegen den älteren, etwas steifen Herrn sehr nett, wenn auch ein bißchen gönnerhaft. Legager biß sich auf die Lippen.

»Machen wir eine Partie, Herr Legager? Ich gebe zweihundertfünfzig auf fünfhundert vor.«

»Danke schön, ich will nichts vorhaben. Aber ich möchte mit meinen eigenen Bällen spielen.«

»Meinetwegen«, lächelte der Weltmeister. »Sind es elfenbeinerne?«

»Ja, selbstverständlich.«

»O, ich spiele für mich immer mit Benzolinbällen. Sehr empfehlenswert. Das mit dem Elfenbein ist lediglich ein Vorurteil.«

Herr Legager wurde blaß und schwieg. Der Marqueur brachte seine Bälle her, rieb sie mit einem Tüchlein aus weißer Wolle ab und setzte sie aufs Tuch. Kerkelchen nahm einen davon in die Hand.

»Ich dachte mir's«, sagte er ruhig. »Sie sind zu schwer.«

»– zu schwer?«

»Ja, bester Herr. Dieser Ball wiegt mindestens 240 Gramm. 210 oder 200 wäre genug.«

»Mir sind die Bälle bis jetzt recht gewesen«, stieß Legager wütend heraus.

»O, bitte, es liegt ja nicht so viel daran. Wollen Sie beginnen?«

Herr Legager machte ein paar Bälle. Die Zuschauer paßten mit größter Spannung auf. Kerkelchen gewann rasch einen bedeutenden Vorsprung.

Beim dritten Fehlstoß legte Legager sein Queue aus der Hand.

»Wenn Sie erlauben, möchte ich aufhören. Ich bin heute durchaus nicht disponiert, komme eben von einer Reise zurück.«

Kerkelchen war einigermaßen erstaunt.

»Na, wie Sie wollen«, sagte er kühl. »Vielleicht spielen wir morgen miteinander. Ich bin immer disponiert.«

Man verabredete das Match auf acht Uhr abends und Herr Legager ging zornig davon, ohne den etwas bestürzten Marqueur, der ihm die Tür aufsperrte, eines Grußes zu würdigen.

Fast den ganzen folgenden Tag war er im Kasino und übte. Er sah etwas reduziert aus, denn der gestrige Ärger war ihm in den Magen gefahren und hatte ihm den ganzen Appetit verdorben. Diese verdammte Berliner Schnauze! Na, man würde ja sehen.

Abends acht Uhr waren alle Plätze im Storchen schon besetzt. Herr Legager wusch sich die Hände, ließ sein Queue abreiben und behandelte die Lederkappe mit einer Glaspapierfeile. Fünf Minuten nach acht Uhr kam Kerkelchen, grüßte fidel und vertauschte seine elegante Sommerjacke mit der schwarzseidenen Bluse. Er legte ein Stück Kreide auf den Billardrand.

»Wenn Sie gern meine gute Kreide mitbenützen wollen, Herr?«

Legager schüttelte nur den Kopf. Er begann zu spielen.

»Also Sie können die Hälfte vorhaben.«

Legager brauste auf. »Zum Teufel mit Ihrem Vorgebenwollen!«

Er hatte die Bedingung gestellt, daß jeder fünfte Ball indirekt und jeder zehnte als Vorbänder gespielt werden solle. Kerkelchen hatte freundlich dazu genickt.

Nach kurzer Zeit bemerkte Legager, daß er zurückblieb. Er war heillos aufgeregt und fand seinen ruhigen Stoß nicht wieder.

Als Kerkelchen auf dreihundert war, fing er an, Kunststückchen zu riskieren. Er erschwerte sich die Stöße, machte Einhänder, Fiedelstöße, Schlangenstöße.

Als er auf vierhundert war, gestattete er sich einige

Witze. Legager rollte die Augen unter der geröteten Stirn und biß sich die Lippen wund. Er wußte, daß er schmählich verlieren müsse.

Bei 465 lächelte sein Gegner: »Na, jetzt werden wir's ja gleich haben.«

»Herrgottsternbomben«, schrie Legager außer sich, »lassen Sie die verdammten Witze, oder –!«

»Regen Sie sich doch nicht auf, Verehrtester. 467, 468, 469. So, jetzt der Vorbänder: links aus der Ecke, verkehrtes *effet*, drei Banden. Schön – 470, 471. Aha, der bleibt aus. Es ist an Ihnen.«

Die letzten zehn Bälle machte der Meister sämtlich als Vorbänder. Offenbar wollte er seinen Gegner verhöhnen. Und er blieb so ruhig! Im Publikum wurde mehrmals lebhaft Bravo gerufen. Jetzt war er fertig.

Er machte einen unerhört tiefen Bückling vor dem Besiegten. »Habe die Ehre, mein Herr. Ein andermal wieder. Die Hälfte Vorgabe, wie gesagt.«

Herr Legager war dunkelrot geworden. Als er sah, wie Kerkelchen die Achseln zuckte und lächelte, verlor er alle Haltung. Von verzweifelter Wut übermannt, nahm er seinen Billardstock verkehrt in die Hände, schwang ihn durch die Luft und wollte ihn auf den Schädel des Berliners niedersausen lassen. Aber da hatte man ihn schon von hinten gefaßt und ihm die Stange aus den Händen gewunden.

Sogleich war der gewandte Marqueur zur Hand. »Aber, Herr Legager, beruhigen Sie sich! Lieber Gott, jeder hat schließlich 'nmal Pech. Kommen Sie, nehmen Sie einen Kaffee.«

Aber Legager hatte sich schon losgemacht. Finster schlüpfte er in seinen Gehrock, während der Marqueur das Publikum beruhigte, und verließ den Saal.

Zitternd trat er auf die nächtliche Straße, das Herz von Wut und Scham zerrissen, den Blick am Boden, laut vor sich hintobend und mit Stock und Fäusten agierend.

Ein Schutzmann hielt ihn an. Zornig fuhr er auf: »Was wollen Sie?«

»Schreien Sie gefälligst nicht so. Sie scheinen betrunken zu sein.«

Er riß sich los. Der Schutzmann faßte fester zu. »Wollen Sie wohl –?«

Aber Legager war nicht mehr zu bändigen. Er schlug dem Schutzmann mit der Faust ins Gesicht, dann mit dem Stock auf den Helm, auf die Hände, auf den Rücken. Leute scharten sich um ihn, Hände erhoben sich, Pfiffe ertönten, und nach zwei Minuten wurde Herr Legager, überwältigt, zerschlagen und mit Handschellen gefesselt, von drei Schutzleuten abgeführt. *(um 1902)*

Wenkenhof

Eine romantische Jugenddichtung

Die Mitternacht war schon nahe. In dem großen sommerlichen Gesellschaftszimmer des alten Landhauses glänzte die Hängelampe auf die dunklen Bilder und ihre blaß gewordenen Rahmen, auf das offene Klavier, auf welchem ein Strauß Narzissen stand, und auf den runden, eichenen Riesentisch. An diesem saß der Hausherr und die Dame, ihr Sohn und ich, der aus der Stadt zu Gast gekommen war. Auf dem Tische lag neben einem Strauß von Feldblumen aufgeschlagen ein altes Büchlein von Eichendorff und eines von E. Th. A. Hoffmann, mit kleinen rotbraunen Kupfern nach Callot, und über die Bücher hinweg war die Geige des Sohnes gelegt. Durch die geöffneten Flügeltüren des altmodisch ausgebauchten Balkons kam die kühle Luft herein, und der Geruch der blühenden Obstgärten und das schwache weiße Licht der Sterne. Jenseits der Wiesen und schwarzen Felder schienen die Sterne überaus zahlreich, klein und rötlich auf der Erde fort zu glänzen – dort lag mit tausend Lichtern die bleich überdünstete Stadt. Vom Kiesplatz her klang der schwache künstliche Quell des kleinen Fischweihers.

Die kleine, vertraute Gesellschaft gab sich müden Abendträumereien hin und redete wenig; oft war lange kein anderer Laut im Zimmer als unser Atem und der Atem der Nacht, als der Windzug, der die Balkontüren leis bewegte, oder ein halbes Geräusch aus der nahen Stube, in welcher bei offenen Fenstern die Kinder schliefen. In diesen stummen Minuten drang der Glanz der aufsteigenden Venus stärker in das Zimmer, vom Klavier her klangen für Träumerohren die zärtlich-eleganten Takte Mozarts unendlich leise hörbar, und in der braunen Geige rührten sich mit summendem Gedränge die gefangenen Töne. In den entfernten Ecken des zu großen Zimmers saß lauschend die Finsternis.

»Jetzt erzählet!« sagte die Hausfrau, und zugleich löschte sie die Lampe aus. Die Finsternis stürzte hinter dem verglosenden Flämmlein her gierig aus allen Ecken hervor, aber der süße Glanz der Venus drang bis zum Rande des runden Tisches und lag zwischen ihm und dem Balkon wie eine weiße Straße. Gemeinsam mit dem Sohn begann ich nun eine Geschichte zu erzählen, so daß einer den andern in kurzen Pausen ablöste, wie wir es oft getan hatten. Die dunkle Nacht und der erwachende Spätwind und die viel mehr als hundertjährigen Bäume der englischen Allee erzählten in den Pausen mit, und es geschah daher, daß in unserer Geschichte viel von Sternen und nächtlichen Schatten auf mondhellen Pfaden die Rede war, auch von Seufzern, die in bedeutender Stunde aus Gewächs und Geräte steigen, von Doppelgängern und aufsteigenden Schatten Gestorbener.

Mit dem letzten Schlag der Mitternacht war die Geschichte zu Tod und Ende geführt und verklang fremden Tons in der Dunkelheit. Eine Kerze flammte auf, und eine zweite; nebenan ward mir ein kleines Schlafgemach geöffnet, wir gaben einander die Hände und gingen auseinander.

Nach einer kurzen Stunde Schlafs weckte mich eine sanfte Klaviermusik. Leise und sehr behutsam stieg aus aus dem hohen Bett und schob die angelehnte Tür des Gesellschaftszimmers ein wenig weiter zurück. Ein schwaches Flimmerlicht drang ein, und die Musik erklang deutlicher. Ich erkannte ein Menuett von Mozart, von Frauenfingern gespielt. Noch ein vorsichtiger, vorsichtiger Druck an der Türe …

Am Klavier saß ein hübsches Mädchen im Kostüm des Empire, weiß mit lila Schleifen und sehr hoch gegürtet. Sie spielte die delikate Musik so, wie ich glaube, daß sie vor hundert Jahren gespielt wurde, nämlich sehr zierlich und akkurat, nur die kleinen sentimentalen Wendungen ganz leicht übertreibend, und sie lächelte dazu. Nach einer kurzen Weile hielt sie inne. Es entstand Geräusch auf dem Balkon. Ein junger Herr in dunkelblauem Frack stieg über die schöne schmiedeiserne Brüstung. Seine weißen Wadenstrümpfe stachen hell und unerträglich eitel durch die Nacht hervor. Kaum hatte er beide geschmeidige Beine über den leicht erzitternden Eisenbord gebracht, da lag er schon vor dem Klavier der schönen Musikantin zu Füßen. Indes er Liebeswahnsinn stammelte und von ihr mit schnöde lächelnden Mienen ohne Glauben angehört wurde, reizte mich ihr hochmütiges, hübsches Gesicht und der edle Bogen ihrer hochgezogenen Brauen. Sie spielte jeweils einen fröhlichen Takt weiter und hörte sodann wieder heiter, behaglich und grausam dem Knieenden zu, seine Beschwörungen bald mit Schweigen, bald mit Lächeln, bald mit einem Triller beantwortend. Sie schlug erstaunlich tadellose Triller.

Da der Galant heißer und am Ende immer drängender und unabweislicher wurde, ärgerte ich mich doch. Ich brach im Hemde aus meiner Kammer hervor, ergriff den Verliebten mit beiden zornigen Händen, trug ihn – er war nicht schwer – zum Balkon, an welchem noch seine angehakte Leiter hing, und warf den Pudermann köpflings hinunter. Ein verhältnismäßig stattlicher Fall tönte drunten auf dem mondweißen Fliesenboden. Umkehrend verneigte ich mich vor dem weißen Fräulein und schämte mich elend, weil ich im Hemde dastand.

»Mademoiselle, permettez …«

Sie aber wurde blaß, und wurde schmal, und sank mit einem überaus zarten Seufzer auf dem Stuhl zusammen, und da ich die Hände nach ihr ausstreckte, griff ich eine große, stark duftende Narzisse. Erschrocken und traurig stellte ich die weiße Blüte zu den andern ins hohe Blumenglas und kehrte in das verlassene Bett zurück.

Als ich des Morgens vor dem Abschiednehmen das

Klavierzimmer nochmals aufsuchte, war alles wie am vergangenen Abend. Nur ein altes Männerbildnis an der Wand schien mir auffallend rachsüchtig zu blicken, was ich früher nie beachtet hatte. Doch machte mir dies begreiflicherweise keine Sorgen.

Der Wagen war angespannt, und ich fuhr in Begleitung des Hausherrn nach der Stadt zurück. Der gastfreundliche Herr war heute ziemlich verschlossen und sah mich unangenehm und fragend an.

»Es ist vielleicht besser«, sagte er plötzlich, »wenn Sie uns hier draußen nicht mehr besuchen.«

Ich war sprachlos.

»Ja, weshalb denn?« rief ich bestürzt.

Er blickte mich strenge an.

»Ich habe gesehen, was Sie heut nacht getan haben.«

»Und nun?«

»Jener Herr war mein Großvater. Sie wußten es vermutlich nicht, aber einerlei ...«

Ich begann mich zu entschuldigen, aber er rief dem Kutscher zu, schneller zu fahren, winkte abwehrend gegen mich und lehnte sich tief im Sitz zurück, ohne sich mehr auf ein Gespräch einzulassen. *(um 1902)*

Peter Bastians Jugend

Ich bin in Zavelstein bei Calw im Schwarzwald geboren. Meine Mutter hieß Anna Bastian, einen Vater hatte ich nicht. Und so ist meine arme Mutter der einzige Mensch, den ich mein Leben lang liebgehabt und nach dem ich zuzeiten Heimweh gehabt habe, obwohl ich sie lang genug versäumt und vergessen habe. Sie hat mich lesen, schreiben und beten gelehrt. Denn ob sie wohl katholisch war, verstand sie doch außer dem Paternoster und dem Ave auch aus dem Herzen zu beten mit Worten, die in keinem Buch vorgezeichnet stehen. So wie ich mich ihrer aus meiner ersten Knabenzeit erinnere, war sie eine junge, schlanke Frau, deren Schönheit nur langsam der Zeit und den Sorgen nachgab.

Weil meine Mutter nicht von Zavelstein gebürtig, sondern eine Fremde war, und weil ich schon früh das kleine Nest verließ, gefiel es mir später, mich für einen Heimatlosen zu halten. Es war mir aber doch nicht ganz Ernst damit, denn als junger Bursch auf Wanderschaft habe ich manchen langen Tag hindurch Heimweh gehabt und auch jetzt, wenn ich das Wort Heimat höre oder sage, sehe ich das kleine Bauernstädtchen vor mir, als hätte ich es erst gestern verlassen. Auch darf ich, da ich ein gutes Stück von der Welt mit meinen Augen gesehen habe, wohl sagen, daß meine Heimat schön ist. Die Berge voll hoher Fichtenwälder, die in der Ferne so blau aussehen, die hochgelegenen Felder und Wiesen, in der Osterzeit voll vom blühenden Krokus, die große alte Burgruine mit dem Blick hinunter auf das stille Teinacher Tal – das alles ist schön und darf sich neben mancher berühmten Touristengegend sehen lassen.

Damals freilich konnte und wollte ich das nicht wissen. Sondern es lag von früh an etwas in mir, das ins Weite wollte und mir keine Ruhe ließ. Daß meine Mutter katholisch und keine Einheimische war, hat vielleicht sein Teil Schuld daran, und daß ich keinen Vater hatte, auch. Ich kam mir anders, nämlich besser vor als meine Heimatkameraden, und hatte mir schon früh in den Kopf gesetzt, dies Nest recht bald zu verlassen und nicht wieder zu kommen. Viel hat dazu die alte Lisabeth beigetragen, die ehemalige Botenfrau, die in ihrem Altenstübchen in des Kronenwirts Haus wohnte und mir den Kopf voll von Geschichten und Sagen und Ideen steckte. Seit ihr Sohn in Amerika verschollen war, gingen ihre Gedanken beständig irgendwo in der Ferne spazieren. Auch las sie viel Gedrucktes und redete vom Meer und von fremden Städten, als wäre sie dort gewesen. Und Geschichten wußte sie mehr als ein Kalender. Von fünfzig, sechzig Jahren her wußte sie jedes Unglück, jeden Brand und jeden Totschlag, die weit in der Gegend herum geschehen und ruchbar geworden waren. Den »Messerkarle« hatte sie selber gekannt, und seine vier Totschläge und sein Ende konnte sie heruntererzählen wie eine Litanei. Die neuerlich geschehenen Morde in Liebenzell und Neuenbürg, ja bis Weilderstadt und Leonberg hinüber hatte sie glatt am Schnürchen. Und sie verstand auch zu erzählen. Ich weiß noch, wie sie mir zum erstenmal die Geschichte vom Postmichel erzählte, und die vom Wildberger Stadtbrand oder die vom Messerkarle.

»Stockrabenschwarze Nacht war's, und der Föhn ging stark. Da geht der Karle aus seinem Versteck heraus, nimmt das Messer zwischen die Zähne und klettert am Birnenspalier in die Herberge. Der Fuhrmann liegt und schläft, und hat sein Felleisen mit ins Bett genommen. Sucht der Karle die ganze Stube durch und findet nichts. Geht ans Bett und tastet und fühlt das Felleisen unterm Kissen neben des Fuhrmanns Kopf. Er zieht's heraus und zieht mit aller Vorsicht eine Viertelstunde lang Ruck für Ruck, damit der Fuhrmann nicht erwacht. Er war frech, der Karle, aber dumm war er nicht! Langsam, langsam zieht er. Da dreht sich der Fuhrmann im Schlaf herum, stößt an des Karle Arm, wacht auf. Der Karle im ersten Schrecken schaudert, läßt sein Messer fallen. Der Fuhrmann nimmt's und zielt auf ihn. Der Karle aber nimmt das schwere Felleisen. Der Fuhrmann fängt an zu schreien, da haut ihm der Karle dreimal mit dem schweren Felleisen über den Kopf, daß er sich streckt und tot liegen bleibt. Derweil schlägt vor dem Haus der Hund an. Der Knecht kommt auf den Hof, zündet die Laterne an, lugt um, horcht. Und der Karle bleibt eine ganze Stunde lang auf dem Bett neben dem erschlagenen Fuhrmann sitzen, bis alles still und sicher ist. Und dann durchs Fenster fort. Es war sein Zweiter.«

Sie kannte aber nicht bloß verstorbene Totschläger und alte Geschichten. Sie kannte noch viel besser die lebenden Menschen, ihre Gewerbe, ihre Meinungen, ihre Geheimnisse, Krankheiten und Schicksale. Sie wußte die Zunftsprüche aller Handwerke, die Gesellengrüße, sie kannte die Sprache der Pennbrüder. Sie kannte auch sehr gut die Rangordnung der Gewerbe, und der fleißigste Schneidermeister wog ihr noch lang keinen Schlossergesellen oder Zimmermann auf. Und sie wußte von den meisten Menschen genau, unter welchen Sternen ihr Schicksal stand.

»Siehst du«, sagte sie einmal, »der Gerberhannes hat auch gemeint, er könne sich seinen eigenen Adam zurecht drechseln. Ja, Prosit! Ein Bauer hätt er bleiben sollen, weil er dazu geboren war, auch wenn er keinen Hof zu erben hatte. Ich hab's ihm gesagt noch wie er Lehrling war. Aber nein, Gerber mußt er werden! Und später starb das Weib, und das Geschäft ging schlecht, und jetzt ist er wieder Gesell und sitzt an anderer Leute Tisch und frißt aus fremder Schüssel, und seine Kinder hat der Schwager zu sich nehmen müssen. Schau, was ein rechter Handwerker werden will, der muß ein warmes und schnelles Blut im Leib haben, kein Bauernblut. Der muß über Land gehen und reisen und viele Meister gehabt haben, eh daß er selber einer wird. Wo ist denn der Gerberhannes gewesen? In Calw, und ein halb Jahr lang in Horb, und dann wieder in Calw, nicht einmal bis Pforzheim hat er's gebracht. Er ist halt ein Bauer. Und ein Bauer, wenn er mehr als drei Stund zu Fuß lauft, dann wird's ihm schon wunderlich, und geht wieder heim. Und wenn einer vom Militär nicht wieder heim kommt und Unteroffizier wird, so einer ist nie ein echter Bauer gewesen. Und du, Peter, bist auch keiner.«

Ich hörte das gerne, und sie hat, bei Gott, recht gehabt, und mit elf Jahren schon hätte ich mir von keinem sagen lassen, ich sei ein Bauer. Ein Handwerker, und obenein ein Handwerksbursch, ja das war schon besser! Aber da kam der Lehrer zwischenein.

Doch vorher muß ich noch andres erzählen.

Manchmal haben Leute mir gesagt, die Kinderzeit sei doch das Beste im Leben und alles, was nachher kommt, sei nur Enttäuschung und wenig Erfüllung. Mir scheint dies nun nicht richtig, und schließlich ist doch ein kecker junger Mann oder ein kluger, fertiger Meister in seiner Werkstatt etwas anderes als ein kleines unvernünftiges Kind. Trotzdem ist mir zuweilen, wenn ich zurückdenke, wunderlich zumut wie dem Bauer, der über die dritte Stunde hinaus von seinem Dorf weg geht. Nicht daß ich lieber zeitlebens ein Kind geblieben oder als Kind gestorben wäre, nein. Aber es ist mit dem Leben so wie mit einem schönen Spielzeug, das man Kindern verspricht. Nun warten sie und warten und sterben schier vor Begier und Ungeduld nach dem schönen Ding. Und dann bekommen sie es endlich und haben's in Händen, und spielen damit und sind eine Stunde lang wie bezaubert vor Glück, aber die Stunde vergeht und dann sehen sie, daß es eben auch nur ein Ding wie andre war, und der Zauber ist fort. Darum möchte ich wohl zu manchen Zeiten wieder für eine Stunde ein Kind sein können. Nicht der Kindheit wegen – denn Kinder sind auch Menschen und haben nicht so reine Seelen, wie in Büchern von ihnen steht. Aber ich möchte mich noch einmal so auf das Leben freuen und so den Himmel voller Geigen hangen haben. Denn damals, wenn ich über die Berge sah, glaubte ich die Welt wie ein farbiges, zauberhaftes Bilderbuch dahinter aufgeschlagen liegen, voll von prachtvollen Städten, gewaltigen Strömen, kräftigen wilden Männerhänden, Abenteuern und Verlockungen.

Auf diese Dinge machte mich die Lisabeth sehr neugierig. Sie war schon alt und hatte niemals so in die Welt hinein schauen dürfen, wie sie gerne getan hätte. Nun gab sie die ganze Unruhe ihres alten Herzens in mein junges Gemüt herüber und träumte und freute sich mit mir so wie ein Zurückbleibender dem Abreisenden Pläne machen und schwärmen und sich freuen hilft.

Abends gingen wir oft zu ihr hinüber, meine Mutter und ich. Dann war es sonderbar zu sehen, wie meine Mutter über unsre Gespräche freundlich und traurig hinweg lächelte, als wäre für sie die alte, kluge Lisabeth auch nur ein Kind. Meiner lieben Mutter war durch meinen Vater und auch durch meine Geburt, die Jugend genommen worden, und erst manches Jahr später erzählte sie mir, daß sie damals, als sie mit mir schwanger war, am liebsten ins Wasser gegangen wäre und vielleicht bloß um meinetwillen geblieben sei. Damals aber fiel mir ihr stilles Wesen noch nicht auf. Wenn sie mich einmal, wie es beim Schlafengehen nicht selten geschah, an den Schultern mit beiden Händen festhielt und mir lang in die Augen sah, dann erwiderte ich ihren Blick still und ernsthaft, ohne viel zu denken, und schlief dann ein. Vielleicht saß sie alsdann noch lang an meiner Bettstatt und ließ den Blick ihrer braunen Augen auf meinem Bubengesicht ruhen, ihrer Vergangenheit und meiner Zukunft nachdenkend. Manchmal hat sie mir eine Unart scharf verwiesen, mich auch ein paar Male mit Schlägen gestraft, sonst aber ließ sie mich in meiner Art heranwachsen und suchte mehr im stillen durch Gebet und Beispiel auf mich zu wirken.

Mit den Bauernbuben war ich viel zusammen, aber war nicht ihresgleichen. Ich hielt mich für klüger und besser als sie, und sie fühlten mich als Fremden und mißtrauten mir immer ein wenig. Im stillen verachteten sie mich wahrscheinlich, denn ein rechter Bauer verachtet jeden andern Stand von Herzen und glaubt sich dem Oberamtmann so überlegen wie dem Schulmeister. Wenn ich aber unter den Buben war, so gehorchten sie mir meistens, denn ich war immer ihr Hauptmann und Anführer. Außerdem war ich ein starker Kerl, knochig und groß, und wußte meine Fäuste zu brauchen. Einmal schlug ich im Streit dem Schulzenbuben einen Zahn aus und mußte beim Schulzen dafür bittere Buße tun. Eigentlich lag das Schlagen, Mißhandeln und Grobsein nicht in meiner Natur, ich war eher beschaulich; aber an manchen Tagen war ich bösartig und wie ausgewechselt. Dann widersprach ich auch der Mutter und quälte sie durch mein trotziges Wesen.

Ich weiß noch so einen Tag. Die Mutter hatte mich wegen eines dummen Streiches gescholten. Ich lief weg, es war keine Schule, und trieb mich in den Scheunen herum. Um Mittag kam ich zurück und wollte essen. Da sollte ich erst um Verzeihung bitten und Besserung versprechen. Das war sonst nicht meiner Mutter Art. Ich war trotzig, warf den zinnernen Teller hart auf den Tisch und lief wieder fort, ohne gegessen zu haben. Bis zum Abend schlenderte ich draußen umher oder lag im Wald überm Bach und lauschte auf die Forellen. Am Abend ging meine Mutter mich suchen und rief nach mir durch die Gasse und in der Ruine und bei der Lamm-Linde. Ich hörte sie meinen Namen rufen, gab aber keine Antwort und kam erst zwei Stunden später heim, als es schon ganz Nacht war. Die Mutter saß im finstern Zimmer, ich kam herein und grüßte nicht. Sie stellte mir schweigend mein Essen zurecht, und schweigend aß ich und ging zu Bett, von wo aus ich sie zuerst beten und dann weinen hörte. Mir tat das Herz weh vor Reue und Leid, aber als sie mit der Kerze an mein Bett kam, stellte ich mich schlafend. Aber es war mir sehr schlecht zumute.

Im ganzen war ich ein lebhaftes und gar nicht sanftes, aber gutartiges Kind. Nur sehnte ich mich und wartete im stillen begierig auf die Zeit, da die schöne große Welt mir aufgehen und ich ein freies Leben in meine eigenen Hände nehmen würde. Wenn die Mutter mich gelegentlich einmal, leider allzu selten, in die zwei Stunden entfernte Oberamtsstadt Calw mitnahm, dann lachte mir das Herz. Und in Calw betrachtete ich die Häuser und Schaufenster und Wirtsschilder, ich besah mir die Kaufleute und die Beamten und besonders die staatlichen Handwerker nicht mit der bloß glotzenden Bewunderung des Bauern, der doch im Ernst nichts auf der Welt ernst nimmt als den eigenen Stand, sondern ich beschaute sie mit aufrichtiger Bewunderung und mit der festen Hoffnung, später selbst einmal ihresgleichen zu werden.

In der Schule war ich obenan. Zwar zeigte ich, nachdem ich einmal geläufig lesen gelernt hatte, wenig Eifer mehr; aber die Aufgaben der ländlichen Volksschule waren leicht und meine Altersgenossen waren mir an Gaben unterlegen, so daß ich stets der erste war und ohne Mühe weiterkam. Nebenher las ich Kalender und Volksbüchlein aus dem Vorrat der Boten-Lisabeth, und hie und da eine aus der Stadt her verirrte Zeitung, aus denen ich meine Vorstellung vom Leben erweiterte und neuen Stoff zu unersättlichen Träumen schöpfte. Da aber gereichte mir eben meine Begabung beinah zum Schaden. Der Schullehrer nämlich nahm mich aufs Korn, lobte mich vor jedermann und lief unablässig bald zum Schulzen, bald zu meiner Mutter mit der Mahnung, mich auf die Calwer Lateinschule zu schicken, denn ich müsse studieren.

Damals hatte ich alle Lust dazu. Das heißt, nicht zum Studieren, sondern nach Calw zu gehen, denn das schien mir der erste Schritt ins gelobte Land zu sein. Auch die Lisabeth war auf meiner Seite und hielt mir die Stange. Später aber sah ich ein, daß es nicht wohlgetan war. Es ist und bleibt falsch, daß man für solche, die nicht Buchgelehrte werden sollen, die Schule zur Grundlage der ganzen Ausbildung macht. Außerdem war damals der Lehrplan unsrer kleinen Lateinschulen so altmodisch unpraktisch, daß im spätern Berufsleben meistens die Volksschüler den Lateinern überlegen waren.

Zum Glück war ich schon zu alt, um das Latein rasch genug nachholen zu können, denn Lateinisch begann man damals schon mit acht Jahren. So wurde ich als »Nichtlateiner« in die dritte Klasse nach Calw geschickt, das heißt ich ging, ebenso wie einige Schicksalsgenossen, zwar in die Lateinschule, lernte aber kein Latein, sondern wurde während der Lateinstunden mit etwas Zeichnen, Französisch und dergleichen Sachen beschäftigt. Auch hier lernte ich leicht, ohne aber eigentlich eine Freude daran zu haben. Wir lernten die Stämme Israels und die linken Nebenflüsse des Neckars auswendig, und einige Geschichtszahlen; im übrigen schien unter unsern Lehrern ein stilles Übereinkommen darüber zu bestehen, daß es ja doch unmöglich sei, irgend etwas Nützliches und Wirkliches in der Schule zu lernen, darauf ließen sie sich denn gar nicht ein, und wenn ich gelernt habe einen Ahorn von einer Linde zu unterscheiden und ein Kalb von einem Esel, so verdanke ich es nicht ihnen.

Die Ansicht des Lehrers und meiner Mutter war nun, da es ohne Latein mit dem Studieren doch nichts war, ich solle nach Ablauf der Schuljahre und Erwerbung des Einjährigen-Zeugnisses Kaufmann oder Schreiber werden. Ich ließ sie meinen und reden, ohne viel dazu zu sagen. Ich selber wußte ganz genau, daß ich niemals weder ein Kaufmann noch ein Notar oder Beamter, sondern ein Handwerker werden würde, und zwar war es schon früh das Schlosserhandwerk, auf das ich meine Wünsche richtete. In Calw war ich zu einer Base der Lisabeth für sehr billiges Geld in Kost gegeben, wozu die Gemeinde einen kleinen Zuschuß bewilligte, und von nun an brachte ich nur noch die Samstagnachmittage und Sonntage in Zavelstein zu. Doch kam meine Mutter, die für Calw oft Näharbeiten übernahm, auch zwischenein nicht selten in die Stadt. So hatte ich denn alle Gelegenheit, das Stadtleben kennenzulernen. Zwar ist Calw nur klein und mag einem Großstädter beinah wie ein Dorf erscheinen. Aber es war eben dennoch eine Stadt, das heißt ein Ort, dessen Bewohner nicht von Wald und Ackerbau lebten, sondern von Handwerk und Handel. Deshalb fühlte ich mich dort wohl, denn die Menschen waren beweglicher, weitgereister und freier als auf dem Lande. Man sah allerlei Gewerbe und Industrie, sah schöne Häuser, Eisenbahn, Ratsherren, Polizei, hörte manchmal Musik bei Festen oder an den Tagen der Feuerwehr.

Bald, oder eigentlich schon nach dem ersten Tage, fühlte ich mich hier ganz und gar heimisch. Auch in der Schule galt ich bloß in den ersten Wochen für einen Bauernbuben. Da ich an Leib und Seele beweglich war, auch niemals die schwere Tracht der Walddörfer getragen hatte, und da namentlich der berüchtigte plumpe Gang der Waldbauern, die »Wasserkniee«, mir nicht anhaftete, genoß ich unter den Kameraden bald das Ansehen des Gleichberechtigten. Dafür war ich allerdings jenen ziemlich zahlreichen Bauernbuben, die die Schule besuchten, fremd und fast verhaßt geworden. Mein Ansehen stieg sogar gerade durch ein Ereignis, das ihm leicht hätte schaden können. Ein Lehrer fragte mich eines Tages zufällig, wer und was denn mein Vater gewesen sei. Ich wurde verlegen und mußte antworten, daß ich nie einen gehabt hätte. Die meisten von meinen Klassenkameraden wußten wohl, was das bedeute, und einer davon verhöhnte mich deswegen nach der Lektion im Schulhof. Da ging ich auf ihn zu, faßte ihn langsam und sorgfältig an beiden Ellbogen und drückte ihm Arme und Leib langsam und ruhig, als sei es nur ein freundlicher Scherz, so stark zusammen, daß er bleich wurde und auf der Stirn schwitzte und flehentlich bat, ich möchte ihn loslassen. Dieser Beweis meiner großen Körperkraft verschaffte mir unter den Schulkameraden mehr Achtung, als wenn mein Vater Oberamtmann gewesen wäre.

Unter meinen Klassenkameraden war ein Schlossersohn, Fritz Ziegler, der mir auf meine Bitten öfters Zugang zur Werkstatt seines Vaters verschaffte. Da war ich in meiner wahren Heimat, wenn ich je und je am Abend oder an einem Feiertag mit Fritz mich in der Werkstatt umsehen und darin basteln konnte. Ich lernte schnell die paar mir noch fremden Werkzeuge kennen, und hatte meine zärtliche Freude an den Vorräten von Eisenstangen, Werkzeugstahl, Draht und Messing. Doch war der Vater Ziegler mir nicht gut gesinnt, obwohl ich in seiner Werkstatt nie das geringste verdorben oder entwendet habe – aber einmal machte ich mit Fritz in der Esse Feuer an, um ein Eisen warm zu machen, und daß wir da an den Kohlen und der Esse hantiert hatten, verzieh er mir nicht. Ich war sehr traurig, als er mich eines Tages wegjagte und mir das Wiederkommen für immer verbot. Nun entstand eine Zeit der Langeweile für mich, da ich nicht mehr wußte, was ich mit meinen Freistunden anfangen sollte. Diese Langeweile trieb mich zu allerlei Neuem, das nicht ohne Folgen blieb.

Zunächst, da ich das Bedürfnis nach Gesellschaft und Verkehr empfand, und Fritz Ziegler sich mit mir wegen der Schelterei seines Vaters verzankte, suchte ich meine Kameraden abends auf der Gasse. Ihre Spiele – es ging meistens um Murmeln – waren mir nicht sonderlich wichtig, deshalb fand ich mich bald mit den Wilderen unter ihnen zusammen, deren Hauptvergnügen teils in

Schelmenstreichen, teils in Raufhändeln mit den Volksschülern bestand. Zwischen den »Lateinern« nämlich und den Volksschülern, die wir auch »Deutsche« oder »Volkslappen« hießen, war ewiger Krieg. Wir standen im Ruf von Herrensöhnchen, hochmütigen Besserwissern späteren Beamten und Leuteschindern, während wiederum die Lateiner in den »Deutschen« gemeines Volk ohne Schwung und Bildung sahen. In Wirklichkeit war es bloß die natürliche Wildheit des Knabenalters, sowie der Neid und Ehrgeiz zwischen den Elternhäusern, aus denen der ewige Kampf sich nährte. Denn meistens trafen sich der Volkslapp und der Lateiner von heute sofort nach den Schuljahren schon als Lehrlinge im gleichen Kaufhaus oder an der gleichen Drehbank, und die Feindschaft war vergessen. So geschah das Wunderliche, daß ich, der ich innerlich ja viel mehr auf der Seite der Volksschüler stand, in ihnen meine künftigen Kameraden und Kollegen sah, und gewiß kein Herrensöhnchen war, – daß ich gegen eben diese Volksschüler als Lateiner focht und Kriege führte – wobei ich ja spaßigerweise erst noch »Nichtlateiner« war. Ich fühlte oft deutlich das Widersinnige und Komische, das darin lag; aber schließlich kämpften wir ja nicht wegen Rang, Stand und Prinzipien, sondern bloß um zu raufen, und mein unbefriedigtes Gemüt hatte sich nun einmal für eine Weile auf diese Kämpfe geworfen und gab ihnen eine wahre Leidenschaft. Die Reibereien zwischen beiden Schulen, bei denen übrigens meistens die an Zahl überlegenen Gegner die Oberhand behielten, waren uralt, und hatten wiederholt die Lehrer und sogar die Polizei ernstlich beschäftigt. Jetzt kam ein neues Leben in den alten Krieg, denn ich warf mich bald zu einem Rädelsführer auf und trieb die Sache möglichst ins Große. In der steilen, breiten Salzgasse fanden richtige Schlachten statt, in den Rathaus-Arkaden kamen Belagerungen, Überfälle und hitzige Gefechte vor. Mich fürchteten alle, ich war zugleich stark und flink, es kam sehr selten vor, daß ein Einzelner mich angegriffen hätte. Und doch fand ich meinen Meister.

Wir hatten einmal ein halbes Dutzend Volksschüler in einen Gassenwinkel gedrängt und hieben aus vollen Kräften auf sie ein. Da kam ein andrer Volksschüler daher, ein dreizehnjähriger, stiller Bursche, der sich nie an den Kämpfen beteiligte, ein Mensch mit einem ernsten, fast schon erwachsen blickenden Gesicht, er hieß Otto Renner.

»Schäm dich doch!« rief er mir zu, und ich antwortete mit einer verächtlichen Herausforderung.

Da sprang er ins Gedränge, zog mich am Arm heraus und stand mir zornig gegenüber. Ein Schlag von mir begann den Kampf. Wir rangen wohl zehn Minuten, jeder mit voller Kraft. Nie hätte ich den stillen Kerl für so stark gehalten. Nur ganz langsam, langsam gab ich seiner überlegenen Kraft nach, bis ich zerquetscht, verzweifelt und wütend am Boden lag. Im Weggehen rief er mir noch zu, ich möge mir jetzt eine Lehre nehmen, denn so solle es mir jedesmal ergehen, wenn er mich wieder dabei finde, wie ich seine schwächeren Kameraden verhaue.

Ein paar Tage hielt ich Ruhe. Dann wurde eines Nachmittags meine Führerschaft zu einer neuen Schlägerei beansprucht. Ich ging mit. Bei der Metzgergasse hob das Steinewerfen und höhnische Herausfordern an und es ging nicht lange, so waren wir mit einem Dutzend handgemein. Da erschien mein Feind Renner.

»Willst du aufhören oder soll ich dir die Rippen einschlagen?« rief er mir befehlend zu.

Ich ging auf ihn los. Er aber ließ sich diesmal gar nicht aufs Ringen ein, sondern warf mich mit einem plötzlichen furchtbaren Stoß gewaltig gegen den nächsten Prellstein, und ging weg. Mir mußten zwei Kameraden aufhelfen, ich blutete nirgends, fühlte aber einen unheimlichen Schmerz. Ich hatte das Schlüsselbein gebrochen.

Am zweiten Tag meines Krankseins besuchte mich

Otto Renner, mein Besieger. Ich empfing ihn mit Verlegenheit; es schien mir sonderbar, daß er sich zeigte.

»Was willst du?« fragte ich, eher feindselig.

»Ich will dir sagen, daß es mir leid tut. Ich habe es nicht gewollt. Ich wäre auch nicht fortgelaufen, wenn ich gewußt hätte, daß du etwas gebrochen hast.«

Ich antwortete nicht. Da setzte er sich unten auf mein Bett.

»Wie alt bist du?« fragte er nach einer Weile.

»Zwölfeinhalb.«

»Willst du Kaufmann werden?«

»Nein.«

»Deine Tante sagt es ja.«

»Sie sagt es, ja. Aber ich will nicht. Nein, ich werde nicht Kaufmann.«

»Was willst du denn werden?«

»Geht's dich was an?«

Er sah mich lächelnd an. »Du, Bastian«, sagte er, »wir haben ja jetzt keine Händel mehr. Oder bist du mir noch bös?«

»Nein. Aber warum hast du dich drein gemischt?«

»Warum soll ich zusehen, wenn du meine Kameraden prügelst? Weißt du, es hat mich geärgert, daß du so den Häuptling spielst. Wenn einer stark ist, braucht er darum doch die andern nicht zu quälen.«

»Ja, ja.«

»Also, sagst du mir jetzt, was du gern werden möchtest?«

»Meinetwegen. Schlosser will ich werden.«

»Im Ernst?« rief er und riß die Augen auf.

»Natürlich. Ich lüge dich nicht an.«

»Ja, aber dazu brauchst du doch nicht zu den Lateinern zu gehen!«

»Nein. Aber man wollte halt, daß ich Kaufmann werde, darum bin ich Lateiner. Ich werd's aber nicht. Ich werde Schlosser, verlaß dich drauf.«

»Die Schlosserei ist aber kein Spaß. Die will gelernt sein. Verstehst du schon was davon?«

»Nein, eigentlich nicht. Das heißt, beim Ziegler bin ich früher manchmal in der Werkstatt gewesen. Aber er läßt mich nicht mehr.«

Da sagte Renner zu meiner großen Verwunderung: »Du kannst ja zu mir kommen, wenn du magst.«

»Zu dir?«

»Jawohl. Der Schlosser Renner ist mein Onkel. Ich bin fast jeden Abend dort.«

Natürlich versprach ich zu kommen, sobald ich wieder gesund wäre. Am nächsten Tage kam er nochmals und brachte mir eine Orange mit, es war die erste in meinem Leben, die ich zu essen bekam. Bei diesem Besuch schloß ich mit ihm eine Freundschaft. Die Renners waren lauter ernsthafte, etwas langsame, tüchtige, brave Menschen, und Otto hatte manche Besonderheiten. Er paßte gut zu mir, da er aber ohne Vater noch Mutter aufgewachsen und in vielem früh auf sich selber angewiesen gewesen war, hatte sein ganzes Wesen etwas vorzeitig Altes an sich. Er war wohl so leidenschaftlich wie ich, aber es ging bei ihm mehr nach innen, so daß er trotz seiner Gescheitheit und trotz seinen kräftigen Gliedern ein sehr stiller und beinah scheuer Knabe war. Mir erschien er schon damals wie ein Mann. Lesen liebte er wohl, aber weniger als ich; dafür war er ein sehr fleißiger Zeichner. Halbe Sonntage saß er am Tisch, einen Fetzen Papier vor sich, und zeichnete Doppelschlösser, Maschinenteile, Schrauben und Eisenkonstruktionen, wobei er nachdenklich die breite Stirn faltete und seufzte, wenn ein Hindernis entstand oder er eine Vorlage nicht ganz begriff. Die Vorlagen holte er aus der Abendschule im Zeichensaal. Auch ich wollte in die Abendschule eintreten, wurde aber nicht angenommen, weil ich noch zu jung sei. Nun begann ich bei ihm zeichnen zu lernen, und er war strenger als ein Schulmeister mit mir. Wenn er mich aber, wie es im Sommer manchmal geschah, des Sonntags nach Zavelstein begleitete und wir uns unterwegs im Wald ins Moos legten, dann hörte er meine Erzählungen ernsthaft und andächtig an. In Zavelstein droben war er dann still und bescheiden und sah zu meiner Mutter hinauf, als wäre es seine eigene. Und ihr gefiel es, daß ich einen so ernsthaften, männlichen Freund mitbrachte. Als ich einmal meiner Mutter laut und heftig widersprach, sah Otto mich über den Tisch weg erschrocken und wehrend an und hörte auf dem ganzen Heimweg nicht auf, mir deswegen Vorwürfe zu machen.

An ihm lag es auch, daß ich wieder häufiger zur Lisabeth kam. Die alte Frau fragte mich zuviel aus und ich hatte angefangen sie zu meiden. Nun bat er mich oft, wir möchten doch zu ihr gehen. So erfuhr sie denn auch bald mein Geheimnis, daß ich nämlich Schlosser werden wolle, und war nach einiger Widerrede ganz damit einverstanden. Mit dem Geheimnis hatte es nun aber ein Ende, denn natürlich lief sie damit gleich zu meiner Mutter. Vom Lehrer, von der Mutter und ihrer Base wurde mir jetzt arg zugesetzt, von meiner Unvernunft zu lassen und Kaufmann zu werden. Da ich hart blieb, hörte das Reden darüber auf, aber in der Lateinschule wurde ich gelassen. Dort hatte ich wenig Freude mehr. Seit ich von den Raufereien wegblieb, hatte ich in der Klasse keine Freunde mehr. Und als es sich herumsprach, ich wolle Schlosser werden, da begannen einige dieser Knaben mich zu verachten, deren Väter alle selber Handwerksleute waren. Dem Zieglerfritz, der mich darum verhöhnte, obwohl sein eigener Vater Schlosser war (er selber aber sollte studieren), gab ich einen so scharfen Denkzettel, daß er mich in Ruhe ließ. Und auf einmal ging die ganze Klasse und die ganze Schule mich nichts mehr an und ich lief fremd darin herum und es war mir an keinem gelegen, denn seit ich mit Otto umging und abends in die Rennersche Werkstatt kommen durfte, war ich unversehens aus den Kinderschuhen gewachsen und hatte auch an den Knabenspielen kein Vergnügen mehr.

Doch war, wenn ich mit Renner ging oder bei ihm zuhause saß, nicht nur von der Schlosserei und vom Werkzeichnen die Rede. Sondern er hatte eine heimliche Liebe zu Geschichten und noch mehr zu Liedern, die er selber weder erzählen noch singen konnte. Ich mußte ihm oft Geschichten erzählen, und wenn wir durch den Zavelsteiner Wald oder durchs Teinacher Tal marschierten, bat er mich oft, ich möge etwas singen. Da ich ihm gerne den Gefallen tat und meine eigene Freude daran hatte, ist mir von damals her bis heute manches Dutzend Lieder im Kopf geblieben. Dabei freute ich mich immer mit unbestimmter Hoffnung auf die Zeit, da ich einmal als wandernder Geselle durch die Welt ziehen und in fernen fremden Gegenden meine Lieder singen würde. Du lieber Gott, wie schön und verheißungsvoll lag diese Zeit vor mir, wie eine blanke Landstraße, die an unbekannten Städten und Herbergen vorbei in alle Weite führt.

Unter solcherlei Gedanken saß ich den Rest meiner Schulzeit ab. Dann wurde ich entlassen und kämpfte den letzten Kampf mit meiner Mutter, bis sie mich dem Schlosser Renner in die Lehre gab. Mein Freund Otto war schon seit einem Jahr Lehrbub, nun arbeiteten und lernten wir zusammen. Der alte Renner war ein strenger, aber guter Meister, und ich ließ mir bei ihm die Zeit nicht lang werden. Nach einer kurzen Handlangerzeit bekam ich meinen eigenen Schraubstock angewiesen, wurde beizeiten auch an die Drehbank und an das Messing gelassen und durfte vom zweiten Jahre an mehrmals durch Reparaturen, die ich am Feierabend machte, mir ein kleines Sackgeld verdienen. Ich schlief in einer Kammer mit Otto zusammen, neben der Gesellenstube, vier lange, fröhliche Jahre hindurch.

Wer einen tüchtigen Meister gehabt hat, der tut nicht recht, sich über seine Lehrjahre zu beklagen. Wenn auch allerlei Ärger mit unterläuft, es sind doch schöne, ausgefüllte Jahre. Mir steht diese Zeit gar hell und lieb in der Erinnerung, da das Handwerk langsam und stetig seine Geheimnisse und Schwierigkeiten vor mir auftat und ich allmählich auf meiner Hände Arbeit vertrauen lernte. Es ist ein schönes Handwerk und gibt viel zu lernen, wovon ein Studierter sich nicht träumen läßt. Und wer nicht dazu geboren ist, der kommt mit allem guten Willen nie ganz hinein. Mir ist manche Arbeit aus der Hand gegangen, von der ich niemals mit Worten hätte sagen können, wie ich sie gemacht habe. Das oder das soll gemacht werden, das fertige Bild davon steht vor der Einbildung, und nun wächst es mir unter den Händen zusammen. Ich habe meine Freude an einem schönen Stück Werkzeugstahl, an einem frisch gehärteten Meißel, an einer neuen Eisenstange, an einem fertigen Gußstück oder Modell.

Der Meister war ebenso wie sein Bruderssohn und wie alle Rennerischen ein kluger, ernsthafter und etwas schwerblütiger Mensch. Er arbeitete viel und gern schwere Arbeit, aber sein Kopf war nicht weniger stark als seine Hände. Er hat manches schwere Stück geschmiedet, das man sonst dem Schmied zu machen gibt, und hat auch manches feine, genaue Werk geschaffen, das des besten Mechanikers würdig war. Dabei dachte er über die Bestimmung seiner Arbeiten und über das Leben der Menschen, mit denen er zu tun hatte und für die er arbeitete, nach und hatte für das innere Wesen der Leute eine feine, sichere Witterung. Auch über mich hörte ich ihn einmal mit seiner Frau reden. »Er ist ans rechte Handwerk gekommen«, sagte er, »das für ihn paßt, und er lernt gut. Daneben ist er aber ein Träumer und wird uns einmal Sorge machen, wenn er erst Gesell ist und zu wandern kommt.« Mir selbst sagte er dergleichen nie, sondern ließ mich nur mit Milde spüren, daß seine Hand über mir war. Sein Weib war fromm, las in der Bibel und im Gesangbuch und hatte eine feierliche, jedoch gutmütige Art zu reden. Er ließ sie gewähren, ging aber seinen eigenen Weg und führte keine Verslein im Munde.

Mein Freund Otto Renner stand mir an der Werkbank treulich bei. Daneben gingen wir in die Abendschule, zeichneten und lasen, und stiegen des Sonntags auf die Berge, bald nach Zavelstein, bald nach Altburg, Hengstett oder Bulach. Mit den Gesellen gingen wir beinahe nie, nur wenige Male nötigten sie uns Sonntagabends mit in eine Wirtschaft. Ich ging ganz gerne mit, denn es schien mir einem braven Schlosser wohl anzustehen, daß er am Wirtstisch mitrede und ein paar Glas Bier vertragen könne. Renner aber schüttelte dazu den großen Kopf und ging nur widerwillig mit. Er arbeitete damals schon an seinem Gesellenstück.

So gern ich mich an jene Jahre in Calw auch erinnere – zu erzählen ist wenig davon. Wenn ein Mensch durch Arbeit und durch Freundschaft glücklich sein kann, so bin ich es damals gewesen. Es war die Zeit, die einen guten Grund in mir gelegt hat, auf dem ich hätte weiter aufbauen sollen. Und das wollte ich auch. Aber wer tut, was er soll und will? Wer weiß, was in Wirklichkeit das Gute ist? Und wer weiß auch nur genau um das, was er nicht bloß in der Einbildung, sondern tatsächlich will und begehrt?

An einem schönen Tag im Frühjahr stieg ich nach Zavelstein, um meiner Mutter die Hand zu geben und Geld und Ratschläge von ihr mit zu nehmen. Ich sah ihr an, daß sie weinen würde, sobald die Tür zwischen uns wäre. Sie hielt sich aber tapfer, war auch sparsam mit den Mahnungen, die wohl jeder Wanderbursche von seinen Alten mitbekommt und die fast jeder in der ersten Herberge am Nagel hangen läßt. »Bleib brav und werde ein rechter Mann!« sagte sie zuletzt. Da mein Herz von Natur nicht hart und damals noch weicher als heute war, zitterte mir die Stimme, als ich Behüt Gott sagte. Und als ich nun die Tür aus der Hand ließ, hinter der meine gute Mutter sitzen blieb, und an den altbekannten Häusern vorbei die breite Gasse hinaus schritt, lag es mir wie ein Flor vor den Augen und wie ein Gewicht in der Kehle. Aus ihrem Fenster winkte die alte Lisabeth her, die Bauern standen vor ihren Misthaufen, der Lammwirt saß in Hemdärmeln in der Tür, und ich sah das alles an wie man ein hübsches Bildchen auf der letzten Seite eines zu Ende gelesenen Buches ansieht.

In Calw erwartete mich mein Freund Renner, der mit mir wandern sollte, aber nur bis Mannheim, wo er schon eine Stelle angenommen hatte, natürlich durch seines Onkels Vermittlung. Der Meister gab mir fünf schöne Taler und auch Empfehlungen an Kollegen im Fränkischen und Hessischen, wo er vor Zeiten lang in Arbeit gestanden war. Dann ging er mit mir allein auf die Lehrbubenkammer, in der ich vier Jahre lang geschlafen hatte, und machte die Tür hinter uns zu. Er ließ sich meinen Ranzen zeigen, ob alles Nötige darin und ob es auch säuberlich gepackt sei. Dann legte er mir seine schwere Hand auf die Schulter und sah mir scharf mit seinen dunklen, strengen Augen ins Gesicht.

»Peter Bastian«, sagte er feierlich, »du bist bei mir nun fertig und ich habe dir einen guten Lehrbrief gegeben. Viel will ich dir nicht mehr dazu sagen. Du wirst bald selber sehen, wie die Menschen sind und auf was es ankommt und was einer draußen zu tun und zu lassen hat. Was du an Gottesfurcht hast und behalten willst, mußt du selber wissen. Ich warne dich aber vor dreierlei Dingen. Erstens vor der Landstreicherei und vor den Landstreichern, denn sie sind Faulpelze und Jugendverderber ohne Ausnahme. Zweitens vor den Weibern, will sagen vor den Mädlesgeschichten. Drittens und strengstens vor dem Wirtshaus. Du weißt was ich meine. Eine fröhliche Gesellschaft und ein Glas Bier in Ehren – ja! Aber nicht jeden Abend! Letztens will ich dir sagen, daß du jederzeit bei mir wieder Arbeit finden kannst an jedem Tag, da du bei mir vorsprechen wirst. Vergiß es nicht – es soll auch gelten, wenn es dir schlecht geht.«

Damit drückte er mir die Hand, daß ich es in allen Fingern spürte, und trat mit mir vors Haus, wo wir Abziehenden der Meisterin und den Gesellen die Hand gaben. Bei seinen Worten war mir feierlich und ängstlich zumut, doch dachte ich mir eigentlich nicht viel dabei. Später fielen sie mir oft wieder ein, und es war mir merkwürdig, wie wissend dieser Mann gewesen sein muß. Denn gerade die drei Dinge, vor denen er mich gewarnt hat, haben nachher mein Leben verändert und vielleicht verdorben.

Und so zogen wir beide über Liebenzell, Reichenbach und Pforzheim in die Fremde. Wir sahen Berge, Hügel und Ebenen fern liegen und nah werden und wieder zurückbleiben, Städtchen und Dörfer aufsteigen und wieder fern werden. Otto verstand die Handwerksburschensprache nicht und ich nur einzelne Worte, manche Fechtbrüder redeten uns an und lachten uns aus, meistens aber gingen sie mit einem kurzen, schneidigen Servus an uns vorüber.

Zum erstenmal in meinem Leben sah ich jetzt, was das Wandern ist, von dem ich mit so viel Begierde und Lust geträumt hatte. Fremde Straßen, fremde Menschen, fremde Nachtlager in fremden Städten, Türme, Marktplätze, Brunnen und Rathäuser. Oft schwoll ich schier über vor großer Lust, wenn wieder eine andere Stadt erreicht war. Im ganzen aber fand ich alles nicht halb so fremd, als ich gedacht hatte. Meine Meinung war gewesen, schon bald vor Calw draußen oder mindestens gegen Pforzheim hin sei alles anders als bei uns daheim, alles sei irgendwie fremd, merkwürdig und erstaunlich. In Wirklichkeit war es anders. Zwar machte Pforzheim als die erste größere Stadt, die ich zu Gesicht bekam, mir Eindruck, aber erst weit im Badischen drin fand ich dann allmählich etwas von jener Fremdheit, nicht daß die Häuser und Bäume andre Gesichter gehabt hätten, aber die Leute redeten anders, aßen und tranken anders, und sahen uns als Fremde an, lachten über unsre Mundart und fragten, woher wir kämen. Und das ist überhaupt eigentlich die »Fremde«: nicht daß man lauter neue und unbekannte Sachen und Menschen um sich hat, sondern daß man selbst überall, wohin man kommt, ein Fremder ist, Lachen oder Verwunderung erweckt, und von den anderen nicht ohne weiteres zugelassen und aufgenommen wird. Zunächst mißfiel mir dort im Badischen das Fremde sehr, ich fand die Sprache der Leute komisch und ihre Manieren geschleckt, sie schienen mir vor allem stolz und eingebildet, und erst viel später merkte ich, daß das überall in der Welt gleich ist, und erinnerte mich, daß wir daheim in Zavelstein einen durchwandernden Fremden mit ungewohnter Kleidung oder Mundart genau so beobachtend, neugierig, mißtrauisch und ein wenig verächtlich angesehen hatten. Wir trafen im Badischen auf gute Herbergen und wurden freundlich behandelt. Nun, wir durften uns auch sehen lassen, zwei stattliche Burschen vom besten Schwarzwälder Schlag, hochgewachsen und stark wie Holländerbaumstämme. Die Kameradengesellschaft gefiel mir nicht gerade sehr gut, und dem Otto gefiel sie noch weniger. Sie hatten fast alle große Mäuler und schimpften über alles, vom letzten Meister, den sie gehabt, bis zum Bett, in dem sie lagen, und dem Brot, das sie kauten. Und wenn ich abends einmal meinte, ob wir nicht eins singen wollten, dann sangen sie komische neumodische Lieder, die ich nicht kannte, und von den alten kannten sie bloß den ersten Vers und dann nach derselben Melodie allerlei selbsterfundene, vertrackte oder unanständige Sachen. Es waren auch einige echte Landstreicher unter ihnen, darunter einer, der sich Schlumberger nannte und sämtliche Wirtshäuser zwischen Köln und Basel zu kennen schien. Das waren meist ältere, wunderlich aussehende Kumpane, trugen große Bärte oder hatten Schnapsnasen und Glatzen, sprachen ein glattes, absonderliches Rotwelsch und sahen uns junges Volk über die Achseln an. Wir hielten uns fern von ihnen.

Mannheim schien mir eine ungeheuer große Stadt zu sein. Ich ging mit Otto zu seinem neuen Meister, lang brauchten wir, bis wir das Haus endlich fanden, der Meister behielt mich zum Mittagsbrot mit da. Darauf packte Renner den Tornister aus und wir liefen den Nachmittag in der Stadt herum. Die schönen geraden Straßen und die neuen hohen Häuser, selbst die schönen blanken Equipagen und Pferde der reichen Juden waren uns aber nicht sehr wichtig, denn uns beiden lag der Abschied wie ein großes Unglück in der Seele. Wir machten aus, daß wir einander öfters schreiben und später, sobald es sich machen ließ, einmal uns zusammen am selben Ort einstellen lassen wollten, am liebsten in einer großen Maschinenfabrik. Dann redeten wir von Calw und Zavelstein, vom Meister Renner und seiner Frau, von meiner Mutter und von der Lisabeth, die alle schon so weit in der Ferne und Vergangenheit zu sein schienen. Dabei trat mir das alles nochmals deutlich vor die Seele, die ganze Heimat, und daß ich von heute an allein sein und niemand mehr haben werde, der mit mir darüber redete. Zugleich mußte ich an die ganze Zeit unsrer Freundschaft denken von dem Tage an, da Renner mich besiegt und mich dann im Krankenbett besucht und mir eine Orange geschenkt hatte. Es kam mir unglaublich vor, daß alles das jetzt ein Ende nehmen und ich mutterseelenallein davonziehen sollte.

Schließlich gaben wir einander die Hand und sahen uns die ganze Straße hindurch noch oft nacheinander um, bis eine Ecke kam und ich zum erstenmal allein auf der Welt stand. Ich wanderte noch denselben Abend aus der Stadt.

Auf dieser meiner ersten Reise begegnete mir nichts von großer Wichtigkeit, außer daß ich eine merkwürdige und für mich bedeutsame Bekanntschaft machte. Auch lernte ich das Leben auf der Landstraße kennen und fand nach einiger Zeit großen Gefallen daran. Eigentlich wollte ich mindestens nach Berlin, doch reiste ich ohne strengen Plan und ließ mich vom Augenblick bestimmen. Die erste Arbeit nahm ich in Darmstadt, wo ich zehn Wochen blieb. Doch zog es mich damals noch, da ich ein unerfahrener Muttersohn war, vornehmlich in die großen berühmten Städte. Darum ging ich bald nach Frankfurt und blieb drei Monate dort in Arbeit. Die Stadt und das Frankfurter Leben gefiel mir vorzüglich, ich fand dort unter Kollegen und auch sonst manche angenehme, hübsche Leute, eignete mir ein wenig von ihrer Sprache an und wurde in meinen Manieren geschmeidiger. Die Arbeit ging mir leicht von der Hand, das erste Heimweh war vorüber. Mit meinen Mitgesellen brachte ich viel lustige Sonntage zu, woran oft auch Frauenzimmer teilnahmen, denen ich mich jedoch fern hielt. Wäre ich nicht auf meiner ersten Wanderschaft und noch voll ungeduldiger Reiselust gewesen, so wäre ich wohl lange da geblieben. So aber trieb es mich weiter, und da mir der Sinn nach dem Rheinlande stand, beschloß ich über Mainz und Coblenz zu ziehen.

Auf dieser schönen Tour, die wie ein langer, herrlicher Spaziergang gewesen ist, lernte ich eines Nachmittags den Hans Louis Quorm kennen. Er war sehr berühmt und ich hatte da und dort schon von ihm reden hören, nicht wie von einem Kollegen und Kameraden, sondern wie von einem Helden, den unsereiner persönlich anzutreffen niemals Gelegenheit bekommt. Er war nicht bloß durch die halbe Welt gewandert und kannte sich in Landschaften, Städten, Sprachen, Gewerben vieler Art aus, sondern er war auch ein kapitaler Kopf, konnte tausend Geschichten erzählen und war ein Dichter, von dem viele in den Herbergen oft gesungene Verse gedichtet waren. Dabei hatte er, der berühmte Landstreicher, mehrere unheimliche Begebenheiten hinter sich, war auch schon öftere Male gefangen gesessen und man wußte von ihm mehr Geschichten als vom Eulenspiegel.

Eine Stunde vor Bingen rief er mich von hinten an und holte mich ein.

»Servus«, sagte er. »Wohin machst du?«

»Nach Bingen«, sage ich.

»Und weiter?«

»Ich weiß noch nicht. Vielleicht nach Berlin.«

»Zwischen hier und Berlin, Junge, ist manch Mokkum* zwischen. Schlechte Gegend, da kannst du noch manchesmal blaupfeifen**.«

Ich verstand ihn nur halb. Da lachte er.

»Du bist ein ganz Grüner. Kennst die Sprache nicht? Na, wenn erst mal dein schöner neuer Ranzen alt sein wird –. Und mich kennst du natürlich auch nicht, Brüderchen?«

»Nein«, sagte ich schüchtern. »Wer bist du?«

»Hast du schon vom Hans Louis Quorm gehört?«

»Natürlich hab ich. Warum fragst du?«

»Weil ich der Quorm bin, mein Junge.«

Jetzt sah ich ihn erst genauer an. Ich hatte ihn mir anders vorgestellt und geglaubt, er werde ähnlich wie die meisten ältern Landstreicher aussehen. Er konnte etwa vierzig alt sein, hatte blasse, sauber rasierte Wangen und von der schmalen Oberlippe einen dünnen, langen Schnauzbart hängen. Seine Augen waren sehr schön. Große, lebhafte, braune Augen, die bis ins Herz blickten, und darüber eine sanfte, noble Stirn und dunkle, recht wohlgepflegte Haare. Sein Anzug war staubig, aber sehr anständig, irgendein Gepäck trug er nicht, nur einen festen weißdörnenen Stecken. Der alte breite Strohhut stand ihm gut zu Gesicht.

* Stadt
** hungern

»Was hast du für eine Religion?« fragte er.

»Katholisch«, sagte ich, aber da lachte er wieder.

»Das Handwerk meine ich!«

»Jaso. Ich bin Schlosser.«

Sein Sprechen und ganz besonders sein Lachen gefiel mir sehr, ich sah sogleich, daß er kein roher Pennenbruder sei. Allmählich nahm er gegen mich eine fast väterliche Weise an. Und dann fragte er mich plötzlich: »Wenn du Schwarzwälder bist, kannst du doch singen, nicht?«

Ich sagte »Ja«.

»Nun, so sing eins!«

»Was für eins?«

»Einerlei. Sing, was dich freut.«

Da faßte ich mir ein Herz, denn ich schämte mich ein wenig vor ihm, und sang das Lied, das mir seit Mannheim her am meisten im Sinne lag:

Es ist bestimmt in Gottes Rat
Daß man vom Liebsten, das man hat,
Muß scheiden, ja scheiden.

Hans Louis Quorm ging neben mir her und hörte ganz still zu, wobei er mich nicht ansah, sondern den Blick auf die gelb und braunen Weinberge richtete. Beim zweiten und dritten Vers aber sang er ganz leise mit einer schönen tiefen Stimme mit. Sodann fing ich ungefragt »In einem kühlen Grunde« an, und dann »O Täler weit, o Höhen«. Und er sang mit, alle Verse durch, zuletzt ebenso laut wie ich.

Dann nach einer Weile fing er zu reden an. Zuerst von den Liedern.

»In diesen alten, guten Liedern steht mehr Weisheit drin, als in manchem Buch«, sagte er. Und nun sprach er darüber weiter, mit schönen freundlichen Worten, so daß mir recht wohl und vergnügt zumute wurde. Er sprach vom Wandern, von der Fremde, vom Sommer und Winter auf der Landstraße so gut und klug, und so schön, daß es mir war, als wisse er um alle Träume meiner Knabenzeit. Kurz vor Bingen hielten wir am Wege Rast. Ich mußte ihm von Zavelstein und Calw erzählen, von meiner Mutter und vom Meister Renner, auch eine von den Mordgeschichten der Boten-Lisabeth. Er lag daneben im staubigen Rasen und schaute durch beide hohle Hände in den Himmel.

»Sieh, junger Mensch«, sagte er dann, »da lieg ich nun an der Straße im fremden Land und betrachte mir die Berge und das Wasser, als ob das hier mein eigener Garten wäre. Hab ich denn eine andere Freude auf der Welt, he? Du bist ein fleißiger Schlosser und freust dich an deiner Hände Werk, wirst auch einmal heiraten und Meister werden. Mich aber duldet es an keinem Ort, auch am schönsten nicht. Wenn ich dran denke, daß nun anderwärts weit von hier die Sonne über fremde Berge scheint, dann muß ich fort, dann muß ich Wochen und Monate laufen, als hätt ich Eile, und suche doch nichts in der Welt.«

Und nach einigem Schweigen: »Ich würde sagen: komm mit mir, junger Bruder! Du gefällst mir gut und meistens wandre ich gern zu zweien, und singen kannst du auch. Aber du bist mir zu jung und zu gut dazu, Freundchen. Man sieht viel Schlechtes in diesem Leben, und viel Schlechtes tut man selber – das ist nicht anders. Ich will dich nicht mitnehmen, vielleicht später einmal. Du wirst immer wieder von mir hören. Heut aber wollen wir noch zusammen bleiben und fröhlich sein. Schön ist die Jugend, sie kommt nicht mehr. Du bist heute mein Gast.«

Dann gab er mir noch einen kleinen Rat, nämlich ich möge es immer so halten wie wir beide es soeben hier vor Bingen getan hätten, und möchte mich davor hüten, müde und verstaubt und verschwitzt und mühselig in einem neuen Städtchen anzukommen, sondern lieber mich vorher eine Stunde ins Gras legen, oder ein Bad im Bach oder Fluß nehmen, und dann erst einziehen, frischer und freundlicher. »Man hat dann mehr Freude dran«, sagte er, »und außerdem sind die Leute dann freundlicher mit einem, und darauf muß man sehen.«

So nahm er mich denn mit nach Bingen hinein und in ein Wirtshaus. Wir aßen zu Abend, Brot und Käse, und tranken zwei Schoppen Wein. Auch mein Nachtlager durfte ich nicht selbst bezahlen. Wir hatten zu zweien ein kleines Stübchen. Da lagen wir im offenen Fenster noch bis spät in die warme Nacht hinein.

Da Quorm mir von Berlin abgeraten hatte und ich mich dessen erinnerte, was ich von den sächsischen Fabriken wußte, auch kein Weg mir zu weit war, gedachte ich jetzt möglichst geradenwegs östlich zu gehen, verließ den Rhein bei Coblenz, tat in Wetzlar ein paar Tage Aushilfsarbeit und ließ dort meine Schuhe sohlen, und kam ziemlich mühselig und bei schlechtem Wetter durch eine meist rauhe und arme Hügelgegend allmählich zum Thüringerwald. In Eisenach fand ich Arbeit und blieb neun Wochen, sah auch die berühmte Wartburg und andere Berge. Zuletzt fuhr ich mit der Eisenbahn nach Chemnitz. Da ich aus Calw vom Aufseher einer großen Strickerei eine Empfehlung besaß, fand ich Aufnahme in einer prächtigen Fabrik, wo die großen selbsttätigen Strickmaschinen gemacht werden. Damit war meine erste Reise beendigt, denn ich blieb dort zwei Jahre in Arbeit.

Es gelang mir nämlich, meinem Freund Otto Renner einen Platz in einer andern Chemnitzer Maschinenfabrik zu verschaffen, und er kam von Mannheim her gefahren. Wir mieteten zu zweien eine saubere Schlafkammer, der Verdienst war gut und wir hatten sehr reichlich zu leben. Otto Renner tat hübsch Geld auf die Sparkasse, und auch ich trug manchmal etwas hin, aber wenig, denn ich begann damals mir ein freieres Leben anzugewöhnen. Doch blieb ich mit Renner gut Freund, wir sprachen oft von der

Heimat und von unserer Reisezeit miteinander, auch von unserer Arbeit, welche lehrreich und schön war. Er hatte meistens an großen Dampfmaschinen zu tun, zu montieren und zu reparieren, und ich arbeitete an den großen Strickstühlen, die zu den feinsten und verwickeltsten Maschinen gehören und von dort aus in alle Welt gingen. Es sind schöne, künstliche Werke und die Arbeit daran war mir lieb.

Dennoch war ich nicht so recht zufrieden. Seit ich Calw hinter mir hatte, war immer eine wunderliche Unruhe in meinem Wesen. Ich mußte viel über mancherlei Dinge nachdenken, die ich nicht verstand und die mich quälten. Zum Beispiel sehnte ich mich, trotz dem hohen Lohn, oft sehr in die kleinen Handwerksstätten zurück, in denen ich gearbeitet hatte, sprach auch mit Otto darüber. Auch er meinte, daß wir in der Fabrik nicht so glücklich wären, und beide hatten wir im Sinn, später wieder zum kleinen Handwerk zurückzukehren. Dazu kam noch, daß in der Fabrik manche nachdenkliche und belesene Arbeiter waren, über deren Gespräche ich mir immer wieder Gedanken machen mußte. Die organisierten Sozialdemokraten zwar, zu denen die Mehrzahl der Arbeiter schon damals gehörte, überredeten mich nicht, denn ich war stolz auf mein Handwerk und damit zufrieden; immerhin lernte ich dies und jenes bei ihnen. Andre hörte ich öfters über wichtige Dinge reden. Einer namentlich, der viele Bücher las, sagte uns oft: Ihr seid wie Vieh und lebt wie Vieh dahin, weil ihr nicht denken wollt und nichts vom Leben versteht. Er sprach über die Arbeit, über das Trinken, über das Heiraten sehr ernsthaft und wichtig, so daß er auch in mir ein Verlangen erweckte, auf den rechten Weg zu kommen und gute, wahrhaftige Gedanken zu haben. Dann aber kam der Schorsch Bresemann, der eine leichte Haut, aber ein gescheiter und witziger Mensch war. Er sprach so glatt und drollig, daß man gern zuhörte, man lachte über ihn und gab ihm doch meistens recht, und er bewies mir oft, daß das Leben gar nicht des Nachdenkens wert sei, worauf er mich mitnahm und sich Bier von mir zahlen ließ.

Aber auch einem Soldaten der Heilsarmee und einem Guttempler hörte ich häufig zu, wie sie ihre Überzeugungen vortrugen, und während ich immer eifriger ins Grübeln und Denken geriet, wurde die Finsternis immer unergründlicher. Zwar redete Renner mir oft begütigend zu, aber ein guter Redner war er nicht. Zwei wichtige Ereignisse machten der ganzen Quälerei ein vorläufiges Ende.

In einem kleinen Wirtshaus, wohin ich mit Schorsch Bresemann manchmal gekommen war, saß ich eines Montag abends allein an einem Tisch. Am andern Ende der Stube war ein Tisch voll betrunkener Arbeiter, sonst keine Gäste da. Es bediente eine Kellnerin, ein schönes gutgewachsenes Mädchen. Diesem Mädchen wurde am Tisch der Betrunkenen stark zugesetzt, obwohl sie bald einem das vorlaute Maul verhielt, bald einen andern auf die Finger schlug. Zuletzt lief sie in die Kredenz und hielt sich da verschanzt, während drei oder vier von den Männern sie auch dort bedrängten. Plötzlich, als es ihr zu grob wurde, hör ich sie rufen: »Weg jetzt, Lumpenpack, da drüben am Tisch sitzt ja mein Schatz!« Ich denke mir nichts dabei, werfe aber doch einen freundlichen Blick zu ihr hinüber.

Da kommt sie zu mir gelaufen, setzt sich ohne weiteres auf meinen Schoß und beginnt mir schön zu tun. Sie streichelt mir das Gesicht, legt ihren Kopf an meine Wange und sagt mir alles Liebe. Im ersten Augenblick wollte ich sie wegstoßen, da sieht sie mir so fest und zärtlich in die Augen, daß mir anders zumut wird. Ich spürte ihr Haar an meinem Gesicht und ihre leichte Last an mich gedrückt, da zog ich das hübsche Gesicht zu mir her und küßte es fest auf den Mund. Die andern drüben höhnten und krakeelten, mir war es einerlei. Ich hielt die schöne fremde Person im Arm und war ganz von ihrer Wärme und Zärtlichkeit berauscht. Erst als neue Gäste eintraten, lief sie weg, sah aber den ganzen Abend mich zärtlich an und strich mir, so oft sie an meinem Tisch vorüberging, eilig mit der Hand über den Rücken oder übers Haar.

Von diesem Abend an begann eine ganz neue Zeit für mich. Bei Tag und Nacht hatte ich nichts mehr im Sinn als das Weib, meine ganze freie Zeit brachte ich teils in der Kneipe bei ihr, teils mit ihr auf Spaziergängen zu. War die Schänke leer, so saß sie bei mir, waren Gäste da, so umarmte und küßte sie mich im Hausflur. Sie war das erste Mädchen, mit dem ich ernstlich zu tun hatte, und ich war sehr verliebt und lernte die Liebeskunst schnell und begierig von ihr. Otto Renner merkte natürlich bald, wie es um mich stehe, und hielt es mir vor. Ich ließ ihn reden. Allmählich begann er mich eindringlich zu tadeln und gab mir oft böse Worte, auf die ich böse Antwort gab. Auch gegen meine Kollegen wurde ich rauh und reizbar, es gab mehrmals richtige Händel, wobei nur meine große Körperkraft mich schützte. Meine Arbeit tat ich nach wie vor, doch ohne Lust und innere Freude daran zu haben.

Daß jenes schöne Mädchen, welches Agathe hieß, kein Engel war, konnte ich wohl sehen. Wie hätte sie sich mir sonst so nachgeworfen? Aber es war wie ein Schicksal, daß ich ihr anhing und nicht von ihr lassen konnte. Mißbraucht hat sie meine Verliebtheit nicht, weder sprach sie je vom Heiraten noch nahm sie mehr als kleine Geschenke von mir an. Ich ging wie in einer Wolke umher und war vor ungewohnter Lust fast von Sinnen. Wenn sie zum Kuß mir langsam und inbrünstig das glatte Gesicht entgegen bot, dann schien ein wunderbar tiefer Glanz in ihren Augen, dem ich wie einem Zauber verfiel. In dieser Zeit vergaß ich alles Gute, das ich zuhause und von meinem ersten Meister gelernt hatte. Mein Wesen veränderte sich und was Ungutes in mir verborgen lag, kam ans Tageslicht. Namentlich war ich gegen jedermann, die

Agathe ausgenommen, unverträglich, hochfahrend und lieblos, plauderte nicht mehr mit den Kameraden am Schraubstock und ging mit Otto Renner scheu und hochmütig um. Daran war natürlich das schlechte Gewissen schuld, das ich hatte, und ich erinnere mich, daß mir eines Tages ganz deutlich vor Augen stand, wie ich nun von den drei Verboten des guten Meisters in Calw zwei schon mit Füßen getreten hatte. Und oft war es mir unbequem, einen so alten und treuen Freund neben mir zu haben, während ich auf schlechten Wegen ging. Ans Trinken hatte ich mich auch längst gewöhnt und saß Abend für Abend am Biertisch.

Dieses ganze unselige Wesen dauerte über drei Monate. Da nahm die Agathe mich eines Abends beiseite, machte ein erschrockenes Gesicht und fing an zu erzählen. Sie hätte irgendwo bei Dresden einen Schatz gehabt, der Kaufmann war, und mit dem sie verlobt gewesen sei. Nun hätte aber wegen diesem und jenem das Warten kein Ende nehmen wollen, darüber sei ihr der Kaufmann allmählich entleidet, denn er sei gar zu gewissenhaft und schulmeisterlich gewesen, auch nicht halb so hübsch wie ich. Darauf ließ sie sich mit einem Posamentier ein, der ein wilder Kunde war, sie oft zum Tanz führte und der, wie sie andeutete, sie verführt und verdorben habe, alles Schlechte habe sie von ihm gelernt. Dem sei sie am Ende, weil er ein gefährlicher, rabiater Bursche und im Zorn zu allem fähig war, davongelaufen und hätte sich in aller Stille hierher nach Chemnitz gemacht. Das wäre nun alles in Ordnung und sie hätte mich zum Sterben lieb. Aber jetzt sei der Posamentier auf ihre Spur gekommen, schon neulich hätte er ihr geschrieben und Reisegeld angeboten, damit sie wieder komme, sie habe aber nicht geantwortet, und jetzt sei er ihr nachgereist, er sei hier in der Stadt und habe geschworen, mich und sie lieber umzubringen als beieinander zu lassen. Und ich möchte doch ja auf meiner Hut sein, auch die nächsten Tage mich nicht bei ihr sehen lassen, da sie ihn gütlich loszuwerden hoffe. Und so weiter.

Ich fluchte natürlich und schwor, daß ich niemals vor einem Posamentier mich verkriechen und sie ihm überlassen werde. Trotzdem zwang sie mir das Versprechen ab, zwei Tage nicht zu ihr zu kommen. Die ganze Nacht brachte ich vor Ärger und Wut kein Auge zu. Am andern Tag machte ich am Nachmittag blau und hockte in allerlei Schenken herum, wollte meinen Zorn vertrinken und wurde doch nur immer wilder. Abends um halb zehn Uhr ging ich nachhause.

O, das war ein schrecklicher Abend, ich weiß nicht, wie ich es erzählen soll. Also um halb zehn komme ich nachhaus, steige die Treppe hinauf und höre von unsrer Kammer her ein Lärmen. Wie ich eintrete, steht ein fremder Mensch vor mir, der eben hinaus will. Am Boden liegt der Otto Renner, blutet und zuckt mit den Armen durch die Luft. Ich begreife nichts. Wie ich aber in der Faust des Fremden einen Revolver sehe, wird es mir klar, ich brülle laut hinaus und stürze ihm an die Gurgel. Er drückt auf mich ab, der Schuß geht in die Wand. Aber ich habe ihn schon an der Kehle, reiße ihn zu Boden, kniee auf ihm, haue ihm mit der Faust ins Gesicht, bis alles blutet, und fange an ihn zu würgen. Er schlägt mit Armen und Beinen um sich, aber ich würge und würge weiter, er muß kaputt sein! Langsam wird er stiller, und zuckt nicht mehr. Da kommt der Hauswirt herein, gleich darauf ein Nachbar mit einem Schutzmann. Auf der Treppe höre ich viele Menschen sich drängen.

Ich kniete immer noch auf dem Mann, als der Schutzmann mich wegriß, und plötzlich war auch noch ein zweiter Schutzmann da. Der Fremde war tot, daran hatte ich keinen Zweifel, aber Renner lebte noch. Ich sah nichts davon, mir schimmerte es rot und grün vor den Augen und ich fiel zu Boden. Sobald ich wieder wach war, wurde ich mit Handschellen abgeführt.

Die Verhöre dauerten lang und ich erfuhr folgendes: der Fremde war Agathes Posamentier. Nach einem heftigen Streit mit dem Mädchen, das er auch schon mit Erschießen bedroht hatte, hatte er meine Wohnung erfragt und war in unsre Kammer gedrungen, hatte meinen Freund für mich gehalten und angeschrieen, Renner hatte natürlich nichts begriffen und den Mann hinausgewiesen, darauf hatte der Fremde zweimal auf ihn geschossen. Dann war ich dazu gekommen.

Während der Verhandlungen starb Otto Renner, der noch vom Bett aus als Zeuge hatte dienen müssen, im Spital. Ich saß in meiner Haft allein und kam lange Zeit zu keinem klaren Gedanken. Daß plötzlich ein Totschlag und dazu die Verantwortung für den Tod meines Freundes auf mir lag, das warf einen tiefen Schatten in mein Gemüt. Zugleich mußte ich, obwohl mir dabei graute, mir gestehen, daß ich froh darüber war den Posamentier erwürgt zu haben, nicht Agathes, aber Ottos wegen. Allmählich flossen alle diese verwirrten Gefühle zu einer großen Traurigkeit über den Tod meines Freundes zusammen. Von Agathe wollte ich nichts mehr wissen und war froh, sie nicht mehr sehen zu müssen.

Ein Jahr mußte ich brummen. In dieser langen Zeit setzte sich eine Bitterkeit und ein Haß gegen die Menschen in mir fest, zugleich eine kaum erträgliche Sehnsucht nach der Freiheit, die mich furchtbar quälte. Es kamen Briefe von meiner Mutter, die ich beantwortete, auch um sie tat es mir leid genug, aber auch dieser Schmerz ging in der Bitterkeit und Sehnsucht unter. Mit Wut dachte ich daran, daß die alte Lisabeth in Zavelstein jetzt auch meine Geschichte neben denen vom Messerkarle erzählen könne.

Bei meiner Entlassung erhielt ich eine kleine Summe, den Rest meines Verdienstes in der Fabrik, ausbezahlt und konnte nun gehen wohin ich wollte. Vorher mußte ich mich noch als Rekrut stellen, hatte Glück und wurde frei. Jetzt schien mir die Zeit gekommen, meinem alten Wandertriebe ohne andere Rücksichten nachzugehen, zumal ich als entlassener Sträfling in der Gegend doch nicht leicht Arbeit gefunden hätte. So verkaufte ich ein paar kleine Habseligkeiten, schnallte den Berliner über die Achseln und verließ Stadt und Land. Mit Lust reckte ich meine Glieder; schon früher hatte ich oft ungewöhnlich große Tagesmärsche gemacht. Die meisten Handwerksburschen und Stromer nämlich sind gehfaul, machen am Tag kaum ihre drei Stunden und verbringen die übrige Zeit teils mit Fechten, teils mit Herumlungern im Feld, in Wirtshäusern, oder liegen und schlafen halbe Tage im Schatten der Bäume. Ich aber bin häufig sieben, acht und mehr Stunden des Tages marschiert, die Stunde zu fünf Kilometer. Wenn die Unruhe über mich kam, dann lief ich große Strecken in wenig Tagen weg.

Zunächst schlug ich mich durchs Fränkische und Bayrische, arbeitete kurze Zeit in Fürth, sah die Stadt Nürnberg, dann beschloß ich durch meine Heimat zu ziehen, um sie wieder zu sehen, und erreichte auch in kurzer Zeit Stuttgart. Diese Stadt sah ich zum erstenmal, obwohl sie so nah bei meiner Heimat liegt. Die Stadt Calw vermied ich und ging über Stammheim und Teinach nach Zavelstein. Dort kam ich am Nachmittag an, lag aber bis zum Dunkelwerden im Wald. Dann suchte ich meine Mutter auf, pochte an ihr Fenster und setzte sie in keinen kleinen Schrecken. Wir saßen die ganze Nacht auf, ich mußte ihr alles genau erzählen. Sie hörte still und erschrocken zu, seufzte und weinte auch dazwischen, dann steckte sie mir Brot und Käse und dürre Pflaumen in den Berliner und zwei Taler in die Tasche, küßte mich zweimal und ließ mich, da ich darauf bestand, am frühen Morgen ziehen.

Da ich meine Mutter wiedergesehen und nirgends in der Welt einen festen Ort hatte, es auch die schönste Frühlingszeit war, folgte ich meinem Verlangen, das mich südlich und in die Schweiz hinzog. Freudenstadt war schnell erreicht, dann konnte ich durchs halbe Murgtal auf einem leeren Metzgerswagen mitfahren. Zum Dank erzählte ich dem Metzger die ganze Chemnitzer Totschlagsaffäre, jedoch so, als ginge die Sache mich selbst nichts an und ich hätte sie bloß vom Hörensagen. Er hörte aufmerksam zu und sagte, es wäre nicht nötig gewesen, den armen Bastian, der seinen Schatz und seinen Freund verloren hatte, auch noch einzulochen. Dann lud er mich ein, mit ihm in Schönmünzach zu übernachten, da ich ihn auf dem langen Wege so kurzweilig unterhalten hätte.

Dieser Metzger war ein ehrenwerter Mann und zeigte sich den ganzen Abend so freundlich zu mir, daß ich ihm vor dem Schlafengehen meine Papiere zeigte und ihm eröffnete, daß ich selbst der Bastian sei, mit dem sich jene Chemnitzer Sache zugetragen habe. Da sah er mich scharf an, gab mir die Hand und sagte, ich tue ihm leid, möge mir aber das Unglück nicht über den Kopf wachsen lassen. Was geschehen sei, sei nicht zu ändern; ein braver Handwerker aber, wenn er nur wolle, sei immer ein nützlicher Mensch und finde sein Glück und Brot in der Welt. Wir gingen zu Bett und ich schlief sehr gut, da ich in der letzten Zeit zur Nacht nur selten ein richtiges Bett gehabt hatte. Am andern Morgen gab der Metzger mir einen Empfehlungsbrief nach Freiburg im Breisgau mit, wo ein Bruder von ihm Schlosser war. Außerdem schenkte er mir eine Mark und sprach mir nochmals sehr freundlich zu.

Mit guten Vorsätzen machte ich mich auf den Weg. Es schien mir nun wieder, als ob doch noch ein Platz für mich in der Welt und ein Auskommen mit den Menschen in Güte möglich wäre. Ich fand auch den Freiburger Schlosser, doch hatte er keine Arbeit. Er gab mir zu essen, und steckte mir wieder eine Empfehlung an einen Meister in Basel zu, mit dem er befreundet war. Mein Paß war noch gültig und mein Arbeitsbüchlein in Ordnung, so kam ich ungeschoren über die Grenze und nahm in Basel in der Herberge zur Heimat Quartier. Ich war abends angekommen und lief gleich am andern Morgen mit meinem Brief zu dem Meister, dem ich empfohlen war. Aber auch der hatte mir keine Arbeit. Ich beschloß noch einen oder zwei Tage in Basel zu bleiben und Arbeit zu suchen, denn die »Heimat« ist dort sehr gut und Basel eine große wohlhabende Stadt, wie ich oft gehört hatte.

Zu meinem Unglück fiel jetzt ein Landregen ein, der mich vom Wandern abhielt und zehn Tage dauerte. Am Ende dieser zehn Tage hatte ich keine Arbeit gefunden, mein Geld war zu Ende und ich wußte zum erstenmal nicht, was ich essen und wo ich schlafen sollte. Ich begann in der Stadt vorsichtig zu fechten und hielt mich damit noch einige Tage hin. Dann verließ ich Basel und zog ohne Geld in die Schweiz hinein. Ich wäre gern direkt nach Süden gegangen, wagte es aber nicht, weil im Jura meist französische Dörfer sind. Deshalb wendete ich mich gegen Olten und schlug mich sehr kümmerlich bis in die Luzerner Gegend durch. Von da an begann ein neues Leben für mich.

Bei Emmenbrücke nämlich fand ich einen Kunden schlafend an der Straße liegen. Da ich im Sinn hatte, ihn um Weg und Rat zu fragen, ging ich auf ihn zu und erkannte plötzlich den Hans Louis Quorm. Da ich ihn nicht aufzuwecken wagte, setzte ich mich neben ihn ins Gras und hörte seinem ruhigen Atmen zu. Er trug saubere Kleider und sah gesund und rüstig aus.

Als Quorm erwachte, sah er mich einen Augenblick lang mißtrauisch und unfreundlich an. Aber plötzlich, noch ehe ich etwas gesagt hatte, sprang er auf, gab mir die Hand und rief: »Du bist der Schlosser, den ich vor ein paar Jahren einmal drunten bei Bingen getroffen habe.«

Nun war alles gut, ich fühlte mich geborgen.

Seither sind zehn Jahre vergangen und während all dieser Zeit bin ich mit Quorm befreundet geblieben. Als er starb und ich es erfuhr, war mir nicht anders, als wenn ich zugleich einen Vater und einen Freund verloren hätte.

Mehrmals bin ich monatelang mit ihm gewandert. Wir sind in der ganzen Schweiz, in Österreich, im Bayrischen, am Rhein und bis nach Hamburg zusammen gereist, alles zu Fuß und bei allerlei Wetter und Jahreszeit. Wenn ich arbeiten wollte, so verschaffte er mir Arbeit, denn er war auch mit vielen Meistern befreundet; sonst gab oder verschaffte er mir, so oft ich es brauchte, Essen, Kleider und Geld. Es war nicht alles redlich verdient, auch nicht alles gefochten, sondern er hat stets genommen, was ihm nahe lag. Trotzdem ist er aber nie ein Lump gewesen. Er hat gestohlen, aber nie einem Armen und nie mehr als er gerade brauchte. Er hat auch für sich und noch öfter für andre sogenannte »Flebben«, falsche Ausweispapiere gemacht, aber wem konnte das Schaden tun?

Gearbeitet freilich hat er nur in den Zeiten, die er im Arbeitshaus zubrachte, und wohl auch dort nicht viel. Er hatte keine Freude daran und gestand nur ungern, daß er einmal die Schusterei erlernt habe. Noch ehe ich dies wußte, kam ich einmal zufällig mit ihm auf die Schusterei zu sprechen und sprach mich eher geringschätzig über dies Handwerk aus. Da seufzte er und lachte zugleich, wie er es oft an sich hatte, und sagte: »Siehst du wohl: Und ich bin von Religion ein Schuster! Jetzt begreifst du, daß ich mein Handwerk verlernt und verleugnet habe.« Es war auch wirklich seit vielen Jahren kein Pech mehr an seine Finger gekommen.

Es ist nicht mir allein so gegangen, daß ich den Quorm gleich beim ersten Ansehen liebgewann. Er hat unzählige gute Freunde gehabt, auch unter solchen, die seiner nicht bedurften. In seinem Wesen und namentlich in seinem Blick und in seiner Stimme war etwas, das die Menschen ohne Unterschied ihm günstig machte, so daß sogar viele Landjäger und Polizisten ihn gern hatten und ihm viel durch die Finger sahen. Am meisten hingen jedoch die Weiber an ihm. Fast an allen Orten hatte er Weiberbekanntschaften, auch unter den Schenkmädchen und Wirtinnen, so daß er im Notfall um Speisung und Nachtlager nie in Sorge zu sein brauchte. Wenn er so eine bat, ihm einen Riß zu nähen oder ein neues Band um den Hut zu machen oder ihm ein Hemd zu waschen, so waren sie stolz darauf, für den Quorm zu arbeiten. Du lieber Gott, wie ist er oft mit ihnen umgegangen! – und doch liefen sie ihm sogleich wieder nach. Er hätte auch oft genug gut und mit Geld heiraten können. Aber er wollte nicht.

Vieles habe ich bei diesem merkwürdigen Mann erlebt und gelernt. Aber darüber berichte ich ein andermal.

(1902)

Nachwort des Herausgebers

Das erzählerische Werk von Hermann Hesse – rechnet man seine hier nicht enthaltenen Märchen und Legenden hinzu – ist kaum weniger facetten- und umfangreich als das der Romane. Wie diese umfaßt es vier Bände seiner 20bändigen Gesamtausgabe. Doch kaum die Hälfte der hier versammelten Erzählungen hat der Dichter in die 1952/1957 von ihm selbst besorgte Ausgabe seiner Gesammelten Schriften aufgenommen. Denn manches ist Fragment geblieben, anderes schien ihm der Überlieferung nicht würdig. Von seinen insgesamt 104 erzählerischen Arbeiten dieser sechsbändigen Taschenbuchausgabe sind die meisten zuerst in Zeitungen und Zeitschriften veröffentlicht worden (siehe die Quellennachweise am Ende der Bände). Nur eine Auswahl davon hat Hesse in seine Erzählbände *Diesseits* (1907), *Nachbarn* (1908), *Umwege* (1912), *Klingsors letzter Sommer* (1920), *Kleine Welt* (1933) und *Fabulierbuch* (1935) aufgenommen. Andere dieser Geschichten erschienen gemeinsam mit Betrachtungen und autobiographischen Schilderungen in Sammelbänden wie *Am Weg* (1915), *Kleiner Garten* (1919), *Sinclairs Notizbuch* (1923), *Bilderbuch* (1926), *Späte Prosa* (1951) und *Beschwörungen* (1955). Zwei weitere, eigens als Erzählbände konzipierte Sammlungen sind nie erschienen. So vermerkt das umfangreiche handschriftliche Verzeichnis »Auswärts angebotene Manuskripte«, das Hesse vom Dezember 1901 bis Mai 1962 führte (und das sich mit Ausnahme der Jahrgänge 1906 bis Juni 1910 erhalten hat), am 3.5.1902 das Manuskript eines Novellenbandes »Spiegelungen«, das er damals ohne Erfolg dem Leipziger Verlag Seemann gesandt hatte. Auch ein Band »Kleine Erzählungen« mit 26 Geschichten, die Hesse 1924 zusammenstellte, konnte nicht realisiert werden. Einige dieser Arbeiten wurden drei Jahre nach dem Tod des Dichters von seiner Witwe Ninon Hesse in dem Band *Prosa aus dem Nachlaß* 1965 veröffentlicht, anderes in den 1973 erschienenen Sammelausgaben *Die Erzählungen* und *Gesammelte Erzählungen*, 1977.

Die vorliegende, auf Vollständigkeit bedachte Edition berücksichtigt auch die vielen anderen, nur in Zeitungen und Zeitschriften (oft unter verschiedenen Titeln) veröffentlichten Arbeiten und die wichtigsten der unvollendet gebliebenen Erzählungen, die vorwiegend aus Hesses Nachlaß stammen. Daß sie Fragment blieben, dafür gab es triftige Gründe, denn seit dem Ersten Weltkrieg hatte sich vieles geändert und gewandelt in seinem Leben und Weltbild. Mit dem unbefangenen Schildern der Vorkriegsjahre war es vorbei. Der selbstkritische *Blick ins Chaos* (Titel eines 1920 erschienenen Bändchens mit seinen Dostojewski-Essays), brachte ihm bisher unerreichte erzählerische Freiheiten, aber auch Komplikationen und Widerstände, die sich nicht mehr in der Kurzform der Erzählung, sondern eher in größeren epischen Zusammenhängen sowie in Tagebüchern oder Bekenntnisschriften wie *Kurgast* und *Die Nürnberger Reise* meistern ließen.

So ist es nicht verwunderlich, daß der größte Teil von Hesses Erzählungen zwischen 1900 und 1914 entstand und nur ein knappes Drittel in den Jahrzehnten danach. Obwohl in diesen letzten Zeitraum so bedeutende Novellen wie »Kinderseele«, »Klein und Wagner« und »Klingsors letzter Sommer« fallen, die man wie *Unterm Rad*, *Demian* und *Der Steppenwolf* auch als Seelenbiographien bezeichnen könnte, sind die Erzählungen aus Hesses erster Lebenshälfte, die sich mit Außenseitern, sperrigen Originalen und widersprüchlichen Persönlichkeiten befassen, thematisch ungleich reicher. Ein Bilderbogen der unterschiedlichsten Naturelle und Schicksale wird darin ausgebreitet, der nicht nur die Vielfalt menschlicher Verhaltensweisen spiegelt, sondern zugleich ein unwiederbringliches Stück deutscher Vergangenheit. Wohl nirgendwo sonst findet man das Leben, die Sprachen und Sitten der fahrenden Handwerksleute und gleichzeitig den Umbruch der vorindustriellen Welt im süddeutsch-alemannischen Raum am Ende des 19. Jahrhunderts vom Agrar- und Handwerkeralltag zum Fabrikzeitalter derart eindringlich und anschaulich dargestellt wie in diesen Kleinstadtschilderungen. Hier ist der Lokalgeist so gegenwärtig, daß man sich nicht nur in die Zeit vor der Jahrhundertwende zurückversetzt, sondern zugleich einbezogen fühlt in einen Reichtum zwischenmenschlicher Beziehungen, der in der Anonymität unserer Ballungszentren fast ganz verlorengegangen ist. Man kannte einander nicht bloß vom Hörensagen, sondern wie Menschen sich kennen, die aufeinander angewiesen sind. Aber auch die Schattenseiten der provinziellen Nähe: Klatschsucht, Mißgunst, Engherzigkeit und Aversionen gegen alles Andersartige werden nicht ausgespart.

Beginnend mit stark autobiographischen, zumeist in Ich-Form erzählten Reminiszenzen aus Hesses Maulbronner Seminaristenzeit (»Erwin«) und Kindheitserinnerungen (»Der Kavalier auf dem Eise«, »Der Hausierer«, »Ein Knabenstreich«), die er zuerst einem »Calwer Tagebuch« anvertraut hat, kehren seine späten Erzählungen aus den vierziger und fünfziger Jahren (»Der Bettler«, »Unterbrochene Schulstunde« und »Ein Maulbronner Seminarist«) auf komplexerer Entwicklungsstufe wieder zu diesen Anfängen zurück. Dazwischen liegt ein vielgestaltiger Kosmos voll erlebter, erfundener oder durch Identifikation vergegenwärtigter literarischer und historischer Stoffe, der Hesse, auch quantitativ, als einen der produktivsten Erzähler seiner Generation ausweist.

Thematisch könnte man dieses Werk sechs unterschiedlichen, sich gelegentlich überschneidenden Gruppen zuordnen. Die ergiebigste entfällt auf die in seinem Geburtsstädtchen Calw spielenden Geschichten. Es sind teils autobiographische, teils nach dem Leben gezeichnete Milieu- und Charakterstudien aus dem Alltag einer schwäbischen Kleinstadt, die Gerbersau genannt wird, nach den Gerbereibetrieben, die noch in Hesses Kindheit das Hauptgewerbe im Ort waren und die Ufer des heimatlichen Flüßchens Nagold besiedelten. Man hat diese Geschichten immer wieder mit Gottfried Kellers Erzählungen *Die Leute aus Seldwyla* (1856) verglichen, was auf die anschaulichen und oft humorvollen Genrebilder dieser Schilderungen durchaus zutrifft, nicht aber auf den Ortsnamen, der bei Gottfried Keller weniger eindeutig lokalisierbar ist. Doch gemeinsam ist ihnen, daß Seldwyla wie Gerbersau uns merkwürdig vertraut vorkommen, obwohl sie auf keiner Landkarte zu finden sind. Die Realität wird zur Fiktion, der geographische Ort zum Prototyp, der für Hesse ein »Vorbild und Urbild aller Menschenheimaten und Menschengeschicke« war.

Den zweitgrößten Teil der Erzählungen bilden erfundene Geschichten, die oft eine Idee oder Maxime (wie z. B. bei »Innen und Außen« oder »Der Waldmensch«), zuweilen aber auch Denkwürdigkeiten, die ihr Verfasser der Presse entnommen hat (wie z. B. bei »Der Wolf« oder »Pater Matthias«), in eine Handlung kleiden. Fast ebenso umfangreich ist die Gruppe der zumeist von einem Ich-Erzähler vorgetragenen Begebenheiten, welche authentische Erlebnisse aus den unterschiedlichsten Lebensabschnitten des Autors schildern (u. a. »Der Novalis«, »Das Rathaus«, »Eine Billardgeschichte«, »Autorenabend«, »Haus zum Frieden«, »Kaminfegerchen«). Einer vierten Gruppe liegen zwar auch reale Anlässe und Erfahrungen zu Grunde, doch wurden sie fiktional verfremdet, transformiert oder dramatisch zugespitzt (wie in »Wenkenhof«, »Taedium vitae«, »Heumond«, »Klein und Wagner«). Weniger umfangreich ist der Typus jener Erzählungen, die kulturgeschichtliche oder literarische Themen zum Leben erwecken (wie u. a. »Casanovas Bekehrung«, »Aus dem Briefwechsel eines Dichters«, »Im Presselschen Gartenhaus«). Der fünfte und kleinste Themenkreis reaktiviert Episoden, die Hesse von seinen ersten Italienreisen mitgebracht hat (wie »Der lustige Florentiner« und »Der Erzähler«).

Die letzte Gruppe bilden Parodien wie »Eine Rarität«, »Anton Schievelbeyn's Ohn-freywillige Reisse«, »Die Wunder der Technik«, seine satirischen Stimmungsbilder aus dem Ersten Weltkrieg, das »Gespräch mit dem Ofen«, »Die Fremdenstadt im Süden«, »Bei den Massageten«, die »Schwäbische Parodie« und der »Bericht aus Normalien«.

Hesses frühe Erzählbücher *Diesseits* (1907), *Nachbarn* (1908) und *Umwege* (1912) erreichten bis 1921 zahlreiche Auflagen: *Diesseits* (28), *Nachbarn* (16), *Umwege* (18). Danach verzichtete der Autor lange Zeit auf weitere Nachdrucke und unterzog die Erzählungen einer Überarbeitung, die vorwiegend aus Kürzungen bestand, um sie 1930 und 1933 in zwei definitiven Sammelbänden *Diesseits* und *Kleine Welt* in die Reihe seiner »Gesammelten Werke in Einzelausgaben« einbeziehen zu können. Für diese revidierten Ausgaben verzichtete er auf die Erzählungen »Karl Eugen Eiselein« und »Garibaldi« (aus *Nachbarn*) sowie »Pater Matthias« (aus *Umwege*), die zu Hesses Lebzeiten nie mehr erschienen. Statt dessen wurden in die definitive Ausgabe von *Diesseits* die Erzählung »Robert Aghion« und in die Sammlung *Kleine Welt* die Erzählungen »Schön ist die Jugend« und »Der Zyklon« aufgenommen. 1935 folgte in der Reihe der Gesammelten Werke in Einzelausgaben u.d.T. *Fabulierbuch* noch ein weiterer Band mit zumeist frühen, dort erstmals in Buchform zusammengefaßten Geschichten, Märchen und Legenden aus den Jahren 1903 bis 1926.

Durch den in unserer Ausgabe angestrebten chronologischen Abdruck, der auch die von Hesse nicht publizierten und die nur in Zeitungen und Zeitschriften veröffentlichten Erzählungen einbezieht, ergeben sich in der Abfolge der Texte Veränderungen gegenüber der Anordnung, wie der Autor selbst sie in den Bänden *Diesseits*, *Nachbarn* und *Umwege* vorgenommen hat. Sie wurden von ihm weniger in zeitlicher Folge als nach dramaturgischen und thematischen Kriterien angeordnet. So enthält *Diesseits* Erzählungen, worin mehr oder weniger verfremdet authentische Erlebnisse aus seiner Jugend geschildert werden, Begebenheiten, die »diesseits« des Erwachsenenalters liegen. In *Nachbarn* dagegen tritt das autobiographische Element zurück, indem fast ausschließlich Schicksale und Charaktere aus seiner Heimatstadt dargestellt werden. Das gilt auch für die späteren Erzählungen, die Hesse 1912 in den Sammelband *Umwege* aufnahm. Diese Trennung von jugendlichen Selbstporträts und Fremdporträts hat Hesse auch später nach der Revision seiner Erzählungen für die erweiterten Ausgaben von *Diesseits* (1930) und *Kleine Welt* (1933) in etwa beibehalten.

Die vorliegende Edition bringt die von Hesse bearbeiteten Texte in der von ihm revidierten Version, die von ihm weggelassenen im Wortlaut ihrer ersten Buchfassung. Bei Erzählungen, die Hesse nicht in seine Bücher aufgenommen hat, war die Entscheidung schwieriger, da eine ganze Reihe der nur in Zeitungen und Zeitschriften veröffentlichten Geschichten von ihm mehrfach und unter teilweise voneinander abweichenden Titeln bearbeitet wurde. Hier galt es unter den vom Verfasser autorisierten Varianten die prägnanteste Version herauszufinden und die zahlreichen, von den Redaktionen willkürlich gekürzten oder mit eigenen Titeln versehenen Nachdrucke auszusondern. Es gibt Erzählungen, die zu Hesses Lebzeiten unter verschiedenen Titeln bis zu dreißigmal in deutschen, schweizerischen, Wiener und Prager Blättern nachgedruckt wurden und auf deren Redaktion, Publikationszeitpunkt und -ort der Autor besonders dann keinen Einfluß mehr hatte, wenn ihr Vertrieb von einer der gängigen Agenturen wie z. B. »Vierzehn Federn«, Berlin, oder dem Feuilletonvertrieb von Cecilie Tandler, Wien, Blättern angeboten wurde, mit denen Hesse in keinem direkten Kontakt stand.

Die Erzählungen werden hier in der leider nicht überall sicher bestimmbaren Reihenfolge ihrer Entstehung abgedruckt, wobei sich geringfügige Abweichungen zwischen den vom Herausgeber ermittelten Entstehungsdaten und Hesses eigenen Datierungen ergaben. In einem Brief an einen seiner ersten Biographen, Hans Rudolf Schmidt, schrieb der Autor dazu am 18.1.1925: »Jahresangaben kommen in meinem sonst guten Gedächtnis kaum vor, und ich sehe mein Leben nie historisch an, sondern als Märchen, in dem keine Zahlen vorkommen.«

Nahezu die Hälfte aller Erzählungen Hesses sind Erinnerungen an Kindheit und Schuljahre, an die Spannung zwischen Domestizierung und Freiheit, zwischen Gemeinschaft und Individuation, Neugierde und Tabus, instinktiven und althergebrachten Verhaltensmustern. Sie schildern Begebenheiten, die in einem Alter erlebt wurden, in welchem die Psychoanalyse die nachhaltigsten und für die spätere Entwicklung der Persönlichkeit entscheidenden Prägungen zu suchen gelernt hat. Hesse selbst hat es so formuliert: »Der Mensch erlebt das, was ihm zukommt, nur in der Jugend, in seiner ganzen Schärfe und Frische, so bis zum dreizehnten, vierzehnten Jahr, und davon zehrt er sein Leben lang« (*Roßhalde*).

Die ersten fünfzehn Jahre seiner schriftstellerischen Tätigkeit könnte man wie Marcel Proust geradezu »à la recherche du temps perdu«, als ein Aufarbeiten und möglichst genaues Rekonstruieren dieser frühen Eindrücke bezeichnen. Erst nachdem sie gestaltet und aus den halbbewußten Speichern der Erinnerung befreit, ins Bild und Bewußtsein der Gegenwart übersetzt waren, erwies sich die Basis als tragfähig genug für künftige Entwicklungen und Metamorphosen. Doch hat Hesses intensive Beschäftigung mit Themen der Kindheit, Pubertät und Entwicklung auch noch andere Gründe. Pubertät, also Notwendigkeit und Bereitschaft zu Entfaltung, Wandlung und Emanzipation war für ihn nichts Einmaliges, auf ein bestimmtes Alter Festgelegtes, sondern eine lebenslange Grunddisposition. Seine gesamte Biographie und somit auch seine schriftstellerische Entwicklung und Wirkung stand unter diesem Vorzeichen, das sein späterer Verleger Peter Suhrkamp einmal so beschrieben hat: »Es gibt unter den lebenden Autoren kaum einen, der so oft seinen eigenen Leichnam hinter sich begrub und jedesmal auf einer anderen Stufe wieder neu anfing. Und jedesmal geschah das aus einer wirklichen und ehrlichen Not heraus, und wenn man die ganze Existenz dann überblickt, so ist sie doch eine Einheit geblieben.«

Obwohl ein knappes Drittel der Erzählungen in Hesses Geburtsstadt spielen, hat er keineswegs seine ganze Kindheit dort zugebracht. Sein drittes bis achtes Lebensjahr verbrachte er in Basel, wohin sein Vater, der Theologe Johannes Hesse (1847-1916), im April 1881 von der evangelischen Missionsgesellschaft berufen wurde, um dort ein Missionsmagazin herauszugeben und einen Lehrauftrag zu übernehmen. Erst im Juli 1886 kehrte die Familie wieder nach Calw zurück. Hermann Hesse war damals gerade neun Jahre alt geworden und verbrachte dort, unterbrochen von längeren Aufenthalten in der Lateinschule von Göppingen, dem Maulbronner Seminar, den Heilanstalten von Boll und Stetten sowie einer neunmonatigen Gymnasialzeit in Cannstatt insgesamt nur noch drei Jahre. Dennoch wurde Calw für ihn, was das französische Provinzstädtchen Illiers für Marcel Proust oder was die Metropolen Dublin und Prag für James Joyce bzw. Franz Kafka bedeuteten: Schauplatz der frühesten Eindrücke und Erlebnisse, Nährboden für ein Lebenswerk, das im Lokalen das Überregionale, im Zeitgebundenen das zeitlos Menschliche sichtbar macht. Das ländliche Städtchen an der Nagold, auf der in Hesses Kindheit noch Flöße aus Schwarzwälder Tannenstämmen durch die Enz, den Neckar und Rhein bis nach Holland befördert wurden, mit dem nahen Wald, den Brükken, Wehren und Schilfufern war ein in sich geschlossener Mikrokosmos, ebenso schwäbisch wie international. Denn in dieser kleinen Welt standen den fahrenden Händlern den Flößern und Landstreichern die Seßhaften gegenüber, und Hesses schwäbischer, doch als Missionarstochter in Indien geborener Mutter (1842-1902) der baltische Vater mit russischer Staatsangehörigkeit. Sie betrieben den Calwer Verlagsverein, den damals größten deutschen Verlag für evangelische »Heidenmission«, ein Zentrum für Missionare und zum Christentum Bekehrte aus aller Welt. In diesen multikulturellen Kraftfeldern ist er aufgewachsen und hat nicht erst in den »Gerbersau«-Erzählungen, sondern bereits in *Unterm Rad*, später in der Landstreichergeschichte *Knulp*, in *Demian* und dem für *Das Glasperlenspiel* vorgesehenen »Schwäbischen Lebenslauf« ein Bild seiner Vaterstadt überliefert, dessen topographische Anschaulichkeit ebenso besticht wie die psychologische. Was dort an »Märchenduft von Heimat«, an Lokalkolorit und unverwechselbar schwäbischem Aroma eingefangen ist, von der lichtlosen Winkelwelt der Falkengasse mit ihren feuchten Fluren, schadhaften Dachrinnen, geflickten Fenstern und Türen, den Hinterhöfen mit ihren Scheunen, Pferdefuhrwerken, Mansarden, Speichern, Flaschenzügen, Kellern und Mostpressen, den Lohgruben der Gerber, den Stellfallen der Flößer bis hin zu den Stuben der Kleinstadtnoblesse, den Missions- und Mäßigkeitsvereinen der pietistischen

Stundenbrüder oder dem Frauenzimmer-Liederkranz-»Frohsinn«, das alles wird mit derselben Hingabe und Anschaulichkeit überliefert wie die durch solche Verhältnisse geprägte Zoologie der Einwohner und ihrer Gewerbe. Da gibt es noch Seiler und Sattler, Steinhauer und Scherenschleifer, Seifensieder, Korb- und Hutmacher, Küfer, Flaschner, Kolonialwarenhändler und Fuhrleute, Brunnenmacher, Taglöhner und Winkelreiniger. Sie alle, ob sie nun Joseph Giebenrath, Andreas Sauberle, Hans Dierlamm, Friedrich Trefz, Karl Hürlin, Stefan Finkenbein, Karl Schlotterbeck oder Präzeptor Brüstlein heißen, sind dort in ihrer Eigenart verewigt. Und ihre in diesen Geschichten mehr oder weniger abgewandelten Namen kann man noch heute bei einem Gang über den Calwer Friedhof wiederfinden.

Hesse wußte um die Vergänglichkeit, den fortschreitenden Verfall und die Unwiederbringlichkeit dieser »kleinen Welt« vor der Jahrhundertwende, und er hat nicht geruht, bis sie so komplett und lebensnah wie möglich festgehalten war. Noch im Alter von mehr als achtzig Jahren schrieb er an seine Calwer Cousine Fanny Schiler: »Das Wiederauftauchen einer versunkenen Kindheitserinnerung schätze ich höher als das Ausgraben von sechs Römerlagern.« Doch hat seine Art der Überlieferung nichts Nostalgisches. Keine heile (weil vergangene) Welt wird darin verklärt, noch weniger werden die Verhältnisse simplifiziert zur Beförderung einer Botschaft oder politischen Tendenz. Diese ist zwar immanent, aber so unaufdringlich, daß es überflüssig ist, sein Diktum zu bemühen: »Ich bin immer für die Unterdrückten gewesen, gegen die Unterdrücker«, um die Wahl seiner Stoffe zu charakterisieren. Eine Welt von Handwerkern, Lehrlingen, Fabrikarbeitern, Verkäufern, Dienstmägden, Fuhrleuten, Hausierern, Asylinsassen, Schiffbrüchigen und Ausrangierten wird geschildert, weil er sich als ihresgleichen fühlte, wahre Prachtexemplare von »Proletariern«, jedoch in naturalistischem Wildwuchs: »Ich habe zum Leben der Kleinen und Anspruchslosen«, schrieb Hesse 1912 in einem Brief, »von Kind auf ein halb humoristisches, halb neidisches Verhältnis, das mich immer wieder locken wird ... Ein Lehrbub, der seinen ersten Sonntagsrausch erlebt und ein Ladenmädel, das sich verliebt, sind mir, offen gestanden, eigentlich ganz ebenso interessant wie ein Held oder Künstler oder Politiker oder Faust, denn sie leben nicht auf den Gipfeln seltener Ausnahmeexistenzen, sondern atmen die Luft aller und stehen allen Dingen näher, auf denen das natürliche menschliche Leben ruht und aus denen wir in schlechten Zeiten den Trost der Gemeinsamkeit und Zugehörigkeit schöpfen ... So habe ich zu dem Kreis der Bescheidenen, Umfriedeten, in enge feste Verhältnisse Beschränkten eine sehnsüchtige Liebe behalten ... oft scheint mir, es gäbe überhaupt nur Nebenfiguren, den Faust und Hamlet inbegriffen ... wie ja wir Ungläubigen auch die Unsterblichkeit nicht mehr in der Tasche tragen und sie doch verehren und an ihr teilzuhaben meinen, indem wir sie überindividuell sehen.«

Auch ohne ideologische Absicht sind diese Erzählungen gesellschaftskritisch. Das zeigen die Reaktionen der Calwer Zeitgenossen, die kaum weniger gereizt waren als z. B. die der Bürger Lübecks auf das Personal von Thomas Manns *Buddenbrooks*. »Wenn der Verfasser der Buddenbrooks«, schrieb Friedrich Mann 1912 in einer Lübecker Zeitung, »in karikierender Weise seine allernächsten Verwandten in den Schmutz zieht und deren Lebensschicksale eklatant preisgibt, so wird jeder rechtdenkende Mensch finden, daß dieses verwerflich ist. Ein trauriger Vogel, der sein eigenes Nest beschmutzt.« In merkwürdiger Übereinstimmung damit lesen wir in Hesses 1907 entstandener Erzählung »In einer kleinen Stadt«: »Er wußte wohl, daß man seine Karikaturen für die Missetaten des Vogels ansah, der sein eigenes Nest beschmutzt ... daß seine unerbittliche und liebevolle Kenntnis des hiesigen Lebens gerade das war, was ihn von seinen Mitbürgern schied ... doch wenn er den alten Tapezierer Linkenheil oder den jungen Friseur Wackenhut karikierte, so schnitt er mit jedem Strich weit mehr ins eigene Fleisch als in das des Gezeichneten.«

Kein Wunder, daß es in den Pressereaktionen auf Hesses Erzählbände nicht an Stimmen fehlt, welche seine »proletarischen« Protagonisten beanstandet oder von einer »skandalösen Harmlosigkeit« des Verfassers gesprochen haben. In einem Brief vom Dezember 1908 an Helene Welti rechtfertigt sich Hesse: »Namentlich aber wollen sie [die Kritiker] meine Stoffe nicht gelten lassen und meinen, ich solle von Herrenmenschen und Genies erzählen, nicht von Gemüshändlern und Idioten. Da freut es mich, daß Sie mich gelten lassen und es verstehen, daß in meiner scheinbaren Bescheidenheit auch Stolz liegt und daß der Verzicht auf das Glänzende seine Gründe hat.« ... »Der Könner, dem wir zutrauen, er hätte von allen seinen Sachen ebenso das Gegenteil machen können, ist uns verdächtig und wird uns bald zuwider.« Durchschaut haben das in der großspurigen Belle Époque des letzten deutschen Kaisers nur wenige, und Stimmen wie die von Carl Busse (über die Geschichten des Erzählbandes *Umwege* 1912) waren an der Tagesordnung: »Warum mißbraucht ein Dichter seine guten Gaben dazu, in aller Ausführlichkeit einen Menschen zu entwickeln, dessen höchstes Ziel im Bartkratzen und Zöpfeflechten besteht? Man fragt sich händeringend, was der Erzähler eigentlich an den dürftigen Philistern findet, mit deren billigen Zielen er uns vertraut macht!« Aber es gab auch andere Stimmen. Wohl am genauesten unter Hesses Zeitgenossen traf es der Dichter Max Herrmann-Neiße. In der Berliner Wochenschrift »Die literarische Welt« schrieb er am 5.5.1931 anläßlich der Neuausgabe von *Diesseits*: »Die deutsche Kleinstadt der Vorkriegszeit wird hier von einem gleicherweise zärtlichen wie wahrheitsstrengen Kenner gemalt, als der krause, unterschiedliche, nicht ganz ungefährliche, im Grunde doch fruchtbare Gottes-Tiergarten, der sie damals war. Mit ihren Käuzen und kleinen Abenteurern, soliden und wurmstichigen Geschöpfen, geachteten und zweifelhaften Existenzen, mit Schreibern, Handlungsgehilfen, Missionsanwärtern, Friseuren, Pfarrerstöchtern und Gerichtsvollzieherwitwen, Vereinsausflügen, Schützenfesten und Schmierentheatern ... mit Griff in die Portokasse, Entgleisung und Selbstmord. Auch mit aller gegenseitigen Belauerung, Verlästerung, mit Bosheit, Klatschsucht, säuerlicher Selbstgerechtigkeit und grausamem Unverständnis ... Menschen, Eigengewächse leben hier noch mit ungehetzter, ausführlicher Selbständigkeit ihr unverwechselbares, wesentliches Einzelschicksal. Das kann harmonisch mit dem subalternen Alltagsglück einer Verlobung enden, aber auch im Gefängnis ... auch mit dem Verlust des seelischen Gleichgewichtes und völliger Verzweiflung am Sinn des Daseins. Denn die Himmel und Höllen dieser kleinen Welt sind nicht weniger hoch und tief als die Abgründe anspruchsvollerer Zonen. Und die Tragödien und Komödien des Lebens haben allenthalben ihre dunkle Glut, ihr vielfältiges Funkeln, ihre immerwährende Bedeutung, ihre Würde und Wirklichkeit, wenn ein echter Dichter sie aufzuspüren und zu gestalten weiß.«

Die Erzählungen 1899-1902

Die erste vollendete Erzählung Hermann Hesses ist aller Wahrscheinlichkeit nach die postum veröffentlichte Geschichte von »Erwin«. Sie ist uns in einer undatierten Handschrift und einer Schreibmaschinen-Transkription seiner Frau Ninon überliefert, der Druckvorlage der Erstausgabe, die 1965 in der Reihe der Oltener Liebhaberdrucke in einer Auflage von 760 Exemplaren erschien. In ihrem kurzen Nachwort schreibt die Herausgeberin: »Das Manuskript fand sich im Nachlaß Hermann Hesses, es ist bisher noch niemals veröffentlicht worden. Die Erzählung, die vermutlich 1907 oder 1908 geschrieben wurde, berichtet von der Zeit und Welt, die in ›Unterm Rad‹ (1903) geschildert ist. Die Gestalt des Freundes und seiner Mutter erinnern von Ferne an ›Demian‹ und Frau Eva. Aber der Durchbruch zu ›Demian‹ erfolgte erst im Jahre 1916.« Sowohl graphologische als auch inhaltliche Anhaltspunkte weisen darauf hin, daß diese Erzählung früher, möglicherweise schon nach Abschluß von Hesses Buchhandelslehre in Tübingen oder nach seinem Umzug, also in Basel, entstanden sein könnte. Hesse war damals gerade 22 Jahre alt und hatte kurz zuvor, im Juni 1899, sein erstes Prosabuch die Traumdichtungen *Eine Stunde hinter Mitternacht* veröffentlicht, auf deren Symbolismus und Ästhetizismus auch die poetischen Vorlieben des lungenkranken Erwin hinweisen. Nach einem vermutlich 1895 entstandenen Vorläufer-Fragment »Die Fremde« (siehe *Sämtliche Werke*, Band 1, *Jugendschriften*, S. 86f.) wendet sich Hesse hier erstmals seiner Maulbronner Seminarzeit zu, Erfahrungen, die drei Jahre später in *Unterm Rad* ihre definitive Gestalt finden sollten. Manches, wie die Begegnung des Ich-Erzählers Hermann mit Erwin am herbstlichen Weiher, scheint Passagen aus *Unterm Rad* vorwegzunehmen, in dessen drittem Kapitel sich Hans Giebenrath und Hermann Heilner dort treffen und anfreunden, oder die Episode mit den Spott-Epigrammen an der Tür des Waschsaales, die im vierten Kapitel des Romans wiederkehren. Anderes, wie die Beschreibung des Klosters, des Seminars, der Schulkameraden und ihrer Beschäftigungen, gibt neue Details, die sich mit den überlieferten biographischen Dokumenten aus Hesses Kindheit und Jugend decken, wie z. B. sein in Maulbronn geführtes »großes Heft, in welches ich die Helden, die uns täglich aus Livius und dem Geschichtsunterricht bekannt wurden, mit Bleistift und Wasserfarben nach Art der Moritatenbilder karikierte.« Dieses Heft ist erhalten und kann noch heute in Maulbronn besichtigt werden. Wie Hesse selbst, flieht auch der Ich-Erzähler aus dem Seminar. Dagegen verweist die Hermes-Büste, die Erwin ihm schenkt, auf Hesses Tübinger Jahre, wo er sich für sein Zimmer in der Herrenbergerstraße einen Gipsabguß der Hermes-Büste des Praxiteles anschaffte. Auch einen Schulfreund Erwin hat es gegeben, doch nicht in Hesses Maulbronner Jahren, sondern im Gymnasium von Cannstatt. Er hieß Erwin Moser und hat über jene Jahre berichtet (vgl. *Hermann Hesse in Augenzeugenberichten*, Frankfurt am Main, 1987 u. 1991). Es ist nicht ausgeschlossen, daß der Dichter bei der Wahl des Namens an ihn gedacht hat.

Erzählungen wie »Der Novalis« und »Eine Rarität« wenden sich literarischen Themen zu. »Der Novalis«, die Geschichte eines Büchersammlers, ist wohl um die Jahrhundertwende in Basel entstanden und enthält gleichfalls autobiographische Elemente. Im Nachwort zu einer Einzelausgabe dieses Titels schrieb Hesse im Frühjahr 1940: »Ich habe mich [im ersten Kapitel] dieser Erzählung als einen Bibliophilen bezeichnet, der ich damals und noch lange nachher wirklich war und habe mir damals ... meine alten Tage als die eines einsamen Hagestolzen vorgestellt, dessen einzige Liebe und einziger Umgang die Bücher sind. Dies nun hat das Leben anders gefügt und von den seltenen alten Büchern, von denen in der Einleitung meiner Erzählung die Rede ist, etwa von den Italienern der Renaissance in Aldus-Drucken, ist heute nichts mehr in meinem Besitz; ja, ich muß sogar bekennen, daß der zweibändige Novalis, den ich in Tübingen erwarb und von dem meine Erzählung handelt, längst nicht mehr mir gehört ... mein Leben sieht nun ziemlich anders aus, als ich mir es damals phantasierend ausmalte. Wenn ich aber auch heute mich nicht mehr einen eigentlichen Bibliophilen und in seine Bücher verliebten Sammler nennen darf, so kann ich doch meine jugendliche Bücherliebhaberei nicht belächeln, sie gehört unter den Leidenschaften, die ich im Leben kennen lernte, nicht nur zu den harmlosen und hübschen, sondern auch zu den fruchtbaren.« In sechs Kapiteln wird der Weg, den diese Novalis-Ausgabe von 1837 bis zur Jahrhundertwende genommen hat, anhand der Lebensgeschichte ihrer sechs Besitzer geschildert, wobei jener Käufer der Ausgabe, der sich »seit kurzem teils durch Rezensionen, teils durch kleinere Zeitschriftenartikel am literarischen Leben beteiligte«, an den Verfasser erinnert. Denn zur Zeit der Niederschrift begann mit ersten Buchbesprechungen für die Basler »Allgemeine Zeitung« Hesses lebenslange Rezensententätigkeit. Seine früheste, einem einzelnen Dichter gewidmete Würdigung vom 21.1.1900 galt tatsächlich Novalis und der ersten Gesamtausgabe dieses Dichters, die 1898 (herausgegeben von Carl Meißner) bei Eugen Diederichs in Leipzig erschienen war. Doch was das Autobiographische in dieser wie in den meisten von Hesses Erzählungen betrifft, ist zu bedenken, was der Dichter im September 1948 an seinen Sohn Heiner schrieb: »Übrigens wäre es natürlich unvorsichtig, das Ich des Erzählers mit meiner Person gleichzusetzen. Auch [Peter] Camenzind erzählt ja seine Geschichte selbst und [Josef] Knecht seine Lebensläufe, und an jedem bin ich beteiligt, aber keiner ist Ich.« »Der Novalis« ist einer der Texte, die Hesse in keinen seiner Erzählbände aufgenommen hat. Erst 1952 wurde diese Geschichte gemeinsam mit *Eine Stunde hinter Mitternacht* und *Hermann Lauscher* von ihm unter der Rubrik »Frühe Prosa« in die geschlossene Ausgabe seiner *Gesammelten Dichtungen* und deren erweiterte Nachauflage *Gesammelte Schriften* (1957) einbezogen.

Die erstmals 2001 in den *Jugendschriften* der Hesse-

Gesamtausgabe veröffentlichte Erzählung »Der Dichter. Ein Buch der Sehnsucht« ist eigentlich ein kleiner Roman, den Hesse am 12.3.1902 an die führende belletristische Zeitschrift »Neue Deutsche Rundschau« seines künftigen Verlegers Samuel Fischer nach Berlin gesandt hat. Nachdem das Manuskript von Oskar Bie, dem damaligen Redakteur des Blattes, abgelehnt wurde, unternahm der Autor keinen weiteren Versuch mehr, diese Arbeit zu veröffentlichen, doch hat er das Manuskript aufbewahrt.

Der Untertitel »Ein Buch der Sehnsucht« verweist auf den Wunschtraum des Verfassers, die ein Jahr ältere Elisabeth La Roche (1876-1965) für sich gewinnen zu können, die er Anfang 1900 im gastfreundlichen Haus des Basler Staatsarchivars und Geschichtsschreibers Dr. Rudolf Wackernagel als Pianistin von Beethovens »Kreutzersonate« kennengelernt hatte. Sie war die Tochter eines mit seinen Eltern befreundeten Pfarrers, der er sechsjährig bei einem Familienausflug auf den Rechtenberg bei Basel schon einmal begegnet ist. Inzwischen war sie zu einer 25jährigen »schlanken Botticelli-Schönheit« herangewachsen, in die sich Hesse sofort verliebte. Doch die Zuneigung des schüchternen jungen Dichters mußte unerwidert bleiben, weil Elisabeth zu diesem Zeitpunkt dem Geiger Dr. Carl Christoph Bernoulli verfallen war.

Was die Realität dem jungen Autor nicht gewährte, erfüllte er sich in der Phantasie mit einem »Buch der Sehnsucht«. Er tat es auf eine so phantastisch-exzessive Weise, daß man begreift, warum er es nach dem ersten mißglückten Publikationsversuch auch später nie veröffentlicht hat. Dennoch ist die Erzählung ein für die kulturellen Strömungen des Fin du siècle und für Hesses Entwicklungsgeschichte bemerkenswertes Dokument, weil es deutlicher als sein erstes Prosabändchen *Eine Stunde hinter Mitternacht* (1899) zeigt, wie eigenständig er die neue Ästhetik rezipiert hat, die sich in England als Gegenströmung zum Puritanismus des viktorianischen Zeitalters herausgebildet hatte. Er selber, der im sinnenfeindlichen Milieu des schwäbischen Pietismus aufgewachsen war, mochte darin eine ihm wahlverwandte Reformbewegung begrüßt haben.

In Übereinstimmung mit den Idealen der an die Renaissance und Spätromantik anknüpfenden Präraffaeliten versucht sich der Dichter Martin einen Traum zu verwirklichen, der das Spirituelle der Kunst mit körperlicher Schönheit, sakrale Ästhetik mit weltlicher Liebeskunst zu vereinbaren hofft. Die ernüchternden Erfahrungen der Realität werden dabei entweder ausgeblendet oder harmonisiert. So erscheint der Violinvirtuose, der die historische Elisabeth bei der Aufführung der »Kreutzersonate« begleitet, nicht als unüberwindbarer Konkurrent, sondern als Martins bester Freund Burkhard, den er aber, sobald er sich der fiktiven Elisabeth zu nähern versucht, unter Androhung eines Duells von der Geliebten fernzuhalten versteht. Damit wird der Weg frei für eine ersehnte Beziehung, worin er »allen Glanz eines künstlerisch geschaffenen Glücks« mit dem Rausch elementarer Sinnenfreude verbinden möchte.

Martin, der Dichter, ist in der Erzählung kein armer Schlucker wie sein Autor, der sich mit einem Salär von monatlich 110 Franken als Buchhandelsgehilfe durchschlagen mußte, sondern ein vermögender junger Ästhet mit Hausdiener, wie Hugo von Hofmannsthal, der Verfasser des *Tod des Tizian*. Das war eine bessere Voraussetzung, die berühmte Pianistin zu gewinnen, zumal sie mit ihm ein merkwürdig hochmütiges Elitebewußtsein und »einen starken Widerwillen gegen das gewöhnliche Leben teilte«, das beide als grau und langweilig empfanden. Selbst an einem so vornehmen Treffpunkt wie dem Luzerner Hotel »Schweizerhof« macht sich diese Aversion gegen alles Stil- und Geistlose bemerkbar, in dessen distinguierter englischer Tischgesellschaft sich die Pianistin und der Dichter vorkommen »wie zwei Paradiesvögel auf einem Hühnerhof.« Um dieser Ansammlung »von Geld und Stumpfsinn« zu entrinnen, hat Martin in verwegener Vorausschau für sich und die noch ahnungslose Elisabeth ein einsames Chalet bei Vitznau gemietet, wohin er die Geliebte zu entführen gedenkt. Er will damit eines seiner Märchen wahr werden lassen, das er ihr einmal in Basel vorgelesen hatte. Es war die wildromantische und wohl vom *Ossian* des schottischen Dichters Macpherson (1736-1796) und der *Frithjofs-Saga* des schwedischen Romantikers Esaias Tegnér (1782-1846) inspirierte Geschichte von einem wellenumbrandeten Lustschloß der Wikinger im Nordmeer, worauf sie mit ungewöhnlicher Anteilnahme reagiert hatte. Seine Hoffnung, damit einer uneingestandenen Sehnsucht Elisabeths entgegenzukommen, erfüllt sich. Denn so spröde sie sich zunächst gab und so schüchtern der Dichter ihr anfangs vorgekommen ist, erweist sich einmal mehr, daß Zurückhaltung und Hemmung die Leidenschaftlichkeit nicht ausschließen, sondern, daß im Gegenteil Emotionen um so tiefer sein können, je weniger sie zur Schau getragen werden. Sobald dieses Eis gebrochen ist, glückt es den beiden, zwei in jeder Hinsicht phantastische Sommermonate in Martins einsamem Chalet zu verbringen. Sie führen dort ein sinnenfrohes Traumleben, bei dem er ihr klassische und eigene Dichtungen vorliest, während sie auf dem Flügel improvisiert. Sie erfüllen sich damit das Ideal, Erotik mit geistigem Höhenflug und körperliche Schönheit mit der ästhetischen Perfektionierung ihrer Kunst zu verschwistern, nach dem Motto des Novalis: »Das Sinnliche muß geistig, das Geistige sinnlich werden.«

Ansteigend mit der Glut des Hochsommers vollzieht sich die Fieberkurve dieser Beziehung, bis sie im Herbst mehr und mehr verklingt und erlischt. Nachdem Elisabeth erotisch geweckt ist, tritt eine Wende ein. Das Sexuelle in ihrem Austausch beginnt zu überwiegen, und die Balance zu produktiver Kreativität geht nach und nach verloren. »Damals war die Musik mein Herrgott und ich seine fromme Magd. Jetzt bin ich der Herrgott und meine Kunst soll mir tanzen«, sagt sie dem ernüchterten Dichter. Als er kurz darauf erfährt, daß sie plötzlich wieder eine Konzerteinladung angenommen hat und ihn auffordert, nun auch seinerseits das Erlebnis ihres gemeinsamen Sommers an die Öffentlichkeit zu tragen, es zu publizieren und marktgerecht auszumünzen, empfindet er dies als einen Verrat an ihren Idealen. Die Presse dagegen bejubelt Elisabeths Bereitschaft zu extrovertierter Selbstdarstellung und kommentiert ihre Auftritte: »Anstelle der fast herben Klassizität ist ein bewegter hinreißender Vortrag getreten. Wir beglückwünschen die große Künstlerin zu einer neuen, glänzenden Epoche ihres Könnens.« Befriedigt, sich das Publikum erobert zu haben, kehrt Elisabeth nicht mehr zu Martin zurück. Er dagegen, zerknirscht über das Scheitern ihrer gemeinsamen Ambitionen, vernichtet seine Manuskripte und verschwindet spurlos im Hochgebirge.

Was der Dichter Martin sich versagte, die Geschichte seines Erlebnisses mit Elisabeth darzustellen, hat der 24jährige Hesse durchgeführt in diesem »Buch der Sehnsucht«. Es korrespondiert auf erstaunliche Weise mit den gleichfalls erst postum aufgetauchten, nicht abgesandten »Briefen an Elisabeth« (SW 1, *Jugendschriften*, S. 484 ff.) und zeigt, wie vielfältig die Liebe zu Elisabeth La Roche in sein Frühwerk eingegangen ist, deren Spur man auch im *Hermann Lauscher* (1900), im *Peter Camenzind* (1903) bis hinein in die drei Fassungen des Musikerromans *Gertrud* (1906-1909) verfolgen kann. Noch 1907, seit drei Jahren verheiratet, klagt er in einem seiner letzten Elisabeth-Gedichte:

»Die Jahre sind vergangen,
Und ob sie wohl gelangen,
Es waren Jahre ohne dich.
Ich fand die Lust der Stunde
An mancher Frauen Munde,
Wenn ich sie nicht mit dir verglich.
Der selige Liebesgarten,
Den ich mit bittrem Warten
Mein Leben lang so heiß begehrt,
Liegt mit verschloßner Pforte.
Ach, jedem Liebesworte
Hast du mit strengem Blick gewehrt ...
Doch mag es noch geschehen,
Daß mir wie Frühlingswehen
In deinem Bild die Jugend naht.«

Die Erzählung sagt aber auch Charakteristisches aus über sein Verhältnis zum anderen Geschlecht sowie seine Furcht vor dem Konflikt zwischen Kreativität und partnerschaftlicher Hingabe. Durch nichts als Einbildungskraft nimmt Hesse in dieser nur zum kleinsten Teil auf Erfahrung beruhenden Geschichte eine Problematik vorweg, die ihm künftig in der Realität noch schwer zu schaffen machen wird.

Kaum etwas von dem, was in diesem »Buch der Sehnsucht« geschildert wird, hatte der junge Verfasser tatsächlich schon erlebt, so vital und schlüssig es passagenweise auch wirkt. Doch das Motiv vom »Reich der Sehnsucht«, wie Hesse eines seiner damaligen Gedichte überschrieb, hat fortgewirkt. Es wurde zum Motto für eine ganze Generation nachwachsender Dichter, die sich heraussehnten aus den Fesseln der Prüderie und dem amusischen Zweckdenken des beginnenden Industriezeitalters. Der mit Hesse befreundete Lyriker Karl Ernst Knodt (1865-1917), Mittelpunkt eines Künstlerkreises im Odenwalddorf Oberklingen (wo Hesse ihn 1901 zweimal besuchte), hat es aufgegriffen und zum Titel einer repräsentativen Gedicht-Anthologie gemacht. Neben Lyrik von Hermann Hesse enthielt diese dreihundert Seiten umfassende Sammlung *Wir sind die Sehnsucht. Liederlese moderner Sehnsucht*, die 1903, ausgestattet mit Jugendstil-Arabesken von Heinrich Vogeler, erschien, u. a. zeitgenössische Lyrik seiner Freunde Hans Bethge, Ludwig Finckh, Alfons Paquet, Emil von Schönaich-Carolath, Jeanne-Berta Semmig und Helene Voigt-Diederichs, aber auch solche von Ricarda Huch, Börries von Münchhausen und Rainer Maria Rilke.

Die frühesten der in Hesses Heimatstadt Calw spielenden Erzählungen sind die vier Kurzgeschichten »Der Kavalier auf dem Eise«, »Erlebnis in der Knabenzeit«, »Der Hausierer« und »Ein Knabenstreich«. Sie wurden in den Winterwochen vor Hesses erster Italienreise (25.3.–19.5.1901) in einem »Calwer Tagebuch« festgehalten, als er nach langer Abwesenheit wieder einmal seine Eltern besuchte. Es sind Erinnerungen an Begebenheiten, die er vor Ort erlebt hatte, so z. B. sein erstes, damals zwölf Jahre zurückliegendes Liebesabenteuer, als er im Winter 1889/1890 beim Eislaufen unter der Nikolausbrücke mit Emma Meier, dem für ihn schönsten Mädchen der Stadt, zusammenstieß. Diese fast gleichaltrige Tochter eines Kupferschmiedes hieß in Wirklichkeit Emma Widmaier und war 1891 mit Hesse konfirmiert worden.

Die traurige Geschichte vom Schlosserbuben Mohrle, »Erlebnis in der Knabenzeit«, greift noch ein halbes Jahr weiter zurück und schildert Hesses erste Begegnung mit dem Tod am Beispiel des kaum zehnjährigen Mitschülers Hermann Mohr, der im Juni 1899 an einer Hirnhautentzündung gestorben ist.

Die beiden Erzählfragmente »Das Rathaus« und »Sommeridyll« sind Bestandteile eines unvollendeten Manuskriptes, das »Zukunftsland« heißen sollte. Ein kurzes einführendes Gespräch zwischen dem Dichter Veit und dem Architekten Niklas (SW 1, *Jugendschriften*, S. 503 f.) stellt einen Bezug her zur Erzählung »Der Dichter. Ein Buch der Sehnsucht«, worin »die Insel im allerfernsten blauen Meer« als ein »Land der Seligen und Auserwählten« bezeichnet wird. Das erste der beiden Fragmente ist bis auf die fehlenden Schlußverse abgeschlossen und wurde deshalb bereits 1977 innerhalb der Ausgabe der *Gesammelten Erzählungen* abgedruckt. »Sommeridyll« dagegen bricht an einer Stelle ab, wo der Konflikt zwischen dem Dichter und Moralisten Veit und seinem Freund, dem eloquenten Bankierssohn und Realpolitiker Gerhard ausgetragen werden muß. In seinem zeitkritischen Alterswerk *Das Glasperlenspiel* hat Hesse diese Konstellation in den Figuren von Josef Knecht und seinem Gegenspieler Plinio Designori wieder aufgegriffen und zu Ende geführt. Das zivilisationsferne Sommeridyll, ein am Meer gelegener Landstrich »an der Grenze des der städtischen Republik gehörigen Gebietes« soll (wie später im *Glasperlenspiel* die pädagogische Provinz Kastalien) als ökologisches und kulturelles Reservat ein Zukunftsland werden, das es in Schutz zu nehmen gilt vor dem Zugriff der Spekulanten, der industriellen und touristischen Zerstörung. Initiatoren dieser Reformbewegung sind der auch in der »Rathaus«-Erzählung agierende städtische Chronist Veit und der Arzt Ugel, Freunde des Architekten Niklas, die sich gemeinsam gegen die konservativen Kräfte der Kommune zu behaupten versuchen. Ebendies ist dem Ausländer Niklas mit dem Rathaus-Neubau in der Metropole der städtischen Republik geglückt. Gegen die Konkurrenz der einheimischen Mitbewerber konnte er seinen ungleich weitblikkenderen und architektonisch reizvolleren Plan realisieren, wobei er allerdings das Risiko eingehen mußte, die realen Baukosten gegenüber denen seines Kostenvoranschlages um das Doppelte zu überziehen. Die in der »Rathaus«-Erzählung dargestellten Konflikte zwischen Ideal und Wirklichkeit, den Interessensverflechtungen von Industrie und Wirtschaft und die anschauliche Schilderung baukünstlerischer Detailfragen verraten für einen 24jährigen Verfasser erstaunliche kommunalpolitische und architektonische Kenntnisse. Sie gehen zurück auf Hesses Freundschaft mit dem Architekten Heinrich Jennen (1872-1920), mit dem er ab Dezember 1899 in der Basler Holbeinstraße 21 eine Drei-Zimmer-Wohngemeinschaft teilte. Der aus dem Rheinland stammende Jennen hatte 1900 den ersten Preis in der Konkurrenz um die Erweiterungsbauten des Basler Rathauses gewonnen, die ein Jahr später vollendet wurden. Im Juni 1902 ist er von Basel nach Berlin gezogen, danach verliert sich seine Spur. Der Arzt Ugel trägt Züge von Hesses Jugendfreund, dem damaligen Medizinstudenten Ludwig Finckh, der Chronist Veit, der die Bevölkerung mit einer Flugschrift zu einer Unterschriften- und Spendenaktion zur Baukostenfinanzierung aufruft, dagegen solche des Verfassers.

Gleichfalls Fragment geblieben ist die undatierte, vermutlich 1901/1902 entstandene Erzählung »Julius Abdereggs erste und zweite Kindheit«, mit der Ninon Hesse den 1965 erschienenen, von ihr herausgegebenen Band *Prosa aus dem Nachlaß* eröffnet hat. Warum Hesse das Manuskript ursprünglich mit dem Titel »Der Antiquar« versehen wollte, ist aus dem überlieferten Teil der Geschichte, worin die Kindheit und Schulzeit des kleinen Julius geschildert wird, noch nicht zu ersehen. Hesse hat diese Überschrift denn auch gestrichen und durch den jetzigen Titel ersetzt. Möglicherweise bezog er sich auf die weitere Entwicklung des Protagonisten. Vielleicht sollte Julius Abdereggs »zweite Kindheit« in diesen Beruf münden, der Hesse durch seine damalige Tätigkeit in einem Basler Antiquariat vertraut war. Die Erzählung, aus der ursprünglich wohl ein Roman werden sollte, spielt in

Basel, wo die Familie Hesse von 1881 bis 1886 gelebt hatte. Sie erinnert an das Kindheits-Kapitel seiner zweiten Prosadichtung *Hermann Lauscher*, welches ebenfalls »im Gebiet der großen Rheinecke«, dem Grenzland zwischen dem Elsaß, dem Schwarzwald und der Schweiz angesiedelt ist. Deren verschiedene Volksstämme, die Markgräfler, Schwarzwälder, Elsässer und Basler werden dort ähnlich treffend charakterisiert wie in Wilhelm Hauffs Märchen vom »Kalten Herz«. Auch in seinem »Alemannischen Bekenntnis« von 1919 hat Hesse diesem Landstrich ein wahlverwandtes Loblied gesungen.

Das musikalische Kind Julius im Mittelpunkt der Erzählung mit seiner Spielbegabung, Tierliebe und Schüchternheit, dessen »erste Kindheit« mit dem Eintritt in die Schule endet, erinnert in vielen Detailschilderungen an Hesses jüngeren Bruder Hans. Ihm hat der Weg aus der Unbegrenztheit der Vorschuljahre in den einengenden Alltag des Unterrichts mit ihrer damals noch drakonischen Pädagogik ebenso zu schaffen gemacht wie dem kleinen Julius.

Auch die Erzählungen »Grindelwald« (1902), »Eine Billardgeschichte« (1902), »Wenkenhof« (1902) und »Der Wolf« (1903) entstanden in den Jahren, die auf Hesses Umzug von Tübingen nach Basel folgten, wo er seine Ausbildung zunächst in der Buchhandlung Reich, danach im Antiquariat Wattenwyl fortsetzte. Sie überliefern Eindrücke, die er in seiner spärlich bemessenen Freizeit teils vor Ort, teils bei Wochenendfahrten in die nähere Umgebung gewann.

In die Gletscherwelt des Berner Oberlandes führte ihn ein Winterausflug, den er Ende Januar 1902 mit seinem fünf Jahre jüngeren Bruder Hans unternahm. Der Gasthof Bellary in Grindelwald verwahrt noch heute ein Übernachtungsverzeichnis, worin sich der 24jährige Buchhandelsgehilfe am 1.2.1902 mit der Berufsbezeichnung: »Schriftsteller« eingetragen hat. Das Haus kommt als »Villa Bellary« in der Erzählung »Grindelwald« vor. Jedoch gibt es für einen real existierenden englischen Freund, den lungenkranken Globetrotter Petrus Ogilvie, der den Erzähler damals in das Nobelhotel »Bär« eingeladen hat, bisher keine Anhaltspunkte, obwohl die Ich-Erzählung, in welcher der Verfasser sogar mit seinem eigenen Namen auftritt, dies nahelegen könnte. Die Beschreibung des damals vorwiegend von englischen Gästen besuchten Luftkurortes, des Kontrastes zwischen der weißen Einsamkeit des Hochgebirgswinters, neben der sich der Trödel der Andenkenauslagen denkbar deplaziert ausnimmt und der Lichteffekte auf den Gletschern der mächtigen Massive des Wetterhorns, des Mettenberges und Eigers, die das Hochgebirgstal umschließen, ist auf eine Weise vergegenwärtigt, daß man sich geradezu hineinversetzt fühlt. Auch der parallel zu der Erzählung entstandene kleine Gedichtzyklus »Hochgebirgswinter« (Aufstieg, Berggeist, Grindelwald, Schlittenfahrt, vgl. SW 10, *Die Gedichte*) knüpft an dieses Erlebnis an.

Die kenntnisreiche und mit allerlei Fachausdrücken durchsetzte »Billardgeschichte« dagegen spielt wieder in Basel, im damaligen Gasthaus »Storchen«, das, wie das »Metropol«, ein Mekka für Billardfreunde gewesen sein muß. Hesses Chef, der Antiquar E. von Wattenwyl, zählte zu ihnen und noch manch anderer seiner Kollegen und Freunde, deren spezielle Spieltechniken Hesse damals in einem gereimten »Billard-ABC für Basel« festgehalten hat (vgl. SW 10, *Die Gedichte*). Er selber frönte dieser Passion noch lange Zeit mit solcher Leidenschaft, daß man den gewaltsamen Ausgang der in dieser Geschichte dargestellten psychologischen Konstellation nachvollziehen kann.

Ähnlich wie die Erzählung »Der Novalis« schildert die 1902 entstandene Kurzgeschichte »Eine Rarität« die Schicksale eines Buches. Es geht um den lyrischen Erstling eines später durch Lustspiele bekannt gewordenen

Dichters. Dieses von allen Verlegern abgelehnte und vom Verfasser schließlich auf eigene Kosten gedruckte Gedichtbändchen erfährt eine späte, tragikomische Karriere. Sie entspricht genau dem Werdegang von Hesses literarischem Debüt, dem schmalen, in 600 Exemplaren erschienenen Bändchen *Romantische Lieder*, deren wenige noch vorhandene Exemplare schon zu seinen Lebzeiten, vor allem aber nachdem er den Nobelpreis erhalten hatte, als kostbare Raritäten gehandelt wurden. Auch die Kapriolen des Marktes, die das Bändchen nach Hesses Tod erlebte, »seit einige amerikanische Sammler danach fahnden«, sind in der Geschichte vorweggenommen, ja sogar die Prognose von einem Reprint als Faksimile-Druck hat sich erfüllt in Form eines originalgetreuen Nachdrucks der Erstausgabe, der 1977, anläßlich von Hesses 100. Geburtstag, in Japan erschien. Beachtenswert ist auch die Feststellung, daß sein Ruhm als »Lustspieldichter« dies bewirkt haben soll, zeigt es doch Hesses Verhältnis zur Öffentlichkeit, die, im Gegensatz zu ihm selbst, seine Romane, die er hier auf der Ebene von Lustspielen einordnet, ungleich höher schätzte als seine Lyrik. Mit schönem Understatement heißt es in einer »Literarischen Grabschrift«, die er sich als Dreißigjähriger notierte: »Hier ruht der Lyriker H. Er wurde zwar als solcher nicht anerkannt, dafür aber als Unterhaltungsschriftsteller stark überschätzt.«

Eine Reminiszenz von seiner ersten fünfwöchigen Italienreise (März bis April 1901) ist die Geschichte »Der lustige Florentiner«. In dieser 1902 geschriebenen Posse finden wir das wohl eindrucksvollste Fest wieder, das der Dichter kurz zuvor in Florenz erlebt hatte, den sogenannten »Wagenschuß«, die Beförderung einer raketengetriebenen Heilig-Geist-Taube in das Kircheninnere, womit alljährlich vor dem Florentiner Dom das Osterfest eingeleitet wird. In den Tagebüchern seiner beiden ersten Italienreisen, insbesondere aber der Schilderung »Lo scoppio del carro« von 1901 (vgl. SW 1, *Jugendschriften*, S. 576 ff.), hat er noch ausführlicher davon berichtet. Auch das Erlebnis mit dem Porträt, das der Maler Costa von jenem »lustigen Florentiner« gemalt hat, mit dem sich der Ich-Erzähler dann plötzlich leibhaftig konfrontiert sah, ist authentisch. Am 13.4.1901 hat Hesse diese Episode in seinem ersten italienischen Reisetagebuch festgehalten (vgl. SW 11, *Autobiographische Schriften*, S. 222).

Die märchenhafte Spukgeschichte »Wenkenhof« spielt in einem Nebengebäude des gleichnamigen in Riehen bei Basel gelegenen barocken Gutshofes, dem Landsitz des Basler Staatsarchivars Dr. Rudolf Wackernagel. Zu seinen Gesellschaften waren Hesse und seine Architektenfreunde häufig eingeladen. Er hat auf dem »Riehenhof« (so nennt er das Gebäude in *Hermann Lauscher* und in der Erstfassung des *Gertrud*-Romans) mitunter auch übernachtet, wenn es abends zu spät wurde, um noch in die fünf Kilometer entfernte Stadt zurückzulaufen. Die auf dem Tisch der Gastgeber aufgeschlagene Geschichte der *Prinzessin Brambilla* von E. T. A. Hoffmann mit Kupferstichen von Jacques Callot mag den Ich-Erzähler zu jenem eifersüchtigen Traum von dem nach Mitternacht um die schöne Pianistin werbenden Vorfahren des Gastgebers angeregt haben, der dann auf so unsanfte Weise hinauskomplimentiert wird.

Die im selben Jahr entstandene Erzählung »Peter Bastians Jugend« gehört noch nicht in den engeren Kreis der »Gerbersau«-Geschichten, wenngleich sie im gleichen Umfeld spielt. In »Peter Bastians Jugend« werden die Lokalitäten noch unverfremdet bei ihrem wirklichen Namen genannt. Der Ich-Erzähler aus dem nahe bei Calw gelegenen Bergstädtchen Zavelstein verbringt seine Schulzeit und Lehrjahre in Hesses Heimatstadt, bevor er sein abenteuerliches Wanderleben als Schlossergeselle beginnt.

»Peter Bastians Jugend«, das ergiebigste der Fragmente seiner »Geschichten um Quorm« (vgl. SW 1, *Jugendschriften*, S. 578 ff.), entstand »in der Zeit des *Peter Camenzind*«, wie Hesse in einer Vorbemerkung zur Maschinenabschrift der Erzählung bemerkt, die er 1927 an »Velhagen & Klasings Monatshefte« sandte. »Peter Bastian« sei parallel dazu, »ja eigentlich in Konkurrenz mit ihm entstanden, denn erst als ich endgültig auf den Peter Bastian verzichtete, war es mir möglich, den Camenzind fertig zu schreiben.« Diese Erzählung, fährt er fort, sei aber weniger ein Bruder des *Camenzind* »als vielmehr ein Vorläufer des ›Knulp‹. Die Figur des Landstreichers Quorm sollte, nach meinem damaligen Plan, die Hauptfigur des Buches werden. Was mit ihr gemeint war, habe ich im ›Knulp‹ viele Jahre später dargestellt.« Das zeigt auch das im Typoskript fehlende Ende des Fragmentes, welches mit den Sätzen abschließt: wichtiger als alles andere sei ihm gewesen, »frei zu sein und gehen zu können, wohin es ihm paßte. Lange hielt er es nirgends aus. Es gab Orte, die er so liebte, wie man sonst wohl ein Weib liebhat; diese besucht er oft und immer wieder, aber nach wenig Tagen war er immer schon wieder aus der Gegend.« Die bis ins Mittelalter zurückreichenden Bräuche der wandernden Handwerksgesellen, ihre Eigenarten und das Rotwelsch ihrer Sprache sind darin – kurz bevor das Industriezeitalter diesen Traditionen ein Ende setzte – noch einmal ebenso eindringlich festgehalten, wie in den Schilderungen des Kesselschmiedes und Arbeiterdichters Heinrich Lersch (1899-1936). Doch nicht nur an *Knulp* erinnert die Erzählung. Auch Züge des künftigen Max Demian werden in den Schulepisoden mit Bastians Widersacher und künftigem Freund Otto Renner vorweggenommen, welche die von Kraftproben bestimmte Hierarchie unter Schülern darstellt. Hesses Kommentar für die Redaktion von »Velhagen & Klasings Monatsheften«, welche die Erzählung dann doch nicht publizierte, schließt mit dem Satz: »Wenn ich dieses Fragment heute veröffentliche, so tue ich es besonders aus dem Grunde, weil darin ein Stück deutschen Volkstums, das Handwerk und das Handwerksburschentum geschildert wird, das zu meiner Knaben- und Jünglingszeit noch nahezu in den selben Formen und mit den selben Bräuchen lebendig war wie vorher Jahrhunderte lang, während es inzwischen untergegangen ist.«

Volker Michels

Quellennachweis

Erwin: Geschrieben um 1899/1900. Manuskript im Deutschen Literaturarchiv, Marbach/Neckar. Erstdruck im Sommer 1965 als achter »Oltener Liebhaberdruck« in 765 numerierten Exemplaren, herausgegeben von Ninon Hesse. Aufgenommen in H. Hesse, »Sämtliche Werke«, Bd. 6 (»Erzählungen 1«). Herausgegeben von Volker Michels, Frankfurt am Main 2001.

Der Novalis. Aus den Papieren eines Bücherliebhabers: Geschrieben um 1900. Erstdruck in »März«, München vom März 1907. Erstmals in Buchform u.d.T. »Ein altes Buch. Aus den Papieren eines Altmodischen« in der Anthologie »Sieben Schwaben«. Ein neues Dichterbuch. Eingeleitet von Theodor Heuss. Erste Separatausgabe als sechste Veröffentlichung der Oltener Bücherfreunde in 1221 numerierten Exemplaren 1940. Aufgenommen in H. Hesse, »Frühe Prosa«. Frankfurt am Main 1960 und »Sämtliche Werke«, Bd. 6, a.a.O.

Der Dichter. Ein Buch der Sehnsucht: Entstanden 1900/1901. Manuskript im Deutschen Literaturarchiv, Marbach. Aufgenommen in H. Hesse, »Sämtliche Werke«, Bd. 1 (»Jugendschriften«), a.a.O.

Der Kavalier auf dem Eise: Geschrieben im Februar 1901. Aus seinem [»Calwer Tagebuch«]. Manuskript im Deutschen Literaturarchiv, Marbach. Erstdruck in »Rheinisch-Westfälische Zeitung«, Essen vom 29.12.1901. Unter verschiedenen Titeln (»Emma Meier«, »Auf dem Eise«) in Zeitungen und Zeitschriften mehrfach veröffentlicht. Erstmals in Buchform u.d.T. »Auf dem Eise« in H. Hesse, »Die Kunst des Müßiggangs«. Kurze Prosa aus dem Nachlaß. Herausgegeben von Volker Michels. Frankfurt am Main 1973.

Erlebnis in der Knabenzeit: Geschrieben im Februar 1901. Aus seinem [»Calwer Tagebuch«]. Manuskript im Deutschen

Literaturarchiv, Marbach. Erstdruck in »Rheinisch-Westfälische Zeitung«, Essen vom 5.1.1902. Unter verschiedenen Titeln (»Aus der Knabenzeit«, »Knabenerlebnis«, »Knabe und Tod«, »Erinnerung an einen Mohrle«) mehrfach in Zeitungen und Zeitschriften veröffentlicht. Erstdruck u.d.T. »Der kleine Mohr«. Unter verschiedenen Titeln mehrfach veröffentlicht. U.d.T. »Der Mohrle« aufgenommen in H. Hesse, »Gedenkblätter«, Berlin 1937.

Der Hausierer: Geschrieben im Februar 1901 u.d.T. »Hotte Hotte Putzpulver«. Aus seinem [»Calwer Tagebuch«]. Manuskript im Deutschen Literaturarchiv, Marbach. Erstdruck in »Rheinisch-Westfälische Zeitung«, Essen vom 20.4.1902. Unter verschiedenen Titeln (»Aus der Knabenzeit«, »Eine Gestalt aus der Kinderzeit«, »Eine Gestalt aus der Kindheit«, »Der Zwerg aus der Falkengasse«, »Der alte Hausierer«, »Jugenderinnerung«, »Begegnung mit Hotte Hotte Putzpulver«, »Der Knabe und der Alte«) in Zeitungen und Zeitschriften mehrfach veröffentlicht. Erstmals in Buchform u.d.T. »Eine Gestalt aus der Kindheit« in H. Hesse, »Am Weg«, Verlag Reuß & Itta, Konstanz 1915.

Ein Knabenstreich: Geschrieben im März 1901 u.d.T. »Der Sammetwedel«. Aus seinem [»Calwer Tagebuch«]. Manuskript im Deutschen Literaturarchiv, Marbach. Erstdruck u.d.T. »Aus der Knabenzeit: Der Sammetwedel« in »Rheinisch-Westfälische Zeitung«, Essen vom 6.4.1902. Unter verschiedenen Titeln (»Ein Knabenstreich«, »Schneeberger Schnupftabak«, »Sammetwedel und sein Schnupftabak«) in Zeitungen und Zeitschriften mehrfach veröffentlicht. Erstmals in Buchform in H. Hesse, »Die Kunst des Müßiggangs«. Kurze Prosa aus dem Nachlaß. Herausgegeben von Volker Michels. Frankfurt am Main 1973.

Das Rathaus: Entstanden 1901. Aufgenommen in H. Hesse, »Gesammelte Erzählungen«. Herausgegeben von Volker Michels. Frankfurt am Main, 1977 und »Sämtliche Werke«. Bd. 1 (»Jugendschriften«), a.a.O.

Sommeridyll: Entstanden 1901. Manuskript im Deutschen Literaturarchiv, Marbach. Aufgenommen in H. Hesse, »Sämtliche Werke«, Bd. 1 (»Jugendschriften«), a.a.O.

Julius Abdereggs erste und zweite Kindheit: Entstanden 1901/02. Erstdruck in »Prosa aus dem Nachlaß«, 1965. Herausgegeben von Ninon Hesse. Manuskript im Deutschen Literaturarchiv, Marbach. Aufgenommen in H. Hesse, »Sämtliche Werke«, Bd. 1 (»Jugendschriften«), a.a.O.

Grindelwald: Geschrieben 1902. Manuskript im Deutschen Literaturarchiv, Marbach. Erstdruck in »Die Zeit«, Wien vom 19.3.1904. Aufgenommen in H. Hesse, »Gesammelte Erzählungen«. Bd. 4 (»Innen und Außen«). Frankfurt am Main 1977.

Eine Rarität: Geschrieben 1902. Erstdruck u.d.T. »Das Büchlein«. Eine Geschichte für Bibliophile, in »Österreichische Rundschau«, Wien vom 8.6.1905. Unter verschiedenen Titeln mehrfach in Zeitungen und Zeitschriften gedruckt. Erstmals in Buchform in H. Hesse, »Die Kunst des Müßiggangs«, a.a.O. 1973.

Der lustige Florentiner: Geschrieben 1902. Erstdruck u.d.T. »Ercole Aglietti« in »Schwäbischer Merkur«, Stuttgart, vom 24.9.1904. Erstmals in Buchform in H. Hesse, »Gesammelte Erzählungen«. Bd. 4 (»Innen und Außen«). Frankfurt am Main 1977.

Eine Billardgeschichte: Geschrieben um 1902. Erstdruck in »Neues Wiener Tagblatt« vom 10.6.1906. Erstmals in Buchform in H. Hesse, »Gesammelte Erzählungen«. Bd. 4 (»Innen und Außen«). Frankfurt am Main 1977.

Wenkenhof. Eine romantische Jugenddichtung: Geschrieben um 1902. Manuskript im Deutschen Literaturarchiv, Marbach. Erstdruck u.d.T. »Eine Nacht auf Wenkenhof« in »Jugend«, München vom Januar 1905. Unter verschiedenen Titeln (»Das Landgut«, »In einem alten Landhaus«, »Das alte

Landgut«, »Eine sommerliche Spukgeschichte«, »Eine Nacht auf dem Wenkenhof«) in Zeitungen und Zeitschriften mehrfach gedruckt. Erstmals in Buchform in H. Hesse, »Gesammelte Erzählungen«. Bd. 1 (»Aus Kinderzeiten«). Frankfurt am Main 1977.

Peter Bastians Jugend: Geschrieben 1902. Manuskript im Deutschen Literaturarchiv, Marbach. Erstdruck in H. Hesse, »Prosa aus dem Nachlaß«. Herausgegeben von Ninon Hesse. Frankfurt am Main 1965.

Inhalt

Hermann Hesse
im Suhrkamp Verlag

Sämtliche Werke in 20 Bänden und einem Registerband

- Band 1. Jugendschriften
- Band 2. Peter Camenzind. Unterm Rad. Gertrud
- Band 3. Roßhalde. Knulp. Demian. Siddhartha
- Band 4. Der Steppenwolf. Narziß und Goldmund. Die Morgenlandfahrt
- Band 5. Das Glasperlenspiel
- Band 6. Erzählungen. 1900–1906
- Band 7. Erzählungen 2. 1907–1910
- Band 8. Erzählungen 3. 1911–1954
- Band 9. Die Märchen. Legenden. Übertragungen. Dramatisches. Idyllen
- Band 10. Die Gedichte
- Band 11. Autobiographische Schriften I. Wanderung. Kurgast. Die Nürnberger Reise. Tagebücher
- Band 12. Autobiographische Schriften II. Selbstzeugnisse. Erinnerungen. Gedenkblätter und Rundbriefe
- Band 13. Betrachtungen und Berichte I. 1899–1926
- Band 14. Betrachtungen und Berichte II. 1927–1961
- Band 15. Die politischen Schriften
- Band 16. Die Welt im Buch I. Rezensionen und Aufsätze aus den Jahren 1900–1910
- Band 17. Die Welt im Buch II. Rezensionen und Aufsätze aus den Jahren 1911–1916
- Band 18. Die Welt im Buch III. Rezensionen und Aufsätze aus den Jahren 1917–1925
- Band 19. Die Welt im Buch IV. Rezensionen und Aufsätze aus den Jahren 1926–1934

NF 552/1/3.06

- Band 20. Die Welt im Buch V. Rezensionen und Aufsätze aus den Jahren 1935–1962
- Registerband

»Der oft genug verkannte, unterschätzte und auch schon abgeschriebene Hesse, der nach seinem Tod ein Weltereignis wurde, steht nun mit allem da, was er geschrieben hat – eine Einladung, das Gespräch über ihn neu zu beginnen.«

Klaus Bellin, Neues Deutschland

NF 552/2/3.06